# 삶이 당신에게
# 룰루레몬을 주거든

**WHEN LIFE GIVES YOU LULULEMONS**
**by Lauren Weisberger**

WHEN LIFE GIVES YOU LULULEMONS

# 삶이 당신에게 룰루레몬을 주거든

LAUREN WEISBERGER

로런 와이스버거 장편소설
이은선 옮김

문학동네

일러두기

1. 주석은 모두 옮긴이주다.

2. 본문 중 고딕체는 원서에서 이탤릭체나 대문자로 강조한 부분이다.

사랑하는 가족들에게

# 차례

WHEN LIFE GIVES YOU LULULEMONS

# 1부

1

# 또다시 나치 복장이야?

## 에밀리

에밀리는 머릿속을 헤집었다. 뭔가 불평할 거리가 있어야 했다. 오늘은 로스앤젤레스에서 맞이하는 한 해의 마지막날이었다. 그러니까 일 년을 통틀어 가장 짜증나는 날을 인류 역사상 가장 짜증나는 도시에서 보내는 셈이었다. 그런데 왜 불평거리가 하나도 생각이 나지 않을까?

그녀는 선베드에 놓여 있던 스키니 마가리타를 홀짝이며, 움직이는 설치미술처럼 물살을 가르는 남편의 미끈한 몸을 바라보았다. 잠시 후에 마일스는 수면 밖으로 나와 청록색 물이 밖으로 넘쳐 산 위로 떨어지는 것처럼 보이는 환한 인피니티 풀의 저편에 몸을 기댔다. 그의 뒤편으로는 골짜기의 불빛이 끝없이 이어져 이 도시가 매력적으로, 아니 심지어 섹시하게 느껴졌다. 로스앤젤레스가 제대로 빛나는 시간은 밤뿐이었다. 스모그와 마약쟁이와 영혼을 압살하는 교통체증이 모두 밤하늘과 고요하게 반짝이는 불빛이라는 목가적인 풍경으로 대체됐다. 조물주가 직접 할리우드힐스로 내려와 지구상에서 가장 비호감인 도시를 위해 가장 완벽한 스냅챗 필터를 엄선하기라도 한 것처럼.

마일스가 웃는 걸 보고 그녀는 손을 흔들었지만 들어오라는 그의 손짓에는 고개를 저었다. 이상하게 날이 포근했고 온 사방에서 사람들이 한 해의 마지막날 새벽에나 볼 수 있는 투지를 불태우며 파티를 즐기고 있었다. 오늘은 최고로 신나게 보낼 거야. 황당한 짓과 황당한 말을 할 거야. 우리 삶과 주변 모든 사람들을 사랑해. 이 거대한 야외 온천은 술잔을 손에 든 파티광들로 북적거렸고, 또다른 무리의 사람들은 다리를 대롱거리며 가장자리에 빙 둘러앉아서 자리가 나길 기다리고 있었다. 수영장 위편의 덱에서는 디제이가 틀어놓은 힙합 리믹스가 쿵쾅거렸고, 온 사방에서—테라스에서, 수영장 안에서, 수영장 덱에서, 집안을 들락거리며—사람들이 그의 플레이리스트에 맞춰 즐겁게 춤을 추었다. 에밀리 왼편의 의자에서는 비키니 팬티만 입은 젊은 여자가 출렁거리는 가슴을 드러낸 채 다리를 벌리고 어떤 남자 위에 걸터앉아 그의 어깨를 주무르고 있었다. 그녀의 손은 남자의 등줄기를 타고 내려가 그의 엉덩이를 조금 사납게 만지기 시작했다. 그녀는 스물세 살, 많아야 스물다섯 살이었고 몸매는 완벽과 거리가 멀었지만—배가 조금 나왔고 허벅지가 지나치게 통통했다—팔뚝 살이 덜렁거리지 않았고 목도 처지지 않았다. 쭈글쭈글한 데도 없었다. 마냥 젊었다. 서른여섯 살인 에밀리의 몸과 다르게 치욕스러운 부분이라곤 전혀 없었다. 엉덩이에 희미하게 남은 튼살 자국이라든지, 눈곱만큼이지만 처지는 기미가 보이기 시작한 가슴골이라든지, 에밀리의 끈질긴 제모에도 불구하고 이제는 비키니 라인을 따라 제멋대로 자라나는 듯한 길 잃은 음모 몇 가닥이라든지. 이 정도면 호러쇼라고 볼 수는 없었지만—우아한 에레스 투피스 수영복을 입은 그녀는 여전히 호리호리하고 까무잡잡했고 어쩌면 심지어 누가 봐도 섹시했다—한 해, 두 해 지날수록 관리하기가 점점 힘들어졌다.

917로 시작되는 모르는 번호가 휴대전화 화면에서 반짝거렸다.

"에밀리? 나 헬렌이에요. 기억하는지 모르겠네요. 이삼년 전에 메트 갈라*에서 만났었는데."

에밀리는 기억을 더듬느라 하늘을 올려다보았다. 어디선가 들어본 이름인데 생각이 잘 나지 않았다. 정적이 허공을 채웠다.

"지금은 리조 매니저예요."

리조라니. 희한해라. 그는 차세대 저스틴 비버였다. 2년 전에 열여섯 살의 나이로 그래미 올해의 음반상을 수상하면서 몸값이 수직상승한, 요즘 최고의 인기를 구가하는 팝스타였다. 헬렌은 할리우드로 건너와 어떤 에이전시에 합류했는데—ICM이었는지 엔데버였는지 기억이 나지 않았다—그녀가 리조를 맡게 됐다는 소식을 어쩐 일인지 에밀리는 못 듣고 지나쳤다.

"당연히 기억하죠. 어떻게 지내세요?" 에밀리는 물으며 손목시계를 흘끗 확인했다. 평범한 연락이 아니었다.

"늦은 시각에 미안해요." 헬렌이 말했다. "여기 뉴욕은 벌써 새벽 네시지만 당신은 아마 LA에 있겠죠. 방해해서 정말 미안하지만……"

* 뉴욕 메트로폴리탄박물관의 의상연구소가 기금 마련을 위해 여는 행사.

"아니에요, 괜찮아요. 지금 지지 하디드가 어렸을 때 살았던 저택에 와 있는데 술은 많이 안 마셨어요. 무슨 일이에요?"

수영장에서 비명소리가 들렸다. 두 여자아이가 손을 잡고 뛰어들어 마일스와 그의 친구 두어 명에게 물을 튀기고 있었다. 에밀리는 눈을 부라렸다.

"아, 음, 그게요……" 헬렌이 헛기침을 했다. "통화 내용 공개되지 않는 거 맞죠?"

"그럼요." 어쩐지 느낌이 좋았다.

"내가 전후사정을 제대로 이해했는지 잘 모르겠지만 리조가 오늘 저녁 타임스스퀘어에서 열린 시크레스트*의 쇼에 참석했거든요. 모든 게 아무 문제 없었고 매끄럽게 잘 끝났어요. 이후에 나는 대학교 때 친구들을 만나러 갔고 리조는 클럽에서 열린 파티에 갔어요. 나하고 헤어졌을 때만 해도 정신이 멀쩡했어요. 자기 공연에 만족스러워했고요."

"네……"

"그런데 ICM 뉴욕 지사에서 일하는 동료가 지금 클럽에 있다며 문자로 사진을 한 장 보냈는데요……"

"그런데요?"

"좋지 않아요."

"왜요? 리조가 술 취해서 쓰러졌어요? 자기 토사물을 뒤집어썼어요? 남자랑 키스하고 있어요? 약 때리고 있어요? 미성년자를 더듬고 있어요?"

---

* 〈아메리칸 아이돌〉 〈아메리칸 톱 40〉의 진행자.

헬렌이 한숨을 쉬고 말문을 열었지만 깍깍대는 웃음소리에 묻혀 버렸다. 핫핑크색으로 머리를 염색하고 T팬티 비키니를 입은 여자가 수심이 얕은 곳에서 마일스의 어깨 위로 올라가 기마전을 벌이고 있었다.

"죄송해요, 다시 한번 말씀해주실래요? 주변이 좀 시끄럽네요." 에밀리는 이렇게 말하며, 가느다란 비키니 팬티 끈이 그녀의 남편의 목덜미에 걸쳐진 엉덩이 사이로 한층 더 파고드는 것을 지켜보았다.

"나치 코스튬을 입은 것 같다고요."

"뭘 입었다고요?"

"하켄크로이츠* 완장과 헤어밴드도 세트로. 돌격대 군화. 몽땅 다요."

"오 마이 갓." 에밀리는 무심결에 중얼거렸다.

"그 정도로 심한 일이에요?"

"음, 좋은 일은 아니죠. 해리 왕자도 옛날 옛적에 그런 짓을 저지른 전적이 있긴 하지만—이미 벌어진 일을 어쩌겠어요. 애써 포장하지 않을게요. 차라리 약물이나 남자아이가 나아요."

수영장에서는 마일스 어깨 위에 올라탄 핫핑크색 머리 여자가 자기 등으로 손을 돌려 비키니 톱의 끈을 풀더니 올가미 밧줄처럼 머리 위에서 빙글빙글 돌리기 시작했다.

"일단. 누가 알아요?" 에밀리는 물었다.

"아직은 인터넷에 아무것도 안 떴지만 당연히 시간문제겠죠."

---

* 나치 독일이 사용했던 상징.

"먼저 한 가지는 분명히 하고 넘어갈게요. 지금 나한테 일을 의뢰하는 거 맞죠?" 에밀리는 물었다.

"네. 그럼요."

"좋아요, 그럼 리조를 화장실로 끌고 가서 그 옷 벗기라고 지금 당장 동료한테 문자를 보내요. 금실로 짠 T팬티를 입고 있대도 상관없어요. 뭐든 나치 제복보다는 나으니까."

"그건 이미 조치했어요. 동료가 리조에게 자기 버튼다운 셔츠 입히고 자기 신발 신기고, 완장은 뺏고, 바지는 그냥 안 벗기고 뒀다는데 새빨간 색인가 보더라고요. 완벽하지는 않지만 그래도 최선은 다했어요. 특히 내가 지금 리조하고 직접 연락이 안 되는 상황인 걸 감안하면요. 하지만 지금 당장이라도 누가 SNS에 올리겠죠."

"맞아요, 그러니까 잘 들어요. 좋은 생각이 있어요. 택시를 타고 클럽으로 가서 그를 끌고 나와요. 더 그럴듯하게 보이도록 여자도 한두 명 동행하고, 그를 집에 데려다놓고 밖으로 못 나오게 해요. 문 앞을 지키는 한이 있더라도. 리조가 쓰는 비밀번호 알아요? 아니다. 그냥 휴대전화를 뺏어서 화장실에 버려요. 시간을 버는 동안 그가 취해서 바보 같은 트윗 올리면 안 되니까."

"알았어요. 그렇게 할게요."

"여기서 새벽 여섯시에 첫 비행기가 떠요. 집에 가서 짐 싸가지고 공항으로 갈게요. 내가 비행기를 타고 가는 동안 이야기가 새어 나올 거예요, 그전에 나올 수도 있고. 절대—다시 한번 강조할게요, 절대—아무 입장문도 발표하지 말아요. 리조는 아무하고도 말 못 섞게 해요, 음식 배달 온 사람하고도. 정보 봉쇄를 하라고요, 알겠어요? 사진이 아무리 충격적이더라도, 반응이 아무리 끔찍하더라도—내 말 믿어도 좋아요, 끔찍할 거예요—내가 도착할 때까지 아무 대꾸도 하지 말아요. 알았죠?"

"고마워요, 에밀리. 이 은혜 잊지 않을게요."

"당장 출발해요!" 에밀리는 더이상 말을 않고 꾹 참았지만 속으로는 사실 딴생각을 하고 있었다. 그녀가 청구하는 수임료와 연휴 수당과 여행 경비를 보고 헬렌의 숨이 멎을지도 모른다는 생각이었다.

그녀는 마지막으로 마가리타를 한 모금 마시고 유리 테이블에 잔을 내려놓은 다음 실제로 정사를 벌이고 있는지 뭔지 알 수 없는 옆자리 커플을 애써 무시하며 자리에서 일어났다.

"마일스? 자기야?" 에밀리는 최대한 점잖게 그를 불렀다.

아무 대답이 없었다.

"마일스, 달링? 그 아가씨 허벅지를 삼십 초만 자기 귀에서 떼어 내줄래? 나 이제 가봐야 해서."

그녀는 남편이 여자를 인정사정없이 물속으로 떨어뜨리고 헤엄쳐오는 것을 보니 뿌듯해졌다. "화난 거 아니지? 그냥 아무 생각 없는 어린애야."

에밀리는 무릎을 꿇었다. "당연히 화 안 났지. 당신, 바람을 피우려거든 저것보다는 훨씬 화끈한 애를 선택해줘." 그녀는 젖은 머리로 뚱한 표정을 짓고 있는 여자 쪽을 턱으로 가리켰다. "뉴욕에서 전화가 왔어. 리조한테 비상사태가 생겼대. 집에 가서 가방 싸고 LA공항으로 가면 오전 여섯시 비행기 탈 수 있을 거야. 도착하면 전화할게, 알았지?"

에밀리가 뭔가를 하던 도중에 호출을 받은 게 이번이 처음도 아니건만—외과의사인 친구 말로는 자기보다 에밀리가 더 시도 때도 없이 호출을 받는다고 했다—마일스는 망연자실한 표정을 지었다.

“올해의 마지막날이잖아. 뉴욕에는 그 일을 처리할 수 있는 사람이 없대?” 누가 봐도 속상해하는 얼굴이라 에밀리는 가슴이 찡해졌지만 애써 명랑한 목소리로 말했다.

“미안해, 달링. 이번 건은 거절할 수가 없어. 자기는 남아서 재밌게 놀아. 너무 재밌게 놀지는 말고……” 맨 마지막 말은 그의 기분을 풀어주려고 한 말이었다. 그녀는 마일스가 바보 같은 짓을 저지를지 모른다는 걱정은 전혀 하지 않았다. 에밀리가 허리를 숙여 촉촉한 그의 입술에 얼른 입을 맞추었다. “이따 전화할게.” 이렇게 말하고 그녀는 인파를 헤치며 원형 진입로로 걸어갔다. 귀엽게 생긴 주차대행요원이 타운카를 향해 나오라고 손짓했다. 그가 문을 열어주자 그녀는 미소와 함께 10달러짜리 지폐를 건넸다.

“행선지가 두 군데예요.” 그녀는 기사에게 말했다. “먼저 샌타모니카 대로에 가서 거기서 대기해주세요. 그다음은 공항이요. 속도를 내주시고요.”

그녀의 첫사랑이자 가장 진정한 사랑인 뉴욕이 기다리고 있었다.

2

# 꿈꾸어오던 삶

미리엄

아직 1.5킬로미터 구간의 시작인데도 미리엄은 숨이 막혀서 죽을 것만 같았다. 숨소리가 급하고 거칠었고 아무리 숨을 크게 들이마셔도 심박수를 늦출 수가 없었다. 그녀는 십육 분 만에 천번째로 핏빗Fitbit을 체크하고—어떻게 십육 분밖에 안 됐을 수 있을까?!—심박수가 165면 죽는 건 아닌지 잠깐 걱정했다. 그렇다면 그리니치를 통틀어, 어쩌면 전 지구를 통틀어 달랑 1.5킬로미터를 십육 분 동안 달리다—솔직히 이 정도면 걷는 수준이었다—죽은 유일한 여자로 공식 기록될 것이었다.

그래도 나온 게 어딘가! 행복 전도 블로거와 자기계발서 저자들이 힘주어 강조하는 게 바로 그것이지 않던가? 재거나 따지지 말고 그냥 나가요! 나가기만 하면 이미 절반은 성공한 거예요! 완벽을 기대하지는 말아요. 나간 것만으로도 충분하니까! "지랄하시네." 그녀는 영하의 1월 공기 속으로 엄청난 입김을 내뿜으며 중얼거렸다. 1월 1일 아침 일곱시에 하는 조깅은 단순히 절반의 성공이 아니었다. 명백한 승리였다.

“좋은 아침이에요!” 어떤 여자가 미리엄의 왼쪽으로 쌩하니 지나가며 이렇게 외치는 바람에 안 그래도 숨이 차던 그녀는 놀라서 순간 심장마비를 일으킬 뻔했다.

“안녕하세요!” 미리엄은 까만 옷을 입은 가젤처럼 달리는 여자의 뒤통수에 대고 소리를 질렀다. 정교한 메시 컷아웃이 두드러진 룰루레몬 레깅스가 근사하면서도 아주 추워 보였다. 몸에 딱 맞는 검은색 패딩은 있지도 않은 골반에서 끊기는 길이였다. 검은색 나이키 운동화를 신었고, 꼭대기에 세상 귀여운 방울이 달린 최첨단 스타일의 모자를 썼다. 다리가 끝도 없이 이어졌고 엉덩이는 어찌나 단단한지 그 아래 솔빗은커녕 실핀도 끼지 않게 생겼다. 미리엄은 예전에 왼쪽 엉덩이 아래에 솔빗을 끼워넣는 데 성공하고는 절망한 적이 있었다.

미리엄은 걷는 수준으로 속도를 늦추었다. 하지만 평정 비슷한 것을 찾을 겨를도 없이, 똑같이 멋들어진 운동복을 갖추어 입은 여자 둘이 반대편에서 그녀를 향해 달려왔다. 핫핑크색 패딩을 입은 여자의 손에 쥔 줄을 골든레트리버가 명랑하게 당겼고, 국방색 패딩을 입은 여자의 손에 쥔 줄은 숨을 헐떡이는 초콜릿색 래브라도가 당겼다. 그들 일행 자체가 모바일 크리스마스카드처럼 보였고 그들은 빠른 속도로 움직였다.

“해피 뉴 이어.” 골든레트리버 주인이 미리엄의 옆을 쌩하니 지나가며 말했다.

“그쪽도요.” 그녀는 모르는 사람이라는 데 안도하며 중얼거렸다. 쌍둥이가 유치원을, 벤저민이 새로운 공립학교에서 2학년을 시작하는 시기에 맞춰 오 개월 전 이 도시로 이사한 이래 다른 집 엄마를 많이 만난 것도 아니었다. 하루에 두 번씩 아이들 등하교를 시키다가 몇 명과 인사를 주고받은 것 말고는 다른 여자들을 만날 기회가 별로 없었다. 폴은 근교 부촌은 어디든 그렇다고 주장했다. 홈짐, 비디오룸, 와인 셀러와 시음 테이블 등 필요한 게 전부 1층 아니면 2층에 있으니 다들 대저택에 틀어박혀 지낸다고 했다. 베이비시터가 아이들과 놀아주니 다른 집 아이들과 약속을 잡아가며 놀릴 필요도 없었다. 장은 가사도우미가 보았다. 잔디를 깎는 것에서부터 수영장 염소 소독, 전등 갈기에 이르기까지 모든 것을 남에게 맡기느라 일손이 추가되고 추가되고 또 추가됐다.

부엌 뒷문으로 들어서자마자 나무 태우는 냄새가 미리엄의 코를 찔렀다. 거실을 흘끗 보니 불을 쬐고 싶었던 그녀의 생각을 남편이 읽은 모양이었다. 지금까지 근교생활을 하는 동안 가장 좋았던 것 가운데 하나가 아침에 불을 쬘 수 있다는 점이었다. 으스스했을 아침이 덕분에 아늑해졌다. 아이들의 뺨은 좀더 귀여워졌다.

"엄마 왔다!" 잠옷을 입은 채 소파 팔걸이 위에 중심을 잡고 서서 진짜처럼 보이는 칼을 휘두르던 매슈가 외쳤다. 올해 다섯 살인 매슈의 관심사는 무기뿐이었다.

"엄마! 매슈가 칼을 양보 안 해요. 둘이 같이 가지고 놀기로 했는데!" 매슈와 쌍둥이인 메이지가 식탁 아래에서 째지는 소리로 말했다. 메이지는 토라지면 그 자리로 들어가곤 했다.

"엄마, 〈헬리온〉 사게 암호 알려주면 안 돼요?" 벤저민이 슬쩍한 미리엄의 아이패드에 코를 박은 채로 물었다.

"안 돼." 그녀는 말했다. "누가 지금 인터넷 해도 된대? 아이패드 안 돼. 지금은 가족끼리 보내는 시간이야."

"그럼 지문 인증이라도요. 네? 제임슨이 그렇게 끝내주는 게임은 처음이라 그랬어요. 걔는 되고 나는 왜 안 돼요?"

"왜냐하면 걔네 엄마가 나보다 좋은 엄마이기 때문이지." 그녀는 말하고 아들이 꿈틀거리며 빠져나가기 전에 정수리에 얼른 입을 맞췄다.

폴은 플란넬 잠옷 바지 위에 플리스 스웨트셔츠를 입고 전기레인지 앞에 서서 팬케이크를 뒤집느라 여념이 없었다. "진짜 감동받았어." 그가 말했다. "오늘 아침에 당신이 그렇게 결심을 단단히 한 줄 전혀 몰랐거든." 미리엄은 너무 일찍 머리가 희끗희끗해지긴 했어도 그가 정말이지 잘생겼다는 생각을 하지 않을 수 없었다. 그는 그녀보다 딱 세 살 많지만 언뜻 보면 열 살 연상으로 착각할 수도 있었다.

미리엄은 자기 배에 손을 대고 살을 두 움큼 집었다. "이래서 그래."

폴은 열 장이 넘게 쌓인 팬케이크 더미 위에 마지막 한 장을 얹고 전기레인지를 껐다. 그녀에게로 다가와 그녀를 끌어안았다. "당신은 지금 이대로 완벽해." 그는 기계적으로 말했다. "자, 한 장 먹어."

"그건 절대 안 되지. 이십 분 동안 지옥을 경험하고 왔는데 팬케이크로 무너뜨릴 수 있나."

"다 됐어요, 아빠? 다 됐어요? 다 됐어요?"

"휘핑크림 얹어서 먹어도 돼요?"

"아이스크림은요?"

"저는 블루베리 없은 거 싫어요!"

눈 깜짝할 새 세 아이가 신이 나서 숨을 헉헉대며 식탁 앞으로 모였다. 미리엄은 대참사의 현장에는 눈을 감고 좋아하는 아이들과 고마운 남편만 생각하려 했지만, 온 조리대가 밀가루로 뒤덮였고 반죽은 전기레인지 뒤편에 다 튀었고 길을 잃은 초콜릿 칩과 블루베리가 바닥에 흩뿌려져 있으니 그러기가 쉽지 않았다.

"과일 샐러드나 요거트 먹을 사람?" 그녀는 그 두 개를 냉장고에서 꺼내며 물었다.

"없어요!" 그들은 팬케이크를 입에 물고 한목소리로 외쳤다.

그래, 사실은 나도 싫어. 미리엄은 요거트를 덜어내며 속으로 중얼거렸다. 그리고 요거트를 한 숟가락 떠서 입에 넣었다가 개수대로 뱉다시피 했다. 상했는지 달짝지근한 딸기로도 시큼한 맛이 가려지지 않았다. 그녀는 남은 걸 긁어내 음식물 쓰레기 처리기 안에 버리고 달걀을 몇 개 삶을까 고민했다. 종이맛이 나는 섬유질 크래커도 시도해보았지만 두 입 만에 못 먹겠다는 결론을 내렸다.

"인생 뭐 있어?" 그녀는 혼잣말처럼 중얼거리며 맨 위에 놓인 초콜릿 칩 팬케이크를 집어서 입안에 욱여넣었다.

"맛있죠, 엄마? 휘핑크림 얹을래요?" 벤저민이 휘핑크림 캔을 트로피처럼 흔들며 물었다.

"그래, 좋아." 그녀는 말하며 남은 팬케이크를 그의 앞으로 내밀어 휘핑크림을 받았다. 됐다 그래. 그녀는 딸에게 먹는 건 혐오스러운 게 아니라고 모범을 보이고 있었다. 뭐든 적당히. 이 집에서 식이장애는 안 될 말씀. 그녀가 커피 머신에 캡슐을 넣었을 때 폴이 중얼거리는 소리가 들렸다. "이런 망할."

"아빠! 말조심!" 메이지가 미리엄과 똑같은 말투로 외쳤다.

"아빠가 나쁜 말 썼어요! 아빠가 '망할'이라고 했어요!"

"미안, 미안." 그는 미리엄이 식탁에 두었던 신문에서 얼굴을 돌리지 않은 채로 중얼거렸다. "미리엄, 와서 이것 좀 봐."

"금방 갈게. 당신도 커피 한 잔 마실래?"

"얼른. 얼른 와서 봐."

"뭔데요, 아빠? 신문에 뭐가 실렸는데요?"

"자, 팬케이크 하나 더 먹어." 폴은 메이지에게 이렇게 말하며 미리엄에게 신문을 건넸다.

하단이기는 하지만 그래도 1면에 이런 헤드라인이 대문짝만하게 적혀 있었다. **MADD: 음주 운전에 나선 엄마들!*** **음주 운전 단속에 걸린 상원의원의 아내…… 차에 아이들까지 태우고 있었던 것으로 밝혀져!**

"이런 망할."

"엄마! 엄마 '망할'이라고 했어요!"

"아빠, 이번에는 엄마가 나쁜 말 썼어요!"

"망할, 망할, 망할!" 매슈가 노래를 불렀다.

"영화 볼 사람?" 폴이 물었다. "벤저민, 지하층 내려가서 〈보스 베이비〉 틀어줄래?" 이번에도 아이들이 계단을 달려내려가느라 난리법석이 벌어졌고 잠시 후 고마운 정적이 찾아왔다.

"말도 안 돼." 미리엄은 고등학교 친구의 머그샷을 뚫어져라 쳐

---

* 음주 운전 반대 캠페인을 벌이는 단체 'Mothers Against Drunk Driving' 중 'Against'를 'All-for'로 비튼 말장난.

다보며 말했다. 그들은 고등학교 3학년 때 파리에서 미국인학교를 같이 다녔다. 카롤리나는 거기서 모델 활동을 하며 영어를 배웠고 미리엄은 파리로 발령받은 부모님을 억지로 따라간 것이었다. "카롤리나가 이런 짓을 저질렀을 리 없어."

"신문에서는 그렇다는데? 도로변 음주 단속에 걸렸다. 뒷좌석에서 빈 술병이 나뒹굴었다. 음주 측정을 거부했다. 그리고 본인의 자녀를 비롯해 다섯 명의 아이가 차에 타고 있었다."

"절대 있을 수 없는 얘기야." 미리엄은 말하며 기사를 눈으로 훑었다. "내가 아는 카롤리나는 그런 애가 아니야."

"당신, 그 친구랑 대화한 지 얼마나 됐는데? 그동안 달라졌나보지. 그 부부처럼 계속 스포트라이트를 받다보면 사는 게 쉽지 않을 거야."

"십 년 동안 로레알의 간판 모델이었던 애야! 모든 슈퍼모델을 압도하는 메가모델이었다고. 그런 애가 스포트라이트 때문에 힘들어했을 리 있겠어?"

"뭐, 미국 상원의원의 아내는 전혀 다른 분야니까. 특히 대선에 도전할 생각이 있는 경우라면 이목이 집중되는 차원이 달라지지."

"그렇겠지. 나야 모르지만. 연락해봐야겠다. 이건 말도 안 돼."

"둘이 통화한 지 몇 달은 되지 않았어?" 폴은 커피를 한 모금 마셨다.

"그래서 뭐!" 미리엄은 자신이 거의 고함을 질렀다는 걸 깨닫고 언성을 낮추었다. "우린 고등학교 때부터 알고 지낸 사이야."

폴은 항복한다는 듯 두 손을 들었다. "안부 전해줘, 알았지? 나는 가서 우리 말썽꾸러기들 체크할게."

카롤리나에게 전화를 해보니 신호 다섯 번 만에 음성사서함으로 넘어갔다. "안녕하세요! 카롤리나예요. 지금은 전화를 받을 수 없지만 메시지 남겨주시면 바로 연락드릴게요. 감사합니다."

"리나? 나야, 미리엄. 그 끔찍한 기사 보고 연락했어. 나는 그 말 하나도 안 믿고 너를 아는 사람이라면 누구든 그럴 거야. 이 메시지 듣는 대로 연락해, 알았지? 사랑해, 친구야. 끊을게."

미리엄은 '종료' 버튼을 누르고 카롤리나의 이름이 뜨길 바라며 화면을 물끄러미 바라보았다. 하지만 잠시 후 지하층에서 비명소리가 들렸다. '너 싫어' 내지는 '이제 내 차례야'의 뜻이 담긴 게 아니라 진짜 아파서 지르는 비명소리라 미리엄은 숨을 크게 들이마시고 무슨 일인지 알아보려고 자리에서 일어났다.

올해가 시작된 지 얼마 되지도 않았는데 벌써부터 망조가 보였다. 그녀는 싸늘하게 식어버린 팬케이크를 한 장 집어들고 지하실로 내려갔다. 2018년 새해의 다짐이여, 안녕.

3

## 상습범처럼

카롤리나

“헤이, 시리! 어셔가 부른 〈Yeah〉 틀어줘!” 서버번 뒷좌석에서 해리가 외쳤다. 시리가 “네, 어셔가 부른 〈Yeah〉 틀어드릴게요”라고 대답한 뒤 스피커에서 베이스 소리가 터져나오자 아이들이 환호성을 질렀다.

카롤리나는 미소를 지었다. 열두 살짜리 남자아이들을 가득 태우고 운전하는 게 이렇게 재미있을 줄이야. 그래, 아이들은 시끄럽고 요란하고 가끔 고약한 냄새를 풍기기는 했다. 하지만 해리의 친구들은 다정하고 웃음이 많고 적어도 그녀 앞에서는 예의를 지키려고 했다. 좋은 집안에서 자란 착한 아이들이었고, 그녀는 인간 지뢰밭인 뉴욕에서 모든 게 좀더 여유로운 베세즈다로 거처를 옮기길 잘했다는 생각을 다시 한번 했다.

귀여운 것. 카롤리나는 백미러로 해리를 훔쳐보며 같은 생각을 천번째 했다. 아이는 날이 갈수록 점점 십대다운 면모를 갖추어갔다. 어깨가 넓어졌고 입술 위로 거뭇거뭇한 솜털이 돋았고 뺨에 조금씩 여드름이 났다. 하지만 친구들과 문자 주고받는 것만큼이나 레고를 좋아하는 걸 보면 아직 어린애 같을 때도 있었다. 해리는 자기 아버지처럼 외향적이고 자신감이 넘쳤지만 좀더 부드럽고 섬세한 면이 있었다. 베세즈다로 이사하던 무렵에 해리는 그레이엄에게 세상을 떠난 친엄마에 대해 전보다 자주 묻기 시작했다. 둘이 어디서 만났는지, 그녀는 책을 좋아했는지, 자기를 임신했을 때 어땠는지. 그러면 그레이엄은 항상 나중에 얘기해주겠다며 뒤로 미루었다. 나중에, 보고서 다 읽고 나면. 나중에, 주말에 시간이 날 때. 나중에, 네 엄마가 스키를 좋아했으니 스키 타러 갈 때. 나중에, 나중에, 나중에. 그레이엄이 자꾸 이렇게 미루는 이유가 귀찮아서인지 피하고 싶어서인지 괴로워서인지 카롤리나로서는 알 수 없었지만 해리에게 답을 알려줄 필요가 있다는 것만은 알 수 있었다. 그레이엄은 출근하고 해리는 학교에 가 있는 동안 여기저기 흩어져 있던 사진과 편지와 스크랩을 한데 모으는 데 거의 삼 일이 걸렸지만, 엄마의 추억 상자를 건넸을 때 안도하며 기뻐하는 해리를 보니 거기에 들인 시간이 일 초도 아깝지 않았다. 그녀가 해리에게 너의 엄마는 언제까지고 너의 엄마일 거라고, 언제든 엄마 얘기를 하고 추억해도 된다고 하자 덩치 크고 힘센 초등 고학년생이 첫날 등원을 마친 유치원생처럼 그녀의 품속으로 와락 안겼다.

"얘들아!" 금발을 덥수룩하게 길렀고 키가 껑충한 라크로스 선수 니컬러스가 셋째 줄에서 외쳤다. "우리 아빠가 다음 주말 스킨스 대 이글스 경기 티켓 구해주셨는데. 같이 갈 사람?"

아이들은 야유를 보냈다.

"엄마, 아빠가 같이 가주실 수 있을까요?" 해리가 물었다.

"우리 아빠 말로는 티켓값이 얼마 안 된다고 했는데." 니컬러스가 말했다.

아이들은 운전석에 앉은 그녀를 보지 못하지만 그래도 카롤리나는 애써 미소를 지었다. "아빠는 분명 같이 가고 싶어하실 거야." 그녀는 해리를 슬쩍 훔쳐보며 목소리를 듣고 그가 거짓말을 알아차린 것은 아닌지 확인했다. 해리는 프로풋볼이라면 사족을 못 썼고 그중에서도 레드스킨스의 열렬한 팬이었지만—그리고 그레이엄은 현직 상원의원이니 아무 좌석이나 지정해 앉을 수 있었다—이들 부자는 한 번도 경기를 같이 관람한 적이 없었다. 그레이엄은 해마다 카롤리나와 해리에게 구단주 좌석에 앉자고, 중요한 원정 경기가 있으면 비행기를 타고 가서 보거나 해리의 친구들을 초대해 50야드 라인의 좌석에서 보자고 했지만, 해마다 하트웰 부자 없이 시즌이 끝났다. 해리는 이 년 전에 딱 한 번 경기를 관람했는데, 그것도 그를 애처롭게 여긴 카롤리나가 스터브허브에서 티켓을 구해준 덕분이었다. 그는 머리에서부터 발끝까지 유니폼을 갖추어 입고 흥분해서 미친듯이 환호성을 질렀지만 그레이엄과 같이 왔더라면 더 좋았을 것이 분명했다. 카롤리나는 모르고 원정석 쪽 티켓을 구입했고, 누가 공격을 하는지 제대로 파악하지 못했고, 최선을 다했지만 계속 엉뚱한 타이밍에 환호성을 질렀다.

"엄마! 엄마!" 해리가 그녀의 생각을 끊었다. "뒤에서 경찰차가 경광등 켜고 따라오고 있어요."

"으응?" 카롤리나는 혼잣말에 가깝게 중얼거렸다. 백미러를 흘끗 확인해보니 순찰차 두 대가 경광등을 눈부시게 반짝거리며 서버번의 범퍼를 들이받을 기세로 바짝 쫓아오고 있었다. "어머나, 중요한 일인가보네. 알았어요, 알았어요, 잠시만요." 그녀는 큰 소리로 말했다. "차선 변경할게요."

해리가 안전하게 옆에 있어서 다행이었다. 그녀는 동네에서 긴급차량이 보이면 항상 불안해졌다. 그들의 집에 불이 났을 수도 있지만 해리만 보이는 곳에 안전하게 있으면 뭐든 감당할 수 있었다. 그녀는 깜빡이를 켜고 덩치 큰 밴을 최대한 우아하게 길가 쪽으로 몰며 크레인 부부에게 속으로 사과했다. 이 차의 타이어가 다섯 집 건너 이웃인 크레인 부부의 예쁜 잔디밭을 헤집고 있을지도 모르기 때문이었다. 하지만 순찰차는 그녀의 예상과 달리 왼쪽으로 쌩하니 지나쳐가지 않았다. 경찰도 길가로 핸들을 틀어 그녀의 밴 바로 뒤편에 순찰차를 댔다.

"우어어어, 하트웰 아주머니, 딱 걸렸어요." 해리의 친구인 스테판이 외쳤고 아이들이 모두 웃음을 터뜨렸다. 카롤리나도 같이 웃었다.

"그러게, 너도 내가 어떤 사람인지 알잖니." 카롤리나는 말했다. "주택가에서 시속 30킬로미터로 달리다니 미쳤지!" 그녀는 경관들이 번호판 옆에 서서 아이패드처럼 생긴 장치에 번호를 입력하는 것을 백미러로 지켜보았다. 됐다. 그녀는 생각했다. 그들 가족이 쓰는 세 대의 차량에는 모두 미국 공무용 번호판이 달려 있었고 그 정보가 입수되면 이 모든 한심한 소동이 끝날 것이었다.

하지만 차창 앞으로 다가온 두 명의 경관은 웃는 얼굴이 아니었다. "부인? 이 차량이 부인 소유인가요?" 여자 경관이 물었고 남자 경관은 그 뒤에 서서 지켜보았다.

"네, 그럼요." 카롤리나는 대답하고, 그들이 왜 이렇게 어이없는 질문을 하는지 궁금해했다. 그녀가 운전대를 잡고 있지 않은가. "경관님, 제가 과속한 건 아니라고 생각하는데요. 그야말로 집 앞 진입로를 이제 막 빠져나온 찰나였어요. 저 집 보이시죠? 저기 살아요. 아들 친구들을—"

여자 경관은 카롤리나를 노려보며 말했다. "면허증과 차량등록증을 보여주시기 바랍니다."

카롤리나는 여자의 표정을 살폈다. 장난기라고는 전혀 없었다. 카롤리나는 지갑에서 조심스럽게 면허증을 꺼냈고 글러브박스에 차량등록증이 잘 챙겨져 있는 것을 보고 안도했다. "저는, 음, 거기 면허증에 적힌 이름을 보고 아셨을지 모르겠지만…… 하트웰 상원의원의 아내예요." 카롤리나는 말하고 활짝 웃어 보였다. 평소에는 남편의 이름을 들먹인 적이 거의 없었지만, 평소에는 험상궂은 표정을 짓고 있는 경관들에게 차를 세우라는 지시를 받은 적도 없었다.

남자 경관이 미간을 찌푸렸다. "부인, 술을 드셨나요?"

카롤리나는 이 질문에 아이들이 잠잠해지는 것을 어렴풋이 감지했고, 한 시간 전에 그레이엄이 요즘 들어 상자째 사들이고 있는 어마어마하게 비싼 카베르네 와인을 일부러 땄던 기억을 떠올렸다. 해리와 친구들은 피자를 허겁지겁 해치우고 있었고 그녀는 조만간 아이들을 집에 데려다주어야 한다는 것을 알기에 반잔만 마셨다. 그게 다였다. 사실 마시고 싶은 마음도 없었지만 그레이엄이 뉴욕에서 돌아올 즈음이면 맛이 이상해질 테니 병을 따는 데서 쾌감을 느꼈다. 그는 맨해튼에 있는 친구의 아파트에서 새해 저녁식사를 하기로 했다며 카롤리나에게 같이 가자고 했지만, 그녀는 새해 전날에 해리를 혼자 내버려두기는 싫었다. 그는 홀로 떠났고 카롤리나는 별로 놀라지는 않았지만 짜증이 나긴 했다.

그녀는 가장 눈부신 미소를 지으며 똑바로 상대방을 쳐다보았다. "경관님, 지금 차에 애들이 타고 있어요. 술은 절대 마시지 않았어요. 속도위반도 하지 않았다고 생각하지만 그건 잘 모르겠네요. 만약 속도위반을 했다면 정말 죄송하게 생각합니다."

애들이라는 말에 남자 경관이 손전등을 들고 차 주위를 빙 돌기 시작했다. 불빛이 아이들 눈을 똑바로 비추거나 말거나 상관하지 않는 눈치였다. 카롤리나는 아이들이 전부 실눈을 뜨는 것을 볼 수 있었다.

"엄마, 무슨 일이에요?" 해리가 불안해하며 물었다.

"별일 아니야, 아들. 무슨 오해가 있나봐. 필요한 절차 밟을 수 있게 협조해드리자."

이 말을 들은 남자 경관이 여자 경관을 부르더니 손전등으로 뭔가를 가리켰다. 둘은 서로 흘끗 쳐다봤다. 카롤리나는 불안해할 이유가 전혀 없음에도 심장이 살짝 벌렁거리는 것을 느꼈다.

"하트웰 부인, 차에서 내려주세요. 천천히." 여자 경관이 말했다.

"네?" 카롤리나는 되물었다. "아니 차에서 내리라니 도대체 왜요? 외투도 안 입고 나왔—"

"내리세요!" 남자 경관이 고함쳤고, 그 순간 일상적인 속도위반 단속이 아니라는 사실이 분명해졌다.

카롤리나는 운전석에서 잽싸게 뛰어내리느라 발판을 딛지 않았고 그 바람에 발목을 접질려 넘어지지 않게 차문을 잡아야 했다.

두 경관은 또다시 서로 흘끗 쳐다봤다.

"하트웰 부인, 난폭 운전이 목격됐고 차량 뒷좌석에서 빈 술병이 발견됐습니다. 팔을 양옆으로 붙이고 도로 중앙을 약 6미터 정도 걸어주세요. 저희 경관들이 저편을 지키고 있으니 달려오는 차량은 없을 겁니다."

"잠깐—뭐가 발견됐다고요? 제 차에서요? 잘못 보셨겠죠." 카롤리나는 몸서리를 애써 참으며 말했다. "남편이 이 일을 알면 노발대발할 거예요!"

여자 경관은 비가 내려 번들거리는 카롤리나의 집 앞 도로를 가리키며 걸으라고 손짓했다. 카롤리나는 얇은 실크 블라우스 사이로 찬바람이 들지 않도록 무심결에 두 팔로 가슴을 감싸안고 그녀의 집을 향해 성큼성큼 당당하게 걷기 시작했다. 카롤리나가 지구상의 어느 누구보다 잘할 수 있는 게 하나 있다면 캣워크였다. 하지만 여기저기서 문이 열리고 커튼이 젖혀지고, 낯익은 얼굴들이 눈을 가늘게 뜬 채 그녀 쪽을 쳐다보다가, 번듯하고 고요한 그들의 동네에서 상습범처럼 음주 운전 검사를 받고 있는 사람이 누군지 알아보았을 때 그들의 표정이 달라지는 사태까지는 미처 예상하지 못했다.

저분은 로웰 부인인가? 카롤리나는 빳빳한 리넨 커튼 뒤에서 훔쳐보는 나이 많은 여자를 보고 궁금해했다. 찾아오신 줄도 몰랐네. 내가 이런 꼴을 보이다니. 카롤리나는 추위에도 불구하고 뺨이 달아오르기 시작하는 것을 느낄 수 있었고, 그러다보니 도로의 움푹 파인 곳을 못 봤는지 발을 헛디뎌서 하마터면 넘어질 뻔했다.

"보셨죠?" 카롤리나는 유심히 지켜보고 있던 경관들에게 말했다. "이 도로의 보수공사가 시급하다고 시의회에 옛날 옛적부터 얘기를 하고 있었다고요."

두 경관은 좀전의 그 눈빛으로 또다시 서로 흘끗 쳐다보았다. "부인, 음주 운전 혐의로 부인을 체포합니다. 부인은 묵비권을 행사할 권리가 있고—"

"잠깐—뭐라고요?" 카롤리나는 소리를 질렀다가 해리가 서버번 차창 밖으로 고개를 내밀고 이 광경을 빤히 쳐다보고 있다는 것을 뒤늦게 알아차렸다. "체포한다고요?"

"부인이 하는 모든 말은 법정에서 불리하게 사용될 수 있습니다. 심문을 받는 동안……"

두말하면 잔소리지만 귀에 익은 문구였다. 그레이엄과 함께 본 경찰 드라마가 워낙 많았고 싱글 시절에는 〈로&오더〉를 며칠 밤을 새며 정주행했었다. 하지만 경찰이 진짜로 이런 문구를 낭독할 줄이야. 지금 이게 실제로 벌어지고 있는 일일까? 너무 꿈을 꾸는 것 같았다. 방금 전까지만 해도 여느 평범한 엄마처럼 아들의 친구들을 집에 데려다주고 있었는데 지금은 순찰차 뒷자리로 호송되고 있다니.

"잠깐만요! 경관님! 애들을 차에 그냥 두고 갈 수는 없어요!" 카롤리나가 외치는 동안 차문이 쾅 닫혔다. 그녀는 아무래도 방탄유리일 게 분명한 두툼한 창문으로 세상과 단절된 채 뒷좌석에 혼자 남았다.

스피커 비슷한 것을 통해 경관의 목소리가 들렸다. "윌리엄스 경관이 부인의 아드님과 친구분들을 전부 안전하게 귀가시킬 겁니다. 이제 부인을 지서로 이송하겠습니다."

시동이 걸렸고 그와 함께 사이렌이 울리기 시작했다. 해리의 목소리는 들리지 않았지만 "엄마"라고 외치며 울지 않으려고 무진장 애를 쓰고 있는 건 보였다. 카롤리나는 창문에 손을 대고 입모양으로 "걱정 마, 아무 일 없을 거야"라고 했지만 아이의 눈에는 보이지 않을 것이었다. 순찰차는 번쩍이는 경광등과 요란한 사이렌소리로 조용한 밤거리를 가르며 카롤리나의 아들에게서 멀어졌다.

"어떻게 감히!" 그녀는 경관을 향해 악을 쓰다가 창문 위 오른쪽 구석에서 깜빡이는 카메라 불빛을 알아차렸지만 경관은 그녀 쪽을 쳐다보지도 않았다. 그녀는 평생 이렇게 속수무책이었던 적이 없었다. 이렇게 외로웠던 적이 없었다.

체포되고 거의 두 시간이 지나도록 경찰은 카롤리나에게 전화 통화를 허락하지 않았다. 이래도 법적으로 아무 문제가 없나? 그녀는 궁금해하며 애써 평정심을 유지했다. 그나마 여자 경관이 유치실에 들러 카롤리나에게 해리와 친구들이 모두 귀가했다고 알려주었다. 다른 아이들은 부모가 지서에 와서 데려갔고, 해리의 경우에는 그레이엄이 전화를 받지 않아 해리가 할머니인 일레인에게 연락해달라고 했고, 그녀가 득달같이 찾아와 아이를 자기 집으로 데려갔다고. 해리가 무사하다니 다행이었지만 시어머니의 집에 가서 아이를 데려올 생각을 하니 끔찍했다.

"남편이 전화를 받지 않네요." 카롤리나는 전화 통화를 하는 동안 옆을 지키는 경관에게 말했다.

그는 책상 위로 허리를 숙이고서 서류를 작성하고 있다가 고개를 들지도 않고 어깨를 으쓱했다. "그럼 다른 사람한테 해봐요."

"새해 전날 자정 직전이에요." 카롤리나는 말했다. "누구더러 이 밤중에 동네 경찰서로 와서 나를 데려가달라고 하겠어요?"

이 말에 경관이 고개를 들었다. "데려간다고요? 아뇨, 하트웰 부인. 죄송하지만 오늘밤에는 여기 계셔야 합니다."

"설마요!" 카롤리나는 그가 장난을 치는 거라고 거의 100퍼센트 확신했다.

"상부의 엄명이에요. 모든 음주 운전자는 최소 다섯 시간이 지나서 술이 깬 다음에라야 석방될 수 있어요. 그리고 오전 일곱시와 자정 사이에만 석방이 가능하니 안타깝게도 부인은 운이 없네요."

"내가 술 취한 사람처럼 보여요?" 카롤리나는 그에게 물었다.

경관이 그녀를 흘끗 쳐다보았다. 그는 이제 간신히 맥주를 살 수 있게 된 나이 같은데, 목이 점점 벌게지기 시작해서 더욱 어려 보였다. "죄송합니다, 부인. 원칙은 원칙이라서요."

그녀는 남편의 번호를 제외하고 유일하게 외우고 있는 번호로 연락했다. 그들 가족의 변호사이자 그레이엄의 막역한 친구인 트립은 첫번째 신호에 전화를 받았다.

"리나? 거기가 어디라고요?" 그가 비몽사몽간에 물었다. 자정이 되기도 전에 잠이 들다니 트립다웠다.

"들었잖아요, 트립. 베세즈다 카운티 경찰서 유치장이요. 깨워서 미안하지만 이해해줄 거라고 생각했어요. 그레이엄한테 연락했는데 어디 있는지 알 수가 있어야 말이죠. 이럴 수가, 이럴 수가."

트립과 그레이엄은 하버드 법학대학원 시절에 룸메이트였고, 서로의 결혼식 때 신랑 들러리를 맡았으며, 서로의 아이들의 대부였다. 그녀는 항상 트립을 그레이엄의 분신, 또 한 세트의 눈과 귀, 썩 괜찮은 대리인, 형제나 다름없는 사람으로 생각했다. 평소에 그들은 따뜻한 애정의 표현을 주고받았다. 하지만 오늘밤에 그녀는 그레이엄이 아니라 트립과 통화하는 현상황에 대한 불쾌감을 감추려는 시도조차 하지 않았다.

"이 시궁창에서 나 좀 꺼내줄래요?" 그녀는 수화기에 대고 속삭였다. "여기 사람들 말로는 아침까지 못 나간다는데 설마 그럴 리 없겠죠?"

"조금만 기다려요. 내가 몇 군데 전화 돌려서 해결할 테니까." 트립은 믿음직하게 자신만만한 목소리로 말했다.

"서둘러줘요."

하지만 서두르지 않았거나 어쩔 도리가 없었는지, 카롤리나는 다음날 아침 일곱시에 그가 보석을 신청하러 왔을 때야 겨우 그와 다시 얘기할 수 있었다. 그레이엄은 보이지 않았다.

트립은 그녀의 표정을 한눈에 읽었다. "그레이엄도 당연히 같이 오고 싶어했는데 내가 말렸어요."

카롤리나는 트립 옆으로 플라스틱 의자에 앉았다. 유치실 벤치에 누워 있었더니 온몸이 욱신거렸다. 그곳은 감방이라기보다 오래된 공항 탑승구에 더 가까웠다.

"나 바보 아니에요, 트립. 현직 상원의원이 아내 보석 신청하려고 지방 경찰서 유치장을 들락거리면 보기 안 좋다는 거 나도 알아요. 그래도 서운한 건 어쩔 수 없네요." 카롤리나는 눈물을 애써 삼키며 이렇게 말했다. "이게 도대체 무슨 일인지 얘기해줄 수 있어요?"

트립의 전화기가 울렸지만 그는 보지도 않고 벨소리를 죽였다.

"솔직히 얘기할게요, 리나. 이건 특급 막장사건이에요."

"내가 그걸 모를 줄 알아요? 간밤에 유치장에서 잔 사람이 나예요. 유치장에서 잤다고요. 그리고 내 남편 지금 어디 있어요?"

트립은 미간을 찌푸렸다. 헛기침을 했다. "리나, 그게—"

카롤리나는 한 손을 들어 보였다. "됐어요. 먼저 해리가 누구랑 같이 있는지 알고 싶어요. 누가 그 아이를 학교에 데려다줄 건지."

그는 다시 헛기침을 했다. 카롤리나는 그레이엄을 향한 분노를 트립에게 해소하면서 죄책감 비슷한 것을 느꼈다. 그가 너무 불쌍해 보였다. "해리는 간밤에 할머니 집에서 잤어요."

"아직 거기 있어요?"

"당신이 어젯밤에 체포됐을 때 해리가 어머님께 연락한 거 알죠? 어머님이 해리를 데려다주려고 했더니 경찰 무전을 도청해 정보를 입수한 기자와 카메라맨 몇 명이 당신 집 앞에 진을 치고 있더래요. 그래서 어머님은 집 앞을 그대로 지나쳐 다시 돌아갔어요. 언론에서 잠복하고 있으니 해리를 보호해야겠다 싶어서요. 최소한 그 아이의 소재는 아무도 몰라요."

카롤리나는 고개를 끄덕였다. 시어머니도 싫거니와 그녀의 아들이 그 집에 숨어 있어야 한다는 사실 자체도 끔찍했지만 그게 최선이었던 것 같다는 데에는 동의하는 수밖에 없었다. "좋아요. 그럼 이 악몽의 나머지는 어떤 식으로 해결할 거예요? 이건 함정 수사예요! 불법 체포라고요! 소송을 걸어야겠어요!"

트립은 기침을 하고 카롤리나를 쳐다보고는 다시 기침을 했다.

"트립? 왜 그래요?"

"그게…… 음, 복잡해서요."

"복잡하다? 단어 선택이 희한하네요. 나라면 아마도 당황스럽다고 했을 텐데. 나는 음주 운전을 하지 않았는데 음주 운전을 했다고 체포됐을 때 당황스러웠거든요. 그리고 내가 음주 운전을 했다 한들—절대 하지 않았지만요—내 남편이 인스타그램 팔로워가 많은 십대보다 더 인맥이 빵빵한 미국의 상원의원이라 그이가 없던 일로 만들길 바랐다면 벌써 그러고도 남았을 거라는 걸 충분히 알고요." 카롤리나는 나지막이 쏘아붙였다.

스피커에서 웅얼거리는 안내방송이 나왔고 여자 경관 하나가 그들 옆을 쌩하니 지나 앞문으로 나갔다.

"처음부터 찬찬히 설명해줄래요, 리나? 어떻게 된 일인지 얘기를 들어봅시다."

카롤리나는 시련이 시작되고 수 시간이 지난 지금에 이르러서야 눈물을 참지 못할 것 같은 예감을 느꼈다. 그녀는 체포되는 동안 자제력을 발휘했고 아무도 와주지 않는다는 것을 깨달았을 때도 생각보다 용감하게 대처했다. 하지만 익숙한 트립의 다정함과 걱정스러운 표정을 마주하자, 사실 그 자리에 앉아 있어야 하는 사람은 남편이었지만, 대성통곡하지 않는 정도가 최선이었다.

"미안해요." 그녀는 흐느낌을 삼키며 말했다. "그냥…… 감당이 안 되네요."

트립은 헛기침을 했다. "해리하고 둘이 간밤에 외출했었나요?"

"외출이요? 당연히 아니죠. 애들 먹을 감자칩이랑 살사소스 사느라 다섯시쯤 슈퍼에 나갔다 온 걸 외출로 치면 모를까. 해리가 친구 네 명을 집으로 불렀거든요. 피자를 시켜줬더니 자기들끼리 엑스박스를 했어요. 열두 살짜리 남자애들이 요즘 뭐하고 노는지 모르겠네요. 여자애들이랑 영상통화 했으려나? 서로 영상통화를 했으려나? 모르겠어요. 나는 자랑할 일은 아니지만 약이 올라서 그레이엄이 1000달러 주고 산 카베르네 와인을 따서 반잔 따랐어요. 고작 그뿐이었지만 거의 건드리지도 않은 그 병을 냉장고에 넣는데 아주 뿌듯하더라고요. 그이가 보면 심장마비를 일으킬 텐데 솔직히 기대가 됐거든요. 하지만 그게 다였어요. 와인 반잔."

"알겠어요. 그런 다음에는요?"

"그런 다음에는 아무것도 없어요! 아이들은 카벨 아이스크림 케이크를 한 삼십 초 만에 다 먹어치우고 아홉시 삼십분에 우르르 서버번에 올라탔어요. 1.5킬로미터도 안 되는 빌리 포스트의 집 앞에 도착했을 때 순찰차 두 대가 느닷없이 등장했고요. 심각한 응급상황이 벌어지기라도 한 것처럼 경광등을 번쩍거리고 사이렌까지 울리면서. 지나갈 수 있게 옆으로 비켰더니 내 차 창문 앞으로 다가오더라고요."

트립은 자신이 이미 알고 있는 대본을 카롤리나가 확인시켜주기라도 하는 듯 고개를 끄덕였다. "경관들이 뭐랬어요?"

"나더러 술을 마셨느냐고 했어요. 절대 아니라고 했더니 내가 아주 이상하게 운전을 했대요. 말도 안 되는 게 주택가 안에서 아주 천천히 달리고 있었거든요."

"경찰들 말로는 서버번 뒷좌석에서 굴러다니는 빈 샴페인 병을 봤다던데요." 트립은 자기 손을 내려다보며 조용히 이 말을 했다.

"아, 그래요? 흠, 그건 있을 수 없는 일인데요. 왜냐하면 나는 샴페인을 좋아하지 않거든요. 그레이엄도 마찬가지예요. 샴페인을 마시면 우리 둘 다 머리가 아파서—" 그녀는 말을 하다 말고 멈추었다. 애들의 소행이었을까? 카롤리나는 콧잔등을 찡그리고 생각에 잠겼다. 그랬을 가능성도 있을까? 열두 살이면 술을 몰래 마셔 보기에 너무 이른 나이도 아니었다. 해리는 절대 술을 입에 댈 리 없다는 건 그녀의 착각이었을까? 아니다, 그녀는 자기 아들을 알았다. 아이는 여느 십대처럼 온갖 것을 실험하겠지만 아직 그 단계는 아니라고 확신할 수 있었다. 게다가 아이들이 그녀를 완벽하게 속이고 그레이엄이 애지중지하는 와인 셀러로 들어갔다 한들 열두 살짜리 남자아이들 다섯이 샴페인 두 병을 깨끗이 해치우기는커녕 아무도 모르게 병을 따는 것조차 불가능했을 것이다. 그녀는 간밤의 기억을 다시금 더듬었다. 해리와 친구들은 모두 정상적으로 보였다. 소란스럽기는 했지만 정신이 멀쩡했다. "아니. 그건 아니었는데. 어쩌다 술병이 거기 들어갔는지 모르겠어요."

트립이 그의 손바닥을 그녀의 손 위에 얹었다. 따뜻하고 위로가 됐다. "정말 안쓰러워요, 리나. 견디기 쉽지 않을 텐데."

그 작은 공감의 말 한마디에 눈물이 다시 줄줄 쏟아지기 시작했다. 카롤리나는 마스카라가 시커멓게 뺨을 타고 흐를 게 분명하다는 생각이 들었지만 간밤을 유치장에서 보냈다는 점을 감안했을 때 그게 외모상의 가장 심각한 문제는 아닐 것이었다.

"그런데 정말 말도 안 되는 부분은 따로 있어요. 경찰이 나를 여기로 끌고 왔다는 거예요. 그런 다음 음주 측정이나 그런 걸 하지도 않고 밤새 저 방에 가두었어요. 무슨 근거로 그랬을까요? 내 차 안에서 빈 술병이 발견됐다는 걸로? 그게 어떻게 법적으로 허용이 되는 일이죠?"

트립의 전화가 다시 울렸지만 그는 카롤리나가 놀랄 정도로 세게 '거절' 버튼을 누르고 헛기침을 했다. "경찰에서는 당신이 음주 측정과 추후에 제안한 혈액검사까지 거부했다고 하던데요. 메릴랜드는 묵시적 동의법을 시행하는 주라 운전면허증 소지 자체를 검사에 동의하는 것으로 간주해요. 모든 검사에 불응하면 당장 음주 운전으로 판결이 내려지고요."

"지금 그거 농담이죠?"

"나는 주로 기업체 일을 해요, 리나, 당신도 알다시피. 소송은, 특히 형사소송은 맡은 적이 거의 없어요. 하지만 오기 전에 동료에게 자문을 구해 법률적인 부분에 대해 들었어요."

"아니, 그게 아니라 경찰에서 나더러 음주 측정을 거부했다고 했다는 거 말이에요. 실제로는 정반대였어요. 내가 음주 측정을 해달라고 했거든요. 해달라고 사정했어요. 그러면 모든 오해가 풀릴 테니까……"

"리나? 그레이엄하고 내가 최고의 인력을 동원할 거라는 거 알죠? 침착하게 대처하면 잘 해결할 수 있을 테고—"

그뒤로 이어진 말은 귀에 들어오지 않았고 간밤의 일이 어떤 여파를 남길지 그녀의 머릿속에서 총천연색으로 천천히 그려지기 시작했다. 사실상 헤드라인이 눈앞에 보였고—**슈퍼모델 출신의 상원의원 아내, 아이들을 태우고 음주 운전을 하다**—언론의 집중포화도, 그런 짓을 저지른 사람이라는 세간의 오해에서 오는 굴욕감도 예견할 수 있었다. 그리고 해리. 해리가 가장 큰 문제였다. 열두 살짜리가 새엄마를 창피하게 여기는 이유는 친구들을 가득 태우고 음주 운전을 하다가 체포돼서가 아니라 이상한 청바지를 입고 다녀서가 되어야 하지 않겠는가.

잠시 후 또다른 감정이 잔인하도록 격하게 그녀를 강타했다. 남편을 향한 본능적인 그리움에 숨이 막힐 지경이었다. 그들이 어쩌다 이 지경에 이르렀을까? 그녀가 유치장에서 하룻밤을 보냈는데 남편이라는 평생의 파트너는 그대로 손을 놓고 있다가 다음날 아침에 친구를 보내다니. 이럴 수는 없었다. 무슨 일인가가 벌어지고 있었다, 걷잡을 수 없는 일이. 요즘 들어 서로 소원해지긴 했었다. 그녀는 평소보다 그레이엄과 단절된 기분을 느꼈다. 전보다 서먹서먹했다. 심지어 그가 또다시 바람을 피우고 있는 건 아닌지 의심스럽기도 했다. 하지만 상대는 그레이엄이었다. 그녀의 대가족 모두가 경제적으로 아무 문제 없이 살 수 있도록 소소한 부분까지 챙긴 남자. 하루에 아무리 못해도 열 번씩 그녀에게 눈이 부시다고 얘기하는 남자. 그녀는 그들의 결혼식을 어제 일처럼 기억할 수 있었다. 파릇파릇한 포도원은 갑작스럽게 내린 비 덕분에 근사한 무대가 되었다. 다른 커플 같으면 기분을 잡쳤을지도 모르지만 그들은 아니었다. 그들은 서로에게 푹 빠진 채 웃으며 춤을 추느라 비가 내리는 줄도 거의 몰랐다. 신랑신부용 테이블에 앉아서 그녀는 축하해줘서 고맙다고 모든 하객에게 인사하는 늠름하고 잘생긴 남편을 올려다보았다. 그가 그녀 쪽으로 몸을 돌리고 손을 내밀었을 때 눈에 고인 눈물이 보였고 그의 건배사는 절절하고 진솔했다. 그런데 지금은 이런 지경이라니.

트립은 계속 얘기를 하고 있었다. 판례가 어쩌고저쩌고. 피로가 몰려왔고 서글픔과 굴욕감과 외로움이 그녀를 덮쳤다.

"피곤해요." 그녀는 말하고 다시 눈물을 닦았다. "해리 데리러 가려는데 데려다줄 수 있어요?"

"그럼요. 여기서 나갑시다."

알링턴에 있는 시어머니의 집으로 가는 동안 그들은 아무 말도 하지 않았다. 카롤리나가 현관 앞에 도착하자마자 트립은 쌩하니 가버렸다.

"카롤리나." 일레인은 문을 열어주며 방금 전에 뭔가 씁쓸한 걸 씹은 투로 말했다.

"어머님. 해리 데리고 와주셔서 감사해요." 카롤리나는 억지로 인사를 하고 외투를 복도 앞 벤치에 놓고는 들어오라는 소리도 하지 않는 시어머니를 따라 부엌으로 들어갔다.

"누군가는 했어야 하는 일이었잖니. 다른 친구들 부모에게 연락하는 것도."

"네, 어, 정말 감사해요. 해리는 어디 있어요?"

"아직 자고 있다." 시어머니가 말했다. "간밤에 얼마나 충격을 받았겠니."

카롤리나는 대놓고 못 들은 체했고, 일레인이 커피를 마시겠느냐고 묻지 않을 게 분명해지자 커피를 끓이려고 자리에서 일어났다. "어머님도 한 잔 드릴까요?" 그녀는 물었지만 일레인은 그저 손사래를 쳤다.

"이건 진짜…… 큰일이다, 카롤리나. 내가 참견할 일은 아니다만 무슨 문제가 생겼으면 도움을 청했어야지. 음주 운전이라니. 상원의원의 아내가. 남편이 장래 미국 대통령감인데. 네 생각을 하지 않는 건 어쩔 수 없다만 어떻게 그레이엄의 앞날을 걱정하지 않을 수가 있니?"

"문제는 해리의 안전이 아니고요? 제가 잘못 들은 거겠죠?"

이번에도 일레인은 손사래를 치며 혀를 찼다. "너도 알다시피 나는 너하고 그레이엄 사이에 관여하는 걸 좋아하지 않는다만 이번 일은—"

"어머니, 그만하세요."

카롤리나는 그레이엄의 목소리를 듣고 화들짝 놀라는 바람에 스웨터 앞자락에 커피를 쏟고 말았다. 그가 번듯한 외모를 자랑하며 바로 눈앞에 서 있는데도 그녀는 "그레이엄?" 하고 물었다. 그가 달려와 안아주길 기다리며 그를 향해 두 팔을 벌렸다. 하지만 그는 꼼짝하지 않았다. 어디든 지금 여기보다는 낫겠다는 표정으로 아내와 어머니를 번갈아 흘끗거리며 문 앞에 그대로 서 있었다. 맞춤 제작한 셔츠와 잘 다린 치노 바지부터 매달 세번째 금요일에 자르는 숱 많은 까만 머리까지 모든 면에서 흠잡을 데가 없었다. 캐시미어 양말. 전문가에게 면도를 맡긴 듯한 얼굴. 조그만 에르메스 여행용 가방. 그리고 인상에 진지함을 더하는, 초록색 눈 옆으로 보일락 말락 하게 잡히는 잔주름. 신장 187센티미터의 그는 돈을 들여 단장한 남성미의 완성이었다.

"당신 여기 있는 줄 몰랐네." 카롤리나는 멋쩍게 팔을 거두며 갈라지는 목소리로 말했다. "트립은 당신이 아셀라 열차에 타고 있다고 했는데."

"사실 이제 막 나가려던 참이었어." 그는 그녀를 지나쳐 부엌 안쪽으로 들어갔다. 목소리가 스테인리스 냉장고 문처럼 차갑고 감정이 없었다.

"어디 가려고?" 카롤리나는 이렇게 물었다. 그의 서먹서먹한 태도에 어안이 벙벙했다. 그녀에게 화가 난 걸까? 설마 그녀가 술을 마시고 애들을 차에 태웠다고 생각하는 건 아니겠지? 다른 사람이라면 몰라도 그는 그녀가 요즘 사실상 술을 입에도 대지 않는다는 것을 알았다. 지금 여기서 피해자는 그녀이지 않은가? 그는 그녀가 누명을 쓰고 밤새 유치장에 갇혀 있도록 수수방관하지 않았나?

"아들, 내가 커피 한 잔 끓여줄게." 일레인이 그레이엄에게 말하며 전에 없이 기운차게 벌떡 자리에서 일어났다.

"어머님, 잠깐 자리 좀 비켜주시겠어요?" 카롤리나가 물었다.

일레인이 아주 기분 나빠하는 표정을 지으며 그레이엄을 쳐다보자 그는 고개를 끄덕였다. "고맙습니다, 어머니."

일레인은 요란하게 자기 커피와 바나나를 챙겼다. 카롤리나는 그녀가 사라지자마자 그레이엄에게로 뛰다시피 다가갔다. "당신 왜 이래?" 그녀는 물었다. 그러고는 애써 명랑한 목소리로 말했다. "못 들었나본데 내가 새해 전날을 감방에서 보냈어."

그는 그녀에게로 홱 몸을 돌리더니 자기 팔을 흔들어 그녀의 손을 떨쳐냈다. "당신한테는 이게 장난이야? 이게—재밌어?"

카롤리나는 충격으로 자신의 입이 떡 벌어지는 것을 느낄 수 있었다. "재밌느냐고?" 그녀는 더듬더듬 되물었다. "당연히 아니지. 일분일초가 얼마나 끔찍했다고. 그런데 당신은 그동안 어디 있었어? 트립을 보내? 당신도 알다시피—"

"내가 아는 건 베세즈다 경찰서에서 들은 얘기뿐이야, 카롤리나. 커닝햄 서장 말로는 당신이 음주 단속 도중 현장 음주 검사를 통과하지 못해서 구류됐다고 하더군."

그가 그녀를 리나가 아니라 카롤리나라고 불렀다는 사실이 그녀의 뇌리를 강타했다.

"그레이엄, 경찰에서 뭐라고 했을지 알아. 하지만—"

그는 손바닥으로 조리대를 내리쳤다. "당신 어떻게 그럴 수가 있어? 어떻게 그렇게 바보 같을 수가 있어?" 그의 얼굴과 목이 벌겋게 얼룩덜룩했다. "그것도 내 아들을 차에 태우고!"

"당신 아들?" 카롤리나는 물었다. "우리 아들이겠지. 걔가 내 의붓아들일지 몰라도 난 그애를 그렇게 부른 적 없고 친아들과 다르게 생각한 적도 없다는 거 당신도 알잖아."

그레이엄은 잔에 가득한 커피를 개수대에 버리더니 그녀의 얼굴 바로 앞에 대고 손가락을 들었다. 그리고 실눈을 뜨고 이렇게 말했다. "지금 당장 해리 깨워서 집으로 안전하게 데려가. 할 수 있겠어? 우버를 타고 가야겠지. 당신이 차를 몰고 갔다가는 저 거머리들한테—" 그는 깔끔하게 관리된 전면의 도로를 가리켰다. "들킬 테니까. 내가 굳이 말을 하지 않아도 그들 중 어느 누구하고도 말을 섞으면 안 된다는 것쯤은 알고 있겠지? 단 한 마디도 하면 안 돼. 심지어 눈도 맞추면 안 돼. 알아들어?"

카롤리나는 그가 누그러지길 바라며 그에게로 다가갔다. "당신 왜 이래? 내가 음주 운전을 하지 않았다는 거 당신도 알잖아. 내가 얼마나 남들 앞에 나서지 않는 성격인지 알잖아. 내가 해리는 물론이고 다른 집 아이들을 위험하게 만드는 일은 절대 저지를 리 없다는 거 알잖아." 절박하게 애원하는 것처럼 들리는 것을 알았지만 어쩔 수 없었다. 남편이 유치장으로 그녀를 데리러 오지 않은 건 그렇다 치더라도 그녀가 저지르지도 않은 범행을 두고 이렇게 화를 내는 건 그냥 지나칠 수 없는 문제였다.

그의 눈빛이 전과 다르게 냉정했다. "오늘밤에 집으로 갈 거야. 잊지 마—아무하고도 말을 섞으면 안 된다는 거." 그 말을 끝으로 그는 부엌에서 나갔다.

## 4
# 내 친한 친구 몇 명도 유대인

### 에밀리

엘리베이터 문이 열리면서 전면 유리창 너머로 프리덤타워와 이스트강, 허드슨강이 둘 다 내다보이는 아파트가 곧바로 나오자 에밀리는 애써 태연한 표정을 지었다. 으리으리한 집이라면 예전에도 몇 번 본 적 있었다. 할리우드에 있는 카다시안의 대저택도 아담한 것과는 거리가 멀었다. 코모 호숫가에 있는 조지와 아말 클루니 부부의 별장도 나쁘지 않았다. 그리고 미란다 프리스틀리가 사는 피프스 애비뉴 타운하우스를 두고 으리으리하지 않다고 할 사람은 없을 것이었다. 하지만 유리로 이루어진 1200만 달러짜리 58층 펜트하우스의 웅장함에는 숨을 멎게 하는 뭔가가 있었다. 트라이베카에는 고층 건물이 많지 않기 때문에 집이 구름 속에 혼자 떠 있는 듯 느껴졌다. 자연광이 워낙 밝아서 실눈을 떠야 했고 철저하게 모던한 가구와 완전히 트인 거대한 공간이 별세계의 분위기를 연출했다.

"와주셔서 정말 감사해요." 헬렌이 머리칼을 뒤로 넘기며 말했다. 에밀리가 기억하는 헬렌은 어느 누구보다 인상적인—거대하고 제멋대로이며 엄청난—아프로 헤어스타일을 하고 있었는데, 지금은 스프링처럼 꼬불꼬불하게 말린 수천 가닥의 고수머리가 반짝이며 온 얼굴을 얌전히 감싸고 있었다.

"별말씀을요." 에밀리는 대답하고 불룩한 고야드 토트백을 현관 앞 벤치에 내려놓았다. 공항에서 여기까지 오는 동안 어시스턴트 카일에게서 전전긍긍하는 문자를 여섯 통 받았다. 보아하니 헬렌이 패닉에 빠진 모양이었다. "그 친구, 여기 있나요?"

헬렌이 고개를 끄덕이자 고수머리가 흔들렸다. "트레이너랑 같이 있어요. 금방 끝날 거예요. 뭐 좀 드릴까요? 커피? 독한 술? 저는 한잔 마시고 싶은데."

"둘 다 마시면 어때요? 그러면 좋겠는데."

에밀리는 그녀를 따라 눈이 부시도록 하얗게 칠한 부엌으로 들어갔다. 유니폼을 입은 히스패닉계 여자가 스타벅스에서나 볼 법한 에스프레소 기계 앞에 서 있었다. "클라라, 베일리스 넣은 플랫화이트 한 잔씩 줄래요?" 오후 세시부터 커피에 술을 타달라는 이 두 명의 전문직 여성을 조금 희한하다고 여겼다 한들 클라라는 전혀 티를 내지 않았다. 그녀는 능숙하게 커피를 준비하고 그림 같은 전망이 내다보이는 흰색 가죽소파로 그들을 안내했다.

"그럼, 겉으로 드러난 부분부터 짚고 넘어가도록 할게요." 에밀리는 커피를 한 모금 마시며 말했다. "코스튬 파티에 입고 갈 옷으로 왜 나치 복장을 선택했대요?"

헬렌은 용기를 그러모으려는 사람처럼 자기 손을 쳐다보았다.

"코스튬 파티가 아니었어요."

"뭐라고요?"

"어쩌겠어요, 에밀리. 그는 어린애예요. 돈도 너무 많고 시간도 너무 많고 당신과 나처럼 뒤치다꺼리해주는 사람도 너무 많은 멍청한 어린애. 처음 듣는 얘기도 아니잖아요."

"그렇죠. 하지만 그러면 모든 면에서 더 힘들어지는데." 에밀리는 손목시계를 흘끗 확인했다. 어디 갈 데가 있어서가 아니라 전화를 받자마자 서쪽 끝에서 이 동쪽 끝으로 날아왔으니 이제는 그를 만나야 했다.

헬렌은 숨은 뜻을 알아차렸다. "이제 같이 가실까요? 제가 소개해드릴게요."

두 여자는 거리미술에서 영감을 받은 그림이 줄줄이 걸린 길고 하얀 복도를 지나 나선형 계단을 내려갔다. 이번에는 그라피티로 덮인 또다른 복도가 등장했고 그 끝에 유리로 된 프렌치도어가 있었다. 안에서 복싱 글러브를 끼고 천장에 달린 빨간색 샌드백을 미친듯이 때리고 있는 리조가 보였다. 짧은 반바지에 짙은 핑크색 스포츠 브라만 달랑 입은 미녀가 폴짝폴짝 뛰면서 그에게 소리를 질렀다.

헬렌이 문을 두드렸다. 리조와 여자, 둘 다 흘끗 쳐다보았지만 펀치나 점프를 멈추지는 않았다.

"리조? 잠깐 쉬었다가 할까? 소개하고 싶은 사람이 있는데."

에밀리의 시선이 향한 곳은 땀에 젖은 그의 근육질 상체가 아니라 트레이너였다. 스포츠 브라의 밴드를 따라 폭 5센티미터짜리 컷아웃이 들어가 있어서 유두 아래로 맨살이 당장이라도 얇은 천을 뚫고 튀어나올 듯이 불룩했다. 재밌네. 에밀리는 생각했다. 가슴을 덮고 아래에서 받쳐주려고 입는 게 스포츠 브라인데 그러는 데 필요한 천을 대부분 잘라내다니. 그녀는 문득 자신이 구닥다리가 된 것 같은 기분을 느꼈다.

"잘했어요, 리조." 여자는 말하고 수건으로 그의 엉덩이를 찰싹 때렸다. 그녀의 가슴이 들썩였다. 에밀리는 자기만 그걸 쳐다보는 게 아니라는 것을 알아차렸다. 리조와 헬렌도 눈을 뗄 줄 몰랐다.

"고마워요. 내일 봐요." 리조는 그녀의 손에 들린 수건을 낚아채 자기 목에 둘렀다. 그녀가 더플백과 복싱 글러브를 챙겨들고 문을 향해 걸어가는 모습을 세 사람 모두 지켜보았다.

"어우 씨." 리조는 그녀의 뒷모습을 빤히 쳐다보며 나지막이 중얼거렸다.

"저기, 리조? 나는 에밀리 찰턴이에요. 헬렌이…… 어젯밤 일로 도움을 요청해서 오게 됐어요. 만나서 반가워요."

그와 시선이 마주치자 에밀리는 순간 주변의 모든 것을 잊은 동시에 열여덟 살짜리를 보며 미치도록 섹시하다는 생각을 하는 소아성애자가 된 기분을 느꼈다. 세상에 또 없을 눈이었다. 저런 초록색이 가능하단 말인가?

"아, 와주셔서 감사해요. 아주 화끈하시네요. 헬렌이 조금 오버하는 거 아닌가 싶긴 하지만."

리조는 1리터짜리 스마트워터를 따서 단숨에 병을 비웠다. 헬렌은 여기서부터 당신이 맡아주세요라는 눈빛으로 에밀리를 쳐다봤다.

"가뜩이나 작년에 샬러츠빌에서 그런 일이 벌어진 마당에 리조, 당신에게 무슨…… 비도덕적인 의도는 없었겠지만 대중들은 반유대주의를 상당히 심각하게 생각하거든요. 나치 군복을 입으면 대개 반유대주의로 해석이 되고. 그러니까 얼른 선수를 쳐야 해요."

그는 손을 흔들고 병을 하나 더 따서 마시기 시작했다. "그냥 장난삼아 한 일이었어요. 다들 이해할 거예요. 팬들은 이해할 거예요."

에밀리는 심호흡을 하고 애써 침착한 말투를 유지했다. "그래요, 그럴 수도 있죠. 하지만 이해 못하는 팬들도 있을 거예요. 특히 유대인이라면. 또는 홀로코스트를 찬성하지 않는 사람. 그런 사람들 많을걸요? 당신을 후원하는 유니클로, 렉서스, 스마트워터는 당연히 좋아하지 않겠죠. 소니도 마찬가지일 테고. 그래서 내가 이 불쾌한 사태에서 탈출할 전략을 준비해왔어요. 100퍼센트 깨끗하게 청소할 수 있는 전략이죠. 잘 듣고 당신에게 주어진 역할만 제대로 수행하면 모든 분란이 잠잠해질 거예요. 장담해요."

리조는 딱히 관심이 없는 눈치였지만 그래도 그녀를 쳐다보며 기다렸다.

"내가 〈포스트〉 〈허프포〉 〈TMZ〉 〈버라이어티〉 등등 알 만한 매체에 전부 연락해서 당신은 하켄크로이츠가 그 옛날 불교에서 쓰인 평화의 상징인 줄 알았다고 할 거예요. 바보 작전을 쓰는 거죠. 연극이지만 제대로 하는 게 중요해요. 당신은 어리고 경험이 부족해서 그걸 불쾌하게 받아들인 사람이 있다는 데 경악했다고. 명상 수업 때 불교 경전에서 그 상징에 대해 읽었고 거기 담긴 평화의 메시지에 진심으로 감동했다고."

"어리고 경험이 부족하다고요?"

"물론 실제로는 아니죠." 에밀리는 말했다. "그냥 그런 척하자는 거예요." 그가 잠자코 있자 그녀는 하던 얘기를 계속했다. "어지간한 인터뷰에 모두 응해서 깊이 뉘우치며 사과할 거예요. ADL* 에 거금을 기부할 거고. 워싱턴 DC에 있는 홀로코스트 기념관에 공개적으로 방문해 유대인 성직자를 만나고, 실수이자 착오이며 당신의 진심은 절대 아니라고 정식으로 성명을 발표할 거예요. 진심을 담아서 이걸 백 번이고 천 번이고 반복해야 해요. 사람들이 하는 이야기의 흐름이 바뀌고 당신이 평화의 투사이자 박해를 당한 전 세계인들의 수호자로 급부상할 때까지. 나를 믿어요, 대본대로만 하면 그렇게 될 수 있어요."

"기발하네요." 헬렌은 고개를 끄덕이며 말했다. "에밀리의 작전대로 하면 딱이겠어요."

리조는 콧방귀를 뀌었다. "그래요? 내가 보기에는 어처구니가 없는데. 내가 나가서 바보인 척해야 한다는 거잖아요?"

에밀리는 헬렌이 자신을 쳐다보지 않으려고 애쓰는 것을 느낄 수 있었다. 에밀리도 마찬가지였다.

"아니, 순 헛소리잖아요. 완전 오버예요."

"다른 좋은 방법이 있나요?" 에밀리는 최대한 감정을 배제한 목소리로 물었다. 짐작했던 대로 그는 우라지게 엄청난 멍청이였다.

"네, SNS에 해명글을 올릴게요. 새해 전날에 재밌게 놀려고 했을 뿐 누굴 자극하려는 뜻은 없었다고. 유대인한테 아무 감정도 없다고요. 내 에이전트도 유대인이에요. 회계사도 유대인이고. 아니, 내 변호사가 전부 유대인이에요. 팬들은 내가 유대인 혐오자가 아니라는 걸 알아요."

---

* 미국 최대의 유대인 단체.

"리조, 아무리 강조해도 부족하지만 '내 친한 친구 몇 명도 유대인'이라고 하는 건 좋은 방법이 아니에요." 에밀리가 말했다. "스냅챗에 '앗, 나의 실수'라고 올리고 모든 분란이 잠잠해지길 바랄 수는 없어요. 안 그럴 게 분명하거든요."

"린저에 올리면 될 거예요."

에밀리는 린저가 뭔지 알 길이 없었지만 모르는 티는 내지 않을 작정이었다. "리조, 이런 건 내가 전문이에요. 벤 에플렉 베이비시터 사건 수습. 저스틴 비버 누드 사진 유출 수습. 케빈 스페이시 열네 살짜리 미투 수습. 음주 운전. 경찰관 앞에서 주취 난동. 오스카상 시상식에서 정치적 발언. 절도. 셀 수도 없을 만큼 많은 섹스 동영상. 내가 도와줄 수 있어요."

"대단하시네요." 그는 말했다. "생각해보고 연락드릴게요." 그러고는 에밀리가 충격받은 표정을 감출 새도 없이 홈짐 밖으로 나가서 등뒤로 문을 닫아버렸다.

에밀리가 헬렌을 쳐다보자 그녀는 어깨를 으쓱했다. "그냥 저러는 거예요." 그녀가 말했다. "저 아이도 당신 말이 맞는다는 걸 알아요."

"그래요? 저는 그런 느낌을 전혀 못 받았는데. 그리고 시간을 지체해도 되는 일이 아니거든요. 이미 레이더 온라인에 사진 올라온 거 봤어요. 저 친구도 봤을까요?"

"알아요, 저도 전적으로 당신 생각에 동의해요. 좀 진정되면 제가 얘기해보고 연락드릴게요. 이 근처에 계실 거죠?"

에밀리는 고개를 끄덕였지만 다음 행선지에 대해서는 일 초도 생각한 적이 없었다. 밤이 될 때까지 리조의 아파트에서 일을 하고 호텔에 체크인하면 되겠거니 계산해 JFK공항에서 트렁크를 끌고 곧바로 왔던 것이다. 하지만 이제 어쩌면 좋을까? 확실하게 일을 맡은 것도 아니고.

헬렌이 현관까지 그녀를 배웅했고 메이드가 그녀의 바퀴 달린 트렁크를 가지고 왔다. "급하게 연락했는데 와주셔서 감사해요. 한 시간 내로 전화드릴게요."

하지만 엘리베이터가 로비에 도착하기도 전에 에밀리의 전화벨이 울렸다. "빠르네요."

"정말 미안해요, 에밀리. 하지만 당장 알리는 게 좋을 것 같아서요. 그 친구가…… 다른 방향을 시도해보고 싶다고 하네요."

"다른 방향이요? 뭐, KKK*에 가입하겠대요? 그러면 내 능력으로도 무마하기가 쉽지 않거든요."

헬렌은 웃지 않았다. "당신이 절대 최고라고 얘기했는데도 올리비아 벨한테 의뢰하고 싶대요. 그녀가 오늘 아침에 전화해서 한 말이 마음에 들었나봐요. 미안해서 어쩌죠? 항공료와 시간당 수임료는 당연히 정산할게요, 청구서만 보내주세요."

"진심이에요?" 에밀리는 이렇게 묻지 않을 수가 없었다.

"제가 보기에는 실수하는 것 같고 그렇게 얘기도 했어요. 하지만 그 친구가 제 말을 들었으면 이런 상황이 벌어지지도 않았겠죠."

"네, 알겠어요." 에밀리는 이해가 되지 않았지만 이렇게 말했다. 나중에 통화하자고 대충 얼버무리고 최대한 빨리 전화를 끊었다. 다행히 로비 안락의자가 푹신해 보였고 비어 있었다. 그녀는 제대

---

* 극우 성향의 인종차별 단체.

로 살피지도 않은 채 거기에 털썩 주저앉았다.

올리비아 벨이라니. 그 이름은 심지어 본명도 아니었다. 지금 장난하자는 거야, 뭐야? 걔는 어린애잖아. 물론 에밀리의 인스타그램 팔로워는 2만 명인데 그녀는 200만 명이 넘긴 했다. 그래도. 인스타그램이 위기를 해결하는 건 아니었다. 팔로워가 슈퍼스타를 관리하는 건 아니었다. 대참사가 벌어졌을 때 트위터는 충분한 해결책이 되지 못했다.

하지만 그 계집애에게 큰 건을 빼앗긴 게 이번이 세번째였다. 올리비아 벨은 스물여섯 살에 엄청난 미모를 자랑했고 동부와 서부를 막론하고 괜찮은 파티와 이벤트마다 고개를 들이밀었다. 그녀는 시끄러웠다. 온갖 SNS를 섭렵했다. 그리고 이 바닥의 주인인 양 에밀리의 고객들에게 마수를 뻗었다.

에밀리는 카일의 번호를 누르다 오늘이 새해 첫날이라는 사실을 떠올렸다. 마일스에게 연락할 수도 있었지만 운동중이거나 친구들과 놀고 있을지 몰랐다. 그래서 그녀는 즐겨찾기에서 '미리엄'을 선택하고, 세상 바보처럼 웃고 있는 친구의 사진이 화면에 뜨자 늘 그러듯 웃음을 터뜨렸다.

"안녕!" 미리엄이 전화를 받았다. 뒤에서 아이들이 고함을 지르고 있었다. "벌써 일어났어? 거기 몇시야, 열두시쯤 아닌가?"

"사실 여기 뉴욕이야. 네가 다른 데로 이사가서 정말 싫다. 근교의 전업주부로 살겠다는 어처구니없는 결정을 내렸을 때 일 초만이라도 나를 생각해주지 그랬어?"

"아우, 친구야. 나도 보고 싶다!"

"농담 아니야. 내가 여길, 음, 한 달에 두 번쯤 오나? 그런데 너는 이사를 가버렸잖아."

미리엄이 웃음을 터뜨렸다. "삼십 분 거리야, 엠. 한 오 초마다 한 대씩 열차가 오고. 얼마나 있을 거야? 내일 애들 학교 가자마자 가서 만날 수 있는데."

"모르겠어. 방금 전에 리조 벤츠한테 잘렸거든. 아니, 애초에 일을 맡은 적도 없다고 해야 하나? 올리비아 벨이 내 인생을 망쳐놓고 있어."

"걔는 어린애잖아. 너보다 잘난 구석이 하나도 없는걸. 그걸 모르면 리조 벤츠가 바보고."

"이번이 세번째야. 작년에 뺏긴 두 건은 넣지도 않은 거고. 아무튼." 에밀리는 말을 험하게 해서인지, 너무 시끄럽게 통화를 해서인지, 로비를 자기 사무실처럼 써서인지 아니면 이 셋 모두 때문인지 그녀를 흘끗 쳐다보는 도어맨을 노려보았다.

"지금까지 미란다는 몇 번이나 전화했어?"

"〈런웨이〉로는 못 돌아가!" 에밀리는 버럭 내뱉었다.

"특별 행사 담당 팀장이라니 어마어마한 직책 같은데."

"알아. 하지만 돌아가면 나 자신이 한심할 거야. 뉴욕? 좋지. 하지만 독립성을 포기한다? 지금은 어디에서, 언제, 어떤 식으로, 누굴 위해, 얼마나 일을 할지 내가 정하잖아. 그걸 포기하고 맨 처음으로 돌아가는 건 잘못된 선택 같아."

"알았어. 하지만 미란다 프리스틀리잖아. 의상 구입에 책정되는 예산을 생각해봐. 그 파티하며…… 그 자리에 취직할 수 있다면 죽어도 좋다는 여자가 100만 명은 될 텐데……"

"네가 그런 말을 하다니."

"미안, 나도 모르게 그만."

휴대전화 저편에서 뭐가 요란하게 부딪치는 소리에 이어 울음소리가 들렸다. "어느 꼬맹이니? 너 그만 놓아줘야겠다."

"매슈! 벽난로 부지깽이 만지지 말라고 몇 번을 얘기하니? 장난감 아니라고!" 그러고는 에밀리에게 나지막이 속삭였다. "미안. 애가 가끔 진상이 된다."

에밀리는 미소를 지었다. 사랑스러운 자신의 다섯 살짜리 아이를 진상이라고 부를 수 있는 사람이라면 그녀의 친구가 될 자격이 있었다.

"엠? 특별히 할일 없으면 우리집으로 오지그래? 네 이름이 박힌 손님방도 있어. 애들은 얼씬하지 않는 3층에 완전 격리돼 있고. 하룻밤 자고 가. 아니면 네가 있고 싶은 만큼. 문자로 열차 정보 알려줄게."

"열차?" 에밀리는 트라이베카에서 그리니치까지 걸어오라는 말이라도 들은 것처럼 경멸조로 되물었다.

"다들 열차 타고 다녀. 추레한 사람들만 타는 거 아니야."

에밀리는 헛기침을 했다. "좋아. 갈게. 지금 당장 비행기는 못 타겠으니까. 당연히 너희 꼬맹이들도 보고 싶고. 하지만 딱 하룻밤이야." 그녀는 말하고, 생각이 바뀌기 전에 전화를 끊었다. 그런 다음 다시 휴대전화 화면을 켜서 현재 위치를 우버 앱에 입력했다. 에밀리 찰턴이 가망 없는 아날로그 세대 중년일지 몰라도 열차를 탈 생각은 절대 없었다.

## 5
## 그냥 포기해, 나처럼

### 미리엄

미리엄은 등뒤에서 조용히 문이 닫히는 동안 뉴욕에서는 아이들이 그런 게 있는 줄도 몰랐던 장난감들—자전거, 썰매, 스키, 롤러스케이트, 킥보드, 심지어 나무로 된 그 옛날 손수레까지—로 뒤죽박죽인 차고를 보며 미소를 지었다. 이런 데서 살 수 있어서 행운이었고, 이사한 지 육 개월이 됐음에도 그녀는 감사한 마음을 잊지 않았다.

부엌 뒷문 앞은 여느 때처럼 허리케인이 휩쓸고 지나간 듯 패딩점퍼와 손모아장갑, 우비와 모자와 부츠와 목도리와 우산으로 난장판이었고, 아침식사가 끝난 부엌은 항상 배가 고파서 난폭해진 라쿤이 모든 수납장과 서랍마다 코를 박기라도 한 것처럼 변했다.

"왔어?" 목소리의 주인공은 소파에 가려서 보이지 않았다.

"엠?" 그렇게 물었지만 화요일 아침에 거실에서 토크쇼를 볼 사람은 그녀밖에 없다는 걸 알고도 남았다. 에밀리는 사흘째 그들과 함께 지내며 가십 사이트와 신문기사에서 리조 벤츠와 올리비아 벨의 근황을 열심히 파악하고 있었다. 갈 기미는 보이지 않았다.

"청소해줘서 고맙다? 그럴 필요 없는데."

"응?" 에밀리는 고개를 돌리고 부엌을 흘끗 쳐다보았다. 그녀는 일단, 커피부터라고 적힌 후줄근한 티셔츠와 세 사이즈 정도 커 보이는 미리엄의 플란넬 잠옷 바지를 입고 있었다. 노트북이 그녀 옆쪽 소파 위에 펼쳐져 있었다. "아, 그 난장판 근처에 갈 수가 있어야 말이지. 부탁 하나만 하자. 사람 좀 쓰면 안 돼?"

미리엄은 눈을 부라리고 커피 머신에 캡슐을 넣었다. "커피 마실래?"

"너 지금 운동하고 들어오는 길이야?" 에밀리가 물었다. "아니면 이 동네에서는 룰루레몬 운동복이 평상복인 거야?"

"둘 다야. 아홉시 소울사이클 수업 듣고 왔어."

"와우, 소울사이클이라니. 내가 아는 미리엄 케이건은 소울하고는 거리가 먼데."

"그러게. 뭐, 일주일에 두어 번은 가려고 하고 있어. 다른 엄마들은 차원이 달라. 오늘 강사가 '두 타임' 뛰는 사람 있느냐고 하니까 절반이 손을 들더라. 그중 세 명은 세 타임이었고."

"하루 세 시간과 120달러를 투자하다니—엄청 적극적인데? 여기가 그리니치인 걸 감안하더라도." 에밀리는 말했다. "다른 데는 몰라도 샌타모니카에서는 그렇게 대놓고 손을 들지는 않는데."

미리엄은 우유와 크림을 반씩 커피에 넣고 트레이더 조의 페이스트리를 종류별로 담아놓은 플라스틱 바구니에서 크루아상을 집었다.

"나쁜 식습관이 제일 문제인 건 알지?" 에밀리가 외쳤다.

미리엄은 에밀리에게 손가락 욕을 하고 크루아상을 입안에 욱여넣었다.

"입에 남는 건 한순간, 엉덩이에 남는 건 평생."

"이 엉덩이로 크루아상 하나쯤은 괜찮아." 미리엄은 한 손으로 커피 컵을 들고 다른 손으로는 삐져나온 옆구리 살을 집었다. 크루아상을 문 채로 조심스럽게 에밀리 맞은편 의자에 앉으며 뱃살이 요가 팬츠 허리 밴드 위로 출렁이는 느낌은 애써 무시했다. 하이웨이스트 밴드인데. 그것도 초강력. "뭐하고 있어?"

"커리어를 다시 본궤도에 올리려고 애쓰고 있어. 스냅챗으로 쓸데없는 메시지나 받으면서. 우리가 언제 이렇게 늙어버렸을까?"

"서른여섯 살이잖아. 이 정도면 늙은 건 아니지."

"주위를 둘러봐. 너는 애가 셋이야. 전문가의 손길로 꾸민 집도 있고." 에밀리는 거실을 살폈다. "예쁘긴 하지만 누구 솜씨인지 몰라도 유채색을 싫어하는 사람이야. 꼭 변태적인 설정을 제거한 〈그레이의 50가지 그림자〉 같은 느낌이라고."

미리엄은 고개를 끄덕였다. "딱 내가 좋아하는 스타일이야. 그래서 뭐가 어떻게 돼가고 있어? 리조 벤츠가 올리비아 벨을 선택했다고 네 커리어가 시궁창에 처박히는 건 아니라고 보는데. 아니면 그 얘기 아직 언급 금지야?"

"꼭 리조 때문만은 아니야." 에밀리는 한숨을 쉬었다. "내가 감을 잃고 있나 싶어서."

"감을 잃었다고? 할리우드의 톱 스타일리스트에서 슈퍼스타 위기 관리 전문가로 변신한 네가? 그래도 이 일이 싫으면 다른 일을 하면 되지. 너는 분명 할 수 있을 거야." 미리엄은 남은 크루아상을 잽싸게 해치웠다. "마일스는 뭐래?"

에밀리는 어깨를 으쓱했다. "너랑 같아. 나더러 오버한대. 아직 내 실력 최고라고. 하지만 요즘은 옆에 잘 있지도 않아. 조만간 홍콩에 가서 삼 개월 있다 올 거야."

"같이 가." 미리엄은 말했다.

"홍콩은 가기 싫어."

"얼마나 훌륭한 도시인데."

"나 우울증인가보다. 지금 입은 옷 좀 봐." 에밀리는 말했다.

"내가 보기엔 멀쩡한데. 여기로 이사하면 하루종일 잠옷 입고 지낼 수 있어. 그냥 포기해. 나처럼."

"그래, 넌 포기했지." 에밀리는 말했다. "〈하버드 로 리뷰〉 편집장이 애들 학교 데려다주고 소울사이클 수업을 들을 줄은 몰랐다."

"너무하네. 하지만 맞는 말이야. 우리 엄마가 뭐라고 하는지 들어봐야 해. 엄마는 그야말로 나 때문에 창피해서 어쩔 줄 몰라하거든."

"너희 어머니는 스물여덟 살 때 퓰리처상을 받았고 네가 대학교에 들어가기 전까지는 너를 없는 자식 취급하셨잖아."

"지난주에 매슈가 '나는 커서 아빠처럼 발명가가 될 거야' 했거든. 그랬더니 메이지가 일말의 망설임도 없이 '음, 그럼 나는 커서 엄마처럼 헬스클럽 다닐래' 하더라."

에밀리는 웃음을 터뜨렸다. "아야."

"그래, 나도 알아. 실상은 이렇잖아. '딸, 엄마는 하버드에서 법학박사학위하고 MBA를 받았어. 서른네 살에 뉴욕에서 가장 유명한 회사의 파트너가 됐고. 불과 육 개월 전만 해도 일주일에 팔십 시간을 근무하며 다국적기업의 일을 처리했고 이 집안의 생계를 담당했지.'"

"그렇게 얘기했어?"

미리엄은 콧방귀를 뀌었다. "이제 다섯 살인걸. 그리고 우리 엄마처럼 되지 않는 게 내 목표고. 커서 엄마가 되건 뮤지션이 되건 건축가가 되건 소방관이 되건 행복하기만 하면 된다고 의미 없는 말을 늘어놓았어."

"진심으로 그렇게 생각해?" 에밀리는 눈썹을 추켜세우고 물었다.

"응! 지금은. 나는 그애 나이 때부터 출력 100퍼센트로 살았어. 갓난쟁이였던 우리 애들이 눈 깜빡할 새 자기만의 생각과 감정이 생기고 학교 갈 나이가 된 진짜 인간으로 자랐는데 나는 일에 매달려 있느라 그 시기를 대부분 놓쳤지 뭐야. 지금은 폴이 자기 스타트업을 매각한 덕분에 로또에 당첨된 것처럼 모든 게 달라졌어. 중년에 한숨 돌리며 모든 걸 점검하는 기회가 쌍무지개보다 더 귀하다는 걸 무슨 수로 설명하겠어?"

"설마 그 많은 얘기를 다 한 건 아니겠지?" 에밀리는 눈을 덮은 머리카락을 쓸어넘겼다.

"그 많은 얘기를 다 한 건 아니지. 체다 버니 과자 먹겠느냐고 물었더니 애가 히스테리 환자처럼 울음을 터뜨리더라. 쿠키만 좋아하거든. 하지만 솔직히 엠, 내가 지금 얼마나 운이 좋니? 선택권이 있잖아. 그렇다고 말할 수 있는 사람은 별로 없고. 너도 선택권이 있어."

"뉴욕에서 이사한 지 얼마나 됐지? 육 개월 됐나? 앞으로 육 개월 더 지나면 지나가는 레인지로버 앞으로 뛰어들고 싶을 거야."

"그럴지도 모르지. 하지만 지금은 좋아. 게다가 부업으로 프리랜서 일도 하고 있어. 감을 잃지 않게 현지 프로젝트를 맡아서."

"예를 들면 어떤 거?"

미리엄은 에밀리의 관심이 벌써부터 TV 쪽으로 돌아가기 시작했다는 것을 알 수 있었다. 화면 속에서 호다와 케이시 리가 로제 와인을 마시고 있었다.

"베이비시터 세법. 혼전 합의서. 상속 설계. 뭐 그런 거."

"재밌어서 돌아가시겠다."

"꼭 그렇게 싸가지 없게 굴어야겠어?"

"우리가 처음 만난 여름에 내가 그 멍청이를 놀린다고 생각했을 때도 똑같이 그렇게 얘기하더니. 걔 이름이 뭐였더라? 로절리였나?"

미리엄은 웃음을 터뜨렸고, 캠프에 참가한 다른 애들이 에밀리를 얼마나 무서워했는지 떠올렸다. 그녀는 화장 금지 규정이 있는데도 립스틱을 바르고 다녔고, 나이 많은 남자친구 거라며 사각팬티를 입고 잤고, "썅"이라는 말을 입에 달고 살았다. "개인적인 사유"가 있다며 라크로스를 딱 잘라서 거부하고, 남학생 캠프 참가자들과 함께 농구장에서 매주 만나는 댄스파티에 스틸레토를 신고 가겠다고 하고, 연수중인 카운슬러를 구슬려 담배를 몰래 반입하는 아이를 미리엄은 그때까지 본 적이 없었다. 처음 만난 주에 미리엄은 에밀리가 한방을 쓰는 친구의 체중을 가지고 놀리는 줄 알고 모든 아이들 앞에서 그녀에게 싸가지 없게 굴지 말라고 했다. 하지만 두 사람은 학부모 방문의 날 무렵에는 부모님에게 상대방을 절친으로 소개했고 여름이 끝나서 헤어질 때가 되자 부둥켜안고 놓지 못했다.

"어떻게 그걸 기억하고 있냐. 나는 네가 걔를 뚱뚱하다고 놀리는 줄 알았어." 미리엄은 말했다.

"걔가 좀 통통했을지 몰라도 내가 코끼리처럼 걸은 이유는 그 바보 같은 사무실 직원을 흉내내려고 그런 거였어. 그 남자 이름이 뭐였더라? 변태 같은 이름이었는데."

"체스터*."

"맞다, 체스터! 그 사람 찾아본 적 있어? 인터넷 검색해보자. 아동 성추행범으로 수도 없이 체포됐을 거야. 아니면 내 손에 장을 지진다."

"내 평생 그렇게 징그러운 인간은 처음이었어." 미리엄은 말했다. "애들이 편지를 받거나 엽서를 부치려고 사무실을 찾을 때마다 쳐다보면서 음흉하게 웃었잖아."

미리엄의 전화가 울렸다. "걔다. 드디어!" 그녀는 말하고 테이블에 놓인 전화기를 낚아챘다. "드디어 연락이 됐네!" 미리엄은 카롤리나가 뭐라고 한마디 꺼낼 겨를도 없이 말을 늘어놓았다. "어떻게 지내? 지금 어디야? 삼 일 동안 스토커처럼 메시지를 남기고 있었는데!"

"신문 봤구나." 카롤리나가 말했다. 희미한 동유럽 억양이 전보다 도드라지게 들렸다.

"당연히 봤지! 온 우주가 봤을 텐데! 하지만 나는 그 기사 일 초

* 마약인 엑스터시를 지칭하는 은어이기도 하다.

도 안 믿었어. 어디야? 내가 메시지를 천 통은 남겼을 텐데."

"그리니치야."

"뭐라고?"

"'정신을 수습하러' 왔어."

"이럴 수가. 내가 갈게." 미리엄은 벽에 걸린 시계를 흘끗 확인했다. "샤워를 해야 하긴 하지만 한 시간 안으로 갈 수 있어."

이 말에 에밀리가 고개를 들었다. "누구야?" 그녀가 입 모양으로 물었다.

"급할 것 없어. 당분간 여기 있을 테니까." 카롤리나가 갈라지는 목소리로 말했다. "해리가 보고 싶어서 그렇지."

"아, 어떡해, 당장 갈게. 예전 그 집이지?"

카롤리나는 흐느껴 울었다. "응. 금색 에나멜 우체통이 있는 그 흉측한 집."

미리엄은 그날 아침에 **고공비행을 거듭하던 하트웰 부인은 이제 어디에 착륙할까**, 라는 헤드라인과 함께 〈포스트〉를 선명하게 장식했던 맥맨션을 그려보았다.

"알았어, 금방 갈게. 뭐 필요한 거 없어?"

"약? 요즘은 뭐 먹니? 뉴스에는 보도가 안 됐겠지만 내가 그 방면은 잘 모르거든. 발륨? 아니다, 그건 옛날 거지. 퍼코셋? 지금이야말로 약물 문제를 일으키기에 딱 좋은 때 같아. 어차피 주정뱅이잖아. 아무도 놀라지 않겠지."

"기다려, 바로 갈 테니까."

"뭐야? 애들 친구 엄마가 가정부가 은그릇을 훔쳤으니까 위로해 달래?" 에밀리가 노트북 자판을 미친듯이 두드리며 물었다.

"카롤리나 하트웰이 지금 여기 그리니치에 와 있대."

미리엄이 계단까지 반쯤 갔을 때 에밀리가 외쳤다. "나도 같이 갈게!"

"안 돼, 지금은 좀 그래. 목소리 들어보니까 진짜 속상한 모양이던데. 모르는 사람이 집으로 찾아오는 거 안 좋아할 거야."

"나 모르는 사람 아니야! 〈런웨이〉에서 백 번은 만났어. 내가 거기서 일하는 동안 그녀가 표지 모델만 다섯 번인가 했고. 삼 초마다 한 번씩 사무실을 들락거렸는걸? 내가 도울 수 있어!"

"글쎄……"

"내 말 믿어. 나 데려가면 후회할 일 없어. 가서 샤워해. 그동안 나는 옷 갈아입고 필요한 거 몇 가지 챙길게. 우리 둘이서 기운을 차리게 해주자."

미리엄은 고개를 끄덕였다. 늘 그렇듯 에밀리가 마음을 정하면 그녀로서는 가로막을 방법이 없었다. "이십 분 뒤에 차에서 만나. 그리고 제발 부탁인데, 어떻게 된 일인지 듣기 전까지 술은 자제해 주라."

미리엄이 계단을 반쯤 올라갔을 뿐인데 에밀리가 냉장고를 뒤지는 소리가 들려왔다. "모엣은 술도 아니지!" 에밀리가 그녀의 뒤통수에 대고 외쳤다. 미리엄은 혼자 웃으며 저 미친 것은 정말이지 사랑할 수밖에 없다고 생각했다.

# 6
# 그냥 시골의 작은 집

## 카롤리나

열한시가 점점 가까워지는 동안 카롤리나는 머리를 배배 꼬며 거대한 원형 진입로를 마주보는 문 옆에 달린 창으로 바깥을 내다보았다. 결혼하고 이삼년이 지나서 그리니치의 이 집을 샀을 때 그레이엄은 보안 차원에서 진입로가 시작되는 곳에 자동 철문을 달자고 했다. 그녀는 감옥 같다는 생각이 들었지만 또다시 싸움을 벌이고 싶지 않았던 기억이 났다. "잘하는 거야." 그레이엄은 말했다. "다들 그렇게 한다고." 그의 말은 어마어마하게 자신만만한 동시에 몹시 막연하게 들렸다.

카롤리나는 시골집에 집착하는 그레이엄을 이해하느라 애를 먹었다. 그들은 63번가와 파크 가가 만나는 곳의 근사한 풀 서비스 아파트에서 살았고, 그 집은 그가 신임 어소 변호사로 뼈빠지게 일하던 미드타운의 법률사무소와도 가까웠다. 왜 그리니치에 집이 필요할까? 그레이엄은 필요하다고 단언했다. 깔끔하게 손질된 넓

디넓은 잔디밭과 수준 높은 음식점과 근사한 쇼핑몰이 있고 맨해튼에서 엎어지면 코 닿을 데라고 했다. 정원과 수영장이 있고 눈 내리는 겨울의 주말이나 한여름의 기나긴 휴가기간 동안 친구들을 전부 초대할 수 있을 만큼 넓다고 했다. 그녀가 계속 납득하지 못하자 그가 비장의 카드를 내밀었다. 해리가 택시에 치이거나 대낮에 납치당할 걱정 없이 돌아다니며 자연을 만끽할 수 있다는 것이었다. 그 말에 안 된다고 할 수 있었을까? 그들이 결혼했을 때 아이는 두 살이었고 여전히 맨발로 잔디를 밟으려 하지 않았다. 엄마 없는 해리에게—그레이엄의 첫번째 부인은 아이를 낳자마자 희귀한 위암에 걸려 무참하게 세상을 떠났다—주어질 그런 기회를 카롤리나가 거부할 수 있었을까? 해리에게 그네를 마련해줄 때도 되지 않았나?

그때가 결혼생활에서 가장 행복했던 시기였다. 그녀는 그레이엄의 매력과 인맥, 프라이빗 클럽과 세상을 편안하게 유영하는 듯한 그의 태도에서 아직 헤어나오지 못했다. 그는 멋지고 잘생기고 부유한 21세기판 JFK 2세였다. 아무라도 선택할 수 있었던 그가 카롤리나를 선택했다. 그녀는 유명한 모델로 몇 년 전부터 활동중이었지만 근본적으로는 브로츠와프 출신의 가난한 소녀였다. 미모가 뛰어나기는 했다. 하지만 과보호하는 어머니 밑에서 자랐고 주변 친구와 가족들 모두 학벌이 낮았다. 그런 그녀가 록펠러와 카네기 집안사람들이 식사하는 프라이빗 클럽에 데리고 가는 남자에게 무슨 수로 반하지 않을 수 있었을까? 그곳은 모델 수입으로는 감당할 수 없는 전혀 다른 세상이었다. 동화 속 이야기였다.

결혼 초기에 그들은 화려한 파티와 으리으리한 저녁식사와 거나

한 칵테일 모임을 즐겼다. 그들은 시종일관 웃었고 같은 TV 프로그램을 보았다. 언제부터 분위기가 달라졌는지 정확하게 알 수는 없었지만 카롤리나가 생각하기에는 완벽한 그리니치 집을 찾던 것과 연관이 많았다.

오래지 않아 그레이엄의 위시리스트는 크기와 규모 면에서 풍선처럼 부풀었다. 처음에는 막다른 골목의 소박한 방 네 개짜리면 된다더니 금세 최소한 방 일곱 개에 대지는 8000제곱미터, 수영장, 테니스 코트는 있어야 된다며 눈에 불을 켜고 그런 집을 찾아다녔다. 그리고 그 당시에는 맥주 아니면 위스키만 마셨음에도 갑자기 습도 조절이 되고 시음실을 갖춘 와인 셀러가 반드시 필요하다고 했다. 가장 최근에 나온 것. 가장 큰 것. 가장 근사한 것. 그 위험신호를 귀담아들었어야 했는데 카롤리나는 그러지 못했다.

단풍이 절정인 10월의 어느 눈부신 주말에 네번째로 답사를 왔을 때 그레이엄은 유명한 건축가가 설계한 집을 보고 한눈에 반해버렸다. 삐죽삐죽하고 유리로 뒤덮인 초현대식 주택이었다. 허니서클 레인 35번지는 목적에는 부합했을지 몰라도 외관상으로는 영화 속 소시오패스가 사는 집 같았다. 그녀가 보기에는 어린애를 키우기에 그보다 부적절한 집도 없었지만 해리가 예쁜 뒷마당을 질주하며 좋아하고, 먹던 베이글 부스러기를 연못에 던져주면 거대한 비단잉어가 점프하는 것을 보고 배꼽을 잡으며 웃으니 이러쿵저러쿵할 수가 없었다. 그들은 십오 일 뒤에 계약을 했고 파란 머리의 부동산 중개업자에 따르면 최단 기록이라고 했다. 카롤리나는 공동 명의로 해달라고 요구하는 센스를 발휘했다. 거의 십 년 동안 모델 일을 하면서 모은 그녀의 돈으로 거래액의 100퍼센트를 충당했고 그레이엄은 마흔 살이 될 때까지 건드릴 수 없는 신탁 기금의 이자로 연명하는 중이었다. 그는 그의 단독 명의로 해야 '세무상' 유리하다고 했지만 그녀는 고집을 꺾지 않았다. 하지만 예상과 다르게 그 집은 청소부와 관리인에게 수고비를 지불하고 아직 건재한지 확인하느라 잠깐 다녀올 때 말고는 몇 주, 몇 달 동안 방치되기 일쑤였다. 온 가족이 마지막으로 다 함께 들른 것도 사 년 전에 그레이엄이 상원의원에 당선돼 베세즈다로 주소지를 옮기기 직전이었고 그마저도 달랑 하룻밤이었다.

카롤리나는 잔디밭을 마주보는 전망창을 다시 한번 내다보았다. 그리니치로 내려온 게 며칠 전이라 아직 외로워질 만큼 시간이 지나지도 않았건만 이렇듯 간절하게 미리엄을 기다리고 있었다. 원래는 노년의 부부가 관리인과 청소부로 이 집에서 지냈지만, 카롤리나가 휴가를 다녀오지 않겠느냐고 묻자 기뻐하며 딸을 만나러 갔다. 그녀는 예의를 차려 대화를 나눌 기분이 아니었다. 솔직히 샤워조차 귀찮았다. 그리고 혼자만의 시간이 상처를 다독이는 데 도움이 됐다. 베세즈다에서 파파라치의 공격에 시달리고 나니 앞마당과 멀리까지 이어지는 텅 빈 공간을 내다보고 있노라면 마음이 놓였다.

해리한테서 문자가 왔다.

학교 댄스파티에 뭐 입고 가요????

그녀는 웃으며 답장을 보냈다. 감색 브룩스 브러더스 슈트에 흰색 드레스셔츠.

넥타이도 해요????

응. 겨울 파티잖아! 너의 첫번째 댄스파티!

아이는 "네"라고 답장을 보냈다.

아빠 가시니? 부모님들 초대받은 거 아빠도 알지?

이번에는 텍스트를 입력하고 있다는 의미의 점 세 개가 떴다가 사라지더니 다시 등장했다. 아뇨. 저 내려주고 그냥 가신대요. 넥타이 진짜 하는 거 맞아요???

카롤리나는 목이 멨다. 누가 봐도 분명하지 않은가. 이 아이에게는 그녀가 필요했다. 옷을 챙겨 입히는 사람도 그렇거니와 시드웰에서 열리는 겨울 파티에 처음으로 참석하는 길에 동행해줄 사람이 있어야 했다. 누가 신발을 골라주고, 코크&펩시 게임을 할 때 댄스플로어 옆에서 응원하고, 아이의 친구들과 그 부모와 대화를 나누겠는가? 그녀도 해리가 자라서 조만간 이런 일들을 혼자 해내게 될 거라는 걸 알았지만 맙소사, 이 아이는 이제 겨우 열두 살이었다! 그리고 열두 살짜리에게는 엄마가 필요했다.

마침내 스님이 거대한 종을 때리는 듯한 초인종소리가 들렸다. 카롤리나가 현관문을 얼른 열어보니 미리엄이 근교에 사는 가정주부답게 청바지와 어그 부츠와 집채만한 패딩점퍼 차림으로 웃으며 두 팔을 벌리고 있었다. 슈트가 아닌 다른 옷을 입은 미리엄이라니 적응이 되지 않았다. 두 여자는 서로 끌어안았고, 카롤리나는 미리엄이 이십 년째 쓰고 있는 로션의 바닐라 향을 들이마신 순간 자신을 미워하지 않는 사람과 함께 있어서 좋다는 생각을 했다. 미리엄이 타고 온 하이랜더 쪽을 가리키자 조수석에 앉아서 담배를 피우며 휴대전화에 대고 소리를 지르는 여자가 보였다. 카롤리나는 눈썹을 추켜올렸다.

"미안. 에밀리 찰턴이야. 지금 우리집에서 지내고 있는데…… 며칠째인지 모르겠네. 오래전에 캠프에서 만난 친구야. 너랑 통화하는 걸 옆에서 듣더니 따라오겠다고 고집을 부리지 뭐야. 〈런웨이〉에서 일하던 시절에 너를 만난 적 있다던데? 말도 없이 데리고 오려니까 미안해서 차에서 기다리라고—"

카롤리나는 손을 이마에 대고 햇빛을 가리며 실눈을 떴다. "에밀리?" 그녀가 말했다. "거기요! 들어와요. 담배 들고!" 그녀는 미리엄을 돌아보았다. "〈런웨이〉에서 만났던 거 똑똑히 기억해. 미란다 프리스틀리의 수석 어시스턴트. 진짜 진상이었지!"

"아, 나도 알아. 그 여자 얘기 에밀리한테 들었어……"

"아니, 에밀리 말이야! 초특급 구제불능이었고 미친듯이 재밌었어. 나는 지금 재밌는 사람이 필요해."

두 여자는 에밀리가 손가락으로 휴대전화 화면을 꾹 눌러서 통화를 마치고 담배 연기를 가르며 문을 여는 광경을 지켜보았다. "나 들어가도 돼? 패스된 거야?" 그녀가 집 쪽으로 걸어오며 외쳤다.

카롤리나와 에밀리는 서로 양쪽 뺨에 입을 맞추었다. "만나서 정말 반가워요! 이게 얼마 만이야. 몇 년 됐죠?" 카롤리나는 그들을 거실로 안내했다. 그녀가 리모컨으로 벽난로를 가리키자 불이 화르르 켜졌다. "이쪽으로 앉아요. 차 끓여놨으니까 들고 올게요."

그녀가 유리 찻주전자와 유리잔 세 개가 담긴 에나멜 쟁반을 들고 돌아와보니 두 여자가 거실을 살피고 있다. "분위기가 참 아늑하죠?" 외부인들 눈에는 어떻게 보일지 알고도 남았기에 카롤리나는 이렇게 물었다. 소파는 낮고 딱딱하고 따뜻한 느낌이라고는 전혀 없었다. 그 어디에도 책이나 장식품 같은 건 없었다. 벽에는 흑백의 그림이 몇 점 걸려 있을 뿐 휑뎅그렁했다.

"와 씨, 나는 정말 마음에 드는데요?" 에밀리가 좌우를 두리번거리며 탄성을 질렀다. "아무도 살지 않는 집 같아요."

"아무도 살지 않는 거 맞아요." 카롤리나는 말했다. "조만간 내가 여기서 살게 될 것 같긴 하지만."

미리엄의 얼굴이 일그러졌다. "그런 일이 벌어져서 너무 속상하다."

"그러게, 상당히 드라마틱하더라고요." 에밀리가 말했다. "오늘 아침에 뜬 헤드라인만 해도 그래요. '최고의 밉상 셀럽은? 리조 벤츠 대 카롤리나 하트웰'. 맙소사. 하비 와인스타인* 이후로 언론이 이렇게 흥분한 건 처음 봐요."

카롤리나는 대꾸를 하려고 입을 열었지만 목이 멨다. 이제는 익숙해진 느낌이었다. "많이…… 힘들었어요. 혼란스러웠고요. 워싱턴 사람들이 그렇게 잔인할 줄은 몰랐어요. 기자들이……"

"집 앞에서 진을 쳤겠죠?" 에밀리가 물었다.

"어우. 온 사방에 진을 치고 있어요. 이런 건 처음이에요. 아말 이전에 내가 조지 클루니와 만난다는 소문이 돌았을 때도 이 정도는 아니었는데. 그레이엄이 상원의원으로 당선됐을 때도 이렇지 않았고요. 베세즈다의 우리집을 삼중으로 에워싸고 있었어요." 그녀는 앞문을 가리켰다. "그레이엄이 여기 설치한 저 흉물스러운 펜스가 얼마나 고마운지 몰라요."

"해리는 어떻게 지내?" 미리엄이 차를 마시며 물었다.

카롤리나는 고개를 저었다. "모르겠어. 그레이엄이 시킨 대로

* 수십 년 동안 영화계에서 성추행을 저지른 할리우드의 영화 제작자.

어머님 집에서 우버 택시를 타고 우리집으로 갔는데 우리가 보이자마자 사람들이 그야말로 벌떼처럼 몰려들더라고. 그런데 첫번째 질문이 뭐였는지 알아? '지금도 술이 덜 깨셨나요, 하트웰 부인?'"

"짐승들이죠." 에밀리가 알 만하다는 듯이 말했다.

"차고로 직행할 수 있어서 다행이었죠. 거길 걸어서 통과해야 했다면 무슨 일이 벌어졌을지 모르겠어요. 기자들이 그야말로 차를 에워쌌거든요. 해리는 울음을 터뜨렸고요."

"그레이엄은 어디 있었어요?"

카롤리나는 심호흡을 했다. "나랑 같이 있는 걸 보이면 위험했으니까요."

그녀는 학부모들 중에서 가장 친하게 지냈던 베스에게 연락했던 얘기를 했다. 신호가 계속 이어져도 받질 않아서 음성사서함으로 넘어갔는데, 그 자체는 별로 이상할 게 없었다. 요즘은 전화를 받는 사람이 거의 없었다. 카롤리나도 전화를 거는 게 어색했다. 하지만 첫번째 문자에 답이 없고 이후로 두 번 더 보내도 잠잠하자 그녀는 약간 불안해졌다. 우스갯소리로 자기는 휴대전화가 손바닥에 붙어 있는 거나 다름없다고 했던 베스답지 않았다. 거의 두 시간이 지났을 때 드디어 그녀에게 답장이 왔다. 콜은 이제 해리랑 같이 놀지 못할 거예요. 앞으로 나나 우리 아들한테 연락하지 말아줘요.

카롤리나는 한 대 얻어맞기라도 한 듯 숨이 막혔다. 심장마비인가 걱정하며 거의 일 분 동안 숨을 헐떡여야 했다. 마침내 호흡이 정상 비슷한 상태로 돌아오자 그녀는 전날 저녁에 같이 놀았던 아이들의 어머니에게 단체 문자를 보냈다. 안녕하세요. 개별적으로 전화를 드리겠지만 저는 어젯밤에 술을 마시지 **않았고** 엄청난 오해가 있었다는 말씀을 드리려고 문자 보내요. 댁의 아드님은 절대 위험한 상황이 아니었어요. K.

단박에 격한 답장이 날아들었다.

당신을 믿고 우리 아들을 맡겼는데!

그런 짓을 저지르고 무슨 낯으로 거울을 볼 수 있어요?

그중에서 최악은 유일하게 분노하는 기미를 보이지 않은 메시지였다.

제발, 제발, 제발, 제삼자의 도움을 받아요. 나도 경험자예요. 전문가의 도움 없이는 벗어날 수 없어요. 그럴 수 있다고 생각한다면 착각이에요.

카롤리나로서는 순찰차 뒷좌석에 욱여넣어졌던 것보다, 남편의 분노를 느꼈던 것보다, 유치장에서 꼬박 하룻밤을 보냈던 것보다 이 네 통의 문자가 더 충격적이었다. 그녀의 손에서 휴대전화가 떨어졌고 흐느낌이 터졌다. 이들은 그녀의 친구였다. 이십대에 만났던 못된 가짜 친구들과는 달랐다. 그녀의 외모에 주눅이 들었다가 이름 없는 집안 출신인 걸 알고 따돌리기를 반복했던 뉴욕 사교계의 여자들과도 달랐다. 베세즈다로 이사한 뒤에 만난 여자들은 처음부터 편안했다. 일을 하는 여자도 있고 아닌 여자도 있었다. 학벌과 집안과 수입도 다양했다. 무엇보다 다들 아이들을 잘, 그리고 즐겁게 키우려고 했다. 그녀가 전직 슈퍼모델인 건 아무도 신경쓰지 않았다. 그녀의 남편이 상원의원인 것도 중요하지 않았다. 그리고 그녀가 해리의 생모가 아닌 것도 절대 중요하지 않았다. 그들은 생일파티 때마다 똘똘 뭉쳤고, 아이들을 데리고 핼러윈 때 사탕을 받으러 다녔고, 소프트볼 연습이 있는 날이면 카풀을 했다. 주말에 바비큐파티를 벌이면 남편들도 같이 모여서 맥주를 마셨다. 아이들은 대개 사이좋게 지냈고 친구들 집을 자기 집처럼 여겼다. 편안하게. 자연스럽게. 그런데 그랬던 관계가 이제 무너져버렸다. 그녀는 몸져누웠다.

미리엄이 그녀의 팔에 손을 얹자 카롤리나는 자신을 경멸하지 않는 두 여자와 함께 앉아 있는 매력 없는 거실로 되돌아왔다. "여기에 얼마나 있을 생각이야?"

그녀의 눈에 눈물이 고였다. "그레이엄 말로는 해리가 언론 스트레스에서 벗어날 수 있게 내가 여기 그리니치에서 지내는 게 좋겠다는데, 잘 모르겠어."

"그레이엄이랑 마지막으로 통화한 게 언제예요?" 에밀리가 물었다.

"어제저녁이요. 너무 혼란스러워요. 내가 해리한테 그날 밤 일 물어본 거 알아요?"

"뭘 물어봤는데?" 미리엄이 물었다.

카롤리나는 휴지로 눈가를 토닥였다. "참을 수가 있어야 말이지. 내가 뭘 마셨는지 기억하느냐고 물었어. 그 아이는 내가 와인 한 잔 마시는 걸 봤고, 자기 친구들 앞에서 '엄마용 주스'라고 해서 창피했다고 했어. 심지어 내가 애들한테 스프라이트를 준 다음 곧바로 와인을 따랐고, 내가 새 병을 딴 걸 보고 아빠가 화를 내지 않을까 걱정했던 것까지 기억하더라. 경찰에서 차를 세웠을 때 서버번 뒷좌석에서 빈 샴페인 병 두 개가 뒹굴었던 이유에 대해서는 대답을 못했고."

"걔랑 친구들이 거기 버렸을 수도 있지 않을까?" 미리엄이 물었다. "해리가 착한 아이긴 하지만 열두 살이잖아. 예나 지금이나 애들이 다 그렇지 않겠어?"

"그 아이들은 샴페인을 마시지 않았어. 우리 중 어느 누구도 마시지 않았어. 그리고 애들이 차에서 내린 뒤에 내가 음주 측정을 해달라고 통사정했는데 경찰에서는 내가 그걸 거부했다잖아. 이건 악몽이야."

이 말에 에밀리는 두 손으로 자기 무릎을 쳤다. "더는 조용히 못 있겠네. 지금 우리 셋이 이렇게 앉아서 전전긍긍하는 이유가 뭐예요? 음주 운전은 얼마든지 만회할 수 있어요! 잘 단속만 하면 지울 수 있어요."

"지운다고요?" 카롤리나가 되물었다. "지난 삼일 동안 TV도 신문도 안 봤어요?"

"네, 알아요. 전직 로레알 간판 모델이자 현직 뉴욕 상원의원 그레이엄 하트웰의 아내가 음주 운전으로 체포되다. 와 씨, 그게 뭐가 어때서! 당신이 누굴 죽인 것도 아니잖아요. 그랬더라면 훨씬 힘들었겠지만. 솔직히 아이가 걸려 있어서 문제가 좀 복잡해지긴 하지만 중요한 부분에 초점을 맞추자고요. 다친 사람도 없고 죽은 사람도 없고 심지어 어디 부딪힌 사람도 없다는 거. 다들 별것 아닌 일로 난리법석을 떨고 있다니까요?"

카롤리나는 미리엄이 입다물라는 눈빛으로 에밀리를 흘끗거리는 것을 보았다. 그녀는 에밀리를 잘 알기에 입을 다물 리 없다는 것도 알았다. 게다가 에밀리의 말을 듣고 보니 뭐 그리 대단치도 않은 일처럼 느껴졌다.

"얘기 계속해봐요." 카롤리나가 말했다.

에밀리는 어깨를 으쓱했다. "당신이 내 고객이라면 이렇게 말했겠죠. 당신이 술을 마셨건 안 마셨건 그건 아무도 관심 없어요. 당신은 물의를 일으키고 아이들을 위험에 빠뜨린 것에 대해 사과해야 해요. 그리고 어딘가에 삼십 일 동안 입원해야 할 텐데—특히 언론에 미리 흘려두면 그보다 효과 만점인 방법이 없어요—몬태나에 아주 기가 막히는 곳이 있거든요. 아만 리조트 분위기예요."

"삼십 일 동안 입원하라고요? 재활센터 같은 데 말이에요? 하지만 나는 알코올 문제가 없다니까요!"

"그건 전혀 상관없어요." 에밀리는 그렇게 말하고 진동으로 울리는 자기 전화기를 흘끗 쳐다보았다. "사람들이 따르는 원칙이 하나 있는데 뭔지 알아요? 인간은 누구나 회개하는 죄인을 용서하길 좋아한다. 멜 깁슨을 보세요. 리스 위더스푼도. 존 메이어도. 그레이엄의 불륜 때문에 문제가 조금 복잡해지긴 하겠지만 처리 못할 건 아니에요. 대중은 당신도 용서할 거예요."

"그이의…… 불륜이요?" 카롤리나는 속삭였다.

"제가 짐작하기로는 그런데. 아닌가요?"

카롤리나는 잠깐 동안 아무 말 없이 앉아 있다가 대답했다. "만약 그 짐작이 맞는다면 상대는 리건 휘트니일 거예요." 카롤리나는 미리엄이 충격받은 표정을 지었다가 좀더 애매한 표정으로 애써 바꾸는 것을 알아차렸다. 그레이엄이 카롤리나를 두고 바람을 피웠을지 모른다는 데 놀란 걸까, 아니면 상대가 전직 대통령 휘트니의 젊고 아리땁고 세련된 딸이라는 데 놀란 걸까? 의심의 근거는 유죄를 입증할 명백한 증거라기보다 낌새가 이상한 문자 몇 통뿐이었다. 그것과 그가 지난 육 개월 동안 부부관계에 전혀 관심을 보이지 않았다는 것.

“그녀는 당신만큼 예쁘지 않아요.” 에밀리는 목소리에 권위를 실어 말했다. “근처에도 못 가죠.”

“나보다 거의 열 살 어려요.” 카롤리나는 말했다. “그리고 사실 그녀가 예쁠 필요가 있을까요?”

“하긴.” 미리엄과 에밀리가 동시에 맞장구쳤다.

“그레이엄 입장에서는 예쁜 여자보다 인맥이 확실한 여자가 더 끌리겠죠.” 카롤리나는 감정 없는 투로 말했다. “아무튼 트립이 지금은 우리 둘 다 조용히 있으라고 했어요. 그가 나를 대신해서 전화를 돌리고 있는 모양인데 기소를 취하할 수 있을지도 모르겠다고 생각하더라고요.”

버저 소리가 정적을 갈랐다.

“대문 버저인데.” 카롤리나가 말했다. 베세즈다의 집 앞에 진을 치고 있었던 카메라와 기자 부대가 퍼뜩 그녀의 머릿속에 떠올랐다. “경찰에서 사람들을 들여보낸 건 아니겠죠?”

고맙게도 양쪽 집 주민들이 파파라치 때문에 시끄럽다는 민원을 제기했고, 그리니치 경찰서에서 도로를 폐쇄하고 주민임을 입증할 수 있는 사람과 그들이 초대한 손님들에게만 통행을 허락하는 융통성을 발휘했다. 오로지 그 덕분에 그녀는 미치지 않고 버틸 수 있었다.

미리엄이 소파에서 벌떡 일어났다. “대문에 달린 카메라 영상 어디서 볼 수 있어? 부엌?”

카롤리나는 고개만 끄덕였다. 이 악몽에서 절대 탈출하지 못할 듯한 예감이 들기 시작했다.

"그냥 걸스카우트 두 명이야!" 미리엄이 외쳤다. "문 열어줄까?"

"지금 같은 때 쿠키가 웬 말이야!" 에밀리가 마주 외쳤다. "의미 없는 칼로리 섭취는 절대 금물이라고!"

카롤리나는 물을 한 모금 마셨다. "경찰도 걸스카우트는 막지 못하는 모양이네."

미리엄이 거실로 돌아와 넌더리를 내며 에밀리를 쏘아보았다. "문 열어줬어. 걸스카우트에서 파는 쿠키를 거부하면 칠 년 동안 재수가 없는 거 몰라?"

"아, 그래, 그건 절대 안 되지." 에밀리가 말했다. "모든 게 아주 근사하게 진행되고 있는 지금 같은 상황에서는 절대."

이 말에 카롤리나는 웃음을 터뜨렸다. 그녀는 미칠 것 같았고 감정이 북받쳤고 인생이 제멋대로 소용돌이치고 있었지만 젠장, 웃는 것만으로도 기분이 좋아졌다. "걸스카우트 쿠키 들고 오라고 해. 이 몸은 먹을 준비가 됐으니까!"

7

# 보드카와 탐팩스: 그리니치에서 탄생된 조합

## 에밀리

"에밀리 님! 주문하신 2분의 1 카페인 스키니 라테 나왔습니다!" 스타벅스 바리스타는 왼쪽 귀의 연골을 뚫어서 링을 달고 은색의 조그만 수갑이 줄줄이 달린 체인을 오른쪽 귀까지 연결했다. 에밀리는 보브 스타일의 금발도 아니고 소렐의 조안 오브 아틱 부츠가 아닌 다른 신발을 신고 그리니치에 있어줘서 고맙다고 그녀를 끌어안고 싶은 심정이었다.

"고마워요." 에밀리는 컵을 들고, 빈자리를 찾는 여자들 중 한 명에게 테이블을 빼앗기기 전에 최단 코스로 그녀의 구석자리로 돌아갔다.

그녀는 커피를 마시며 올리비아와 리조가 이스트빌리지의 어느 식당에서 점심을 먹는 사진에서 간신히 관심을 거두고 급하게 킴 켈리의 의상을 부탁할 만한 디자이너가 누가 있을지 리스트를 훑었다. 관능적인 역할로 유명한(즉, 아무때고 옷을 벗어젖힐 용의가 있는) 배우 킴 켈리가 의상 때문에 골머리를 앓고 있었다. 킴은 에밀리가 〈런웨이〉를 퇴사한 뒤에 맨 처음으로 맡은 고객이었고 아직까지도 그녀보다 더 진상인 고객은 없었다. SAG 시상식이 이 주도 안 남았는데, 킴의 표현에 따르면 에밀리가 의뢰한 프로엔자 슐러의 의상은 "아주 그냥 개떡같"았다. 이 여자의 드레스를 거의 십 년 동안 조달했으니 이런 반응을 보일 가능성이 최소 50퍼센트라는 것을 경험상 알고 있었지만, 짜증나는 부분은 손바닥 뒤집는 식의 변덕이었다. 몇 주 전에 1차 피팅을 했을 때만 해도 킴은 드레스가 마음에 쏙 든다며 3면 거울 앞에서 빙글빙글 돌고 혼자 키득거렸다. 구두는 샤넬, 액세서리는 해리 윈스턴이었고 남은 건 완벽한 비즈 클러치 하나였는데 그건 어려울 것도 없는 일이었다. 에밀리의 전화기가 진동하면서 킴의 히스테릭한 문자가 또 한 통 접수되었다.

이것 좀 봐. 아주 그냥 개떡같다니까? 킴은 이렇게 썼다.

에밀리는 실눈을 뜨고 킴이 보낸 사진을 확인했다. 그녀는 이 주 전에 그 드레스를 입어보았을 때와 똑같았다. 눈이 부셨다. 개떡같다니 그게 무슨 소리예요. 디즈니 공주 같아요, 섹시한 디즈니 공주.

영양 같잖아. 그렇다는 걸 자기도 알고 나도 알고 조만간 E 채널을 보는 모든 사람들이 알게 될 거야!

그만해요! 이거 프로엔자 작품이에요. 그 브랜드는 영양 옷을 만들지 않아요.

그럼 그쪽에서 이번에는 일처리를 지랄같이 한 모양이네. 내가 몸뚱이가 커서. 이 옷은 못 입어. 안 입을 거야.

좋아요, 알겠어요. 에밀리가 문자를 입력하면서 이 말을 입 밖으로도 중얼거렸는지 옆자리에 앉은 여자가 돌아보며 물었다. "뭐라고요?"

에밀리는 고개를 들었다. "네? 아, 죄송해요. 그쪽한테 한 얘기 아니에요."

여자는 자기 친구 쪽으로 다시 고개를 돌렸지만 이제 에밀리는 그들의 대화를 엿듣지 않을 수가 없었다. 흘끗흘끗 곁눈질을 하자 두 여자가 휴대전화를 꺼내 달력 앱을 켜는 것이 보였다.

"그래, 둘이 같이 놀게 하면 좋겠다. 1학년이 되어서야 같은 반이 되다니! 엘로디는 수요일이 좋은데. 수요일 괜찮아?"

"아니, 수요일은 어려워. 인디아는 그날 펜싱 수업이 있거든. 월요일 어때?"

"으음, 월요일은 힘든데. 큰애 둘을 수영장에 넣고 다시 학교로 가서 바이올린 수업 끝낸 엘로디를 태운 다음 다시 셋을 데리고 건강 요리 수업 들으러 가야 하거든. 다음주는 어때?"

다른 여자가 고개를 저었다. "다음주에는 디어 밸리 가. 알아, 알아, 크리스마스 방학 끝나자마자 학교 빼먹으면 안 된다는 거. 하지만 사일러스가 좀 고집을 부려야 말이지. 내가 뭐랬는지 알아? '하지만 여보, 우리 대통령의 날 주간에 베일* 가잖아. 좀 따뜻한 데 가면 안 될까?'"

그녀의 친구가 고개를 끄덕였다. "그러게. 패트릭도 똑같아. 피 터지도록 싸워서 2월에 터크스 가기로 했어. 그이가 가고 싶어하는 데는 타호밖에 없거든. 내가 뭐랬는지 알아? '타호는 제발 그

* 콜로라도주의 스키 관광지.

만! 당신 이제 열여덟 살 아니야. 당신 보드 타는 것만 중요해? 이 겨울에 애들이 어디 야외에서 수영을 해야 할 거 아냐.'"

에밀리는 핑 하는 이메일 도착 알림음을 듣고서야 현실로 돌아왔다. 그녀는 킴 켈리가 보낸 이메일을 열어서 읽기 시작했다.

카밀라,

자기가 얘기한 것처럼 다시 한번 노력해봤는데 더는 같이 일 **못하겠어**. 내가 에밀리를 사랑하는 건 자기도 알잖아. 지난 10년 동안 에밀리가 나를 위해 궂은 일을 마다하지 않았지만 감을 잃었어. 눈이 삔 게 아닌 이상 이런 아주 그냥 개떡같은 드레스를 보고 어떻게 근사하다고 할 수 있어. 게다가 시간이 부족해서 기성복 중에 찾아야 한다니?????? SAG 시상식에 기성복을 입고 가라고? 지금 장난해? 듣자하니 올리비아 벨 소문이 좋던데. 그쪽에 연락해서 앞으로 24시간 동안 스케줄이 어떻게 되는지 알아봐줄래? 그리고 에밀리한테 메일 보내서 좋게 얘기 잘해줘. 나는 에밀리가 좋아, 진짜야. 하지만 이제 정리할 때가 됐다고 봐. 에밀리 마음 상하지 않게 잘라줘, 부탁할게.
Xx KK

에밀리는 자기도 모르는 새 화면을 보며 눈을 깜빡이다가 눈을 비볐다. 카밀라는 킴 켈리의 매니저였고 상황은 이보다 더 명확할 수가 없었다. 그녀는 카밀라의 이메일을 기다릴 건지 아니면 킴에게 직접 메일을 보낼 건지 일 초 만에 결정을 내렸다.

킴,

당신은 나를 직접 자를 만한 배짱이 없는 모양이지만 나는 그렇지가 않아서요. 그러니까 면전에 대고 기꺼이 알려줄게요, 문제는 드레스나 디자이너나 내가 아니라 당신이라고. 말하자면 극심한 섭식장애 때문에 47킬로그램에 2사이즈가 당신 눈에는 영양처럼 보이는 거라고요. 너무 늦기 전에 전문가의 도움을 받기를 바라요. 올리비아 벨이 당신에게는 *제격*일 거예요.

에밀리 찰턴

그녀는 다시 읽어보지도 않고 '전송'을 눌렀다. 속이 다 시원하네. 그녀는 생각했다. 하지만 이내 맥이 빠졌다. 겁이 났다. 또다시 고객을 올리비아 벨에게 빼앗겼다. A급 고객에게 또다시 굴욕적으로 해고를 당했다. 일을 아예 접어야 할지도 모르는 시점이 또다시 한발 앞당겨졌다. 그녀는 살짝 전전긍긍하며 마일스에게 얼른 이메일을 보내 소식을 전했지만 홍콩은 지금 몇시인지 알 수가 없었다.

옆자리에 앉은 여자들은 아이들 스케줄을 맞추려다 포기했다. 어찌어찌 화제가 바뀌어서 이제는 보드카에 적신 탐폰을 주제로 거리낌없이 대화를 나누고 있었다.

"아니, 어디서 기사를 봤는데 여대생들이 다 그걸 좋아한다더라고. 하지만 나는 차마 못 해보겠어." 엘로디의 엄마가 말했다. 그녀는 머리끝에서부터 발끝까지 운동용 복장이었다. 운동화, 요가 팬츠, 기능성 플리스, 빛을 반사하는 헤드밴드에 다운 패딩 조끼로 마무리했다.

그녀의 친구도 기본적으로 같았지만 헤드밴드 대신 꼭대기에 큼지막한 털 방울이 달린 니트 모자를 썼다. 그 여자, 그러니까 인디아의 엄마가 몸을 숙이며 말했다. "엄청 끝내줘. OB가 제일 효과가 좋아, 어플리케이터가 없어서. 술기운은 만땅, 칼로리는 제로!"

"우와." 헤드밴드를 한 엄마가 존경스럽다는 듯이 말했다. "끝내준다. 데킬라도 해봤어? 나는 보드카를 별로 좋아하지 않아서."

"그게 제일 좋은 장점이야!" 털 방울이 흥분했다. "뭘 적시든 상관없어. 맛도 못 느끼는걸! 질에서 뭐가 더 잘 받고 덜 받고 그런 걸 못 느꼈으니까…… 향만 없으면 집에 있는 거 뭘 써도 상관없을 거야."

"해봐야겠다. 이번 주말에. 잠깐—그럼 음주 검사도 통과한다는 얘기 아니야? 아니, 입으로 술을 마시지 않으면 괜찮은 거잖아, 안 그래?"

에밀리는 위가 아니라 질에서 흡수된 알코올은 혈중알코올농도에 영향을 미치지 않을 거라고 생각하다니 둘 다 똥멍청이 아니냐고 받아치려다가 참았다. 그리니치에서 열흘 동안 지내고 있자니 같은 사람을 마주치고 또 마주쳤다. 그녀가 가장 좋아하는 스타벅스에서 누군가에게 핀잔을 주는 것은 좋은 생각이 아닐지 몰랐다.

그녀는 사방을 둘러보았다. 주중의 스타벅스는 누가 매일 오전 일곱시부터 꼬박 열두 시간 동안 남자를 격퇴하는 화학무기를 계속 살포하나 싶을 정도였다. 이걸 견딜 수 있는 남자는 여든이 넘은 노인 아니면 더는 일하는 척할 필요가 없을 만큼 돈이 많은 부자겠지만 그들은 스타벅스에서 시간을 때우지 않았다. 시선이 닿는 곳마다 여자들 천지였다. 유아차를 밀고 이제 막 걷기 시작한 아이들을 쫓아다니는 삼십대. 자녀 학교 수업이 끝나는 세시까지 일분일초마저 알뜰하게 활용하는 사십대. 카푸치노를 마시며 수다를 떠는 오십대. 딸과 손자들을 따라온 육십대. 유모. 베이비시터. 이 동네에서 요가나 스피닝을 가르치는 이십대도 가끔 한 명씩. 하지만 남자는 한 명도 없었다. 모두가 프리랜서이고 유연 근무로 일을 하는 것도 아니고 안 하는 것도 아닌 LA와 정말 다르다는 생각이 들었다. 에밀리는 LA가 그리웠지만 LA는 그녀를 그리워하지 않았다. 지금쯤 올리비아 벨이 그 도시 인구의 절반과 계약을 했을지도 몰랐다.

그녀의 전화기가 울리며 마일스라는 이름이 떴다.

"엠? 안녕, 나야."

"안녕. 방금 전에 나를 자른 그 나쁜 년이 아니라 당신이라 정말 기뻐."

"잘렸다고? 누구한테?"

에밀리는 웃음을 터뜨렸다. "킴 켈리. 심지어 다른 사람한테 보내려고 했던 이메일을 보고 알았어."

"킴 켈리는 걸레야."

"같이 분노해줘서 고마워, 자기야, 진심으로. 하지만 그 단어는 안 쓰면 안 될까?"

"뭐, '걸레'? 당신이 언제부터 그 단어를 귀에 거슬려했어? 그리니치에 너무 오래 있었나보다."

"그럴지도 모르지."

"전부터 '걸레'라는 단어를 싫어했나? 어떻게 내가 그걸 모를 수가 있었지? 아니, 어후, 우리가—"

"'걸레'라고 하지 말라고!" 에밀리가 전화기에 대고 거의 소리를 지르자 엘로디의 엄마와 인디아의 엄마가 고개를 돌려서 그녀를 빤히 쳐다보았다. "뭘 봐요?" 그녀는 그들에게 물었다.

"나 말이야?" 마일스가 물었다.

"아니, 당신 말고." 에밀리는 목소리를 높여 전화기에 대고 말했다. "나는 '보지'라는 단어가 더 좋아. 예를 들면 이런 식으로 쓰는 거지. 다음에는 알딸딸해지고 싶으면 탐폰에 보드카를 적셔서 보지에 넣도록 해. 멋쟁이 엄마들은 다 그러거든."

이번에는 두 여자가 말문이 막힌 표정으로 서로 쳐다보았다.

"뭐? 탐폰에 보드카를 적셔? 지금 무슨 소리 하는 거야?" 마일스가 물었다.

"됐어, 신경쓰지 마." 에밀리는 식어버린 라테를 크게 한 모금 마셨다. "그래서 지금 어디야?"

"저녁 먹고 호텔로 왔는데 여기 끝장이야. 당신한테 보여주고 싶어서 죽겠다."

"응, 나도. 사진 보니까 끝내주더라."

"다음주 금요일이면 LA로 돌아갈 거야. 그때쯤이면 당신도 집에 올 거지?"

"당연하지. 더이상 가망 없는 굴욕적인 실업자의 몸으로. 그래도 집에는 갈 거야."

"아, 왜 이래, 엠. 킴 켈리가 당신을 자르거나 말거나 누가 신경 쓴다고. 어차피 개떡같은 배우잖아."

"오스카상을 세 번, 글로브상을 두 번 받았어. 내 A급 고객 중 한 명이었다고."

"저질이야. 게다가 시시각각으로 늙고 뚱뚱해지고 있고. 내 사랑,

당신이야말로 또라이들 중에 최고지. 나는 알아. 남들도 다 알고."

그가 그녀의 기운을 북돋워주려고 애쓰고 있었지만 그럴수록 에밀리는 전화를 끊고만 싶어졌다. "마일스? 이제 그만 끊어야겠다. 미리엄한테 집에 들어가겠다고 한 시간이 다 됐어."

"알았어. 보고 싶다. 잊지 마, 킴은 끔찍한 교통사고나 다름없고 그걸 피해서 다행이라는 거. 몇 주 있다 만나면 당신 데리고 나가서 기분 전환 시켜줄게. 그때까지 기억해—당신은 록스타라는 거."

"록스타. 그래. 알았어." 그녀는 이렇게 우울했던 적이 있었는지 기억나지 않았고 아마도 처음인 것 같았지만, 따지고 보면 거물급 고객 세 명에게 연속으로 잘린 것도 처음이었다. 그녀는 간신히 "사랑해"라고 말하고 전화를 끊었다.

그러고 나서 노트북을 덮으려는데 이메일이 또 한 통 들어왔다. 카밀라에게서 온 이메일 제목은 바로 읽어주시기 바랍니다였다.

정식 해고 메일이었다. 그 메일을 작성하는 데 고작 삼 분이 걸린 셈이었다. "지랄하시네." 그녀는 말하고 이메일을 열어보지도 않은 채 '삭제' 버튼을 눌렀다. 다른 쪽 테이블에 앉은, 역시 머리 끝에서부터 발끝까지 룰루레몬으로 도배한 두 여자가 입을 떡 벌리고 그녀를 빤히 쳐다보았다.

"쌍, 남 일에 신경 끄시죠?" 에밀리는 쏘아붙였다. "그리고 노파심에 한마디하자면 입이 아니라 보지로 알코올을 흡수해도 똑같이 음주 운전으로 걸릴 테니까 집을 팔고 이름도 바꾸고 이 나라 반대편으로 이사할 각오는 하고 시작하세요. 뒤에선 다들 그러고 있더라도 이 동네 엄마들 사이에서 왕따가 될 테니까. 그냥 참고들 하시라고요."

에밀리는 노트북 가방을 집어서 어깨에 둘러맸다. "좋은 하루 보내세요!" 그녀는 명랑하게 외치며 자리에서 일어났고, 그들의 테이블 앞을 지나며 번개같이 가운뎃손가락을 들어 보였다. 새로운 친구를 사귀는 건 빛 좋은 개살구였다. 근교에서는 특히 더 그랬다.

# 8
# 아이는 못 보고 칵테일만 마셔도 좋은

## 미리엄

미리엄은 아직 어두컴컴한 침실로 살금살금 돌아가 이불 아래로 슬그머니 들어갔다. 다시 침대 안으로 들어가다니 이보다 더한 사치가 없게 느껴졌다. 그녀와 폴은 처음 만났을 때 주말이면 열한시까지 자다가 트레이닝복 차림으로 나가서 커피와 베이글을 사고, 〈뉴욕 타임스〉에서 좋아하는 섹션을 챙겨서 곧장 침대 안으로 다시 들어가곤 했다. 이제는 수요일 여덟시 십오분이 새로운 주말이었다. 폴이 재택근무를 하는 날이라 일찍 일어나서 출근을 하는 다른 요일과 달리 그날만은 으레 열시까지 뭉그적거렸다. 그녀는 그의 옆으로 다가가 몸을 바짝 붙이고 숨을 들이마셨다. 왠지 몰라도 아침에는 그의 목에서 항상 기분좋은 냄새가 났다.

폴이 눈을 감은 채로 웃으며 중얼거렸다. "애들은 어쩌고?"

"셋 다 학교 갔어. 당신이랑 나뿐이야. 에밀리도 있지만 걔는 신경쓸 거 없고. 어떻게 생각해?" 그녀는 이불을 헤치고 그의 사각팬티 허리 고무줄 안으로 손을 넣었지만 그가 뿌리쳤다.

"이제 일어나야 해. 오늘은 평소보다 일찍 통화를 해야 해서." 그는 그녀의 입술에 건조하게 입을 맞추고 욕실로 들어가 문을 닫았다. 잠시 후에 샤워기 물소리가 들렸다.

미리엄은 이불을 걷어차고 한숨을 쉬었다. 그녀는 그를 깨우기 전에 늘어난 레깅스와 요거트가 얼룩진 티셔츠를 벗고, 세 아이를 낳은 칠 년차 부부에게는 란제리라고 할 수 있는 민소매 면 잠옷을 입고 속옷은 벗었다. 남자의 입장에서 이 이상 뭘 바랄 게 있을까?

그녀는 그를 따라 욕실로 들어가 평소처럼 얼른 씻고 매트 위로 나오는 그를 뜯어보았다. 누가 봐도 그는 여전히 잘생겼다. 어깨는 넓고 허리는 잘록한 것이 짜증날 정도였다. 바짝 자른 머리가 희끗희끗해지기 시작했지만 덕분에 한층 기품 있어 보였다. 그리고—뭐 그리 대단한 수준은 아니지만—요즘은 미리엄이 더 열심히 달리는데도 그는 여전히 달리기 선수처럼 군살이 없고 근육질에 탄탄했다.

"오늘은 스케줄이 어떻게 돼?" 폴이 허리에 수건을 두르고 데오도런트를 바르며 물었다.

폴은 그녀가 어떤 결정을 내리건 절대적으로 지지했다. 그녀가 스캐든*에서 주당 팔십 시간을 일하건 좀더 여유로운 새 삶을 즐기건 전적으로 응원했다. 지금 이렇게 묻는 것도 비꼬기 위해서가 아니라 그녀의 일상에 관심을 표현하려는 거였다. 그럼에도 그녀는 열한시에 신생아파티가 있다고 알리려니 조금 바보가 된 기분이

* 뉴욕에 본사가 있는 다국적 대형 로펌.

었다.

"재밌겠네." 그가 치약을 입에 문 채로 말했다.

"아니, 나는 이해가 안 돼. 수요일 오전 열한시에 신생아파티라니. 다들 어디 갈 데가 없는 건가?"

그가 치약을 뱉고 입을 헹궜다. "가서 재밌게 놀다 와. 당신은 그럴 자격이 있어." 그러고 이번에는 뺨에 또다시 건조하게 입을 맞추었다. "얼른 통화하러 가야겠다. 이따 세시에 학교에서 만나. 파티 잘하고!"

"고마워." 그녀는 중얼거렸지만 그는 이미 사라지고 없었다.

옷장을 훑어보니 회사 다니던 시절에 입던 옷과 운동복은 많지만 다른 건 별게 없었다. 그녀는 부츠컷의 정장 바지와 하얀색 실크 블라우스, 낮은 굽의 에나멜 구두, 돌아가신 할머니에게 물려받은 금박 목걸이를 꺼냈다. 거울을 흘끗 쳐다보고 괜찮다는 뜻에서 고개를 끄덕였다. 아주 평범했다. 전혀 눈에 띄지 않았다. 회의실부터 하다사* 주최 오찬에 이르기까지 어느 자리든 완벽하게 어울렸다. 하지만 부엌으로 들어가자, 커피 머그를 손에 들고 수납장에 달린 TV 앞에 앉아 있던 에밀리가 돌아보더니 이렇게 말했다. "진짜 그렇게 입고 갈 거야? 꼭 케이터링 업체에서 서빙하는 직원 같은데."

"고마워. 너는 언제 무슨 말을 하면 되는지 항상 잘 알더라." 미리엄은 커피 머신에 잔을 놓고 '작동' 버튼을 눌렀다. "너는 어디 가는데?" 그녀는 가죽 레깅스 허리춤에 두툼한 카디건을 묶고 10센

---

* 유대인 여성 자선단체.

티미터 굽의 앵클부츠를 신은 에밀리에게 물었다.

"너 가는 데." 에밀리가 말했다.

"퍽이나 그러겠다." 미리엄은 아이가 시리얼을 먹다가 남긴 우유를 커피에 붓고 한 모금 마셨다. "진짜로 어디 가는데?"

"더는 여기 못 앉아 있겠어. 제발 데려가주라."

"내가 너를 날마다 침대에 묶어놓는 것도 아니잖아. 아무때나 어디든 갈 수 있어. 내가 심지어 공항까지 태워다주겠다고도 했잖아."

"알아, 알아. 그래도 이 주는 있어야 마일스가 돌아올 텐데 너도 알다시피 내가 혼자 있는 걸 싫어하잖아. 게다가 킴 켈리하고 그런 일이 있은 뒤로 사람들을 만날 자신도 없고. 내쫓지 말아줘. 심지어 나는 여기가 좋아지기 시작했어. 희한하고 엿같은 방향으로."

"누가 널 내쫓겠대? 하지만 신생아파티는 절대 같이 못 가. 너는 초대받지 않았잖아. 심지어 애를 좋아하지도 않고."

"와인이 넘쳐날 테니까 괜찮을 거야. 응? 너 난처해질 일은 저지르지 않을게." 에밀리는 넌더리 난다는 표정으로 미리엄의 복장에 다시 한번 손짓했다. "내가 문제가 될 가능성은 거의 없을 거라고 본다만."

미리엄은 웃음을 터뜨릴 수밖에 없었다. "진짜 못 말린다니까. 알았어. 다른 지방에서 놀러온 친군데, 애도 없고 딱하게도 지금 힘든 시기를 겪고 있다고 할게. 하지만 입 꾹 다물고 있겠다고 약속해. 공포 분위기 조성하지 말고 새로운 사람들 만나보는 것도 좋을 거야."

에밀리는 부엌 뒷문으로 앞장섰다. "가자. 늦으면 실례잖아."

신생아파티가 열리는 곳으로 가려면 그리니치 중심가를 관통해야 했다. 언뜻 보면 그리니치 중심가는 좀더 그럴듯할 뿐 보행자의 편의를 도모한 미국 여느 도시 중심가와 다를 것도 없지만, 매장의 면면을 확인하면 얘기가 달라졌다. 티파니, 래그&본, 바카라, 앨리스 앤드 올리비아, 조이, 빈스, 띠어리. 어느 소규모 매장에서는 모피 코트를 판매했다. 유료 주차장에 주차한 차량의 최소 50퍼센트가 레인지로버와 아우디 SUV였다.

하지만 그들은 이내 중심가에서 빠져나왔고, 베드퍼드와 가까운 외곽의 좀더 시골 같은 지역을 지나 숲속을 구불구불 관통하는 예쁜 도로로 접어들었다. 미리엄은 사유지라고 희미하게 적힌 팻말이 있는 아주 좁은 길로 핸들을 틀었고 그 길을 따라서 가파른 언덕을 넘어 나무가 좀더 빽빽한 지역으로 들어섰다. 나무가 사라지며 시야가 트였을 때 근사하고 널따란 저택이 등장했다. 유니폼보다는 서핑보드가 더 어울려 보이는 잘생긴 주차요원이 운전석 쪽으로 다가와 미리엄에게서 열쇠를 받아갔다.

"흥미진진해지는걸!" 에밀리가 주차요원을 빤히 쳐다보며 말했다. "오늘의 주인공이 누구라고?"

"메이지랑 같은 반 친구 엄마. 얼마 전에 넷째를 낳았어. 나는 잘 모르는 엄마지만, 이 자리를 준비한 같은 반 친구 엄마 애슐리가 나를 초대해줬어."

"잘은 모르겠지만 너는 첫째 낳고 베이비 샤워를 하지 않았던 것 같은데."

"이건 베이비 샤워가 아니야. 신생아파티지. 게다가 여기 이 그리니치에서는 대낮에 술을 마실 수 있는 핑계만 있다면 뭐든 마다하지 않아."

그들이 다가가자 검은색 바지에 빳빳하게 다린 흰색 셔츠를 입은 건장한 여자가 현관문을 열어주었다. 에밀리가 메이드의 유니폼을 흘끗 보더니 미리엄을 돌아보며 눈썹을 추켜세웠다.

그들은 이리저리 확장된 부엌을 지나 그보다 더 근사할 수 없는 온실로 안내를 받았다. 천장은 물론이고 전면이 유리라 눈으로 덮인 넓은 뒷마당이 내다보이는 널찍한 공간이었다. 이국적인 선인장과 열대식물이 수작업으로 색칠한 화분에 심겨 있었다. 다육식물은 생김새와 크기가 제각각이었고, 난초와 극락조화는 화려한 색채의 향연이었다. 미리엄이 지금까지 본 적 없을 만큼 세심하게 선택된 육십여 명의 여자들이 그 아름다운 자연 풍경 속에 모여서 천을 씌운 선베드에 편하게 기대앉거나 소파 등받이에 걸터앉거나 삼삼오오 서서 미모사나 블러디 메리를 마시고 있는데, 하나같이 윤기가 흐르도록 드라이한 머리하며 에밀리와 꼭 닮은 옷을 갖춰 입은 것이 저마다 완벽했다. 주차요원보다 한결 매력이 넘치는 웨이터들이 돌아다니며 잔에 음료를 채우고, 과일 꼬치와 그릭 요거트로 만든 미니 파르페와 기타 등등의 저탄수화물 간식거리를 권했다. 내부를 핑크색으로 꾸미긴 했지만 그것 말고는 신생아파티라는 티가 나지 않았다. 기저귀도 젖병도 보이지 않았다.

"무슨 〈위기의 주부들〉 세트장 같아." 에밀리가 속삭였다. "소리 지르는 사람만 없을 뿐. 취향은 훨씬 고급스럽고 말이지."

미리엄이 뭐라고 대꾸할 겨를도 없이 메이지와 같은 반 친구 엄마인 애슐리가 쪼르르 달려왔다. 그녀는 상큼함의 화신이었다. 금발의 보브컷도 상큼하고 가슴도 상큼하고 미소도 상큼했다. 치아에는 래미네이트를 씌웠다. 부담스럽지 않게 예뻤고, 짧은 원피스에 크롭 가죽 재킷을 입고 앵클부츠를 신은 것이 딱 적당하게 스타일리시했다. 다이아몬드 액세서리는 근사하지만 과시하기 위한 용도가 아니었고 피부는 딱 적당히 태웠고 향수는 향이 느껴지되 독하지 않았다. 그리고 무엇보다 아주 즐거워 보였다.

"미리엄! 시간 낼 수 있어서 정말 다행이에요!" 애슐리는 이렇게 말하고 못마땅하게 여기는 기미 없이 에밀리를 돌아보며 인사를 건넸다. "안녕하세요, 애슐리라고 해요. 우리 초면이죠?"

미리엄이 불청객을 데리고 온 이유를 설명하기도 전에 에밀리가 환하게 웃는 표정을 지었다. "애슐리! 미리엄한테 얘기 많이 들었어요. 미리엄한테 많이 가르쳐줬다면서요? 이것저것…… 모두 다. 저는 에밀리 찰턴이에요. LA에서 놀러왔는데, 미리엄이 집에 혼자 있게 된 저를 가엾게 여겨서 같이 데려와줬어요. 결례는 아니었으면 좋겠어요."

애슐리가 깜짝 놀란 표정을 지었다. "잠깐. 에밀리 찰턴이라고요? 설마 그 에밀리 찰턴은 아니겠죠?"

미리엄은 가짜로 좋아하는 척하던 에밀리가 진심으로 기뻐하는 표정으로 바뀌는 것을 보며 터지려는 웃음을 애써 참았다. "우리, 구면인가요?" 에밀리가 짐짓 겸손한 척 물었다.

"아뇨, 아뇨! 아니, 그러니까, 당연히 당신은 저를 모르죠." 미리엄은 그렇게 당황하는 애슐리를 본 적이 없었다. "하지만 제가 패션에 관심이 많거든요, 이런 노구로 티는 잘 안 나겠지만요. 그래서 〈런웨이〉 시절부터 당신의 활약상을 계속 주시했어요. 킴 켈리를 변신시킨 건 정말 대단하다고 봐요. 당신을 만나기 전까지만 해도 몰골이 말이 아니었는데!"

미리엄은 킴의 이름이 등장하자 에밀리의 턱에 힘이 들어가는 것을 알아차렸다. 당장이라도 분위기가 험악해질 수 있었다. 미리엄은 에밀리가 경악스러운 발언을 하지 못하게 얼른 그녀의 팔을 잡았다. "애슐리, 잠깐 다녀올게요. 오늘의 주인공한테 이 친구를 소개하고 싶어서요." 그녀는 에밀리를 온실 저편으로 끌고 가 경고의 눈빛으로 노려보았다. "얌전히 있기." 그녀는 나지막이 말했다.

"네, 엄마." 에밀리가 말했다. "하지만 나를 숭배하는 팬들과 나를 언제까지고 떨어뜨려놓을 수는 없어."

식사 도구로 크리스털 잔을 두드리는 소리에 그들의 대화가 끊겼다. "여러분! 이제 기다리던 순간이에요!" 애슐리가 얼굴을 환히 빛내며 외쳤다.

모두들 잔을 높이 들고 서로 건배했다. 미리엄은 뒤에서 어떤 여자가 다른 여자에게 조용히 이렇게 얘기하는 것을 들었다. "셋째 때 딸을 낳으려다가 실패해서 이번에는 시험관을 했잖아. 그런데 엄청난 일이라도 되는 것처럼 우리가 이렇게 연극을 벌여야 하는 이유가 뭐야?"

"이제 크리스티나에게 줄 선물을 공개해볼까요?" 애슐리가 크게 말했다. "크리스, 뭐부터 열어보고 싶어요?"

모두 선물 테이블 쪽으로 고개를 돌렸지만 놀랍게도 선물은 몇 개 없었다. 미리엄이 세어보니 정확히 세 개였고 그중 하나는 그녀가 들고 온 것이었다.

크리스티나는 최고로 예쁜 꽃무늬 포장지로 감싸서 작약 생화 다발을 같이 묶은 첫번째 상자에서 카드를 뜯어냈다. 그녀는 카드를 읽고 시어머니가 보낸 선물이라고 밝힌 다음 상자를 열어 순은

딸랑이, 아기용 숟가락, 빨대컵을 보여주었다.

"로즈의 이름이 새겨져 있네요." 샤넬 스커트 슈트를 입은 비쩍 마른 여자가 자리에 앉은 채로 말했다.

크리스티나는 손키스를 날리고 두번째 선물을 공개했다. "어머, 마타, 뭐 이런 걸 다!" 그녀는 깍깍거리며 가장자리에 간지럽게 생긴 핑크색 레이스가 달린 브랜드 없는 후드 목욕 가운과 목욕 수건 세트를 들어 보였다. 그리고 현관에서 손님들을 맞이했던 유니폼 입은 메이드에게 들어오라고 손짓하자 메이드가 살그머니 다가왔다. "정말 예뻐요. 진짜 고마워요!" 메이드는 허리를 숙여 어색하게 포옹하고 후닥닥 나갔다. 크리스티나는 선물을 애슐리에게 건넸다. 거기는 아이의 이니셜이 새겨져 있지 않았다. 이집트 면사로 만든 것도 아니었다. 프랑스의 어느 부티크에서 제작한 것도 아니었다. 심지어 미리엄조차 그 가운이나 수건이 아이의 살갗에 1밀리미터라도 닿을 가능성은 제로에 가깝다는 것을 알 수 있었다.

"자, 여기요." 애슐리가 재잘거리며 마지막 상자를 건넸다. 미리엄의 선물이었다.

크리스티나가 얼른 포장을 풀어서 안에 담긴 선물을 공개했다. 지퍼가 달린 핑크색 우주복—미리엄은 아이들을 키웠을 때 똑딱이 단추보다 지퍼가 달린 것을 더 좋아했다—두 벌과 거기에 어울리는 신생아용 모자, 핑크색의 복슬복슬한 부츠였다. "어머, 귀여워라. 예쁘다! 미리엄, 고마워요. 어떻게 이런 걸 다 준비했대요?"

크리스티나는 진심으로 고마워하고 그 옷을 마음에 들어하는 눈치였고 미리엄은 제대로 골랐다는 데 안도감을 느꼈다. 하지만 다른 사람들의 선물은 어디 있을까? 왜 미리엄과 시어머니와 메이드의 선물뿐일까?

정적이 온실을 덮었다. 크리스티나는 기대하는 열띤 표정을 짓고 있었다.

"자, 여러분! 다들 기다리시던 순간이 찾아왔어요. 이제 단체 선물을 공개할 시간입니다!" 애슐리가 풋볼경기의 치어리더 단장처럼 외쳤다.

그제야 핑크색 시트로 덮여 한쪽 구석에 놓여 있는 뭔지 모를 큼지막한 것이 눈에 들어왔다. 아기용 그네인가? 미리엄은 생각했다. 휴대전화 앱으로 작동할 수 있고 스포티파이와 연결도 되는 최첨단 신제품일지도. 요즘 세상에는 모를 일이었다. 카메라나 아로마테라피 디퓨저가 달려 있을 수도 있었다.

"자, 이건 나머지 우리 모두가 준비한 선물인데요." 애슐리가 종알거렸다. "이 주 뒤면 다시 운동을 시작할 수 있지만 애가 넷이라 스튜디오로 나오기가 쉽지 않을 수도 있으니…… 짜잔!" 애슐리가 호들갑스럽게 시트를 당기자 최신 펠로톤 스피닝 자전거가 위용을 드러냈다. 그 옆 테이블 위에 놓인 거대한 철망 바구니 안에는 여분의 탈착식 페달 세트, 무선 헤드폰, 매끈한 하얀색 스피닝 운동화, YETI 물병 그리고 매장에 있는 4사이즈를 몽땅 털어왔나 싶을 만큼 수북한 룰루레몬 운동복이 담겨 있었다.

"어떡해, 정확히 내가 받고 싶었던 선물이에요!" 크리스티나가 좋아서 비명을 질렀다. "고마워요! 여러분 모두! 다들 어쩜 이래요?"

모두 박수를 치고 환호성을 지르고 일렬로 서서 차례대로 감사의 포옹을 받았다.

"아기는 어디 있어?" 에밀리가 나지막이 쏘아붙였다. 미리엄이 생각하기에는 목소리가 조금 컸다. "심지어 내가 이전까지 제일 개떡같은 도시라고 생각했던 LA에서도 신생아파티 때 엄마들이 아기를 보여주는데!"

미리엄이 온실 안을 훑어보고 있었을 때 휴대전화 진동이 느껴졌다. 그녀는 애들 학교에서 온 연락인가 불안해하며 전화기를 꺼냈다. 미팅 알람이었다. 맨 처음 스캐든에서 근무를 시작했을 때 파트너들이 돌아가며 담당 사건의 상황을 설명하는 주중 오찬 회동을 깜빡하지 않게 설정해놓은 것이었다. 매주 수요일 열두시 삼십분 정각이었다. 그녀는 그 회동을 싫어했고 아주 질색했지만 어떤 이유에선지 자동 알람을 삭제하지 않았다. 이제 이 아름다운 식물로 덮인 아름다운 온실에서 고급 안주를 깨작거리며 모닝 칵테일을 홀짝이는 스타일리시한 여자들을 둘러보고 있자니, 졸린 목소리로 계속 말을 잇는 파트너들과 퍽퍽한 칠면조 클럽 샌드위치를 먹었던 그 칙칙한 회의실을 향한 그리움으로 가슴이 아렸다. 아주 짧은 순간이었지만. 그래도.

에밀리가 샴페인 잔을 들었다. "내 말을 오해하지는 말아줘. 나는 아이는 못 보고 칵테일만 마셔도 상관없으니까. 그래도 어휴."

애슐리가 세상에서 제일 고급스러워 보이는 캐시미어 담요를 아주 조심스럽게 안고 등장하자 그들의 대화가 끊겼다.

"어머나! 그거 로즈예요?" 미리엄이 외치며 들여다보려고 가까이 다가간 순간 에밀리는 뒤로 물러났다.

애슐리가 어리둥절한 표정을 지었다. "네? 아, 이거요?" 그녀가 담요를 소파로 던지자 두 친구는 헉하고 숨을 토했다. 애슐리가 정신 나간 사람 대하듯 미리엄과 에밀리를 쳐다보았다. "선물이에요."

"아하." 미리엄이 말했다.

"저기, 두 분 잠깐 시간 돼요? 답례품 나눠주려는데 두 분이 도와주시면 좋겠어서요. 흰색 스웰 물병에 '로즈'라고 이름을 새긴 다음 위스퍼링 에인절 와인이랑 같이 포장했어요. 아시겠죠? 로즈니까 로제와인. 정말 깜찍하지 않아요?"

"칵테일 계속 마셔야 해서요." 에밀리가 말하며 미리엄 쪽을 향해 눈썹을 추켜올렸다.

미리엄은 경고하는 눈빛으로 에밀리를 흘겨보고 애슐리를 돌아보았다. "그럼요. 도와드리면 좋죠."

9

# 저의 남녀관계

카롤리나

카롤리나는 착한 여자 역할이라면 이제 지긋지긋했다. 그녀에게는 아무 권리가 없다는 사실을 일깨워준 것 말고 도대체 트립이 한 일이 뭐가 있단 말인가? 그녀는 여전히 어정쩡한 상태였고 실질적으로 아는 정보가 전혀 없었다. 도대체 언제까지 시키는 대로 그리니치에 숨어서 해리를 볼 수 있다는 희망을 품은 채 착하게 굴어야 할까?

그녀는 침대 밖으로 나갈 수가 없었다. 몸을 덮은 깃털 이불도 천근만근 같았다. 다리도 마찬가지라 욕실까지 3미터를 걸어가기도 힘들게 느껴졌다. 그녀는 꼬박 이틀 동안 샤워를 하지 않았다. 용납할 수 없는 부위에 까칠하게 털이 자랐고 혀가 까끌까끌했다. 그녀는 이것이 우울증이라는 것을 알았다. 아이를 가지려고 부단히 노력했을 때도 한바탕 겪었었는데, 이번이 열 배는 더 심각한 듯했다.

리모컨을 드는 것조차 너무 진이 빠지는 일이라 카롤리나는 CNN을 끌 수가 없었다. 오늘은 뉴스가 별로 없는 날인지 그레이엄이 진두지휘중인 새로운 헬스 케어 법안을 반복 보도하고 있었다. 찬반 양측의 이른바 전문가들이 진행자 앤더슨 쿠퍼 앞에 계속 등장했다가 사라지며 오로지 그 법안만이 미국을 구할 수 있다고 하거나 그 법안이 미국을 영원히 처참하게 망가뜨려놓을 거라고 주장했다. 그녀는 그런 토론을 이미 네번째 보고 있었다. 어느 누구의 발언도 새롭거나 흥미진진하지 않았다. 차라리 〈엘런 디제너러스 쇼〉 아니면 브라보 채널을 보거나 아예 TV를 꺼버리고 싶었지만, 믿기 힘들 만큼 묵직한 이불 아래 어딘가로 숨어버린 리모컨을 찾을 기운이 없었다. 카롤리나는 이 집을 샀을 때 그레이엄이 고른 모던 스타일의 흉측한 조명을 맥없이 바라보았다. 매끈한 전자동 블라인드 때문에 방안이 아늑하기가 병실 수준이었다. 나중에 의욕이 생기면 블라인드뿐 아니라 다른 모든 것까지 뜯어내버릴 것이다.

카롤리나는 잠이 든 줄도 몰랐다가 그레이엄의 목소리에 눈을 떴다.

"그레이엄?" 그녀는 벌떡 일어나며—그럴 기운이 남아 있는 줄도 몰랐건만—거의 소리를 지르다시피 했다.

그는 대답이 없었다. 카롤리나는 방안을 두리번거렸지만 모든 게 아까 그대로였다. 잠시 후 그녀의 눈에 그가 들어왔다. 앤더슨 쿠퍼의 앞에 앉아 있는데, 카메라가 다른 패널은 모두 자르고 단독으로 그를 화면 가득 잡았다.

"무슨 얘기를 하려는 건지 압니다, 앤더슨 씨, 진심으로요." 그레이엄은 근엄하게 고개를 끄덕였다. "그리고 그것이 제가 우려하는 부분이자 모든 국민이 우려하는 부분이기도 하고요. 하지만 지금은 망설임과 두려움은 접고 옳은 일을 해야 할 시점입니다."

카롤리나는 다시 베개 위로 쓰러져 숨을 토했다. 그가 언제 저 슈트를 샀을까? 그의 옷은 모두 그녀가 준비했는데, 맹세컨대 저 슈트는 본 적이 없었다. 게다가 더 짜증나는 사실이 있다면 아주 잘 어울린다는 것이었다.

광고가 시작됐고 카롤리나는 본격적으로 리모컨 탐색에 나섰다. 자기 연민 속에서 허우적거리는 마당에 별거중인 남편의 얼굴과 목소리를 견디며 TV를 보고 있을 필요는 없었다. 그를 만나지 못한 지 거의 삼 주가 지났지만 삼 년처럼 느껴졌다.

"이제 막 채널을 돌리신 분들을 위해 말씀드리자면 뉴욕주의 민주당 소속 초선 상원의원이자 하트웰-코널리 법안을 발의한 그레이엄 하트웰 의원과 함께하고 있습니다. 의원님, 함께해주셔서 감사합니다."

"별말씀을요, 앤더슨 씨." 그레이엄이 편안한 미소를 지었다. 그는 전국으로 생중계되는 TV 카메라 앞에서도 전혀 긴장한 기미가 없었다. 젠장, 그는 어딜 가든 긴장하는 법이 없었다.

"광고를 보러 가기 전에 하트웰-코널리 법안이 특정 계층에 미칠 영향에 대해 얘기를 하고 있었는데요. 공화당은 기본 보장 항목에서 정신질환과 중독증 치료를 배제하려고 하고 있습니다만, 의원님이 발의하신 법안에서는 어떤 식의 보호 조치를 제안합니까?"

그레이엄은 곰곰이 생각하는 눈치였다. "글쎄요, 앤더슨 씨. 저는 워싱턴의 저희 정치인들이 생각하는 것보다 우리 국민들이 정신질환과 중독증에 대해 걱정을 많이 한다고 보는데요. 제 개인적인 경우를 예로 들어도 그렇습니다. 아마도 소식을 들으셨겠지만, 제 아내가 이달 초에 심각한 문제를 일으키지 않았습니까?"

충격받은 표정을 지었다가 노골적으로 즐거워하는 앤더슨의 얼굴을 카메라가 줌으로 당겨 잡았다. 지금 상원의원이 그 유명한 아내의 악명 높은 음주 운전 사태를 자발적으로 거론했단 말인가? 1월 현재까지 미국을 가장 뜨겁게 달구었던 화제의 사건을 언급하며 '아마도 소식을 들으셨겠지만'이라고 했단 말인가? 카롤리나의 범법 행위를 거론한 적 없는 정치 전문가나 기자나 코미디언이나 토크쇼 진행자나 뉴스 앵커가 있었을까? 지미 팰런은 거기에 오프닝을 통째로 할애했다.

앤더슨이 흥분을 가라앉혔다. 은색 여우라고 불리는 그를 놀라게 하다니 다른 때 같았으면 카롤리나는 그레이엄을 보며 감탄했을 것이다. "네, 그렇죠." 그는 사안의 심각성을 반영하는 말투로 말했다. "감당하기가 쉽지 않으셨을 텐데요."

"물론입니다. 아내는 지금 상태가 매우 심각합니다. 저는 알코올중독이 질병이라는 것을 인정하기까지 오랜 시간이 걸렸습니다. 그렇긴 하지만 아내는 도움을 받을 기회가 많았음에도—분명 일반 대중보다는 훨씬 많았을 거란 말이죠—그 위험한 행동을 여전히 반복하고 있어요. 저는 오래전부터 아내를 도우려고 애를 써왔어요. 저뿐이라면 상관없겠지만……" 그레이엄이 말끝을 흐렸고, 일반적인 시청자라면 그가 목이 메었나보다고 생각할 수도 있을 만한 상황이었다.

좀전까지는 인공 파도가 일렁이는 수영장에서 헤엄치려는 것처럼 움직이기가 힘들었다면 이제는 온몸이 마비된 것만 같았다. 카롤리나의 뇌는 특정 단어를 받아들이길 거부하고 있었다. 질병? 알코올중독? 위험한 행동?

"아…… 네." 앤더슨이 다시금 당황했다. 그의 토크쇼 인생을 통틀어 게스트가, 그것도 뉴욕의 상원의원이 자신의 달콤하도록 추잡한 사생활을 자발적으로 공개한 사례가 있었단 말인가.

"하지만 저만의 문제가 아니니까요. 제 아들도 생각해야 하니까요. 저의 남녀관계 때문에 제 아이를 한층 더 궁지에 몰아넣는다면 아버지로서 제가 자격 미달 아니겠습니까?"

카롤리나의 입에서 울부짖음이 터져나왔다. 정말 이런 소리가 그녀에게서 나왔단 말인가. 방금 전에 그레이엄이 십 년의 결혼생활을 남녀관계라고 했단 말인가. 그리고 해리를 그들의 아이가 아니라 그의 아이라고 했단 말인가.

앤더슨이 헛기침을 했다. 금방이라도 사냥감을 덮치려는 사자처럼 긴장한 기색이었다. "그러니까 결혼생활이—"

그레이엄이 두 손을 으스러져라 맞잡고 엄숙한 표정으로 자기 무릎을 쳐다보았다. "사랑하는 사람을 위해서는 온갖 예외를 만들려고 하기 마련이죠. 하지만 제 눈에는 저희의 미래가 보이지 않습니다."

"알겠습니다." 앤더슨은 이렇게 말했지만 누가 봐도 알 것 같지 않은 눈치였다.

"빌어먹을 하트웰-코널리 법안에 대해서 얘기하던 중이었다는 건 모두 잊어버린 거야?" 카롤리나는 비명을 질렀다.

그녀가 한 말을 듣기라도 한 듯 앤더슨이 이렇게 말했다. "잠깐 끊고 가야겠습니다, 의원님. 광고 이후에 이 문제와 다른 모든 것에 대해 좀더 자세히 대화를 나눌 수 있을까요?"

그레이엄이 고개를 끄덕였다. "그럼요, 앤더스 씨. 좋습니다."

곧바로 그녀의 전화기가 울렸다. 모델로 절정의 인기를 구가하던 시절 그녀의 멘토 역할을 했던 예전 에이전트 리베카였다. 리베카는 오래전부터 사무실에서 CNN을 배경음악처럼 계속 틀어놓았으니 그레이엄의 인터뷰를 보고 있을 게 분명했다. 카롤리나가 받을까 말까 고민하는 새 음성사서함으로 넘어갔다. 그뒤를 이어서 곧바로 이모가 전화를 했다. 카롤리나는 그 전화와 그 이후에 온 두 통을 음성사서함으로 넘긴 뒤 전화기를 꺼버렸다. 그녀는 이불을 홱 젖히고 다시 침대 위로 올라갔다가 하마터면 사과만한 크기의 새빨간 핏자국 바로 위에 앉을 뻔했다. 얼룩이 배어나온 속옷을 흘끗 확인해보니 짐작이 맞았다. 어떻게 느끼지도 못했을 수가 있을까?

카롤리나는 한숨을 쉬며 욕실에서 옷을 벗어 찬물을 가득 채운 세면대에 던지고 샤워부스 안으로 들어갔다. 초인적인 힘이 필요했지만 억지로 관리가 필요한 모든 부위를 씻고 면도한 다음 큼지막한 프레떼 목욕 수건으로 몸을 감쌌다. 그녀는 새 속옷과 플란넬 파자마 바지를 입으려고 하다가 탐폰이 없다는 사실을 깨달았다.

"맙소사." 그녀는 중얼거리며 중학교 때 생리대가 없으면 하던 것처럼 휴지를 뭉쳐서 속옷 안으로 집어넣었다.

오후 다섯시도 되지 않았는데 그녀는 철저하게 혼자였다. 관리인 부부가 이미 두 번이나 연락해 다시 출근할지 물었지만 카롤리나는 혼자 있어도 아무 문제 없다고 우겼다. 동네 여자가 일주일에 두 번 오전에 와서 청소를 하지만 금요일에는 오지 않았다. 외출을 할 수밖에 없는 상황이 되자 카롤리나는 터벅터벅 부엌으로 갔다. 유혹을 이기지 못하고 아이패드로 메일함을 열어 새로운 메시지를 훑어보았다. 첫번째 메일부터 암초였다. 이모가 보낸 것이었고 내용은 딱 두 개였다. 길게 이어지는 물음표와 그뒤에 첨부된 사진이었다. 이모가 사진을 휴대전화로 다시 찍어 보낸 것이라—분명 해상도도 가장 낮게 찍었을 것이다—흐릿했지만 피사체를 알아보는 데 그리 오랜 시간이 걸리지는 않았다. 정치꾼들이 오찬 회동 장소로 애용하는 워싱턴 DC의 캐피톨 프라임에 트립, 그레이엄 그리고 그레이엄의 수석보좌관인 조지프가 앉아 있었다. 여기에 흥미로운 동석자가 한 명 더 있었는데, 바로 그레이엄의 왼편에 앉은 미모의 여성이었다. 리건. 그 얼음 공주. 카메라에는 옆모습만 잡혔지만 그녀는 그레이엄을 쳐다보며 고개를 뒤로 살짝 젖히고서 폭소를 터뜨리고 있었다. 그레이엄은 음식을 씹으며 활짝 웃고 있는데, 구운 연어 때문에 그렇게 웃고 있을 리는 없었다. 네 사람 모두 비즈니스 슈트를 입고 있었다. 평범한 이들의 눈에는 동료들끼리 업무상 점심을 먹는 자리로 보일 것이었다. 그 사진을 보고 당장 저 둘이 서로 떡을 치고 있네, 라고 생각할 사람은 없을 것이었다. 하지만 카롤리나는 그렇다는 데 목숨을 걸 수 있었고 보아하니 이모도 그런 모양이었다.

닫아, 닫아, 닫아. 그녀는 자신에게 명령을, 그것도 어쩌면 입 밖으로 소리를 내가며 내렸다. 손이 패드 커버를 닫으려고 움직였지만 그녀는 참지 못했다. 구글을 띄우고 여자의 이름을 입력했다. 리건 휘트니. 앞으로 무엇을 발견하든 돌이킬 수 없다는 것을 알기에 카롤리나는 잠깐 망설이다가—지금까지 이 유혹에 굴복한 적 없다는 데 자부심을 느낀 동시에 지금은 거부하지 못할 만큼 나약해졌다는 데 부끄러워졌다—'엔터'를 눌렀다.

위키피디아 소개와 페이스북 링크, 몇 개의 최신 뉴스 기사를 건너뛰고 곧바로 '이미지'를 클릭하자 수천 장의 사진이 떴다. 네 번의 대통령 취임 축하 파티에서 각기 다른 드레스를 입고 각기 다른 게스트와 포즈를 취한 리건 휘트니. 나이지리아 시골의 움막 학교에서 영어를 가르치는 사진. 메이크 어 위시 재단 자선 행사. 미국 비자를 받은 서글픈 표정의 시리아 어린아이의 손을 잡고 있는 사진. 햄프턴스 해산물 파티장에서 올 화이트로 자체 발광하는 듯 보이는 사진.

카롤리나는 지금까지 읽지 않고 꾹 참았던 자세한 인물 소개로 돌아갔다. 리건이 전직 대통령의 딸이라 어렸을 때부터 세간의 주목을 받았기 때문에 이미 알고 있던 부분들도 있었다. 예를 들면 어머니가 그녀를 낳다가 세상을 떠났고 그녀가 오 남매의 막내이자 유일한 딸이라 아버지의 사랑을 독차지했다는 사실 등이 그랬다. 하지만 휘트니 대통령의 재임기간 동안 카롤리나가 별로 주의를 기울이지 않았던 부분들도 있었다. 리건이 시드웰 프렌즈에 다녔고 두 개의 운동부에서 활동했으며 4.0의 학점으로 졸업했다는 건 몰랐거나 잊고 있었다. 학교 댄스파티가 열린 날 데이트 상대가 백악관 앞으로 그녀를 데리러 온 사진이 있었다. 프린스턴대학교. 평화 봉사단. 그리고 마침내 하버드대학교에서 석사학위. 아무리 뒤져도 스캔들에 가장 가까운 것이라고는 번듯하게 차려입은 대여섯 명의 백인 대학생들과 함께 남학생 사교 클럽실로 보이는 곳에서 물담뱃대를 들고 연기를 흡입하는 당황스러운 사진뿐이었다.

카롤리나는 콧방귀를 뀌었다. 리건 휘트니는 이 시대 정치판에서 살아 있는 로열 패밀리에 가장 가까운 인물이었다. 스물아홉 살에 똑똑하고 다재다능하며 근사하고 세련된 분위기를 풍기는데다 인도주의적이었다. 파란 눈에 금발이라 아주 미국적으로 남부럽지 않은 미녀였지만, 리건은 미모 면에서는 카롤리나와 상대가 되지 않았다. 거의 열 살이나 어리다는 플러스 요인을 감안하더라도 그랬다. 카롤리나는 서른일곱 살이었지만 지금도 집밖으로 나섰다 하면 만인의 시선을 독차지했다. 리건의 몸매는 군살이 없다면 카롤리나의 몸매는 끝내줬다. 까무잡잡하고 섹시하고 탄탄한 S라인이라 나이를 불문하고 전 세계 모든 남성들의 꿈이었다. 리건은 찰랑거리는 단발 사이로 예쁘장한 얼굴과 반투명한 피부를 뽐냈다. 카롤리나의 자유분방한 갈색 웨이브 머리는 등을 지나 엉덩이 바로 위까지 쏟아져 항상 누군가의 침대에서 방금 전에 일어난 듯한 분위기를 풍겼다. 예쁜 여자 대 화끈한 여자. 똑똑한 여자 대 섹시한 여자. 아이비리그를 졸업한 인도주의자 대 고등학교를 중퇴한 란제리 모델. 미국 최고의 특권층 집안 출신 대 희미하긴 하지만 그래도 여전히 폴란드 억양이 남아 있는 농민 출신의 대결이었다.

카롤리나는 그 자리에 하루종일 앉아서 미친듯이 화면을 클릭할 수도 있었지만 위생용품 문제를 해결해야 했다. 그녀는 좋아하는 부츠를 신고 큼지막한 캐나다 구스다운 재킷을 입고 부엌 서랍에 있던 유행 지난 선글라스를 썼다. 차에 올라타 시리에게 가장 가까운 드러그스토어로 가자고 했더니 드러그스토어 대신 홀푸드 슈퍼마켓으로 안내했다. 더는 운전하기가 귀찮았기에 주차를 하고 매서운 1월의 바람을 헤치며 어둠을 뚫고 정문으로 걸어갔다. 추위는 싫지 않았지만 너무 일찍 어두워지는 게 문제였다. 베세즈다에서도 이랬던가? 여기서는 훨씬 심하게 느껴지는 이유가 뭘까? 그리고 정문 바로 안쪽에 서 있는 저 섬뜩한 남자는 페이스타임을 하고 있는 걸까 아니면 그녀의 사진을 찍으려고 전화기를 저렇게 들고 있는 걸까? 그녀가 답을 알고 싶지 않다는 생각을 하며 몸을 부르르 떨고 위생용품 코너를 미친듯이 뒤지기 시작했을 때 귀에 익은 목소리가 들렸다.

"오 마이 갓. 카롤리나!" 미리엄이 어디에선가 카트를 밀며 등장했다. 그녀는 뺨이 추위로 사랑스럽게 발그레했고 걱정하는 표정을 짓고 있었다.

"안녕, 여기서 만날 줄이야."

"카롤리나! 너 노숙자 같아. 무슨 일 있어?"

"생리가 시작됐어."

미리엄이 미간을 찌푸렸다. "그거 무슨 암호니? 아니면—잠깐. 그래서 한숨 돌렸어? 아니면 짜증나? 아니면 계속 시도중이야?"

카롤리나는 웃음을 터뜨렸지만 그녀의 귀에도 웃음소리가 씁쓸하게 들렸다. "응. 다만 이제 칠 년째니까 얼마나 잘돼가고 있는지 알 만하지?"

"미안. 나는 그런 뜻에서 한 얘기가—"

"아냐, 제발 그러지 마, 괜찮아. 탐폰 사러 왔어."

미리엄은 안심하는 표정이었다. "그것 말고 다른 건? 지난 이 주 동안 너한테 전화도 하고 문자도 보냈지만…… 아무튼 말도 없이 찾아가긴 싫더라고." 그녀는 카롤리나를 요란하게 위아래로 훑어보았다. "하지만 이제 보니 그랬어야 했네."

카롤리나는 손사래를 쳤지만 이미 눈물이 고이기 시작했다. "괜찮아." 그녀는 눈물을 훔쳤다.

"아, 어떡해. 이리와." 미리엄이 말했다. 카롤리나는 동네 슈퍼마켓에서 눈물을 흘리다니 창피했지만 친구에게 안겼더니 기분이 정말 좋았다. "다 잘될 거야. 내가 있잖아."

운동복을 입은 아담한 여자가 어린애를 앉힌 카트를 밀며 그들 옆을 지나갔다. 아이가 치리오스를 입안에 욱여넣는 동안 여자는 카롤리나를 알아본 티를 냈다. 그냥 슬쩍 훔쳐보는 게 아니라 입을 떡 벌리고 고개를 홱 돌려서 대놓고 쳐다보았다.

"왜요?" 카롤리나는 그 여자에게 물었다. 면전에 대고 따지면 여자가 고개를 돌릴 줄 알았더니 전혀 효과가 없었다. 아이가 소리를 지르며 땀에 전 윗도리를 잡아당겨도 여자는 계속 카롤리나를 빤히 쳐다보았다.

"카롤리나 하트웰이다." 여자는 최면에 걸린 사람처럼 웅얼거렸다.

"저희한테 무슨 볼일 있으세요?" 카롤리나였다면 좀더 쏘아붙였을 테지만 미리엄은 공손하게 물었다.

"그냥—제가 제일 좋아한 모델이었거든요. 빅토리아 시크릿 패션쇼에서 본 걸 죽을 때까지 잊지 못할 거예요. 아…… 백 년 전 얘기 같네요. 그때 당신이 '올해의 에인절'이었는데."

카롤리나는 억지로 미소를 지었다. "백 년은 아니에요. 하지만 거의 십오 년은 됐네요. 그 현장에 있었어요?"

여자가 고개를 끄덕였고, 자기 딸이 치리오스 봉지를 바닥에 던져도 깡그리 무시했다. "그때 당신 정말 눈이 부셨어요. 맙소사! 로레알의 간판 모델을 여기 이 그리니치에서 만나다니! 당신이 세이브 더 칠드런 홍보대사가 됐을 때도 멋지다고 생각했어요. 덕분에 별로 주목받지 못하던 캠페인에 많은 관심이 쏠렸잖아요."

"고마워요." 카롤리나는 말하고, 화장을 전혀 하지 않았는데도 손끝으로 눈 아래를 훔쳤다. "그런 얘기 들으니까 좋네요."

"그런데 이게 무슨 일이에요?" 분노가 섞인 비난으로 여자의 얼굴이 일그러졌다. "세이브 더 칠드런 홍보대사가 애들을 태우고 음주 운전을 하다니. 아무 죄 없는 애들을 태우고!" 그 순간 여자는 자기 애가 떠올랐는지 딸을 보호하듯 한 팔로 감싸안았다. "부끄러운 줄 알아요!" 이 대목에서 어찌나 크게 소리를 지르던지 다른 손님들이 돌아볼 정도였다.

카롤리나는 얼굴이 벌게지고 심장이 더 빠르게 두근거렸다. 변호를 하려는 찰나 피가 왈칵하고 플란넬 잠옷 바지 밖으로 스며나오는 것이 느껴졌다. 그녀는 그대로 얼어붙었다.

미리엄이 카롤리나의 팔을 잡고 당겼다. "잘 알지도 못하면서 함부로 얘기하지 말아요!" 그녀는 가다말고 돌아서서 여자에게 외쳤다.

"뉴스에 도배가 돼 있는데! 모르긴 뭘 모른다 그래요!" 여자가 마주 고함을 지르자 그녀의 아이가 울음을 터뜨렸다.

카롤리나는 미리엄이 앞장서는 대로 매장 앞쪽으로 끌려갔다. 미리엄은 핸드백에서 차 열쇠를 꺼내 카롤리나의 손에 쥐여주었다. "나가서 왼쪽으로 첫번째 줄에 주차된 파란색 하이랜더야. 뒷자리에 개 닦아주는 수건 있을 거야. 거기 앉아 있을래? 내가 너 필요한 거 사서 바로 갈게."

카롤리나는 고개를 끄덕였다. 미리엄은 항상 유능하고 항상 민음직했다.

"가. 상황이 너무 시끄러워지기 전에." 미리엄은 말하고 잽싸게 사라졌다.

카롤리나는 미리엄이 얘기한 바로 그 자리에서 자동차와 살짝 흙이 묻은 수건을 찾았다. 그녀가 앞자리로 올라타자마자 친구가 돌아왔다.

"자, 두 종류 사왔어. 네가 뭘 좋아하는지 몰라서." 미리엄이 말하며 카롤리나에게 비닐봉지를 건네더니 운전석에 올라탔다.

"잠깐. 원래 사려던 거는?"

"나중에 다시 오면 돼. 너 먼저 집에 데려다주고 오려고."

"아냐, 괜찮아. 나 혼자 운전해서 갈 수 있어. 집까지 태워다주지 않아도 돼. 하지만 수건은 빌려도 될까?"

"너희 집까지 태워다주려는 거 아니야. 우리집으로 데리고 가려는 거지. 잔말 말고 내 말대로 해."

"하지만 내 차는 어쩌고! 게다가 나는 지금 잠옷을 입고 있어. 그것도 피 묻은 잠옷을. 집에 가야 해."

"나중에 차 세워놓은 데까지 데려다줄게. 지금 너에겐 애정어린 보살핌이 필요한데, 그 유리 맨션에서 혼자 지내면 그런 보살핌을 받을 수가 없잖아." 미리엄은 벌써 도로로 나섰다.

카롤리나는 왈가왈부할 기운도 없었다. 세 아이와 개가 있는 미리엄의 집에서 어떻게 애정어린 보살핌을 받을 수 있을지는 모르겠지만 아무 결정도 내릴 필요가 없어서 행복했다.

집안으로 들어서자 쌓여 있는 축축한 방한복, 진흙 묻은 부츠, 바닥과 긴 의자 위에 나뒹구는 장갑과 모자와 목도리에 발이 걸려서 하마터면 넘어질 뻔했다. 베세즈다에서는 해리가 눈놀이를 할 수 있을 만큼 눈이 내린 적이 없었지만—그리고 이젠 훌쩍 커버려서 그렇게 유치한 놀이는 하지 않겠지만—아이들의 눈놀이 장비를 보니 카롤리나는 숨이 멎을 것 같았다.

미리엄이 그녀답게 단박에 알아차렸다. "애가 정말 보고 싶겠다."

"거의 한 달이나 됐다니 믿기지가 않아. 그 아이하고 이렇게 오랫동안 떨어져 지내기는 처음이야."

"하지만 통화는 하지?"

"매일 저녁마다. 페이스타임도 하고. 하지만 달라."

"그럼. 당연히 다르지."

메이지가 엄마를 발견했다. "엄마! 우리가 밖에 만들어놓은 거 봤어요? 진짜 눈사람이에요. 이름은 밥시고요. 웃기지 않아요?" 아이는 추워서 뺨이 빨갰고 코와 입술이 콧물 범벅이었지만 그럼에도 카롤리나는 입을 맞추고 싶은 어마어마한 충동을 느꼈다.

"밥시 근사해 보이던데. 벤하고 매슈한테 십 분 있다가 저녁 먹을 거라고 얘기해줄래?"

카롤리나는 부엌에 앉아서 노트북 자판을 두드리고 있는 폴을 보고 하마터면 심장마비를 일으킬 뻔했다. 이번에도 미리엄이 그녀의 생각을 읽었다. "걱정 마." 그녀가 속삭였다. "나 혼자 있는 줄 알고 고개도 안 들 거야. 뒤 계단으로 올라가면 손님방 나오거든. 수건은 욕실에 있고 내가 빨아놓은 트레이닝복도 가져다줄게. 잠시만 기다려."

그녀가 예언했던 것처럼 폴은 왔느냐고 인사만 할 뿐 화면에서 눈을 떼지 않았다. 카롤리나가 두 시간 만에 또 감아서 젖은 머리로 못해도 세 사이즈는 큰 아주 편안한 트레이닝복을 입고 다시 내려와보니 온 가족이 라지 피자 두 판을 앞에 두고 식탁에 모여 앉아 있었다.

"카롤리나!" 폴이 따뜻하게 외치며 다가와 그녀를 끌어안았다. 이미 얘기를 들었는지 그녀의 등장에 대해서는 아무 말도 하지 않았다. "오랜만에 얼굴 보니까 좋네요."

"온 식구의 금요일 저녁식사가 나 때문에 어그러졌네요. 오늘 저녁에 미리엄이 슈퍼에서 사려고 했던 것 대신 피자를 먹게 된 게 제 잘못 같은데."

"피자, 피자, 피자!" 벤이 먹던 음식을 삼키지도 않은 채 노래를 불렀다. "저는 피자 좋아요!"

"그러게요, 우리가 얼마나 심란한지 보이죠?" 폴은 웃으며 카롤리나를 위해 의자를 빼주고는 미리엄을 돌아보았다. "에밀리는 저녁 먹으러 안 와?"

"응. 오늘은 뉴욕에 있는대. 아침에 와서 짐을 쌀 거야. 내일 JFK에서 세시 비행기를 탈 거거든."

"어디 가는데?" 카롤리나가 물었다.

"집. 믿어지니? 하룻밤 있다 가겠다고 한 게 삼 주 반이 됐어. 아예 여기 눌러앉는 줄 알았다니까?" 미리엄이 웃음을 터뜨렸다. 매슈가 자기 앞에 놓인 삶은 브로콜리 위로 우유를 졸졸 붓고 있는데도 모르는 눈치였다.

"아, 왜 이러셔. 그 친구가 있어서 좋았으면서." 폴이 말했다.

"둘이 밤늦게까지 마녀처럼 킬킬대는 거 다 들었는데."

"당연히 좋았지! 얼마나 재밌었다고. 열다섯 살 이후로 그렇게 오랫동안 같이 지낸 건 처음이었어. 그러니 좋을 수밖에."

카롤리나는 억지로 미소를 지었다. 그녀는 아이들에게 학교생활과 친구들에 대해서 묻고, 다 게워낼 것 같았지만 미지근한 피자를 한 조각 먹는 데까지 성공했다.

"우버 택시 타고 차 세워놓은 데까지 갈게." 그녀는 선언했다. 예의 없는 발언이거나 말거나, 잘못된 판단이거나 말거나 상관하지 않았다. "삼 분만 기다리면 차가 올 거야."

"무슨 말씀." 폴이 말하며 손사래를 쳤다. "미리엄 말로는 오늘 밤 자고 갈 거라던데요."

미리엄이 고개를 끄덕였다. "손님방 시트 벌써 갈아놨어. 오늘 밤 자고 가는 거야."

카롤리나는 반박하고 싶었지만 아무 말도 할 수가 없었다. 밖은 춥고 어두웠지만 미리엄의 집은 아늑하고 따뜻했고 또 하룻밤을 혼자 지내지 않아도 된다는 것이 좋았다. 그녀는 고개를 끄덕이고 미리엄을 따라 2층으로 올라갔다.

"애들 재운 다음 다시 올게, 알았지? 그러곤 브라보에서 응큼한 거 뭐 하나 볼까? 벽난로에 불도 때고."

"고마워." 카롤리나는 웅얼웅얼 말했다. 그녀는 문을 닫고 당장 이불 속으로 들어갔다. TV를 켤까 잠깐 고민했지만 다시 뉴스를 맞닥뜨리는 위험을 감수하고 싶지 않았다. 대신 그녀는 휴대전화를 집었다. 결혼기념일을 자축하며 바탕화면에 결혼사진을 띄워놓았었다. 카롤리나는 주문 제작한 얇은 베라 왕 드레스를 입었고,

톰 포드에서 맞춘 슈트를 입은 그레이엄은 인물이 훤했다. 그때 나이가 서른두 살이었는데 완전 아기처럼 보였다. 그의 옆에는 갓 두 살이 된 해리가 너구리 인형을 안고 아버지의 손을 꼭 쥔 채 서 있었다. 카롤리나는 햄프턴스의 디너파티에서 그레이엄을 만났을 때 스물여섯 살이었고 이후 육 개월 만에 두 사람은 약혼을 했다. 그녀는 친엄마를 잃은 이 꼬마의 엄마로 하룻밤 새 변신해야 한다는 생각에 속이 울렁거렸지만 해리 덕분에 쉽게 해결할 수 있었다. 그 아이를 사랑하는 것은 세상에서 가장 자연스러운 일이었고 그녀는 나중에 해리에게 형제를 많이 만들어주어야겠다고 다짐했던 기억이 났다.

그들은 문만 열면 카리브해의 청록색 바다가 펼쳐지는 바닷가 스위트룸에서 셋이 같이 신혼여행을 즐겼다. 그녀는 그레이엄이 헌신적인 아버지라 좋았다. 패럿 케이*는 어마어마하게 비싸고 고급스러웠지만 너무 으리으리하지는 않았다. 아침부터 저녁까지 비키니에 모슬린 카프탄을 걸치고 맨발로 다닐 수 있고, 더운 만큼 속도가 느리고 나른한 곳이었다. 해리는 얕고 따뜻한 바다에서 몇 시간이고 물장구를 쳤고 파도를 넘나들며 좋아서 비명을 질렀고, 그레이엄과 카롤리나는 선베드에 손을 잡고 앉아서 그런 아이를 지켜보았다. 저녁이면 해리에게 일찌감치 스파게티나 치킨 핑거를 먹이고 객실 뒤편의 야외 샤워장에서 다 같이 몸을 씻었다. 해리가 젖은 머리로 달콤한 코코넛냄새를 풍기며 줄무늬 잠옷을 입으면 그레이엄은 아이에게 책을 읽어주었고 그동안 카롤리나는 옷을 갈

* 서인도제도에 있는 섬으로 최고급 리조트가 유명하다.

아입었다. 두세 번은 리셉션 데스크의 친절한 중년 여성이 와서 해리를 봐주었지만 카롤리나가 아이와 헤어지기 싫어했기 때문에 그들은 바닷가 레스토랑으로 해리를 데려갔다. 의자를 두 개 붙여서 아기침대 비슷한 걸 만들어주었고 해리는 담요를 두른 채 이내 잠이 들었다. 싱싱한 생선으로 식사를 마치면 잠든 해리를 그레이엄이 안고 객실까지 걸어갔다. 카롤리나와 그레이엄은 와인에 취해 키득거리며 세상에서 가장 자연스러운 일이라도 되는 것처럼 사랑을 나누었고 그때는 그것이 가장 자연스러운 일이었다. 그들은 실링팬에서 부는 바람을 맞으며 이불 위에서 잠이 들곤 했다.

지금 카롤리나는 미리엄의 손님용 침대에 누워서 그 모든 게 그녀의 상상이었을까 생각했다. 하지만 아니었다! 그들이 처음부터 이러지는 않았다. 결혼식과 신혼여행은 진짜였고 이후로 두 사람이 함께한 많은 세월도 마찬가지였다. 물론 여러 번 티격태격했고 몇 번은 소리를 지르며 싸운 적도 있었지만 결혼 초기는 대부분 행복한 기억들로 가득했다. 해리가 유치원에 등원한 첫날. 그레이엄이 파트너 변호사로 승진한 날. 모든 손님들이 환영받는 기분을 느낄 수 있도록 카롤리나가 사소한 부분 하나까지 완벽하게, 꼼꼼히 준비하고 실행한 그 모든 생일파티와 디너파티와 칵테일파티. 그녀의 생일이면 그레이엄은 비싸고 예쁜 보석을 선물했고 아마도 비서가 골랐겠지만 테니스 팔찌와 다이아몬드 드롭 이어링에는 그가 그녀를 얼마나 사랑하는지 직접 가슴 뭉클하게 표현한 카드가, 가게에서 산 저렴한 것이긴 해도 함께 들어 있었다. 그녀가 끔찍하도록 재미없는 변호사 파티장을 누빌 때면 그는 욕정과 흠모가 한데 어우러진 시선을 던졌고 그녀가 파티장을 환하게 밝힌다고 했다. 그가 최근에 그런 시선으로 그녀를 바라본 게 언제였을까? 어쩌면 이 모든 게 오해일지 몰랐다. 그녀가 리건 휘트니를 너무 의심하는지도 몰랐다. 그들이 내연관계라는 증거는 전혀 없었고 그녀의 직감이 항상 맞아떨어지지 않았다는 건 하늘도 아는 사실이었다. 거의 십 년의 세월을 함께 한 그레이엄이, 항상 그녀를 지켜주겠다고 했던 남자가 전국 방송에서 그들의 이혼을 이런 식으로 선포한 걸까? 아니면 그녀도 이제 막 의구심이 들기 시작했다시피 배후에 다른 이유가 도사리고 있을 수도 있을까? 그녀가 미처 생각하지 못한 이유가?

카롤리나는 침대에서 벌떡 일어나 앉았다. 이건 사랑이 부족해서가 아니라 대화의 부재로 생긴 문제였다. 의도적인 파괴 공작이 아니었다. 그녀는 즐겨찾기에서 그레이엄의 이름을 누르고 신호음을 듣고 또 들었다. 음성사서함으로 넘어갔다. 그녀는 장황하고 어쩌면 조금 두서없지만 애정이 담긴 메시지를 남겼다. 요지는 '우리 같이 이 혼란스러운 상황을 극복하자. 이건 전부 오해야. 나는 당신을 사랑하고 우리의 예전이 그리워'였다.

"전화해줄래?" 그녀는 애원에 가깝게 말했다. "아주 많은 걸 깨달았고 당신이랑 통화하고 싶어." 그런 다음 그녀는 같은 내용으로 문자를 보냈다. 두 번이나.

그녀는 잠깐 동안 휴대전화를 쳐다보고 있었지만 그에게서 전화나 문자는 없었다. 중간에 잠이 들었는지 다섯 시간 뒤에 눈을 떠보니 거의 새벽 두시였고 누군가가 불을 끄고 이불을 덮어주었다. 차차 기억이 떠올랐다. 그녀는 그레이엄에게 화해하자고, 이 끔찍한 오해를 해결하자고 먼저 연락했었다. 그녀는 그를 천하의 몹쓸 인간으로 생각했던 것을 사과할 것이다. 그는 그녀를 하룻밤 동안 유치장에 방치했던 것에 대해 용서를 구할 것이다. 그들은 이 사태의 진실을 함께 규명하자고 맹세할 것이다. 둘이 힘을 합쳐서. 그녀의 전화기는 침대 옆 테이블을 조용히 지키며 무음 상태로 충전 중이었다. 미리엄. 그녀는 항상 사려가 깊었다. 이랬으니 그에게 전화가 와도 못 들었을 수밖에! 하지만 최근 기록을 확인해도 부재중 전화는 없었다. 그녀는 자신이 쓴 메시지를 클릭한 다음에야 그의 답장을 보았다.

카롤리나, 누가 봐도 당신은 환자인데 이런 말 하기 미안하지만 내가 도와줄 수는 없겠어. 해리의 목숨을 위험에 처하게 한 순간 당신의 운명은 결정난 거야. 앞으로 연락할 일이 있으면 트립을 통해서 해주길 바라.

그녀는 날이 이미 밝기 시작한 뒤에야 꿈도 꾸지 않을 만큼 깊은 잠에 다시 들었다. 아홉시에 다시 일어나니 베개가 눈물로 흠뻑 젖었고 눈은 울어서 충혈이 됐고 교통사고라도 당한 듯 삭신이 쑤셨다. 하지만 섬뜩하면서도 건강하게 느껴지는 또다른 감정도 있었다. 분노와 아주 비슷한 감정이었다.

10

# 근교생활을 하니까 살이 찌네

## 에밀리

차장이 각성제를 먹은 경매사처럼 다음 정거장을 외치는 가운데 열차가 그랜드센트럴역에서 느릿느릿 출발하자 에밀리는 심호흡을 연습했지만 전혀 효과가 없었다. 어떻게 저녁 퇴근시간에 95번 고속도로를 봉쇄할 수가 있지? 테러 공격이나 뭐 그런 것 때문이라면 모를까. 가스 유출이라니. 그런 걸로 맨해튼에서 페어필드까지 고속도로 전체를 통제하다니. 무고한 사람들에게 열차를 타게 하다니. 도무지 이해가 되지 않았다.

에밀리가 요란하게 숨을 토했을 때 구깃구깃하지만 분명 비싸 보이는 슈트를 입은 남자가 그녀의 옆자리에 앉아도 되느냐고 물었다. 그녀는 방금 전에 뉴욕의 정상급 연예인 매니저에게 받은 얼굴사진들을 널찍한 공간에서 평화롭게 훑어보고 싶었다. 브로드웨이 데뷔를 앞둔 가수, 노장 감독들에게 눈도장을 확실히 찍은 신인 배우, 군계일학인 뮤지션. 장래가 유망한 신인들의 명단이 길고 다

양했지만 에밀리는 그 안에 그녀가 찾는 차세대 스타가 있길 바랐다. 에밀리에게는 차세대 인기 스타가 지금 당장 필요했기 때문에 그녀는 옆자리에 올려놓았던 뚱뚱한 고야드 토트백을 무릎으로 옮기고 창밖을 내다보며 짜증을 감추지 않았다. 그리니치행 열차는 승객이 많기는 했지만 만석은 아니었다. 다른 데 앉으면 안 되나?

"저도 그럴 수 있으면 좋겠지만." 남자가 우아한 영국 억양으로 말했다. 귀엽게 생겼다는 것만큼은 부인할 수 없었다. "여기서 보이는 빈자리가 비만인 아니면 어린아이 옆자리밖에 없어서요. 그래서 당신이 운좋게 당첨됐어요."

"네?" 에밀리는 되물었다. 그녀가 혼자 한 생각을 입 밖으로 냈단 말인가.

"북부행 열차에서 아무도 당신 옆자리에 앉지 않길 바란다면 체중을 좀더 늘려야 해요. 그러면 엄청난 도움이 될 거예요." 그 말과 함께 그는 서류 가방에서 무선 이어폰을 꺼내 귀에 꽂았다.

그녀는 거의 일 분 동안 말문이 막힌 채 앉아 있다가 그를 쳐다보았다. "이 자리를 선택한 게 내가 말랐기 때문이라고요?" 그녀는 바보처럼 물었다.

그가 한쪽 이어폰을 빼더니 체취가 느껴질 만큼 바짝 몸을 기울였다. 후줄근한 외모와 달리 체취는 깔끔하고 번듯한 집안의 남자 같았다. 곧 그가 미소를 짓자 눈가에 잔주름이 생겼다. 파란색이 도는 초록색 눈은 첫눈에 들어올 만큼 선명하지는 않았지만 그가 입은 셔츠의 빛깔에 따라 달라 보일 수도 있는 매력적인 색상이었다. 에밀리는 그의 눈과 치아를 살피고 그의 체취를 들이마시는 데 집중하느라 그의 놀리는 말투를 거의 감지하지 못했다.

"기분 나쁘게 듣지 말아주었으면 좋겠지만 내가 열차에서 수다를 즐기는 성격이 아니라서요."

"네?" 그녀는 되물었다. 그만해! 그녀는 자신을 나무랐다. '네?' 말고는 할말이 없니?

"대화를 나누고 싶어하는 것처럼 보여서요. 개인적으로 무슨 감정이 있는 게 아니라 내가 그런 타입이 아니라 그래요." 그는 웃음기가 느껴질락 말락 하는 투로 이렇게 말했다.

"그쪽이 그런 타입이 아니라고요? 내가 어떤 성격인지 잘 모르나본데 나는 원래 열차에서 사람들한테 말을 걸지 않아요. 심지어 열차를 잘 이용하지도 않아요."

그가 눈썹을 추켜올렸다. "잘 모르는 사이라 혹시 정신적으로 불안정한 거 아니냐고는 차마 묻지 못하겠지만 잘 아는 사이였다면 그렇게 물었을 거예요."

"몇 주 만에 들어보는 최고의 칭찬이네요. 브리오니 슈트를 입고도 노숙자처럼 보일 수 있는 남자의 입에서 나온 말이기는 해도."

이 말에 남자가 웃음을 터뜨렸다. "재수없는 헤지 펀드 매니저가 인사드립니다. 내 이름은 앨리스터예요. 아니, 앨리스터가 아니면 뭐겠어요?"

에밀리도 얼결에 웃음을 터뜨렸다. "나는 에밀리예요. 패션계의 귀재였지만 지금은 SNS에 인생을 바치지 않은 대가로 완벽한 뒷방 늙은이 신세로 전락하기 직전이고요."

"흠."

"뭐가 흠이에요?"

"내가 잘못 넘겨짚었네요."

"뭘요? 내 이름이 켈시 아니면 킨리 아니면 룰루일 줄 알았어요?"

그가 다시 미소를 지었다. "아뇨. 나 같은 남자랑 결혼해서 입주 도우미를 두고 그리니치에서 사는 전업주부인 게 분명하다고 생각했거든요."

에밀리는 이 타이밍에 최소한 마일스 얘기만이라도 꺼내야 한다는 걸 알았다. 하지만 화기애애한 분위기에 찬물을 끼얹을 필요가 있을까? 두 번 다시 탈 일 없는 열차에서 두 번 다시 만날 일 없는 남자와 벌이는 장난. 그 재미를 발로 차버릴 이유가 있을까? "잠깐—내가 그리니치에서 사는 줄 알았다고요? 그렇게 불쾌한 발언을 하다니."

그가 처음으로 섹시하게 웃음을 터뜨렸다. "그 정도로 심한 말은 아니지 않은가요?"

"거기서 제대로 살아본 적 없는 모양이네요."

"이번에는 당신이 틀렸네요. 나 거기 살아요. 오 년 됐어요."

"아니, 이를 어째."

"괜찮아요. 기분 나쁘게 받아들이지 않았으니까."

"그게 아니라 거기 살다니 어쩌면 좋으냐고요. 힘들겠어요."

그가 또다시 웃음을 터뜨렸고 에밀리도 마주 웃는 수밖에 없었다. 그의 웃음보를 다시 터뜨릴 수 있다면 뭐든 하고 싶은 생각이 들었다.

"힘든 부분이 있다면 이혼한 아빠로서 거기 사는 거예요. 일단 만날 만한 미혼 여성이 많기로 손꼽히는 곳은 아니거든요."

그러니까 이혼남이로군. 이 타이밍에서 이런 식으로 밝히다니 흥미로웠다. 이제 겨우 삼십대 중반 아니면 후반으로 보이는데 벌써 누군가와 결혼해 아이를 낳고 이혼하고 다시 데이트를 시작할 틈이 어디 있었을까?

열차가 125번가에 정차하자 몇 명이 드문드문 승차했다. 그 틈바구니에 끼어 있던 땀범벅의 과체중 남자가 에밀리를 쳐다보더니 차량 뒤편으로 느릿느릿 움직였다.

"저걸 보면 나한테 고맙지 않아요?" 앨리스터가 물었다.

"이혼한 이유가 뭐예요?" 에밀리는 물었다. 궁금해서라기보다 조금이나마 주도권을 되찾기 위해서였다. 남자의 매력에 넘어가다니 익숙하지 않은 상황이었다.

"우리 애들 이름을 물어봐야 하는 거 아니에요? 아니면 몇 살인지. 그런 좀더 순한 질문을 해야 하는 거 아니냐고요."

"나는 사실 애들을 좋아하지 않아서요."

"좋아요, 그럼. 아내하고 나는 이스탄불의 나이트클럽에서 만났고 그로부터 삼 개월 뒤에 야반도주했어요. 아내는 파티를 좋아했지만 나는 그냥 통상적인 선에서 생각했죠. 술, 마리화나, 어쩌다 한 번씩 엑스터시를 살짝 하는 거라고. 아내가 애더럴에 이어 옥시콘틴, 그다음은 헤로인과 사랑에 빠지게 될 줄 내가 무슨 수로 알 수 있었겠어요? 우리집 샤워부스 안에서 그걸 하다가 나한테 들키게 될 줄은? 어찌나 흥미진진하던지. 이후로 십 년 동안 아내는 재활시설을 들락거렸고 그러는 내내 나는 저러다 언제 과다 복용 단계로 넘어갈지 전전긍긍했어요. 그러다 아이들이 태어났는데 그래도 끊지 못하더라고요? 마지막 결정타는 그거였어요, 어느 날 일찍 퇴근해보니 아내가 밀매상하고 우리 침대에 누워 있고 딸들은 거실에서 TV를 보고 있었던 거. 그쪽이 이런 것까지 알고 싶지는 않았겠지만."

"오 마이 갓. 진짜예요?" 에밀리는 물었다. 이야기를 끄집어낸 데 갑자기 엄청난 죄책감이 느껴졌다.

"아뇨, 그럴 리가요! 우리는 브라운대학교 졸업반 때 만났고 이후로 몇 년 동안 만나다 말다 했어요."

이번에는 에밀리가 웃음을 터뜨릴 차례였다. "이런 저질."

"맞아요, 아내도 그렇게 생각해요. 우리 둘은 한동안 행복했지만 내가 그녀를 너무 압박했나봐요. 그녀는 아직 마음의 준비가 되지 않았는데 결혼하자고 하고, 그녀는 가족들 곁에 있고 싶어했는데 내가 살던 런던으로 같이 가자고 하고, 일을 그만두고 딸들과 집에 있어달라고 하고. 잘했죠?"

"나는 그보다 더 심한 경우도 들어봤어요. 그리고 분명 당신에게만 원인이 있던 건 아니었을 게 분명하고요."

"네, 맞아요. 그녀는 약물 치료도 별 효과가 없는 엄청난 불안장애를 앓았어요. 말도 안 되는 공포와 제약이 많았죠. 비행기도 못 탄다, 고속도로 운전도 안 하겠다, 기타 등등. 아무튼 다 지난 일이에요. 지금은 아주 행복한 이혼생활을 하고 있어요. 상대방을 대체로 좋게 생각하고, 아이들을 최우선으로 생각하며 유기농 식품만 먹이고, 모두가 행복한, 아주 효율적인 공동 육아를 하고 있거든요."

"뻥치는 거 아니고요?" 에밀리가 말했다.

"솔직히 좀 재미없긴 해요. 딸들은 잘 적응하고 있고, 아이들 스포츠 시합이 있으면 같이 가고 생일파티를 같이 열고, 종종 주말을 함께 보내요. 오늘도 뉴욕에서 일찌감치 고객 미팅이 있었지만 이

번 주말에 다 같이 스키 타러 가기로 해서 아내 집으로 가는 길이에요."

"엄청 진보적이네요."

"맞아요. 상담치료도 많이 받고 있고요. 이게 우리 세대의 이별법이라는 거 알아요? 부모님의 잔인한 이혼 전쟁에 신물이 나서 우리 아이들에게는 그걸 물려주지 않으려고 하죠. 우리는 심지어 헤어진 상대를 깎아내리지도 않아요. 그냥 응원과 인정과 '가족 간의 사랑'을 강조할 뿐."

"우리 부모님은 내가 열 살 때 이혼하셨는데 확실히 서로 증오했어요."

"당연하죠." 앨리스터가 말했다. "우리 아버지는 어느 날 가사도우미와 눈이 맞았다가 어머니에게 들통나자마자 사라졌어요. 그게 마땅한 절차였죠. 예상되는 시나리오였고요. 하지만—"

바로 그때 열차가 끼이익 하며 그리니치역에 정차했고 문이 열렸다. 두 사람이 허둥지둥 승강장으로 내리자마자 거의 곧바로 열차가 출발했다. 사람들이 주위에서 뿔뿔이 흩어지는 가운데 둘은 서로를 쳐다보았다.

"뭐, 에밀리, 만나서 반가웠어요." 앨리스터가 말하며 손을 내밀었다. 따뜻하고 건조하며 튼튼한 손이었다.

"나도요. 스키 재밌게 타고 와요. 솔직히 끔찍한 시간이 될 것 같긴 하지만."

그가 웃음을 터뜨렸다. "뭐라고요? 죽도록 추운 날 헤어진 아내와 두 아이와 함께 떠나는 주말여행이 환상적으로 느껴지지 않는다고요? 당신은 훨씬 근사한 계획이 있길 바랄게요, 에밀리." 이 말을 끝으로 그는 몸을 돌리고 계단 쪽으로 걸어갔다.

그녀는 그의 뒷모습을 빤히 바라보았다. 정말 간 거 맞나? 그런 대화를 나눈 뒤에? 연락처를 묻거나 심지어 다시 만날 수 있겠느냐고 물어보지도 않고?

조수석으로 올라탄 에밀리가 이 사실을 두고 투덜거렸을 때 미리엄은 심드렁한 반응을 보였다. "너 유부녀잖아!" 미리엄이 온갖 부스러기로 뒤덮인 흉측한 SUV를 몰고 역 주차장에서 빠져나가며 말했다.

"그 남자는 몰랐다고!"

"아니, 네가 그걸 밝히지 않은 건 둘째 치고 휘황찬란한 다이아몬드가 박힌 결혼반지를 끼고 있잖아. 그 남자가 그걸 놓쳤을 리 없지."

"남자들은 그런 거 잘 못 봐."

"원하는 게 뭔데? 그 남자가 연락하면 같이 잘 거야? 아니면 자존심의 문제야?"

에밀리는 한숨을 쉬었다. 그녀는 이 친구를 친자매처럼 사랑했지만 미리엄 때문에 신경질이 날 때도 있었다. 어떻게 에밀리가 이렇게 완벽한 인간과 친구가 될 수 있었을까? 물론 외모로 따지면 그녀는 표준체중보다 7킬로그램이 더 나갔고 머리칼은 부스스했고 근교의 엄마들 사이에 번진 혐오스러운 운동복 중독증에 걸렸다. 하지만 미리엄은 너무 착했다. 너무 침착하고 이성적이었다. 너무 똑똑하고 현명했다. 주변 사람들을 너무 잘 챙겼다. 게다가 애처가 남편에 세 아이에 완벽한 근교의 완벽한 집까지 있지 않은가. 결혼생활에 금이 가거나 인생에 불만을 느끼거나 심지어 지극히 평범한 일상에 우울해하는 기미도 전혀 없었다. 에밀리가 그녀를 이만큼 사랑하지 않았다면 정말 우라지게 짜증이 치밀었을 것이다.

"됐어. 스타벅스 들렀다 가도 돼?"

"집에 커피 있잖아."

"캡슐 커피는 진짜배기하고 경쟁이 안 되지."

"하지만 스타벅스 캡슐인걸. 진짜배기 맞아."

에밀리는 요란하게 한숨을 쉬었다.

"알았어. 하지만 드라이브스루밖에 안 돼. 카롤리나가 와 있어. 어젯밤에 우리집에서 잤어."

"너희 집에서 잤다고? 왜?"

"어제저녁에 홀푸드 갔다가 걔가 마약굴에서 방금 전에 나온 사람처럼 헤매고 다니는 걸 봤지 뭐야. 집에 그냥 보낼 수가 있어야 말이지."

"괜찮은 거야?"

"별문제는 없어. 하지만 행색이 그랬던 건 그레이엄이 〈앤더슨 쿠퍼 쇼〉에서 결혼생활은 이제 끝났다고 선포한 것 때문인 것 같아."

"아, 젠장. 그렇겠다. 나도 영상 봤어."

"응, 저질이었지. 기본적으로 온 세상 사람들 앞에서 그녀가 주정뱅이고 구제불능이고 자기는 자기 아들을 생각해야 한다고 선언한 셈이었으니까. 두 사람의 아들이 아니라 자기 아들."

"진짜 개차반의 최고봉이야. 그렇게 공격적으로 나오는 걸 보면 그 여자하고 엄청 진지하게 만나는 모양이네. 그 인간 참모는 누군지 궁금하다."

미리엄이 어깨를 으쓱했다.

"카롤리나가 내 고객이라면 공세를 취하라고 하겠어. 그냥 가만히 앉아서 그 인간이 자기 이름에 먹칠하도록 내버려두면 안 되는 거 아니야? 에이전트가 누구야? 변호사는 어디 있고?"

"잘은 모르겠지만 이 일이 벌어지기 직전에 에이전트랑 헤어졌고 아직 새 사람을 뽑지 않은 것 같아. 변호사는 가족끼리 잘 아는 친구야. 엄밀히는 그레이엄의 절친한 친구라 그 방면에서는 내가 뭐든 돕겠다고 했어. 지금 카롤리나 옆에는 정말 아무도 없는 거야. 놀라운 일이지."

에밀리는 눈을 부라렸다. "흠 그럼 진짜 누굴 찾아야 하는데. 그것도 지금 당장. 만약 그녀를 설득할 사람이 있다면 미리엄, 너뿐이야."

미리엄이 스타벅스 드라이브스루에 차를 세우자 에밀리는 친구의 위로 몸을 내밀고 창밖으로 외쳤다. "스키니 바닐라 라테 그란데 사이즈요. 거품 없이 아주 뜨겁게 주세요." 그녀는 미리엄을 돌아보았다. "너는 뭐 마실래?"

"나는 그냥 집에 가서 내려 마실게."

"너 진짜 우리 엄마 같다. 인생을 좀 즐겨, 커피도 마시고 그러면서!"

미리엄이 한숨을 쉬었다. "알았어. 드립 커피 주세요. 스몰 사이즈로."

"잘했어!" 기다리는 동안 에밀리는 손가락 관절을 꺾었다. "카롤리나는 앞으로 어쩔 생각일까?" 그러고는 미리엄이 컵을 받아드는 것을 보고 이렇게 말했다. "바로 그거야, 록스타. 맛있게 즐기도록 해."

미리엄의 집에 도착했을 무렵 커피는 바닥을 드러냈고 에밀리는 벤티 사이즈를 주문하지 않은 것을 후회했다. 휴대전화에서 문자 알림이 울렸고, 서로 연락처를 주고받지도 심지어 성을 밝히지도 않았는데도 에밀리는 무심결에 앨리스터에게서 온 것이길 바랐다. 그녀는 마일스의 문자를 읽고(안녕, 나야. 오늘 LA에 무사히 돌아왔어. 당신 정말 보고 싶다. 얼른 왔으면 좋겠어. xoxo) 양심의 가책을 느꼈다. 하지만 그냥 아무 의미 없이 재미삼아 꼬리를 쳐본 것에 불과했다. 마일스도 사실 날마다, 시시각각으로, 자주 그녀의 면전에서 대놓고 그 비슷한 장난을 쳤다. 그들은 서로를 믿었기 때문에 남들과 재미를 좀 봐도 상관하지 않았다. 별일 아니었다.

"마일스 만날 생각하니까 신난다." 미리엄의 부엌 뒷문으로 들어가며 에밀리는 선언했다.

미리엄이 그녀를 돌아보았다. "그렇다니 기쁘네." 그녀가 천천히 말했다.

"아니, 진짜야. 거의 한 달이 다 됐잖아."

"우리는 여기서 너랑 같이 보낸 시간을 그리워할 거야. 함께 지낼 수 있어서 좋았어. 우리도 그렇고 애들도 그렇고."

바로 그때 메이지가 2층에서 뛰어내려왔다. "엄마! 아빠가 그러는데 에밀리 이모가 오늘 떠난대요!" 아이는 조그맣고 동그란 얼굴로 어쩔 줄 몰라하는 표정을 지으며 비명을 질렀다.

"맞아, 우리 귀염둥이. 이제 로스앤젤레스로 돌아가야 할 때가 돼서." 에밀리가 두 팔을 벌리자 메이지가 달려와 안겼다. 그녀는 벤이나 매슈에게는 별 감정을 느끼지 못했지만—잠시도 가만히 있지 못하는 건 둘째 치고 깨끗하게 씻은 다음이라도 계속 콧물을 흘리고 손톱 아래에는 때가 끼어 있어서 조금 야만스러웠다—메이지에게는 정이 흠뻑 들었다. 이 아이는 에밀리에게 반해서 수시로 그녀의 방에 찾아와 하이힐을 신어봐도 되냐는 둥, 화장하는 거 도와드려도 되느냐는 둥 말을 걸었다. 에밀리가 어느 날 저녁 메이지에게 블러셔와 립글로스와 아이섀도를 살짝 발라주자 아이가 기절할 정도로 좋아한 적도 있었다. 당연히 미리엄은 딸에게 세수하고 오라고 했고 에밀리는 김새게 만드는 엄마 어쩌고 하며 안 좋은 말을 중얼거렸지만 이후로 메이지는 변함없는 그녀의 팬으로 남았다.

"왜 돌아가야 해요?" 메이지가 징징거렸다.

에밀리는 대답하려고 입을 열었지만 놀랍게도 당장 떠오르는 대답이 없었다. 마일스를 만나는 순간이 기다려지기는 했지만 그는 며칠 있다가 다시 홍콩으로 돌아갈 것이었다. 그리고 일은? 뭐, 개판이었다. 킴 켈리와 리조 벤츠가 올리비아 벨에게로 가버렸으니 남은 건 자면서도 관리할 수 있는 리얼리티쇼 TV 스타 몇 명뿐이었다. 그들은 디자이너의 옷을 공짜로 입을 수 있게 협찬을 받아오고 그들을 대신해 타블로이드 신문에 전화 몇 통만 대충 해주면 행복해했다. 대세로 남으려면 에밀리는 고객의 수준을 한 단계 높여야 했다.

'그럴 때가 돼서'가 그녀가 생각해낼 수 있는 전부였다. 그녀는 음성사서함을 피하고 있었고, 카일에게 누가 물으면 묵언수행을 떠났다고 얘기하게 했다. 유명한 승려와 먼 나라로 떠났다고 말이다.

“진심이세요?” 카일은 누가 들어도 미심쩍어하는 말투로 이렇게 물었다.

에밀리는 딱 불편함을 유발할 정도의 시간 동안 잠자코 있었다. “진심이냐고? 뭘 알고서 하는 소리냐고 묻는 거야? 셀럽들은 그런 헛소리에 껌뻑 넘어가. 나랑 연락이 잘 안 될 것 같으면 더 그렇고. 지금 당장 소문을 퍼뜨려, 알겠어?”

카일은 얼른 알겠다고 했지만 에밀리는 나중에 로그인해서 이 아이의 업무용 이메일을 체크해봐야겠다고 기억에 새겼다. 예쁘장하고 인맥이 넓은 어시스턴트가 에밀리는 지금 빌어먹을 코네티컷에 있다고 동네방네 떠벌리면 안 될 노릇이었다. 그녀의 평판으로 커버할 수 있는 대미지에도 한계가 있었다.

폴이 쫄바지 위에 운동용 반바지를 입고 몸에 아주 꽉 끼는 긴팔 기능성 티셔츠에 새 운동화를 신고 부엌 안으로 들어왔다.

“근교생활에 완벽하게 적응했네요, 폴.” 에밀리는 그를 위아래로 훑어보며 말했다. “이런 스포티한 복장이라니.”

폴이 웃음을 터뜨렸다. “여보, 나 센터 다녀올게. 두시쯤에 올 거야. 뭐 필요한 거 있어?” 그는 아일랜드 식탁 위의 그릇에 담긴 사과를 하나 집으며 미리엄에게 말했다.

“에밀리한테 작별인사해.” 미리엄이 말했다. “좀 이따가 공항으로 출발할 거야.”

폴이 에밀리의 뺨에 입을 맞추었다. “조심히 가요. 마일스한테 안부 전해주고요.”

“그럴게요. 이렇게 오랫동안 나를 견뎌줘서 고마웠어요. 삼 주라니 누가 상상이나 했겠어요? 정말 고맙게 생각해요.”

그들은 따뜻하게 서로 포옹했고 폴은 차고로 건너갔다.

"너희 남편 좋아 보인다." 에밀리는 그를 눈으로 배웅하며 말했다. "인터넷 재벌 역할이 딱 어울려."

미리엄이 눈을 부라렸다. "저이는 운동 중독이야. 어떤 헬스클럽에 다니는지 네가 봐야 하는데. 인테리어가 동양의 럭셔리한 호텔 수준이야. 한 달 이용료가 우리 첫 아파트 월세보다 비싸고. 내 남편이 이럴 줄 누가……" 그녀가 말끝을 흐리며 불안해하는 표정을 지었다.

"왜?" 에밀리가 물었다.

"너 설마 저이가……"

"뭐? 바람을 피우는 거 같다고 생각하느냐고? 아니야, 절대 아니지. 폴은 아니야." 에밀리는 자신의 말투가 설득력 있게 들리길 바랐다.

"엄마, 바람피우는 게 뭐예요?" 메이지가 물었다.

"아무것도 아니야. 올라가서 카롤리나 이모한테 아침 먹겠느냐고 물어볼래? 괜찮으신지 확인하고?"

꼬맹이는 임무가 맡겨지자 좋아서 씩 웃으며 쌩하니 달려갔다.

에밀리는 사과를 자르며 미리엄을 쳐다보았다. "진지하게 물어본 건 아니었지, 미리엄?"

그녀의 친구는 어깨를 으쓱했다. "응, 그건 아니야. 나야 당연히 그이가 바람피울 리 없다고 생각하지만, 모든 아내들이 그러지 않을까?"

"증거를 대봐."

"증거? 증거는 전혀 없어. 그냥 뜻밖의 돈벼락을 맞았고 전에는 전혀 신경도 안 쓰더니 요즘 들어 외모에 관심을 보이기 시작했다는 거?"

"그리고 부부관계는?"

"부부관계는 뭐?"

에밀리는 요란하게 한숨을 쉬었다. "부부관계는 하느냐고."

"당연하지." 미리엄이 말했다. 그러고는 칼을 든 채 미간을 찌푸렸다. "듣고 보니 꽤 됐네……"

"'꽤'가 어느 정도인데?"

미리엄이 미간을 한층 더 찌푸리며 대답했다. "기억을 더듬는 중이야."

"조짐이 안 좋네." 에밀리는 냉장고 문을 열고 그릭 요거트 통을 꺼냈다. "하지만 망한 건 아니야. 인간이라면 누구나 일정한 패턴이 있으니까. 한두 주 부부관계를 하지 않는다고 해서……"

"한두 주?" 미리엄이 나지막이 쏘아붙였다. "한두 주? 지금 장난해? 애들이 없으면 그렇게 살아? 한두 주 동안 부부관계를 하지 않는 걸 문제로 쳤으면 나는 육 년 전에 이혼했어야 했어."

"너 결혼한 지 칠 년밖에 안 됐잖아."

"내 말이."

"맙소사. 그 정도로 심각해? 아니, 무뎌진다고 다른 엄마들한테 듣기는 했지만 그 정도인 줄은……"

"그러니까 그이가 정말로 바람을 피우고 있을지 모른다. 그런 뜻인가요?"

계단에서 들린 목소리에 두 사람 모두 화들짝 놀랐다. "둘이 내 뒤에서 그런 얘기를 하고 있을 줄은 몰랐는데." 미리엄의 오버사이즈 트레이닝복을 후줄근하게 걸친 카롤리나가 핏기 없는 얼굴로 난간을 붙잡고 서 있었다.

에밀리는 그녀를 향해 살짝 손을 흔들었다. "당신 남편이 불륜을 저지르고 있을지 모른다는 얘기가 아니에요. 미리엄의 남편 애기지!"

이 말에 미리엄이 그녀를 향해 쉿 하고 소리를 냈다. "조용히 얘기해! 애들 귀가 얼마나 밝다고."

"폴이요?" 카롤리나가 못 믿겠다는 투로 물었다. 그녀는 미리엄이 내민 커피잔을 받아들었다.

"당연히 아니죠." 에밀리가 말했다.

"아니, 나도 아닐 거라고 생각은 하지만 누가 알겠어?" 미리엄이 물었다.

"나는 계속 알고 있었어." 카롤리나가 조용히 말했다.

에밀리가 미리엄을 흘끗 쳐다보자 그녀도 마주 쳐다보았다. 아무도 말을 하지 않았다.

"딱 그 기간에만 섹스를 내키지 않아했거든." 카롤리나가 말했다. "진부한 말이지만 사실이었어."

"그러니까 이번이 처음이 아니라는 거야?" 미리엄이 물었다. 그녀는 말투에 감정을 싣지 않으려고 애를 쓰는 눈치였지만 에밀리가 듣기에는 별로 효과가 없는 듯했다.

"응. 내가 아는 것만 두 번이었어. 그이가 두 번 다 자백을 했었고. 나는—나는 이번에도 그럴 거라고 생각했던 것 같아."

다시 정적이 흘렀다.

"어쩌면 그럴지 모르지." 카롤리나가 하던 얘기를 계속했다.

"그 두 번 다 그이가 내게 용서를 구했거든. 자기는 나 없이는 살 수 없다고, 해리도 마찬가지라고, 우리 결혼생활을 위험에 빠뜨리다니 자기가 바보 같았다고. 두번째로 그랬을 때는 상담을 받았어. 그이의 제안으로. 그이를 변호하려는 게 아니라, 그이도 자기 자신을 어쩔 수 없는 게 아닌가 싶어. 우리 어머니도 입버릇처럼 말했거든, 아버지가 꼭 그랬다고, 의미 없는 정사를 즐겨놓고 어머니한테 용서해달라고 매달렸다고. 남자들은 전부 그런 식이라고……"

"아니, 그건 아니죠." 에밀리는 의도와 다르게 너무 혹독한 말투로 말하고 말았다.

"에밀리!" 미리엄이 나무랐다.

"왜? 솔직해야 하는 거 아니야? 남자들은 전부 바람이나 피우고 다니는 말종이라고 믿게 내버려둬야 해? 대다수가 그렇지. 하지만 안 그런 남자도 있어. 마일스만 해도 그래. 그이도 파티 좋아하고, 여기저기 추파를 던지고, 스트립 클럽에 들락거리고, 화끈한 아가씨 젖꼭지에 피어싱한 걸 볼 수 있는 기회가 있다면 절대 사양하지 않을 거야. 하지만 바람을 피우거나 나를 속이지는 않아. 그이가 단점은 많지만—진짜야, 하나씩 나열하면 몇 시간도 모자랄걸—배신자는 아니야. 모든 남자가 그런 건 아니라고."

부엌 안이 어찌나 고요해졌는지 냉장고 돌아가는 소리가 들릴 정도였다. 에밀리는 자기 말이 너무 심했나 하는 생각이 들었다. 하지만 스스로도 잘 알다시피 그녀는 그런 걸 판단하는 데 별로 소질이 없었다. 카롤리나는 괴로워하는 표정이었다. 미리엄이 애들이 먹다 남긴 블루베리 머핀을 한 조각 집어서 입안에 넣자 에밀리는 그녀를 노려보았다.

"냅둬." 미리엄이 우물거리며 말했다.

"나중에 네가 살쪘다고 징징대면 그 머핀을 되새겨줄 테다."

"근교생활을 하니까 살이 찌네. 뉴욕에서 살았을 때는 내가 얼마나 말랐었는지 기억하지?" 미리엄이 말했다. "어디든 걸어다녔으니까. 그리고 하루종일 일했고. 그런데 여기서는 뭘 하게? 하루종일 먹어."

카롤리나가 커피를 한 모금 마셨다. 딴 세상에 가 있는 듯한 표정이었다. "아무래도 내가 아이를 갖겠다고 너무 몰아붙였나봐요." 카롤리나는 미리엄이 한 얘기를 깡그리 무시한 채 이렇게 말했다. "전에는 짜릿한 섹스를 즐겼는데 어느새 임신이 관건이 돼버렸어요. 하지만 그게 전부일 수는 없지 않겠어요? 그레이엄은 정신을 차릴 거예요. 설마 진심으로 이혼을 원하겠어요?"

에밀리는 머리 위로 두 팔을 쭉 뻗었다. "내가 팩트를 나열해볼게요, 카롤리나. 고객들이 지저분하고 추잡한 상황에 휘말려서 옳고 그른 걸 잘 판단할 수 없을 때 내가 쓰는 수법이에요."

"엠, 그게 지금 아주 많이 도움이 될지 잘 모르겠는데." 미리엄이 큼지막한 블루베리 머핀을 한 조각 더 집으며 말했다.

"아냐, 듣고 싶어." 카롤리나가 말했다.

에밀리는 헛기침을 했다. "그레이엄은 당신이 알기로 전에도 두 번 바람을 피웠어요. 두 번 다 고백하면서 용서를 구했고요. 맞나요?"

카롤리나가 고개를 끄덕였다.

"이번에는, 그가 바람을 피우고 있다는 확실한 증거는 없지만 의심스러운 상황이고요?"

그녀가 다시 고개를 끄덕였다.

"하지만 이번에는 상황이 전혀 다르죠. 그는 실수를 저질러놓고 후회하는 발정난 남자가 아니에요. 이번에는 뭔가가 있어요."

"'뭔가'라니 그게 무슨 소리예요?" 카롤리나의 목소리는 속삭임에 가까웠다.

"그가 사랑에 빠졌든지 상대방 여자에게 원하는 게 있든지 둘 중 하나라고요. 내 생각에는 후자인 것 같지만요. 리건 휘트니로 말할 것 같으면 전직 대통령의 자제이자 완벽을 상징하는 인물이니 월척이죠. 그렇게 철저하게 관리를 받는 아가씨가 의미 없는 밀고 당기기를, 그것도 유부남을 상대로 할 리 없죠."

"우리가 지금 왜 이런 대화를 나누고 있어야 하는지 모르겠다." 미리엄이 아주 불편한 표정으로 말했다.

"어떻게 하지 않을 수가 있어?" 에밀리는 짜증 섞인 투로 물었다. "신문을 한 번이라도 들춰본 사람이라면 그레이엄이 얼마나 야심만만한 인물인지 모를 수가 없어. 그는 와스프* 중에서도 왕족이야. 하버드, 옥스퍼드, 크라배스로펌 파트너를 거쳐 지금은 뉴욕주 상원의원이잖아. 민주당 전당대회에서 가족의 가치를 주제로 그 명연설을 한 이후로 갑자기 2020년 대선의 유력한 후보로 언급되기 시작했고."

"그이도 놀랐어요." 카롤리나가 말했다. "그 연설로 그렇게 많은 관심을 받다니 믿기지 않아했죠."

에밀리는 그녀를 날카롭게 쳐다보았다. 통념과 다르게 카롤리나

---

* 미국의 주류 사회를 이루는 계층.

는 멍청하지 않았다.

"이제 그레이엄은, 민주당의 유력한 대통령 후보가 될 수도 있는 상황에서 다른 여자와 엮였어요. 정계에서 자기보다 더 인맥이 훌륭한 여자와. 그럼 가족의 가치를 강조한 이분은 어떻게 해야 할까요? 그냥 일어나서 아내 곁을 떠난다? 기존의 모델을 좀더 젊은 여자로 바꾸면서?"

이 말에 카롤리나는 티가 날 정도로 움찔했다.

에밀리는 그걸 못 본 체했다. "당연히 아니죠! 흠집 없이 빠져나올 방법을 찾겠죠. 그래서 당신을 행복한 결혼생활을 파괴한 장본인처럼 보이도록 함정에 빠뜨린 거예요."

카롤리나의 눈이 휘둥그레졌다. "뭐라고요?"

"그레이엄이. 당신을. 함정에 빠뜨렸다고요. 그래야 당신과 이혼하고도 좋은 이미지를 유지할 수 있으니까. 누가 봐도 빤하잖아요."

"그래?" 미리엄이 물었다. "나는 다른 이유를 백 개쯤—"

"미리엄, 제발 정신 좀 차려!" 에밀리는 말했다. 현실을 부인해봐야 좋을 거 하나 없었다. "카롤리나, 와인을 딱 한 잔 마시고 집에서 출발하자마자 삼십 초 뒤에 경찰에 붙잡혔다고 했죠? 잘은 모르겠지만 당신 가족은 대저택이 즐비한 메릴랜드의 부촌에서 살고 있을 것 같은데, 거기는 경찰이 음주 운전 검문을 잘 하지 않는 곳이에요. 당신 SUV 안에서는 당신도 당신 아들도 출처를 알 수 없는 빈 술병이 굴러다녔고요. 이후에 당신은 말도 안 되는 현장 음주 검사를 받았는데 통과하지 못했는지 경찰서로 끌려갔고 제대로 된 음주 측정도 혈액검사도 받지 못했어요. 그걸 받았다면 술을 마시지 않았다는 게 입증이 됐을 텐데 말이죠."

카롤리나는 무표정하게 그녀를 쳐다보았다.

"경찰서에서는 당신이 전과가 없는 상원의원의 아내고 술을 마시지 않았다고 주장하는데도 당신을 상습범처럼 하룻밤 유치장에 가뒀어요. 이게 말이 된다고 생각해요?"

카롤리나는 내내 근육 하나 움찔하지 않았다.

"맞아요, 나도 말이 안 된다고 생각해요. 그렇게 꾸민 사람이 있을 때나 가능한 얘기죠. 술병을 몇 개 흘려놓고 베세즈다 경찰서의 친구에게 연락해 '체크해보라'고 할 수 있을 만큼 입김이 센 사람이 배후에 있을 때라야. 그레이엄 같은 사람 말이에요. 딱 하나, 이유는 모르겠지만 그가 저지른 일이라는 것만은 분명해요."

"에밀리, 그만해!" 미리엄이 외쳤지만 반론을 제기하지는 않았다.

"에밀리 말이 맞아." 카롤리나가 속삭였다.

두 여자는 그녀를 돌아보았다.

"당신 말이 맞아요." 카롤리나가 에밀리에게 말했다. "이제 전부 알겠어요. 술병, 음주 측정을 하지 않았던 것, 경찰이 나를 그런 식으로 대한 것. 내 변호사라는 트립이 아무 조치도 취하지 않는 것. 그레이엄이 말 그대로 내 집에서 나를 내쫓았던 것. 그리고 그, 그…… 자기 아들의 안전 어쩌고 하는 헛소리까지. 그게 다 엄청난 함정이었어요. 내가 왜 그걸 알아차리지 못했을까요?"

부엌 안에 정적이 흘렀다.

"어떡해요. 속이 울렁거려요. 그이가 이런 짓을 저질렀다니." 카롤리나가 말하며 불길하게 한 손을 자기 목 위에 얹었다.

"그는 이혼을 원해요." 에밀리는 말했다. "그럼 어떻게 해야겠어요, 그냥 평범한 사람처럼 이혼해달라고 하겠어요? 당연히 아니죠. 미국인들은 이혼한 남자한테 투표하지 않거든요! 도널드 트럼프 이후로는 그래요. 가족의 가치를 위해 투표하죠! 품위를 위해 투표하죠! 미국인들은 더 나은 대안이 새롭게 등장했다고 아리따운 아내를 내버리는 그런 대통령을 원하지 않아요."

고통이 카롤리나의 얼굴을 강타했다.

"내가 너무…… 직설적이었다면 미안해요." 에밀리는 말했다.

정적이 다시금 그녀를 맞았다.

"좋아요, 그럼." 에밀리는 자리에서 일어났다. "비행기 탑승시간에 늦지 않으려면 이제 그만 짐을 싸야겠어서……"

그녀가 계단을 올라가며 언제쯤이면 우버 택시에 올라타 신인 발굴에 좀더 박차를 가할 수 있을지 말 그대로 초를 세고 있을 때 카롤리나가 그녀의 이름을 불렀다. "에밀리?"

카롤리나의 험상궂은 표정을 보고 그녀는 숨이 멎었다. 눈물은 보이지 않았고 차갑고 굳은 결의의 표정만 보일 따름이었다. 그래야지. 에밀리는 생각했다. 가만히 앉아서 하루종일 울기만 하면 절대 이 사태를 해결하지 못해. 지금은 발끈해야 할 때야.

"네?"

"나 좀 도와줄래요?" 카롤리나의 질문은 애처로웠지만 말투는 전혀 그렇지 않았다.

"도와달라고요?" 에밀리는 카롤리나가 뭘 원하는지 단박에 알아차렸지만—그녀가 바라기로는 그랬다—이렇게 되물었다.

"내 아들을 되찾을 수 있게 도와줘요. 그리고 그 개자식을 벽에 못박아서 그 인간이 사기꾼이고 괴물이라는 걸 온 세상에 보여줄 수 있게 도와줘요." 카롤리나가 말했다.

“카롤리나, 달링.” 에밀리는 활짝 웃으며 살짝 허리를 숙였다. “그럴 수 있으면 영광이죠.”

11

# 엄마들의 밤마실

## 미리엄

"엄마? 엄마?" 미리엄은 메이지의 말투가 얼마나 절박한지 가늠하며, 딸이 뭣 때문에 엄마를 불렀는지 극적으로 잊고 다시 잠이 들어주길 뜨뜻미지근하게 빌었지만 당연히 말도 안 되는 바람이었다. "엄마!"

미리엄은 심호흡을 하고 짜증내지 말자고 마음을 다잡았다. 아이는 이제 겨우 다섯 살이었다. 잠자는 시간을 늦추려고 온갖 전략을 동원하는 것이 피할 수 없는 일상이었다. "응, 우리 딸, 왜?" 그녀는 물으며 메이지의 방문을 눈곱만큼 열고 고개를 들이밀었다.

"엄마가 필요해요."

"엄마 여기 있잖아. 뭐해줄까?"

"옆으로 와주세요."

"딸, 우리 책 세 권 읽고 노래 두 개 불렀어. 마실 물 갖다놓았고. 빨려고 내놓았던 인어공주 잠옷 들고 와서 그걸로 갈아입었고. 엄마가 책꽂이에 있던 무서운 그루팔로도 치웠고 여우 있는지 침대 아래도 확인했지. 이제 잘 시간이야."

"안아주세요." 메이지가 둘도 없이 달콤한 목소리로 속삭였다. 아이는 바보가 아니었다. 미리엄이 이 말은 절대 거부하지 않는다는 것을 오래전에 터득했다.

딸아이가 앞으로 몇 년 더 안아달라고 애원할까? 그녀는 메이지의 침대 안으로 들어가 조그맣고 따뜻한 아이의 몸을 바짝 끌어안았다. 이러느라 엄마들의 밤마실을 앞두고 화장할 시간이 없어진다 한들 무슨 대수일까. 그녀는 아직 축축한 딸아이의 머리칼 냄새를 들이마시며 미소를 지었다. 그녀는 마지막으로 한번 더 뽀뽀를 하고 "사랑해"라고 중얼거린 다음에야 살금살금 밖으로 빠져나와 문을 닫을 수 있었다. 어쩌면 화장할 시간이 있을지 몰랐다.

휴대전화 알림음과 함께 집 앞에 도착했다는 애슐리의 문자가 떴다.

"젠장." 미리엄은 전신 거울에 비친 자신의 모습을 흘끗 확인했다. 별로였다. 옅은 파란색의 예쁘고 깨끗한 터틀넥 스웨터를 찾아 놓긴 했지만 레깅스는 보풀투성이였고 무심한 듯 세련되게 틀어올리려고 했던 머리는 추레한 똥머리가 되었다. 뭘 입고 시내로 놀러 가면 좋을지는 아직까지 결정하지도 못한 상태였다.

뭔들 어때. 그녀는 생각했다. 무슨 갈라쇼에 참석하는 것도 아니고. 근교의 목요일 밤이었고 초대된 손님은 모두 여자였다. 애슐리는 모임의 목적에 대해서는 두루뭉술하게 넘어갔지만 생기가 넘칠 테고 와인과 괜찮은 여자들이 많을 거라고 했다. 시내에 아는 사람도 거의 없는 미리엄이 어찌 감히 거절할까. 재미있을 것 같았다.

"기다리게 해서 미안해요. 메이지가 오늘따라 떨어지질 않으려고 해서요." 미리엄은 이렇게 말하며 조수석 문을 닫는데, 헉헉대는 숨소리가 자신의 귀에도 들렸다. "데리러 와줘서 고마워요."

"별말씀을요! 어머—오늘 귀여워요!" 애슐리가 속닥거렸다. 그녀도 터틀넥 스웨터를 입고 있었지만 캐멀색이었고 새끼양의 속눈썹을 자아서 뜬 옷처럼 보였다. 거기에 타이트한 화이트 진을 입고, 더이상 우아할 수 없는 다이아몬드 파베 세팅 액세서리를 하고, 검은색 가죽 부츠를 신었다. 금발은 전문가에게 드라이를 맡긴 듯했다. 심지어 체취마저 달콤했다. 모든 게 그저 빛났다.

"어떻게 하면 머리를 그렇게 할 수 있어요?" 미리엄은 물으며 틀어올린 자기 머리를 만졌다. 최근에는 말을 듣지 않는 고수머리도 잘 자르기로 유명한 뉴욕의 헤어 디자이너에게 다녀왔지만—그는 물을 뿌리지 않고 자르고 '디바 컷'이라고 불렀다—'디바'의 모든 요소는 딱 삼십육 시간 만에 전부 사라지고 북슬북슬한 폭탄머리로 다시 돌아왔다.

"아, 이거요? 왜 그래요. 일주일째 안 감았어요. 드라이 샴푸를 얼마나 썼는지 말도 못할 지경이에요. 요전날 밤에는 루시가 나더러 냄새난다 그러더라고요."

미리엄은 웃음을 터뜨렸다. "이 얘기 들으면 기분이 좋아질지 모르겠지만 매슈의 학교 폴더에서 나를 그린 그림을 발견했어요. 매슈한테 설명해달라고 하니까 엄청 뿌듯해하면서 내 이마에 가로로 그린 줄 세 개하고 눈 아래 그린 그늘을 가리키더라고요. '진짜 피곤할 때 이렇잖아요, 엄마.' 이 비슷하게 얘기했던 것 같아요."

애슐리가 웃음을 터뜨렸다. "최고네요."

"그래서, 오늘밤에 어디 가요? 말벡 한 병 들고 오긴 했지만 또 뭐가 필요할지 모르겠어서……"

"아니에요, 됐어요, 그거면 충분해요! 그냥 만나서 재밌게 노는 그룹이에요. 술 좀 마시고 쇼핑 살짝 할 거예요. 모인 사람들 보면 전부 마음에 들 거예요."

쇼핑 살짝이라. 그거였다. 애슐리가 어두컴컴하고 구불구불한 도로를 달리는 동안 미리엄은 혼자 슬그머니 웃었다. 진작 알아차렸어야 하는 건데. 그녀도 근교의 이런 모임에 대해 들어서 알고 있었다. 편안함을 가장한 매우 공격적인 분위기 속에서 주최자가 와인과 안주를 대접하며 자신이 '스타일리스트' 내지는 '컨설턴트'로 있는 제품을 판매하는 여성 전용 '파티'였다. 애슐리도 예전에 미리엄에게, 자신은 여러 개 겹쳐서 끼는 뱅글 팔찌에서부터 운동복과 주름살 크림에 이르기까지 모든 것을 원래는 독서 클럽 내지는 엄마들의 밤마실로 시작됐던 모임에서 산다고 얘기한 적이 있었다.

주최자의 집에 도착해보니 거실에 모인 여자들이 근사한 벽난로 앞에서 와인을 홀짝이며 수다를 떨고 있었다. 미리엄이 신생아파티 때나 아이들 학교에서 만난 여자들도 있었지만 대다수가 모르는 얼굴이었다. 다들 예쁘고 자신만만하며 헤어스타일이 근사했다.

"다들 안녕하세요! 아는 분도 계시지만 모르는 분들을 위해 소개하자면 이쪽은 미리엄 케이건이에요. 우리 유치원에서 제일 귀여운 쌍둥이 메이지와 매슈 그리고 2학년에 다니는 벤저민의 엄마고요. 얼마 전에 뉴욕에서 여기로 이사왔어요."

미리엄은 목에서부터 뺨까지 벌게지는 것을 느낄 수 있었다. 쥐구멍에라도 숨고 싶었다. 십 년이 넘게 대도시에 살며 미리엄은 그녀의 자리가 어딘지 정확하게 파악할 수 있었는데 이곳 생활은 생각했던 것보다 어려웠다. 하지만 다들 상냥하게 미소를 지으며 살짝 손을 흔들어 보이고는 다시 수다를 떨기 시작했다. 그뒤에 거의 곧바로 애슐리가 사라져버리자 미리엄은 부엌에 어색하게 혼자서 있는 신세가 됐다. 그녀는 따놓은 메를로 와인을 한 잔 따랐다. 그러고는 뭘 하면 좋을지 알 수가 없어서 파르메산 치즈 한 덩이를 입에 넣고 좌우를 둘러보았다.

두말하면 잔소리지만 그 집은 으리으리했다. 천장은 아치형이었고 벽난로는 높이가 다른 집의 두 배였고 부티크를 열어도 될 만큼 모피 담요와 쿠션이 많았다. 나무 모양을 그대로 살린 커피 테이블 아래에 깔린 러그는 톤이 다른 여러 종류의 회색과 흰색의 동물 가죽을 한 땀, 한 땀 한데 꿰매 트렌디한 그레이 워시드 나무 바닥과 극명한 대조를 이루는 모던한 퀼트 카펫이 되었다. 딥티크 캔들이 여기저기서 향을 피웠다. 보이지 않는 스피커에서 섹시한 음악이 나지막이 흘러나왔다. 머리카락도 길고 다리도 긴 여자들이 이 방에서 저 방으로 움직이며 서로 뺨에 입을 맞추고, 아이들 안부와 다이어트 식단과 휴가 계획에 대해 물었다.

"미리엄이죠?" 새까만 단발머리에 도자기 같은 피부를 한 우아한 여자가 그녀를 향해 미소를 지어 보였다. "나는 클레어예요. 오늘밤에 시간 내줘서 정말 고마워요."

"클레어? 아, 이 집 주인이시죠? 예뻐요, 취향에 감탄하고 있었어요. 모든 게 다 마음에 들어요."

클레어의 미소가 함박웃음으로 번졌다. "고마워요. 애슐리 말로는 아이가 셋이고 전부 학교에 다닌다면서요?"

미리엄은 고개를 끄덕였다.

"전업주부시고요?"

미리엄은 입을 열었다가 다시 다물었다. "네, 맞아요. 전에는 일을 했었지만 지난 몇 달 동안 아이들과 지내보니 정말 좋더—"

"맞아요. 그렇죠?" 클레어가 말허리를 잘랐다. "나랑 같이 오퍼스 재단에서 활동하지 않을래요? 경제적으로 엄청난 부담도 없고—물론 돈이야 많으면 좋지만요—멋진 행사를 주관해요. 게다가 모은 후원금으로 아주 가까이 살지만 너무나도 많은 고통을 겪고 있는 아이들의 삶을 180도 바꾸어놓을 수 있고요."

"흠, 엄청 재밌겠는데요?" 미리엄은 중얼거렸다. 진심이었다. 아이들을 돕고 싶어하지 않을 사람이 어디 있을까? 하지만 클레어가 뭘 어쩌자는 얘긴지는 잘 알 수가 없었다.

"안녕하세요." 애슐리가 지저귀며 다가와 자기 잔을 채웠다. "두 분이 이렇게 만나게 돼서 기뻐요. 클레어, 미리엄이 같은 반 친구 엄마라 얼마나 좋은지 몰라요. 두 분이 서로 잘 맞을 줄 알고 있었다니까요?"

"그러게요!" 미리엄은 어쩌면 너무 우렁차다 싶게 외쳤다.

잠깐 어색한 침묵이 흐른 끝에 애슐리가 클레어 쪽으로 몸을 숙이더니 들으라는 듯이 속삭였다. "효과가 너무 좋은 거 아니에요? 한 달밖에 안 됐다니 믿기지가 않아요."

미리엄은 못 들은 척하려고 했지만 클레어가 그녀를 쳐다보며 말했다. "내가 몇 주 전에 애엄마 풀 패키지 수술을 받았거든요. 가슴, 배 그리고 질 성형. 아파서 죽을 것 같았지만 보람 있어요." 그녀는 오목한 자기 배를 손으로 부드럽게 쓰다듬었다. "오늘 나트륨을 엄청 먹었고 또 조만간 생리가 시작될 텐데, 봐요. 아주 납작하죠?"

애슐리가 클레어의 복부를 응시했다. "가슴 할 때 배도 같이 하지 않은 게 정말 후회돼요. 질 성형을 안 한 것도! 내가 생각이 짧았어요. 세 번 다 제왕절개를 해서 골반 근육이 멀쩡할 줄 알았더니! 이제는 팔 벌려 뛰기를 하면 탐폰이 빠진다니까요?"

"그러니까요." 클레어가 고개를 끄덕였다. "섹스도 복도에 핫도그를 던지는 느낌이었잖아요. 나는 별 상관 없었지만 어휴, 에디가 얼마나 투덜댔는지 알아요? 완벽한 아이를 두 명이나 낳아줬더니 이제는 십대처럼 꽉 조여주길 바라지 뭐예요."

"어련하실까. 남자들은 다 그래요. 그리고 에디는 원하던 걸 얻었잖아요!"

클레어가 짐짓 민망한 척했다. "맞아요."

미리엄은 그들을 따라서 웃었지만 속으로는 공포를 느꼈다. 요즘 들어 폴이 전혀 관심을 보이지 않은 게 그 때문이었을까? 그녀는 벤을 자연분만으로 낳고 쌍둥이 때는 제왕절개를 했다. 웃거나 재채기를 하거나 점프할 때 심하게 오줌을 지리지는 않았지만 그걸로는 부족했을까? 그녀가 뭔가 결정적인 걸 놓치고 있던 걸까?

클레어가 손목시계를 흘끗 확인하더니 헉 소리를 냈다. "어머나, 여덟시 반이 다됐네." 그러고는 손님들을 향해 좀더 큰 소리로 외쳤다. "여러분? 거실로 모여주시겠어요?"

그들이 아직 다 자리에 앉지도 못했을 때 초인종이 울렸다. 누군가가 조그맣게 환호성을 질렀다. 미리엄은 누구길래 그러는지 궁금해졌다. 유명한 사람인가? 블레이크 라이블리가 여기로 이사왔다는 소문이 들렸지만 확실하게 아는 사람은 없는 듯했다. 누군가가 상원의원의 아내 카롤리나가 그리니치에 숨어 있다는 얘기를 꺼냈지만 다행히 거의 곧바로 화제가 바뀌었다.

어떤 여자가 문 앞에 등장했는데, 이제 보니 벤과 같은 반인 친구의 엄마였다. 미리엄이 기억하기로는 머리가 새빨간 색이고 그녀의 어머니가 보았다면 '입방정'이라고 불렀을 어린 딸이 있었다. 세이지. 그게 이 여자의 이름이었다. 세이지는 하늘거리는 맥시 원피스 위에 캐시미어 카디건을 걸쳤고 얇은 금색 체인을 꼬아서 만든 목걸이를 하고 있었다. 빨간 머리를 헐렁하게 땋아서 왕관처럼 머리에 둘렀고 잡티 하나 없이 반투명에 가까운 피부는 민낯이었다. 남의 마리화나를 관능적으로 길게 한 모금 빨고, 카디건을 벗어던지고, 사막에 피워놓은 모닥불 앞에서 혀에 피어싱을 한 젊은 남자들과 밤새도록 흐느적흐느적 춤을 추는 코첼라 뮤직 페스티벌에 더 어울리는 분위기였다. 세이지는 거실에 모인 매력적인 여자들에게 미소를 지어 보이고는 놀랍도록 굵고 낮은 목소리로 선포했다. "파티를 시작합시다!"

"으으으, 오늘은 또 뭘 들고 왔을까." 애슐리가 말하며 소파의 제일 좋은 자리로 미리엄의 팔을 잡아끌었다. "신용카드 들고 왔죠?"

세이지가 자기 뒤로 끌고 들어온 바퀴 달린 트렁크는 액세서리를 담기에는 좀 커 보이긴 했지만 미리엄이 아는 게 뭐가 있나. 세이지가 자리를 잡고 앉는 동안 그녀는 와인을 홀짝였다.

"먼저 오늘밤 이렇게…… 축제를 주관해준 클레어한테 고맙다는 인사부터 할게요. 이 집 리넨에 윤활제 자국은 남기지 않겠다고 약속해요."

여기저기서 웃음을 터뜨렸다.

"저분 소아과의사 아니에요?" 미리엄이 소근소근 물었지만 애슐리는 세이지의 트렁크에서 눈을 떼지 못했다.

"예전에는요. 지금은 때려치웠어요. 여기저기 엄청 불려다니나 봐요."

미리엄은 고개를 끄덕였다. 세이지가 거실을 둘러보았다. "여러분, 먼저 뭘 하지 않을 생각인지 그것부터 얘기할게요. 나는 어색한 분위기를 깬답시고 어처구니없는 게임을 하지 않을 거예요. 초콜릿 보디 페인트를 강매하지 않을 거예요. 아니, 그 어떤 것도 강매하지 않을 거예요. 그리고 가장 중요하게는, 혐오스러운 플라스틱 딜도를 꺼내면서 그걸 쓰면 여러분의 인생이 달라진다고 얘기하지 않을 거예요."

몇 명이 웃음을 터뜨렸지만 다행스럽게도 대부분은 미리엄처럼 불편해하는 표정을 짓고 있었다.

"나를 최고급 명품만 취급하는 침대 위의 관리인이라고 생각해 주세요." 세이지는 극적인 효과를 위해 말을 잠깐 끊었다. "남편이 계속 관심을 가져줬으면 좋겠다는 분이 얼마나 계신가요?" 그녀가 좌우를 두리번거리며 물었다.

"그러거나 말거나 상관없어요"라고 외친 여자도 있었지만 대부분 조심스럽게 손을 들었다.

"그럼 관심을 계속 받기 위해 갖은 노력을 기울이신 분은요?"

정적이 흘렀다. 아무도 손을 들지 않았다.

"가장 최근에 제대로 된 네글리제를 입고 침대 안으로 들어간 게 언제였는지 기억하는 분 계신가요?"

"'네글리제'라는 게 대학생 때 입던 티셔츠에 남편 사각팬티를 말하는 거면 어제요." 한 여자가 외쳤다.

다들 웃음을 터뜨렸다. 미리엄은 너무 큰 소리로 웃은 것 같아서 불안해지자 얼른 와인을 다시 크게 한 모금 마셨다.

"그리고 도발적인 질문이지만 가장 최근에 펠라티오를 한 게 언제였는지 기억하는 분?"

"남편한테요?" 애슐리가 꽥 하는 소리를 냈다.

이 말이 모두의 웃음보를 터뜨렸다.

세이지가 그들에게 엄청나게 실망이라도 한 것처럼 고개를 저었다. "애널은 물어볼 필요도 없겠네요. 하지만 장담하건대 여러분은 여성이 누릴 수 있는 즐거움 중에서 핫스폿을 놓치고 있어요."

모임의 딱 한 명뿐인 임산부가 말했다. "제 남편은 아무리 해도 만족을 못해요, 특히 상황이 이렇다보니까요." 그녀는 어마어마하게 불룩한 배를 문지르며 씩 웃었다. "임산부 치질을 사랑하는 사람이 어디 있겠어요? 제가 저녁을 앞에 놓고 변비 운운하는 것도 그렇고요."

문득 미리엄은 자신과 폴 사이가 그렇게 심각하지는 않게 느껴졌다.

세이지가 졌다는 듯이 두 손을 들었다. "리사, 당신에겐 유일하게 핑계가 있다고 인정할게요. 하지만 다른 분들은 남편을 만족시키기 위해 시간과 노력을 들이지 않으면 남편들이 다른 데로 눈을 돌릴 거예요."

"진짜죠?" 청바지에 가죽 재킷을 입은 아담한 여자가 물었다.

여자들이 웃음을 터뜨렸고 몇 명은 심지어 박수를 쳤지만 세이지는 못 들은 체하고 트렁크에서 튜브와 단지와 병을 꺼내기 시작했다. 바니스 메이크업 카운터에서 볼 수 있는 제품들처럼 예쁘게 포장이 되어 있었다. "이건 우리 배스 앤드 보디 제품 라인이에요. 배스 솔트, 아로마테라피 디퓨저, 향이 좋은 마사지 오일 그리고 수분을 공급하는 로션. 모두 파라벤 프리고 세계적인 미용 피부과 전문의들이 개발한 공법으로 전량 미국에서 제작됐어요. 이걸 쓴다고 여러분이 질염에 걸리거나 피부가 뒤집어지지는 않겠지만, 특별히 남성용으로 개발된 제품이에요."

미리엄은 옆 사람이 건네준 깨지기 쉽게 생긴 유리병을 들여다보았다. 조그만 블록체로 앞면에 관능적인 마사지 오일이라고 적혀 있었고 뚜껑을 돌려서 향을 맡아보니 그 속에서 헤엄치고 싶을 만큼 근사했다. 좋다. 기쁜 마음으로 마사지 오일을 사서 폴의 어깨를 주물러줘야겠다. 마지막으로 어깨를 주물러줬던 게 언제였던가. 그녀는 애슐리가 와인을 다시 채워서 건네는 잔을 받아들고 소파에 몸을 묻었다.

세이지는 모양과 크기가 제각각인 알록달록한 물건들을 계속 꺼냈다. 배스 앤드 보디 제품처럼 모두 반질반질하고 아무 장식이 없는 상자에 예쁘게 담겨 있었는데 내용물이 뭔지 힌트가 전혀 없었다. "자유롭게 뚜껑을 열어서 만져보세요."

미리엄은 애플 스토어에서 산 것으로 착각할 법한 상자를 들여다보았다. 압력에 반응해 진동한다는 연보라색 알처럼 생긴 물건의 사진이 붙어 있었다. 미리 입력된 진동 패턴이 열 가지였고 자기만의 패턴을 여섯 개까지 입력할 수도 있었다. 상자를 열어보니 완충 상태로 하얀색의 매끈한 받침대 위에 놓인 그 물건과 하얀색 실크로 만든 전용 케이스가 들어 있었다. 강가의 돌멩이처럼 반질반질했지만 약간 푹신하고 조금 신축성이 있었다.

"저기 저분—미안해요, 이름을 모르겠네요." 세이지가 외쳤다.

미리엄은 보라색 알을 너무 열심히 관찰하느라 세이지가 자신을 가리키고 있는 줄도 몰랐다.

"미리엄. 미리엄 케이건이요." 애슐리가 외쳤다.

미리엄이 휙 고개를 들어보니 온 방안의 여자들이 바이브레이터를 감싸쥔 자신을 돌아보고 있었다. 가슴에서부터 얼굴까지가 거의 주체할 수 없을 만큼 후끈거렸다.

"미리엄 케이건이 들고 있는 게 베스트셀러예요. 미리엄, 높이 들어서 보여줄래요?"

미리엄은 그걸 15센티미터 위로 들어 보였다.

"저 깜찍한 보물은 디자인의 승리예요." 세이지가 프랭크 게리* 의 새로운 작품을 설명하듯 이렇게 선언했다. "포르셰보다 더 즉각적으로 반응할 뿐만 아니라 장담컨대 여러분을 훨씬 행복하게 만들어줄 거예요. 남편의 은밀한 부위를 조잡하게 흉내낸 제품이 아니기 때문에 파트너랑 같이 활용하기에도 완벽해요. 의료기기 수준의 실리콘은 기공이 없어서 세척이 간편하고 100퍼센트 방수가 되기 때문에 샤워를 하거나 뜨끈하게 탕에서 목욕을 하면서 가지고 놀기도 좋아요. 미리엄, 어떻게 생각해요?"

"어떻게 생각하느냐고요?" 미리엄은 쉰 목소리로 날카롭게 되물었다. 왜 이렇게 고상한 척하고 있는 걸까? 아니, 가죽 채찍도 아

* 현대 건축의 거장으로 평가받는 캐나다의 건축가.

니고 바이브레이터 아닌가. 그럼에도 그녀는 소파 아래로 들어가고 싶었다.

"아주…… 괜찮아 보이는데요?"

다들 웃음을 터뜨렸다. 세이지가 기뻐하며 미소를 지었다.

"그건 당신 거예요." 세이지가 말했다. "선물로 드릴게요. 열심히 활용해주세요!"

박수갈채가 터졌다. 미리엄은 어색하게 고맙다고 인사하고, 추잡한 비밀이라도 되는 듯이 충전기와 상자까지 완비된 바이브레이터를 핸드백 안에 넣었다.

옆면에 새겨진 로고까지 입생로랑 립스틱과 똑같은 바이브레이터로 모두의 관심이 옮겨가자 미리엄은 슬그머니 빠져나와서 부엌으로 들어가 치즈 트레이에 놓인 파르메산 치즈 중 가장 큰 덩어리를 입안에 밀어넣었다. 그녀가 큼지막한 덩어리를 다시 한 개 집었을 때 애슐리가 등장했다.

"재밌죠?" 그녀는 웃으며 와인 잔을 세번째로 채웠다. 미리엄은 그걸 보고 꼰대처럼 잔소리를 하고 싶지는 않았지만 집까지 애슐리의 차를 타고 가야 한다는 게 문제였다. "그거 진짜 좋아요. 침실을 항상 참신하게 유지해야 한단 말이죠."

"우리 침실은 칙칙한데." 미리엄은 불쑥 내뱉고는 곧바로 당황했다.

"에이, 설마 그럴 리가요. 어린애들이 있으면 아무래도 분위기가 처질 수밖에 없죠. 하지만 그러다가도 다시 화끈해져요." 애슐리는 트레이에서 제일 작은 미니 당근을 집더니 후무스에 1밀리미터쯤 담갔다. "폴하고 얼마나 자주 해요?"

"별로 자주 하진 않아요."

"예를 들면 일주일에 한 번? 열흘에 한 번?"

맙소사. 미리엄은 생각했다. 애슐리는 애가 셋인데도 에밀리만큼 노골적이었다.

"그 정도요." 미리엄은 거짓말을 했다. "애슐리네는 얼마나 자주 하는데요?"

애슐리가 웃음을 터뜨렸다. "에릭이 원하는 만큼 자주 하지 않는단 건 확실해요. 그이는 시도 때도 없이 달려들지만 나는 일주일에 세 번 아니면 네 번 정도 허락해요." 미리엄이 충격받은 표정을 지었는지 애슐리가 얼른 덧붙였다. "한밤중에 허락한 거면 가만히 누워 있기만 해도 돼요."

미리엄은 억지로 웃음을 터뜨렸다. "그래야죠." 그녀는 이렇게 말했지만 기억하기로 폴이 섹스를 하자며 한밤중에 그녀를 깨운 적은 없었다.

"오늘밤도 폴하고 에릭이 같이 놀고 있으니 다행이지 뭐예요." 애슐리가 말했다. "양쪽이 다 잘 맞는 커플 친구 만들기가 엄청 어려운데."

"오늘밤에는 아닐 텐데요." 미리엄은 그렇게 얘기해놓고 보니 자신이 없었다. "폴은 집에서 베이비시터 노릇 하고 있어요. 아니—아빠 노릇 하고 있어요. 아빠가 자기 애들 보는데 '베이비시터'라고 하면 싫더라고요."

애슐리가 전화기를 꺼내 에릭에게 받은 문자를 보여주었다. 친구들 집으로 불러서 포커 치려고. 당신이 얘기한 대로 폴한테 연락했더니 온대.

미리엄은 자신의 휴대전화를 집었다. 지금 어디야?

점 세 개가 나타나더니 잠시 후. 에릭네 집에서 포커 치고 있어. 애들은 길 건너편 밀러 씨네 딸 불러서 맡겼고. 다들 자고 있어. 당신은 재밌게 놀고 있어?

응. 그녀는 이렇게 답장을 보내고, 폴이 문자 한 통 없이 베이비시터를 부르고 친구네 집에 갔다는 데 치밀어오르는 짜증을 애써 달랬다.

애슐리가 미니 당근을 또다시 후무스에 1밀리미터 담갔다. 그러고는 당근을 씹으며 고개를 저었다. "다들 포커 친다고 하지만 순 뻥이에요. 우리집에 새로 온 오페어*를 곁눈질하고 있을걸요?"

"오페어가 새로 왔어요?"

"가슴은 여기 달렸고 엉덩이는 끝내주게 생긴 아이에요. 지난 주말에 다 같이 구역질나는 실내 수영장에 갔는데 에릭이 걔를 보고 심장마비 일으키는 줄 알았다니까요? 거의 T팬티에 가까울 정도로 아슬아슬한 비키니를 입었거든요. 그런데 나는 뭘 입고 있었는지 알아요? 래시 가드. 거기다 아쿠아 슈즈. 어떤 상황인지 안 봐도 비디오죠?"

"그러게요." 미리엄은 대답하며 도대체 어떻게 생긴 오페어이길래 2사이즈의 완벽한 몸매, 환상적인 금발, 아슬아슬한 지경까지 보톡스를 맞은 애슐리가 초라해 보일 정도인지 궁금해했다.

"이번이 세번째 오페어인데 기존의 두 명은 완벽했어요. 어설프고 투실투실하고 심지어 한 명은 여드름까지 심각했거든요. 그런

* 일정한 시간 동안 아이를 돌보고 숙식과 급여를 제공받는 외국인.

데도 뉴욕에서 남자를 불러와서 타일러 방에서 섹스를 하는 바람에 내보내야 했지만요. 으웩, 그때 본 광경이 아직까지 머릿속에 남아 있어요."

"설마!" 미리엄은 재밌어하는 표정을 숨기려는 시도조차 하지 않았다.

"진짜예요. 하지만 학기 도중에 새 사람을 구하려면 누가 남아 있겠어요? 섹시한 애들밖에 없죠. 그런 애들을 원하는 엄마는 없을 테니까요. 못생긴 애들은 불티나게 팔리고 8월쯤에는 슈퍼모델만 남아요. 작년에 클레어네 집에서 지낸 오페어는 스칼렛 요한슨 판박이였는데 그보다 더 예뻤어요."

"맙소사."

"뭐 어쩌겠어요. 애들을 직접 건사할 수도 없고. 그건 절대 안 될 말씀이죠." 애슐리가 웃음을 터뜨렸다. 자기가 어떤 사람으로 보일지 알지만 상관하지 않는 게 분명했다.

클레어가 부엌으로 들어왔다. "내가 오페어도 없이 애들이나 보려고 월가의 회사를 때려치운 게 아니거든요!" 그녀는 말하고 눈을 찡긋거렸다. "그러면 너무 재미가 없잖아요."

"옳소, 옳소!" 애슐리가 와인 잔을 들더니 건배를 기다리지도 않고 잔을 비웠다. 미리엄은 우버 택시를 부르기로 마음을 먹었다.

"미리엄? 세이지가 찾던데요."

미리엄은 세이지의 이름만 들어도 핸드백에 넣은 보라색 알이 생각나서 얼굴이 화끈거렸다. "저를요? 저는, 음, 그게……"

"아마 다른 방에서 당신과 단둘이 만날 차례라서 그럴 거예요." 애슐리가 잔을 다시 채우며 말했다. "샘플을 보여준 다음 한 명씩 다른 방으로 부르거든요. 남들 없는 데서 제품을 살 수 있게. 당신 차례예요."

"아, 저는 됐어요. 고맙긴 하지만 아까 그것도 있고—"

"에이, 가요!" 애슐리는 말하고 조리대 위로 와인을 조금 흘려가며 미리엄의 팔을 잡았다. "그렇게 빼지 말고요. 내 말 믿어요, 폴이 고마워할 거예요. 보석을 생각해요. 부부 사이가 다시 뜨거워지면 남자들은 부인한테 다이아몬드를 선물하고 싶은 욕망에 휩싸이거든요!"

"우리가 잠자리를 하지 않는 것도 아닌데." 미리엄은 중얼거리다 멈췄다. 그녀와 폴의 부부관계 같은 개인적 사정을 애슐리 앞에서 공개할 이유가 없지 않은가.

"얼른 가봐요. 괜찮아 보이는 게 있으면 뭐든 사요. 뭐가 됐든 폴이 좋아할 거예요. 내가 장담해요."

미리엄이 다시 반박할 겨를도 없이 어디에선가 등장한 세이지가 미리엄을 방안으로 끌고 들어가 문을 닫았다. "나의 내실로 들어온 걸 환영해요." 세이지가 두 팔을 넓게 흔들며 말했다.

클레어의 남편 서재에 놓인 남성적인 마호가니 책상과 그 위를 빈틈없이 채운 물건들의 부조화가 우스꽝스럽게 느껴졌다. 책상 뒤편 벽에 걸린 구식 유화 초상화 속에서 어떤 업계의 거물이 형형색색의 섹스 토이로 뒤덮인 책상을 물끄러미 바라보는 듯한 광경이었다. 벨벳을 씌운 의자에는 검은색의 야한 란제리가 흩뿌려져 있었고 창턱은 이제 각종 윤활제의 전시장이었다.

"이런 자리를 마련해줘서 감사해요." 미리엄은 세이지를 애써 똑바로 쳐다보며 말했다. "아주…… 유익했어요. 그리고 보라색의…… 물건도 감사했어요. 하지만 아직 다른 제품에는 관심이 없어요."

"부담 갖지 말아요!" 세이지는 지저귀며 미리엄을 잡고 방안을 한 바퀴 돌았다. "그냥 둘러봐요. 민망할 수도 있다는 거 알지만 날 믿어요. 제대로 고른 아이템 몇 개로 구원을 받은 부부가 얼마나 많은지 몰라요."

미리엄은 웃음을 터뜨렸지만 공허하고 어색하게 느껴졌다. "아, 폴하고 저는 전혀 아무 문제 없어요. 그냥 애들이 어려서 그렇죠, 뭐. 그 이상 심각한 문제는 없어요."

"그렇겠죠." 세이지가 맞장구를 쳤다. "하지만 방심하고 있다가는 이게—가뭄이 든 시기라고 할까요?—금세 일상이 될 수 있거든요. 처음에는 모유 수유 때문이라고 하지만 정신을 차려보면 막내가 네 살인데 마지막으로 섹스를 한 게 언제인지 기억이 나지 않는 거죠."

우리 막내는 다섯 살인데. 미리엄은 생각했다.

"그리고 얼마 지나면 남편이 베이비시터나 테니스 코치나 간호사나 비서와 섹스팅을 하고 그러다 쾅! 당신이 알던 삶은 끝이 나요. 진부한 시나리오가 존재하는 건 이유가 있거든요."

지금 이 순간 또다른 수백만 달러짜리 저택에 앉아서, 바나나나 콜라를 가지러 부엌에 잠깐 내려오는 실수를 저지른 순진한 오페어를 훔쳐보고 있을 폴의 모습이 미리엄의 머릿속을 스쳐지나갔다. 좌우를 두리번거리던 미리엄의 눈에 손바닥만한 란제리가 들어왔다. "저런 건 못 입어요." 그녀는 열 살짜리에게도 맞을까 말까 한 메시 소재의 캣슈트를 향해 손을 흔들며 말했다.

세이지가 그렇겠다는 뜻에서 고개를 끄덕이자 미리엄은 기분 나쁘게 받아들이지 않으려고 애썼다. “네, 저도 저걸 권할 생각은 없어요. 여기, 이거 한번 보시겠어요? 공전의 베스트셀런데 숫기 없는 분들이 슬그머니 발을 담그는 용도로 아주 좋아요.”

“이게 뭔데요?” 미리엄은 사랑은 예술이다라고 조그맣게 적힌 예쁜 감색 상자를 받아들며 물었다.

“크기가 샤워 커튼만한 흰색 캔버스 천인데, 인체에 완전히 무해한 유기농 보디 페인트하고 세트예요. 방이나 욕실 바닥에 펼쳐놓고 서로 페인트를 발라준 다음 캔버스 천 바로 위에서 사랑을 나누는 거예요. 끝나면 같이 샤워를 하면서 몸에 묻은 페인트를 서로 씻겨주고요. 예전에는 항상 샤워를 같이 했을 거 아녜요. 가장 최근에 그런 게 언제였는지 기억나요?”

“아뇨.” 미리엄은 상자를 뚫어져라 쳐다보며 중얼거렸다.

“제일 좋은 건, 걸작을 만들어서 이 회사에 보내면 당신이 원하는 색상의 액자에다 넣어주기 때문에 그걸 침대 위에 걸 수 있다는 거예요. 그럼 잠자리에 들 때마다 두 사람 다 그날 밤을 기억할 수 있죠. 그야말로 가장 짜릿한 밤을 보내는 거예요.”

“듣고 보니 괜찮을 것 같네요.” 미리엄은 그녀와 폴이 검은색 페인트를 뒤집어쓰고 함께 캔버스 위에서 뒹구는 모습을 그려보았다. 재미있을 것 같았다. 답답하거나 가려운 의상 안에 그녀의 몸을 욱여넣을 필요도, 몸속에 뭘 넣을 필요도 없었다. 그의 몸속에도 마찬가지였다. 카우걸이나 스쿨걸이나 그 어떤 걸도 흉내낼 필요가 없었다. 그냥 남편과 옛날처럼 야하게 즐길 수 있었다. 그렇다, 세이지의 말이 맞았다. 초보자용으로 훌륭했다.

"오늘밤에 이 제품이 얼마나 많이 팔렸는지 알아요? 앞으로 안방 벽에 이 캔버스가 걸리는 집이 그리니치의 절반은 될 거예요."

"살게요!" 미리엄은 아멕스 카드를 꺼내며 외쳤다.

"마음에 들 거예요." 세이지는 장담하고 상자를 눈에 잘 띄지 않는 갈색 종이봉투에 넣어주었다. "남편분도 그렇고요. 자, 여기 사인하고 나가면 돼요."

미리엄은 세이지가 내민 아이패드를 받아들었다가 금액을 보고 하마터면 기절할 뻔했다. 475달러였다.

"어, 가격이…… 이 정도일 줄은…… 금액이 조금 큰데……"

"아, 액자값이 포함돼서 그래요! 내 말 믿어요. 덕분에 인생이 좋은 쪽으로 달라질 거예요. 그건 값을 매길 수 없는 일 아닐까요?"

노크 소리가 들렸다. "잠시만요!" 세이지가 외쳤다. "거의 끝나가요."

'강매하지 않을 거'라더니 개뿔. 미리엄은 손끝으로 그녀의 이름을 적으며 생각했다. 세이지가 미리엄의 어깨 너머를 쳐다보다 '제출' 버튼을 누르고 환하게 함박웃음을 지었다. "잘 활용해주세요. 그리고 조만간 다시 와요. 남편 분이 엄청 좋아할 거예요!"

미리엄이 거의 비틀거리며 다시 거실로 나와보니 애슐리가 서너 명의 다른 여자들과 앉아 있었다. 다들 눈물을 줄줄 흘릴 정도로 크게 웃고 있었다.

"뭐 샀어요?" 애슐리가 큰 소리로 미리엄에게 물었다.

"아, 별거 아니에요." 미리엄은 말하며 갈색 종이봉투를 다리 뒤로 숨겨보려고 했다.

"캔버스 샀다는 데 한 표!" 이제 보니 학부모회에서 공동 회장을 맡고 있는 여자가 외쳤다. 여자들이 일제히 고개를 끄덕였다.

"저기, 캐물으려는 건 아닌데요." 미리엄의 쌍둥이와 동갑인 쌍둥이를 키우는 여자가 말했다. "애슐리가 그러는데 카롤리나 하트웰과 친한 사이라면서요? 카롤리나가 데킬라 한 병을 비우고 그 많은 아이들을 차에 태웠다는 게 진짜예요?"

"아뇨, 전혀 진짜 아니에요." 미리엄은 말했다. 방안이 조용해진 게 느껴졌지만 그다음에는 뭐라고 하면 좋을지 알 수가 없었다. 상원의원이 설치한 함정이었다고 폭로할 시간도 장소도 아니었다. 그래서 그녀는 얼른 와인을 한 모금 더 마시고 화제가 바뀔 때까지 숨을 참았다.

조금 뒤에 미리엄은 취기를 느꼈지만 기분좋고 따뜻한 느낌이었고 게다가 친구들과 시끌벅적하게 어울린 게 얼마 만인가 싶었다. 애슐리는 너무 에너지가 넘치긴 했지만 정이 많아서 미리엄을 여기저기 소개시켜주고 편안하게 어울릴 수 있게 배려해주었다. 그리고 무엇보다 중요한 사실이 있다면, 미리엄이 자신과 폴 사이에서 일시적으로 벌어진 이상한 현상을 개선하기 위해 긍정적인 첫걸음을 내디뎠다는 것이었다. 그녀는 심호흡을 몇 번 하고 핸드백에서 휴대전화를 꺼내 엄마들 세상에서는 야한 것으로 통할 문자를 남편에게 보냈다. 섹스 토이 파티에서 이것저것 잔뜩 샀어. 당신도 포커 재밌게 치고 있으면 좋겠네. 이따 봐. xoxo 그녀는 웃으며 소지품을 챙기고 와인을 한 잔 더 찾아 나섰다.

미리엄은 순간 카롤리나를 떠올렸다. 카롤리나가 에밀리에게 정식으로 도움을 요청해서 다행이었다. 그리니치의 모든 이들이 카롤리나가 술을 마셨다고 생각하는 눈치였다. 바로잡아야 했다. 하지만 그것만 빼면 미리엄도 인정할 수밖에 없었다. 밤이라는 기준에서 봤을 때 오늘밤이 대실패는 아니었고 알고 보니 그리니치도 그렇게 후진 도시는 아니었다.

12

# 물에 빠진 놈 구해줬더니

## 카롤리나

"미안해요. 정말, 정말 미안해요. 다른 결정이 내려졌으면 좋았을 텐데." 내털리가 손깍지를 끼고 테이블을 쳐다보았다.

그들이 앉아 있는 조지타운의 카페는 한창 바쁜 점심시간이라 북적거렸다. 슈트를 입은 젊은 전문직 종사자, 후드 점퍼를 입은 대학생, 스판덱스로 휘감은 엄마들. 아직까지 아는 사람과 맞닥뜨리지 않았다는 것이 카롤리나로서는 놀라운 동시에 기쁜 일이었다.

"이해해요." 카롤리나는 조용히 말했지만 사실 이해되지 않았다.

"내가 결정권자였으면 당연히 이러지 않았겠죠. 하지만 이사회에서 만장일치로 결정을 내렸어요. 그리고 다시 한번 강조하지만 이건 임시 조치예요. 이…… 사태가 해결될 때까지만요."

"네, 네."

내털리가 테이블 너머로 손을 내밀어 카롤리나의 팔꿈치에 얹었다. "리나, 뭐라고 말 좀 해봐요. 제발. 내가 도울 만한 일 없어요?"

"내 직책을 돌려줘요. 내가 그런 짓을 저지를 사람이 아니라는 걸, 이 학교의 발전에 어느 누구보다 관심이 많다는 걸 경험으로 알잖아요."

"나도 그럴 수 있으면 좋겠어요. 하지만 학교가 이사회의 대부분을 차지하는 후원자들의 선의에 의해 100퍼센트 운영되는데, 그들이 당신을 그 직책에서 일시적으로, 모든 상황이 정리될 때까지 해임하기로 투표했어요. 분쟁이나 부정적인 언론의 관심은 우리의 소임에 해가 되니까요. 이해해주셔야죠."

"이해해요. 그냥 싫어서 그렇지."

"싫은 건 나도 마찬가지예요."

잠시 어색한 침묵이 흐르고 내털리가 테이블을 손바닥으로 짚었다. "갑자기 대화를 끊어서 미안하지만 오후 내내 학부모 면담이 있어서요."

"아, 네." 카롤리나는 얼른 이렇게 말했지만 내털리가 갑작스럽게 면담을 끝내려는 기색에 당황했다.

"소식 계속 전해주세요. 제가 도울 일이 있으면 뭐든 알려주시고요."

카롤리나가 작별의 포옹을 하려고 자리에서 일어났을 때 주변 손님들의 시선이 느껴졌다. 익숙한 느낌이었지만—키가 180센티미터가 넘고 잡지 표지 모델 출신이다보면 사람들의 시선에 익숙해질 수밖에 없었다—지금은 뉴스 때문에 알아보는 건 아닌지 걱정되었다. 오늘자 〈포스트〉는 유난히 끔찍했다. 그리니치 홀푸드에서 촬영한 카롤리나의 사진을 실었는데 **"엉망진창!"**이라는 헤드라인이 전부 대문자에 글자 크기는 100이었다. 카롤리나가 거의 히스테리 상태로 연락하자 에밀리가 그녀를 진정시켰다. 작전을 세우는 중이라고 했다.

"그럴게요." 카롤리나가 답했지만 내털리는 벌써 문까지 절반을 걸어간 뒤였다. 카롤리나는 다시 자리에 앉아서 찻잔에 대고 입김을 불었다. 그녀가 쳐다보자 흉측한 회색 슈트를 입은 사십대 남자가 시선을 돌렸다.

그녀의 전화기가 울렸다. "트립?"

그의 목소리는 익숙하지만 멀게 느껴졌다. "리나? 나예요. 내가 그레이엄하고 얘기해서 다 해결했어요. 오늘 해리 수영경기에 참관해도 된대요." 그는 주 양육권이라도 확보한 듯한 말투로 얘기했다. "현재 상황을 감안했을 때 상당한 아량을 베푼—"

"헛소리는 집어치워요, 트립. 이게 다 무슨 상황인지 나도 알고 당신도 알잖아요."

"리나, 이게 그렇게—"

"네시에 갈게요."

"얘기할 게 하나 더 있는데요……" 트립은 불안해하는 말투였다. "그레이엄이 감독자가 동석해야 한다고 해요."

"감독자? 중학교 수영장에서 열리는 경기예요! 수영팀 전부에 다른 학부모, 코치들이 참석하는. 왜 이래요, 트립. 그건 말도 안 되잖아요."

"그 조건을 수락해야 그의 아들을 만날 수 있다고 해요.."

"그의 아들? 당신 지금 누구 편이에요?"

"나는 공정한 입장에서 두 사람 모두를 공평하게 대변하려고 하고 있어요." 트립은 잠깐 멈추었다가 한층 부드러워진 목소리로 다시 말을 이었다. “정말 유감이에요, 리나. 하지만 그가 해리의 주양육권자라는 건 당신도 알고 나도 알잖아요.”

카롤리나는 한 대 얻어맞은 것처럼 날카롭게 숨을 들이마셨다. “내가 그레이엄한테 나도 해리의 친권자로 넣어달라고 몇 번을 얘기했을까요? 백 번? 삼백 번? 항상 지금은 때가 아니라며 핑계를 대더니 이제 왜 그랬는지 알겠네요. 그래야 지저분한 양육권 전쟁에 시간을 낭비할 필요 없이 다른 여자와 나를 바꿔치기할 수 있기 때문이었어요. 당신 절친은 참 좋은 사람이지 뭐예요? 당신은 그런 인간과 쿵짝을 맞추고 있고요.”

“리나, 몇 년 전부터 해왔던 얘기고 나도 잘 알지만—”

“리나라고 부르지 말아요! 그건 친구들이 부를 때나 쓰는 이름이니까. 당신은 이제 내 친구 아니잖아요. 그리고 당신 기준에서는 법적으로 양육권을 소유한 사람이 부모일지 몰라도 내 기준에서는 한밤중에 일어나 옷장 안에 괴물이 있는지 체크하고, 아이가 아파서 집에 있으면 같이 〈트랜스포머〉를 수도 없이 돌려보고, 처음으로 충치 치료를 할 때 손을 잡아주는 사람 부모예요. 점심 도시락을 싸고, 친구들 이름을 전부 알고, 운동 연습 때마다 데리고 다니고, 학교에서 친구들이 놀렸다고 울면 안아주는 사람이 부모라고요. 그레이엄은 이중 어느 것 하나 해당이 안 될 텐데요?”

“리나, 나는 정말이지—”

“카롤리나라니까요!”

“카롤리나.” 그가 천천히 말했다. “내가 실례를 무릅쓰고 그레이엄의 어머님께 오늘 해리의 학교로 가서 당신을 만나달라고 했어요.”

"당신은 이러는 자신이 부끄럽지도 않아요?"

"해리가…… 편하게 여기는 상대라고요."

"나는 당신한테 더는 할말 없어요. 그레이엄한테 나는 오늘 그 경기 참관할 거고 얼음장 같은 그의 어머니를 만나는 순간이 기다려진다고 전해요. 끊을게요." 그녀는 엄지손가락으로 '종료'를 세게 눌렀다가 곧바로 다시 트립에게 전화를 걸었다.

그는 신호가 떨어지자마자 전화를 받았다.

"마지막으로 하나 더. 당신은 이제 내 변호사 아니에요. 당신은 해고예요."

카롤리나는 자신을 쳐다보았던 남자가 다가와 냅킨을 건넸을 때에야 자신이 울고 있었다는 걸 알았다. 그녀는 고맙다고 인사하고 그가 자기 마음대로 자리에 앉기 전에 테이블에 20달러짜리 지폐를 꺼내놓았다. "얼른 나가봐야 해서요." 그녀는 잽싸게 말하고 외투와 핸드백을 집어들었다. 조지타운 가정의학과 건물 앞에 주차해놓은 차에 도착할 때까지 자신을 억눌렀다. 그들 가족의 주치의이자 어렸을 때부터 그레이엄과 가까운 사이였던 제리 골드윈이 그 건물에서 고급 클리닉을 운영하고 있었다. 카롤리나는 가족끼리 잘 아는 친구에게 맞춤 진료를 받을 수 있는 것이 워싱턴 생활의 특전 중 하나라고 생각했다. 카롤리나와 그레이엄은 뉴욕에서 살았을 때도 임신을 시도하며 그에게 수십 시간의 상담을 받았다. 오십대 초반인 제리는 부모님 세대도 그들 세대도 아니었기 때문에 친구와 가족의 중간 위치였다.

카롤리나는 마스카라 자국을 최대한 열심히 지우고 골드윈의 타운하우스 클리닉으로 올라갔다. 안내 데스크 직원 글로리아가 따뜻하게 그녀를 맞아주었다.

"카롤리나! 어머나, 예약을 했던가요?"

"안녕하세요, 글로리아. 아뇨, 그냥 지나가던 길에 선생님이 계신지 궁금해서 들렀어요."

그녀보다 연배가 많은 글로리아는 짐짓 이마를 닦는 시늉을 했다. "휴! 내가 치매에 걸린 줄 알았네. 선생님이 보면 반가워할 텐데 지금 점심 드시러 나갔어요. 메시지 남겨줄까요?"

대기실에 아무도 없긴 했지만 카롤리나는 이 당황스러운 술꾼이 찾아오거든 이런 핑계를 대서 돌려보내라고 제리가 지시를 내린 건 아닌지 의심할 수밖에 없었다. 거의 확신하며 결론을 내렸을 때 등뒤에서 외부와 연결된 문이 열리며 제리가 들어왔다.

"카롤리나? 카롤리나 맞아요?" 제리의 목소리는 여느 때처럼 따뜻하게 그녀를 반겼다.

"진짜 저 맞아요. 죄송해요, 앞에 주차한 김에 인사하려고 들렀어요. 타이밍이 안 좋은가요?"

"타이밍이 안 좋다고? 당신이 왔는데? 자, 자, 내 진료실로 갑시다. 커피나 뭐 다른 거 마실래요?"

"아뇨, 괜찮아요."

"글로리아, 진짜 긴급한 전화 아니면 연결시키지 말아줘요, 알았죠? 고마워요."

카롤리나는 그를 따라 진료실로 들어갔다. 바닥에서부터 천장까지 책이 있고 책상에는 환자 차트가 산더미처럼 쌓여 있어서 어수선한 공간이었다. "지저분해서 미안해요. 서구사회에서 아직까지 컴퓨터를 쓰지 않는 내과의사는 나 하나뿐일 거예요. 컴퓨터는 당최 이해를 할 수가 없어서……" 그가 손님용 의자에 걸린 가운을 집어 구석으로 던졌다. "자, 여기 앉아요. 어디 얼굴 한번 제대로 봅시다."

"별로 볼 것도 없을 거예요."

"무슨 소리. 당신은 항상 눈부셔요. 빛이 나요."

"임산부들이나 빛이 나죠. 남편한테 버림받은 여자들은 안 그래요."

"그렇군요." 그는 아픈 사람 같은 표정을 지었다. "언론에 그런 식으로 보도되다니 아주 유감이에요. 내가 어떻게 도와주면 될까요?"

카롤리나는 반가운 얼굴을 보는 것 말고 다른 목적이 있어서 찾아온 게 아니었지만 문득 생각이 하나 떠올랐다. 제리는 그녀가 지금은 물론이고 과거의 어느 때에도 알코올중독 문제가 없었다는 걸 분명 알 테고 증언을 할 수도 있다는 것이었다.

"제 남편이 뭐라고 주장하건 간에 선생님은 제가 알코올중독자가 아니라는 걸 아시죠? 오히려 거의 정반대죠! 호르몬 주사와 체외수정 시술과 전문가 상담을 받느라 지난 오 년 동안 술을 거의 마신 적이 없어요."

"맞아요. 나는 알죠."

"그렇다면 그런 취지로 증언해주실 수 있나요? 법정이나 그런 데서는 아니고 그냥 공식석상에서요. 신문사 기자나 TV 앵커나 뭐 그런 사람들을 상대로."

그의 표정을 보니 거절하리란 걸 알 수 있었다. "리나, 당신에게 알코올중독 문제가 없다는 데는 내 직업 전부를 걸 수 있어요. 내가 모르겠는 건, 아니면 이해하지 못하겠는 건, 당신과 그레이엄

사이에서 무슨 일이 벌어지고 있는가 하는 거예요. 사실 내가 간섭할 문제도 아니긴 하고요. 둘이 별거중이라는 것도 그레이엄에게 들은 게 아니라 신문을 보고 알았어요. 당신도 이해해줬으면 좋겠지만 나는 당신과 그레이엄, 두 사람 모두의 주치의로서, 그보다 더 중요하게는 두 사람 모두의 친구로서 여기에 끼어들 수가 없어요. 두 사람 모두를 아끼고 사랑하니까요." 제리는 그녀에게 서글픈 미소를 지어 보였다. "견디기 쉽지 않다는 거 알아요. 하지만 당신은 훌륭한 사람이니까 극복할 수 있을 거라고 믿어요. 극복하는 정도가 아니라 초월할 거라고. 그것만은 내가 장담할 수 있어요."

"고마워요, 선생님. 다른 사람도 아니고 선생님께서 그렇게 말씀해주시니 위안이 되네요. 그리고 선생님 입장도 이해해요." 카롤리나는 이렇게 말했지만 정말로 이해가 되는지 확실하지는 않았다.

제리의 책상 위에 놓인 전화가 울렸다. 그가 전면에 달린 버튼을 누르고 물었다. "네, 글로리아?"

"말씀중에 죄송하지만 오델 부인이 연락을 해서요. 에이든이 아기 의자에서 떨어져서 입술이 찢어졌다고요. 응급실에 가야 하는지, 가야 한다면 어느 성형외과 선생님에게 진료를 받는 게 좋겠는지 궁금하대요."

제리가 미간을 찌푸렸다. "지금 누가 당직인지 알아봐야 하는데. 잠깐 끊지 말고 기다려달라고……"

카롤리나는 자리에서 일어났다. "얼굴 봬서 반가웠어요. 이런 식으로 쳐들어와서 죄송해요."

그가 눈을 들었다. "쳐들어오다니요. 미안해요, 이 아이 엄마를 도와야 해서—"

"네, 당연히 그러셔야죠. 사모님께 안부 전해주세요." 그녀는 핸드백과 외투를 챙겨들고 안내 데스크 앞으로 나왔다. "만나서 반가웠어요, 글로리아."

글로리아가 서류 뭉치를 카롤리나 쪽으로 내밀었다.

"저 주시는 거예요?" 카롤리나는 전화를 연결하는 글로리아에게 물었다.

"네. 예전 청구서 몇 개예요. 보험사에 접수했는데 반송됐어요. 코드 때문인가 해서 코드 다시 입력하고 다시 보냈는데—사실 두 번이나요—그런데도 계속 통과가 되질 않네요. 미납으로 남아 있으면 미수금 처리 대행업체로 넘어갈 수도 있어서요."

"고맙습니다." 카롤리나는 말하고 고무줄로 묶인 봉투 더미를 핸드백 안에 넣었다. "제가 처리할게요."

돈과 관련된 문제라면 그레이엄이 그녀의 전화를 받을까? 다른 이유로는 전화를 받으려는 기미조차 보이지 않았다. 에밀리는 그녀에게 더이상 그레이엄에게 연락하지 않겠다는 약속을 받아냈다. 하지만 그는 그녀의 남편이었다. 어떻게 이런 일이 그녀에게 벌어지고 있을까? 언제 그녀의 남편이 이렇게 낯선 인간으로 변해버렸을까?

카롤리나가 주차장에서 차를 뺐을 때 아가타 이모의 전화번호가 계기판 화면에 떴다.

"이모." 그녀는 당장 폴란드어로 전화를 받았다. "어떻게 지내세요?"

"잘 지낸다, 잘 지내. 내 얘기 하려고 전화한 거 아냐. 네가 어떻게 지내는지 궁금해서 연락했지."

"저요? 저는 별일 없어요. 지금 워싱턴 왔다가 해리 수영경기 보려고 베세즈다로 돌아가는 길이에요. 걔를 못 본 지 한참 된 것 같네요."

"너하고 그레이엄이 이혼한다는 소식 뉴스에서 들었다." 묻는 게 아니었다.

"네, 요즘은 그런 식으로 사람들의 근황을 파악하나봐요." 카롤리나는 고속도로로 진입하며 말했다.

"개자식 같으니라고!"

"이하 동문이에요."

"예전부터 그랬어. 앞으로도 죽 그럴 테고."

"에이, 그건 아니다, 이모. 처음 만났을 때는 그레이엄이 이렇지 않았잖아요. 번듯했지."

이모가 콧방귀를 뀌었다. "너랑 네 엄마는 그렇게 생각했을지 몰라도 내 눈에는 불길한 징조가 보였다. 진짜야, 이 아가씨야, 아주 또렷하게 보였다고. 그러게 내가 뭐랬느냐고 하진 않겠어. 나는 너를 사랑하고 그런 말을 하지 않는 사람이니까. 하지만…… 아니, 그러게 내가 뭐랬니. 응? 결혼식 전날 저녁에 나랑 잠깐 얘기했던 거 기억 안 나? 내가 그랬잖아. '리나, 그 인간 생긴 건 멀쩡해도 속은 시커메.' 기억하지?"

"당연히 기억하죠! 결혼식 전날 저녁식사 자리에서 이모가 저를 한쪽 구석으로 데려가더니 그레이엄이 제 돈을 노리는 거라고 했잖아요."

"네, 마님, 제가 그랬습죠."

"저는 그이 집안에 워낙 돈이 많아서 제가 모델 일을 해서 번 돈은 용돈 수준일 거라고 했고요."

"음, 그건 중요한 문제가 아니고. 관건은 뭔가 하면 내가 불길한 예감을 느꼈다는 거야."

"엄마는 그이를 끔찍이 좋아했는데." 카롤리나는 그날 저녁을 어제처럼 떠올리며 가만히 말했다. 어머니는 카롤리나가 살면서 거의 본 적 없을 만큼 얼굴을 환히 빛내며 행복해했다. 어찌나 크게 미소를 지었던지 눈가의 주름마저 웃는 것처럼 보일 정도였다. 왜 아니겠는가? 외동딸이, 자신의 인생을 희생해가며 키운 아이가 돈 많고 훌륭한 집안의 잘생기고 잘나가는 변호사와 결혼을 한다는데. 그녀의 딸은 그녀가 누리지 못한 모든 것을 누릴 것이었다. 안정적이고 안전한 삶, 사회의 인정, 대가족, 많은 아이들, 애처가 남편. 그녀는 그날 저녁의 미소를 통해 그 오랜 세월 동안 고생한 보람이 있었다는 것을, 모든 빚이 만족스럽게 청산됐다는 것을 만천하에 선포했다. 솔직히 고백하자면 그 주말에 어머니가 그렇게 안심하고 기뻐했던 것이 카롤리나가 느낀 행복에 큰 영향을 미쳤다. 어린 시절 내내 자신을 위해 뼈빠지게 일하는 어머니를 보고 자란 아이는 평생 죄책감을 짊어질 수밖에 없었다.

"네 엄마는 너를 끔찍이 아꼈지. 그리고 네가 너를 먹여 살릴 수 있는 남자에게 정착했다는 사실을 끔찍이 좋아했고."

"저 혼자서도 충분히 먹고살 수 있었어요!"

"엄마도 그건 알았어, 리나. 그럴 필요가 없길 바랐던 거지."

두 사람 사이에 잠깐 동안 편안한 침묵이 흘렀다. 카롤리나의 어머니는 부잣집에서 일주일에 육 일 동안 생활하는 입주 보모로 일했기 때문에 아가타 이모가 그녀를 키운 거나 다름없었다. 어머니는 일요일 오전에 말로 표현할 수 없을 만큼 피곤한 몸을 이끌고 퇴근하면 딸을 볼 수 있다는 데 신이 나서 어쩔 줄 몰라했고, 카롤리나는 그 시간 동안 어머니가 베이비시터로 일하는 집 아이들을 더 좋아한다고, 그 아이들하고만 지낸다고, 그녀의 어린 시절을 통째 그냥 흘려보내고 있다고 울곤 했다. 어머니에게 선택의 여지가 있기라도 했던 것처럼. 그러다 카롤리나가 열네 살이 됐을 때—어머니와 잠깐 만났다가 괴로워하며 헤어지기를 여러 주, 여러 해 반복한 뒤였다—크라쿠프의 길거리에서 근사한 슈트를 입은 스타일리시한 남자가 그녀에게 다가오더니 모델 일을 해볼 생각이 없느냐고 물었다. 아가타 이모는 사기꾼일 거라고 확신했지만, 어머니는 자기가 일하는 집 부모에게 그 남자에 대해 알아봐달라고 부탁했고 그가 진짜라는 답을 들었다. 진짜인 정도가 아니라 가장 성공적인 모델이 될 가장 예쁜 아이들을 발굴하는 데 남다른 재주가 있는 것으로 유명했다. 그는 이탈리아의 밀라노 출신이었고 유럽 전역의 수도와 소도시와 시골 마을을 누비며 평범하게 살던 소녀들을 간택해 엄청난 부와 명예를 선물했다. 그래서 그에게 카롤리나가 선택을 받자 어머니는 (그전까지 자기 아이를 그렇게 키우고 싶다고 입도 벙긋한 적이 없었으면서 "드디어!"라고 외쳤다) 좋아서 펄쩍 뛰었다.

"하지만 엄마, 나는 선생님이 되고 싶어요." 어머니가 밀라노로 가서 그 남자를 만나보라고 했을 때 카롤리나는 이렇게 말했다.

"너더러 선생님 하면 안 된다고 누가 그러니? 나는 아니야. 그 이탈리아 남자도 아니고. 그 사람 이름이 뭐더라? 프라텔리. 가서 만나. 일단 상황을 지켜봐. 엄마가 원하는 건 그뿐이야."

그래서 카롤리나는 만나러 갔다. 당연히 신이 났다. 난생처음 폴란드에서 벗어나 패션의 수도로 여행을 가다니! 모든 게 새롭고 눈부시고 으리으리하고 짜릿했다. 그리고 프라텔리 씨의 사무실 사람들이 여러 각도에서 카롤리나를 살피며 반색하는 것도 기분이 좋았다. 그들은 딱 한 달 뒤에 그녀의 첫번째 일거리를 따냈다. 삼 개월 뒤에 카롤리나는 미우치아 프라다의 가을 런웨이 쇼의 주인공으로 초대됐다. 육 개월 만에 이탈리아 〈보그〉의 표지를 장식했고 얼마 안 있어 최후통첩이 날아왔다. 본격적으로 이 일을 할 거면 학교를 접자. 공부는 평생 아무때고 할 수 있지만 직업 모델은 돈을 벌 수 있는 기간이 워낙 짧아서 그 기간을 최대한 활용하는 게 좋아. 그래서 카롤리나는 열여섯 살 때, 그러니까 2학년이 시작되기 직전에 고등학교를 중퇴했다. 그리고 뉴욕으로 건너가 엘리베이터도 없는 좁은 아파트에서 세 명의 다른 십대 모델과, 귀가시간보다 다이어트 약을 더 열심히 챙겼던 사감 비슷한 여자와 같이 살기 시작했을 때 그녀는 교사라는 꿈은 물건너갔음을 예감할 수 있었다. 아니, 확신할 수 있었다.

"리나? 내 말 듣고 있니?" 이모의 목소리는 조용하지만 집요했다.

"죄송해요, 네. 듣고 있어요." 카롤리나는 운전중에 통화하면 늘 그러듯 제일 바깥쪽 차로를 정확히 시속 90킬로미터로 달리고 있었다. "엄마라면 뭐라고 했을지 상상도 못하겠어요."

"네가 이렇게 꿋꿋하게 버티고 있다는 데 자랑스러워했을 거야. 그건 내가 장담할 수 있어. 네 엄마는 똑똑하고 능력 있었고, 딸이 자기보다 나은 삶을 살기를 세상 그 무엇보다 바랐어. 엄마는 지금의 너를 보고 엄청 안심했을 거야. 그것만은 분명해. 하늘나라에서 편히 쉬고 있길."

"하늘나라에서 편히 쉬고 있길." 이 말이 속삭임으로 흘러나왔다.

"그래, 오늘 치 으쌰으쌰는 이걸로 충분하다. 나 대신 해리를 꼭 안아줘, 알았지? 그리고 아이패드로 사진 몇 장 보내주고."

"그럴게요, 아가타 이모. 사랑해요."

"나도 사랑한다, 우리 예쁜이."

카롤리나는 전화가 끊기기를 기다렸다가 천천히 액셀러레이터를 밟았다. 한 주의 근무를 마침내 끝낸 일요일 오전마다 버스를 타고 카롤리나가 아기 인형을 끌어안은 채 창가에 매달려 기다리고 기다리고 또 기다리던 아가타의 집으로 가던 어머니가 이런 심정이었을까? 분명 그랬을 것이다. 해리의 경기는 한참 뒤에 시작하고 아이는 그녀가 도착하는 순간을 손꼽아 기다리고 있지 않을 테지만—이제 열두 살이니 친구들 앞에서 끌어안을 수 있을지조차 장담할 수 없었다—아무것도 상관없었다. 그녀는 아들을 만나고 싶어서 애가 탈 지경이었다.

13

# 셀럽들은 원래 변덕스럽고 바보 같을 때가 많아

에밀리

"당신 그거 입으니까 열라 섹시하다." 으르렁거림에 가까운 마일스의 목소리를 듣고 에밀리의 뱃속이 펄떡거렸다.

"뭐, 이거?" 그녀는 간드러지게 물으며 손바닥만한 스판덱스 반바지와 필요 이상으로 깊게 파인 끈 달린 스포츠 브라를 가리켰다. "나 운동할 때 항상 입는 건데."

그녀는 발로 리드미컬하게 인도를 차며 속도를 조금 높였다가 마일스가 팔뚝을 덥석 잡자 놀라서 하마터면 펄쩍 뛸 뻔했다. "집에 들어갈 때까지 못 기다리겠어."

그들은 샌타모니카 해변을 이제 겨우 이십 분 정도 달렸을 뿐이었고 에밀리는 아직 집으로 돌아갈 생각이 없었다. 하지만 가볍게 달리는 수준으로 속도를 늦춘 그녀의 허벅지에 그가 자기 몸을 대고 누르자 무슨 뜻인지 정확히 알 수 있었다.

"이런 음란마귀! 발정난 고등학생도 아니고. 집중해!" 그녀는 앞으로 내달렸지만 이미 계획이 있었고 그녀에게 계획이 있음을 그가 안다는 것도 알았다.

그가 몇 발짝 뒤에서 따라오는 가운데 에밀리는 바닷가 산책로를 빠져나와, 베니스 해변에서부터 말리부까지 해안지대의 끝내주는 풍경이 가장 잘 보이는 오션 애비뉴 쪽으로 앞장섰다. 그녀는 아무 말 없이 셔터스 온 더 비치 입구로 달려가 문을 열어준 벨보이에게 손을 흔들었다.

"어서 들어오세요." 그들을 아침 달리기를 마치고 돌아온 호텔 투숙객으로 착각한 벨보이가 말했다.

"고마워요." 마일스와 에밀리는 한목소리로 외쳤다.

그들은 로비 중앙으로 달려들어가 엘리베이터 근처의 콘솔 테이블에서 감귤 우린 물을 두 잔 마셨다. "여기서 기다려." 에밀리는 말하고 여자 화장실로 슬그머니 들어갔다. 예전에 와봐서 알다시피 화장실엔 아무도 없을 뿐 아니라 칸마다 일반적인 문이 아닌 바닥까지 닿는 으리으리한 문이 달려 있었다. 그녀는 화장실 밖으로 고개를 내밀어 마일스에게 들어오라고 손짓했다.

그는 주위를 두리번거리다 찔리는 표정을 지으며 에밀리의 뒤를 따라 여자 화장실로 슬그머니 들어왔다. 그리고 즉시 그녀를 전신 거울에 밀어붙인 뒤 몸을 비비며 땀범벅이 된 목에 입을 맞추고 들릴락 말락 하게 신음소리를 냈다.

"이쪽으로." 그녀는 속삭이며 입구에서 가장 먼 칸으로 그를 끌고 들어갔다. 넓고 깨끗했지만 그래도 화장실은 화장실이었다. 마일스가 그녀의 반바지를 내리고 안으로 들어오는 동안 에밀리는 그 사실에 대해 애써 잊으려 했다. 그녀가 넘어지지 않게 변기를 붙잡았고 그들은 익숙한 리듬에 맞춰 몸을 움직였다. 다만 이번에는 미리엄이 떠올랐다. 그녀와 폴은 정말 이런 식으로 섹스를 하지 않는단 말인가? 에밀리가 보기에는 결혼의 딱 한 가지 좋은 점이 그거였다. 내가 어떤 걸 좋아하는지 정확하게 아는 사람과 주기적으로 섹스를 할 수 있다는 것. 이번이 가장 열정적인 섹스도 아니었다. 홍콩에서 돌아오는 그의 비행기 시간에 맞춰 LA공항으로 마중나갔을 때는 플래티넘 카드를 이용해 아메리칸항공 일등석 라운지의 개인용 컴퓨터실 안으로 들어갔다. 그녀가 치마를 입고 간 이유가 바로 그 때문이었고, 그 치마를 적당히 올려서 인체공학적인 의자에 앉은 그의 위로 다리를 벌리고 앉았을 때 두 사람 다 아무 말도 하지 않았다. 그들의 행각을 알아차린 사람은 없었다. 지금까지 죽 그랬다. 그들은 그가 집에 돌아온 뒤로 열흘 동안 하루도 빠짐없이 섹스를 했고 그러지 않을 수도 있다는 생각은 두 사람 다 한 적이 없었다.

정사가 끝났을 때 마일스는 그녀의 목에 입을 맞추고 헉헉대며 말했다. "당신 정말 끝내준다니까?"

"당신도 괜찮은 편이야." 그녀도 마주 입을 맞추고 휴지로 최대한 깨끗하게 몸을 닦았다. "이제 달리기 마저 해도 될까?"

칸막이 문을 열었을 때 마일스는 소리 내 웃고 있었는데, 어머니뻘 되는 여자가 그들을 보고 경악한 표정을 지었다. 저 여자가 언제 들어왔을까? 문이 열리는 소리는 전혀 듣지 못했고 그래서 조용히 있으려고 딱히 애를 쓰지도 않았는데……

"이봐요!" 여자가 목이 졸린 듯한 음성으로 말했다. "여기 여자 화장실이에요!"

"이제 나가려던 참이에요." 마일스가 말했다. 그는 에밀리를 향해 눈을 찡긋거리고 로비로 나갔다.

에밀리는 손을 씻고 말리는 동안 뒤통수에 꽂히는 여자의 시선을 느낄 수 있었다. 그녀는 여자에게 손을 살짝 흔들고 "좋은 하루 보내세요"라고 인사하며 화장실에서 나왔다.

"됐어." 그녀는 마일스의 엉덩이를 토닥였다. "체포되기 전에 얼른 도망치자."

2월 중순치고 날씨가 환상적이었고 샌타모니카와 브렌트우드의 접경에 있는 집까지 3킬로미터를 뛰어가는 동안 머리 위에서 태양이 빛났다. 에밀리는 지나가는 길에 제니퍼 가너의 집을 흘끗 쳐다보며 밖에서 노는 아이들이 있는지 확인했지만, 벤이 나간 뒤로는 전처럼 복작거리지 않는 느낌이었다. 마침내 집에 도착했을 때 그들은 땀으로 샤워를 했지만 웃고 있었다.

"엄청난 배웅이었어." 마일스는 말하며 서브제로 냉장고를 열고 비타민워터 두 병을 꺼냈다.

"당신이 오늘 저녁에 벌써 떠난다니 믿기지가 않아. 너무 금방이야."

"내 제안은 아직 유효해. 홍콩 페닌슐라 호텔도 그렇게 끔찍하지는 않아. 좀 쉬면서 스파 다니고. 쇼핑하고. 나랑 떡치고. 그게 그렇게 죽어도 싫어?"

"당연히 싫지 않지." 에밀리는 솔직히 말했다. "하지만 다시 그리니치로 가야 해. 카롤리나한테 내가 필요하거든."

"왜? 남편은 계속 바람피우고 있고. 카롤리나는 계속 그리니치에서 유배생활 하고 있잖아. 한 주 더 기다려줄 수 있는 거 아니야?"

에밀리는 비타민워터를 꿀꺽꿀꺽 마셨다. "전부 맞는 말이야. 하지만 언론에서 그녀를 제물로 삼고 있잖아. 오늘 배포된 〈US 위클리〉 봤어? 그녀가 표지 모델이었어. 흉측한 모습으로 나왔다고. 헤드라인은 **갑부에서 거지로: 동화의 몰락**이었고. 이런 일은 사람들 뇌리에 오래 박혀 있을수록 없던 일로 하기가 어려워져. 그리고 양육권 문제도 걸려 있고. 당신도 그녀가 어떤 식으로 해리 이야기를 하는지 들어봤어야 하는데. 이건 나한테 큰 프로젝트야. 엄청난 프로젝트가 될 수도 있어."

"유명한 고객들이야 항상 있어왔잖아."

"그렇지. 하지만 이 여자는 언젠가 대통령의 아내가 될 수도 있어. 그건 차원이 다르지. 내가 만약 이 일을 제대로 해내면—분명 쉽지 않겠지만—리조 벤츠나 킴 켈리 같은 잔챙이들이 나를 붙잡고 애걸복걸할 거야. 그러면 그들이 하는 말을 한마디 한마디 음미해가면서 엿이나 먹으라고 해야지."

"그거 괜찮네. 지난주에 브라이트바트 뉴스에서 그 리조라는 녀석 인터뷰 본 것 같은데. 후지더라."

에밀리는 웃음을 터뜨렸다. 그녀가 마일스를 사랑하는 또다른 이유였다.

"가서 샤워해야겠다." 그가 말했다. "같이 할래?"

에밀리는 나중에 따로 하겠다고 말하려고 입을 벌렸지만 그는 이미 방밖으로 나가고 없었다. 그녀의 전화기에서 유난히 높고 날카롭게 들리는 블랙 사바스의 〈Lady Evil〉이 흘러나왔다. 미란다 프리스틀리의 착신음이었다. 에밀리는 받아야 한다는 걸 알았다. 그러지 않으면 받을 때까지 보조 어시스턴트가 이십사 시간 내내

사 분에서 육 분마다 한 번씩 전화할 것이었다. 에밀리가 직접 개발한 수법이었다.

"에밀리 찰턴입니다." 그녀는 마음의 준비를 하며 기운차게 말했다.

"미란다 프리스틀리 사무실이에요. 잠시만 기다려주세요, 연결해드릴게요."

"에밀리? 내 말 들리지?" 평소처럼 딱 부러지고 냉정했다.

그 많은 세월이 흘렀는데도, 그리고 이제는 그녀를 무서워하지 않는데도 에밀리는 여전히 미란다의 목소리에 본능적으로 반응했다. 심장박동이 조금 빨라졌고 입안이 말랐다. "안녕하세요, 편집장님. 네, 잘 들려요."

"다행이네." 그녀는 전혀 다행스럽게 여기지 않는 투로 말했다. "네가 필요해서 연락했어. 개브리엘이 방금 전에 절대안정 조치가 내려졌다고 선언했지 뭐야."

"절대안정이요?"

"넷째를 가졌거든. 아이가 넷이라니 끔찍하기도 하지. 내가 출산휴가를 벌써 세 번이나 견뎌야 했다는 건 말할 나위도 없고."

"뭐, 다들 하는 말 있잖아요. 넷은 셋이나 다름없다고요."

"뭐든 둘 이상은 혐오스러워. 개브리엘은 복직하지 않을 거야."

"개브리엘은 거기서 십 년을 일했잖아요, 편집장님. 그 친구는 〈런웨이〉를 사랑해요. 복직할 거예요."

"에밀리, 네가 당장 빈자리를 메워줘야겠어. 메트 갈라까지 삼 개월밖에 안 남았는데 그게 저절로 준비될 리 없잖아. 아니 개는 정말 어떻게 이럴 수가 있지?"

에밀리는 웃음을 참았다. 그녀는 아이가 없지만 아이들이 메트 갈라 스케줄에 항상 협조적이지만은 않다는 것을 알고 있었다. 개브리엘은 최선을 다했겠지만.

"그러게요, 개브리엘이 자리를 지켰어야 하는데. 저도 도와드리고 싶지만—"

"좋아. 그럼 프리랜서용 계약서를 그쪽으로 보내라고 인사팀에 얘기할게. 보수는 달라는 대로 주겠지만 앞으로 삼 개월 동안은 내 일만 하는 걸로. 내일부터 시작할까?"

"편집장님, 저 지금 LA예요. 그리고—"

"그럼 월요일부터. 그전에 비행기 타고 건너와. 아니면 마이클 아이스너를 기사로 보낼까? 그래도 되는데."

"죄송해요. 저도 도와드리고 싶지만 옆에서 많이 챙겨야 하는 고객을 한 명 맡게 돼서요. 지금으로서는 편집장님 메트 준비를 옆에서 충분히 지원할 수가 없어요. 메트를 준비하려면 충분한 지원이 필요할 텐데. 편집장님 성에 차게 하려면요."

냉랭한 정적이 흘렀다. "내가 여기서 듣기로는 네가 하는 일이, 뭐라고 하면 좋을까? 호황은 아니라고 하던데."

에밀리의 심장이 철렁 내려앉았다. "그래요?" 격이 떨어진다고 생각하는 일에는 관심조차 기울이지 않는 미란다 프리스틀리의 귀에까지 소문이 들어가다니. 그 리조라는 애새끼가 한밤중에 로스앤젤레스에서 날아온 그녀를 정식으로 채용하기도 전에 잘랐다고 주변 모든 친구들과 그 엄마들에게 얘기하고 다니는지도 모를 일이었다. 아니면 에밀리는 스냅챗도 할 줄 모른다고 동네방네 떠들고 다녔던 킴 켈리의 소행일 수도 있었다. 셀카 사진을 무지개를 토하는 새끼 돼지로 바꿀 줄 아는 게 뭐 그리 대수라고. 누가 보면 그런 걸로 위기를 극복하고 명성을 쌓을 수 있는 줄 알겠네. 배후에 올리비아 벨이 있을까? 어느 누가 장담할 수 있을까?

"에밀리, 내가 굳이 그럴 필요는 없겠지만 뭐 하나만 다시 일깨워줄게. 셀럽들은 원래 변덕스럽고 바보 같을 때가 많아. 변덕과 바보는 끔찍한 조합이라 일거리를 보장받을 수가 없지. 하지만 메트 갈라를 책임지는 건? 수많은 여자들이 탐내는 일이야."

미란다가 한 얘기는 전부 맞았지만 에밀리는 〈런웨이〉로 돌아갈 수 없었다. 그동안 버틴 세월이 있는데 그럴 수는 없었다. 수많은 여자들이 그 자리를 탐내거나 말거나 상관없었다. 그녀는 메이도프 사건*으로 파산할 뻔했던 케빈 베이컨과 카이라 세드윅 부부를 사실상 구원했고, 라이언 필립을 전혀 엉뚱한 오해로부터 구조했다. 어맨다 사이프리드의 누드 사진이 누출됐을 때. 로빈 시크의 아동 학대 의혹으로 여론이 들끓었을 때. 브루스가 케이틀린으로 화려하게 공개 변신했을 때.** 이 모든 순간에 에밀리가 있었다. 하지만 미란다를 상대한 경험이 있는 에밀리는 잘 무마하고 넘어가야 한다는 것을 알았다.

"엄청난 기회죠, 편집장님. 그걸 저보다 잘 아는 사람은 없을 거예요. 다만 그 일을 맡을 수 있는 입장이 아니라서 안타까울 따름이죠."

---

* 나스닥 증권거래소 위원장을 지냈던 버나드 메이도프가 다단계 금융사기극을 벌인 사건.

** 미국의 유명 스포츠 스타 브루스 제너는 성전환 수술을 받고 케이틀린으로 이름을 바꾸며 미국에서 가장 유명한 트랜스젠더가 되었다.

“에밀리.” 미란다의 목소리는 딱딱했지만 감정을 간신히 컨트롤하는 말투였다. “너는 정상급 인력들과 함께 일할 테고, 그래도 보고는 나한테만 하면 돼. 레드 카펫에서 네 명함을 나눠줘도 상관없어. 네 천재적인 조직력만 있으면. 에밀리의 전매특허 말이야.”

에밀리는 미소를 지었다. 미란다가 그녀를 칭찬하다니 어지간히 급하다는 뜻이었다. “제가 몇 명을 추천할 테니—”

뚝. 전화가 끊겼다. 에밀리는 전파장애가 있었나보다는 착각은 하지 않았다. 하지만 보고의 의무가 없는 서른여섯 살이라 좋은 게 있다면 전화가 이런 식으로 끊겼어도 속이 메슥거리지 않는다는 점이었다.

에밀리는 남은 비타민워터를 다 마시고 부엌 아일랜드 식탁에서 노트북을 집어 소파로 들고 갔다. 앤디 색스에게 페이스타임으로 연락해 미란다가 어떤 식으로 중간에 전화를 끊어버렸는지 얘기하려고 했더니 연결이 되지 않는다고 했다. 그래서 대신 문자를 보냈다.

뭐야? 방금 너한테 페이스타임을 걸었다가 튕겼어. 어디서 재밌게 놀고 있다고 뻥칠 생각은 하지 마. 아니라는 거 아니까.

당장 답장이 왔다. 어디서 재밌게 놀고 있다고 뻥칠 생각은 없지만 페이스타임은 못해. 지금 클레먼타인 학교에 책 읽어주는 손님으로 왔거든.

괜히 물어봤네. 방금 전에 MP랑 흥미진진한 대화를 나눴거든. 역시 재밌었어.

요즘도 다시 들어오라고 그래? 희한하네, 나한테는 그런 얘기 한 번도 한 적 없는데.

미소가 번지는 건 에밀리도 어쩔 수가 없었다. 메트 준비를 맡아 달래. G가 넷째를 임신했다고. 그러면서 '혐오스럽다'고 하더라.

그런데 싫다고 했어? 거짓말! 잠깐, 좀 있다 다시 연락할게.

에밀리는 화면을 보며 기다렸지만 앤디는 감감무소식이었다. 이제는 앤디 색스마저 그녀에게 시간을 할애할 수 없는 것이었다! 이런 게 처량한 게 아니면 뭐가 처량한 일일지 에밀리로서는 알 수가 없었다. 앤디로 말할 것 같으면 끔찍하다고 할 수밖에 없는 제2의 인생을 살고 있었지만, 소파에 혼자 앉아서 달걀을 찾으러 갔는지 뭐하는지 모를 앤디가 돌아오길 기다리는 쪽은 에밀리였다. 앤디가 〈런웨이〉 역사상 그 잡지사에 가장 안 어울리는 직원이라는 데 긴가민가한 사람이 있었더라도 그녀가 알렉스와 함께 버몬트주 퀘벡의 농장을 매입한 걸 보고 확신을 얻었을 것이다. 소젖을 짜고 달걀을 모으고 염소들을 데리고 나가서 방목하다니 구역질나고 냄새나고 여러모로 자연분만 못지않게 뜨악한 일이었다. 에밀리와 앤디가 자주 만나지는 못했지만—하, 그렇다, 놀랍게도 에밀리는 버몬트에 갈 생각이 절대 없었다—앤디가 곧바로 다시 전화해 미란다에 대해 묻지 않다니 충격적이기는 했다. 예전 같지 않은 것이다.

에밀리는 페이스북에 접속해(그녀 같은 삼십대나 페이스북을 쓴다는 기사를 읽고 서서히 끊으려고 하는 중이었다) 줄줄이 이어지는 아기 사진들을 피해 미친듯이 화면을 내리다 하마터면 엄지손가락을 삘 뻔했다. 리본 달린 짜증나는 모자를 쓰고 있는 아이들, 병원 퇴원 기념룩을 입고 있는 아이들, 돌을 넘긴 게 무슨 대단한 업적이라도 되는 양 얼굴에 케이크를 문댄 아이들. 우주복과 튀튀스커트를 입은 아이들, 싸개로 감싼 아이들, 가짜 콧수염처럼 생긴 우스꽝스러운 공갈젖꼭지를 물고 있는 아이들, 항상 엄마 아니면 아빠 아니면 이모 아니면 베프를 언급하는 발칙한 슬로건이 적힌 티셔츠를 입고 있는 아이들. 비행기 옆자리에서 울거나 친구들의 유머감각을 모조리 훔쳐가버리는 것까지 갈 것도 없이 아이들은 존재만으로 그녀의 인생을 비참하게 만들고 있었다.

미리엄과 같이 신생아파티에 갔을 때 만났던 조증 환자 애슐리가 친구 신청을 해놓았다. 에밀리는 '삭제'를 클릭하려다 애슐리가 사이코처럼 웃고 있는 얼굴 사진 옆에 이삼 주 전에 열차에서 만난 남자 사진이 있는 것을 보았다. 앨리스터. 에밀리는 잽싸게 그의 프로필을 클릭했지만 짜증나게도 비공개 계정이었다. 프로필 사진—덜 구깃구깃한 브리오니 슈트를 입고 전문가의 손에 맡긴 얼굴 사진이었다—말고는 아무것도 볼 수가 없었다. 프로필 소개도, 전처나 아이들 사진도, 몇 년 전 친구가 아닌 사람에게 그도 모르는 새 태그된 적도 없었다. 아무것도 없었다. 하지만 그의 성은 알 수 있었다. 그 이름을 구글에 입력하자 잭팟이 터졌다. 그의 회사 홈페이지에 게재된 이력 소개, 〈타임스〉에 실린 결혼 발표, 사진작가 패트릭 맥멀런 홈페이지에 있는 섬네일 크기의 몇 장 안 되는 파티 사진. 이 손톱만한 사진으로 파악할 수 있는 정보가 얼마나 많은지 놀라울 정도였다. 몇 군데만 잽싸게 둘러보면 모두의 이름과 얼굴을 파악할 수 있었다. 그가 어떤 파티에 초대를 받았고 참석하기로 했는지, 그가 어떤 옷을 입었고 어떤 식으로 소개가 됐는지("사교계의 명사" "……의 아들" "……의 후계자" "유명한 파티광" 아니면 그녀가 가장 좋아하는 "동행인") 같은 기본적인 사항. 앨리스터 그로브너 씨는 이튼과 케임브리지와 브라운에서 학위를 수집했고, 머리는 악동처럼 기르지만 슈트는 딱 떨어지게 맞추는 것을 좋아하는 모양이었다. 그의 어머니는 영국에서 작위를 받았고—그게 뭔지 에밀리로서는 파악이 잘 되지 않았다—아버지는 오래전에 세상을 떠났다. 그리고 전처는 아니나다를까, 미인이었다. 굶어죽게 생긴 수준으로 말랐지만 에밀리는 그걸 두고 그녀를 잣대질하지 않았다. 오히려 그 의지가 존경스러웠다. 그녀는 다리가 길고 우아하며 까만 생머리가 각이 진 어깨 근처에서 찰랑거렸고 거의 항상 은은하지만 스타일리시한 옷을 입었다. 현대판 캐럴린 베셋* 같네. 과소평가할 만한 여자가 아니었다. 만약 에밀리가 싱글이었다면 앨리스터의 전처는 아주 훌륭한 연적이 됐을 것이다.

"누구야?" 마일스가 뒤에서 우렁차게 묻자 에밀리는 하마터면 자리에서 펄떡 일어날 뻔했다.

"도대체 그런 식으로 살금살금 다가오는 이유가 뭐야?"

그는 허리에 수건을 두르고 있었다. "내가 언제! 같이 샤워할 건지 물어보려고 완전 평범하게 걸어들어왔구만."

"퓨마처럼 움직여놓고서는."

"그 남자를 하도 열심히 들여다보느라 내가 오는 줄 몰랐겠지." 마일스는 전혀 질투하는 기미 없이 대수롭지 않게 말했다.

"누굴 열심히 들여다봤다고 그래? 그냥 친구의 친구야."

"됐고. 같이 할 거야, 안 할 거야?"

"안 해. 그냥 혼자 해." 에밀리는 중얼거렸다.

---

* 케네디 대통령의 아들과 결혼한 클래식 패션의 아이콘.

그는 어깨를 으쓱하고 다시 욕실 안으로 들어갔다.

그녀는 마일스를 홍콩으로 돌려보내고 그리니치로 돌아간다는 데 묘한 흥분을 느꼈지만 머리에 총을 맞는다 한들 그걸 시인할 일은 없었다. 그 동네 여자들이 동원할 수 있는 돈, 시간, 에너지는 어마어마했다. 에밀리가 보기에는 근교 엄마들의 관심을 하나로 모을 수만 있다면 세계 기근이나 종교적인 박해도 종식할 수 있었다. PT로 다져진 몸에 200달러짜리 요가 레깅스를 입고 프라다 수표장을 들고 다니는 그리니치의 엄마들을 풀어놓으면 이루지 못할 일이 없었다. 그 도시에는 희한하게도 좋은 에너지가 있었고 그녀는 얼른 카롤리나와 일을 시작하고 싶어서 몸이 달았다. 지금까지는 카롤리나에게 납작 엎드려 있으라고 했지만 그것도 조만간 끝이었다. 이제 반격을 감행할 때였다.

그녀는 미리엄과 카롤리나에게 단체 문자를 보냈다. 기운 내시라, 동지들! 내가 내일 그쪽으로 갈 테니! 이 언니가 여러분의 인생을 영원히 바꿔주리.

WHEN LIFE GIVES YOU LULULEMONS

# 2부

14

# 새로 온 독일 출신 오페어 대면식

미리엄

"자라에 가볼까?" 미리엄은 에밀리가 동의해주길 바라며 이렇게 물었다. 그리니치의 메인 스트리트에 있는 다른 매장들은 전부 가격대가 어마어마했다.

코가 떨어지도록 추운 2월의 어느 날이라 방한 복장이 필수였다. 스노 부츠, 옷장에서 가장 무겁고 긴 오리털 점퍼 그리고 모자, 장갑, 목도리 3종 세트. 미리엄의 피부 중에서 추위에 노출된 부분은 아랫입술에서부터 눈썹 사이 8센티미터뿐이었는데도 이러다 죽을지 모른다는 생각이 들었다. 그런데 초인적인 에밀리는 채찍 같은 바람도 얼음장 같은 공기도 느끼지 못하는 눈치였다. 짧고 깜찍한 가죽 재킷과 찢어진 청바지만 입고 끝이었다. 미리엄은 10부 청바지 안에 긴 내복을 입고 털양말에 무릎까지 오는 양가죽 두른 부츠까지 신었는데 에밀리는 플랫슈즈를 신고 있었다. 그것도 맨발로. 그런데 자기가 그런 줄도 모르는 눈치였다.

"그만해." 에밀리가 그녀의 팔을 잡고 삭스 쪽으로 데려갔다. "내가 카롤리나 작전까지 중단해가며 시간을 냈는데. 생일 데이트용 원피스를 자라에서 사겠다고? 날 따라와."

미리엄은 인도를 질주하는 에밀리와 열심히 보조를 맞췄다. "그래서…… 카롤리나 사건은 어떻게 돼가고 있어?" 그녀는 물었다.

"꼭 무슨 성병 얘기하듯이 한다?"

"아니, 어떤 식으로 물어봐야 될지 알 수가 있어야 말이지! 그리고 솔직히 별다른 일이 진행되고 있는 것 같지도 않고."

에밀리가 몸을 돌려서 그녀를 노려보았다. "카롤리나가 정신을 차려야 나도 돕든가 말든가 하지. 트립과 그레이엄이 해리를 볼모로 힘싸움을 벌이는데, 카롤리나는 노발대발하면서 조치를 취해도 모자랄 판국에 아직까지 현실을 부인하고 있어."

미리엄은 고개를 끄덕였다. 그녀도 동의할 수밖에 없는 부분이었다. "내가 얘기해볼게." 그러고는 겉으로 드러난 에밀리의 맨살을 쳐다보지 않을 재간이 없어 이렇게 물었다. "너 안 추워?" 그녀는 백화점 정문을 지나 컨템퍼러리 코너로 계단을 따라서 내려갔다.

"너 무슨 여든 살이야? 날씨 얘기를 언제까지 할 건데? 자, DVF에서부터 시작해보자." 에밀리가 걸려 있는 원피스 두 장을 꺼내 하나씩 살펴보았다.

"도와드릴까요?" 온통 검은색으로 치장한 직원이 다가왔다.

미리엄은 그냥 둘러보는 중이라고 중얼거렸지만 에밀리가 그보다 크게 "네"라고 소리를 질렀다. "이 친구가 남편이랑 같이 뉴욕으로 데이트하러 갈 때 입을 만한 근사한 원피스를 찾고 있어요. 다용도라야 해요. 일단 DVF를 생각중인데."

직원은 탐탁잖아하는 눈빛으로 미리엄의 방한복을 위아래로 훑어보았다. "지퍼를 좀 열어주시겠어요? 사이즈가 어떻게 되시는지 잘 모르겠어서요."

미리엄은 당황스러워하며 지퍼를 열고 파타고니아 울 스웨터를 드러냈다. 그 속에는 그녀의 옷 중에서 가장 따뜻한 유니클로 히트텍을 입고 있었다.

"흐음." 직원은 못마땅한 기미를 감추지 못하고 중얼거렸다. 스웨터 때문인지 미리엄의 사이즈 때문인지 아니면 둘 다인지 모를 일이었다. "10 정도 입으시나요?"

"8이에요." 미리엄은 쏘아붙였지만 거짓말이었다. 그녀에겐 10사이즈 옷이 딱 맞았다. 예전에는 6이었건만.

"아, 네, 그러시군요. 앨리스 앤드 올리비아에서 얼마 전에 입고된 점프 슈트를 보여드릴게요. 아, 그리고 이 밀리 스커트도 좋아하실 것 같아요. 거기에 헬무트 랭 실크 탱크톱을 매치하면 뉴욕 외출용으로 딱이에요."

"점프 슈트요?" 미리엄은 되물었지만 에밀리도 직원도 듣지 않았다. 〈슈퍼마켓 스윕〉에 출연한 디자이너처럼 각자 행거 앞에서 미친듯이 옷을 집느라 정신이 없었다.

몇 분 뒤에 세 여자는 미니 스테이지와 3면 거울이 있는 가장 널찍한 탈의실에 모였다.

"저기, 에밀리, 이분이랑 같이 밖에서 기다리면 안 될까? 내가 다 입고 나가서 보여줄게." 미리엄은 더듬더듬 말했다.

"아, 왜 이래!" 에밀리가 말했다. "부끄러워할 게 뭐 있어. '진짜 여자들'이 나온 도브 광고 우리도 다 봤다고. 그냥 벗어."

미리엄은 그녀를 노려보았다. "좋아, 나중에 나 원망하지 마." 그녀는 스웨터와 언더셔츠를 벗었다. 그런 다음 에밀리나 직원의 시선을 피한 채 청바지와 안에 입은 내복을 벗고, 벌거벗은 못난이가 된 듯한 참담한 기분을 달래며 브라와 팬티 차림으로 섰다. 다행히 오늘 저녁 데이트를 기대하는 심정으로 레이스가 달린 깜찍한 비키니 팬티를 입었지만 브라는 처참 그 자체였다. 가슴이 큰 여든 노파도 군소리 없이 입을 만한 누드톤에 풀컵이었다. 허리 고무줄이 그녀의 핏기 없는 배 위에 빨갛게 성난 자국을 남겼고 배꼽에는 보푸라기가 껴 있었다.

에밀리가 휘파람을 불었다.

미리엄은 두 손으로 가슴을 가렸다. "관객 앞에서 옷을 벗게 될 줄은 몰랐단 말이야."

직원이 생뚱맞게 "그 정도까지는 아니에요"라고 했다. "자, 이것부터 입어보세요."

이런저런 끔찍한 후보들에 그녀의 몸을 욱여넣어가며 완벽한 원피스를 찾기까지 사십오 분이 걸렸다. 클로에 원피스였고 미리엄이 평소에 사던 옷들보다 훨씬 비쌌다.

"60퍼센트 세일이에요. 그 사이즈는요." 직원이 이렇게 덧붙였다. 헴 라인이 비대칭이고 우아한 드레이프가 몸매를 보완해주는, 아무 무늬 없는 검은색의 실크 원피스였다. 가슴은 인간적인 사이즈로, 허리는 잘록하다고 우길 수 있게 보였고 극장에서도 도심의 근사한 식당에서도 입을 수 있었다. 게다가 거기에 어울리는 멋진 구두가 이미 있었고 다른 자리에서도 입을 수 있을 것 같았다. 그녀가 아멕스 카드를 리더기에 꽂으며 당황해 쩔쩔매는데 그걸 알아차린 에밀리가 말했다.

"그러지 마. 세일 상품이니까 오히려 돈을 버는 거야."

그들은 직원에게 고맙다고 인사하고 다시 밖으로 나왔다.

"점심 먹으러 갈까?" 에밀리가 물었다. "배고파 죽겠네."

"애들 학교에서 올 시간 됐어."

에밀리가 한숨을 쉬었다. "맞다. 애들이 있었지."

"너 생각 바뀐 거 아니지?"

"응." 에밀리는 대답했지만 자신 없는 말투였다.

금붕어 한 마리 키워본 적 없는 친구에게 1박 2일 동안 애들을 맡길 생각을 하다니 엄청난 실수를 저지르고 있는 걸까? 그럴지도 모르지. 미리엄은 차를 몰고 집으로 향하며 생각했다. 하지만 선택의 여지가 없었다. 그녀의 부모님도 폴의 부모님도 멀리 살았고 이 주변에서는 아이 셋을 하룻밤 동안 맡기고 다음날 아침에 등교까지 부탁할 수 있을 만큼 잘 아는 사람이 없었다. 논란의 여지가 있긴 해도 에밀리는 멀쩡한 어른이었다. 그녀는 공과금을 꼬박꼬박 납부했고 자기 끼니를 챙길 줄 알았다. 게다가 아주 심각한 일이 벌어지더라도 그들이 한 시간 반 거리에 있을 테니 당장 집으로 달려올 수 있었다. 괜찮을 것이었다.

"별일 없을 거야." 미리엄은 스쿨버스에서 내린 아이들을 데려다 텔레비전 앞에 앉혀놓으며 에밀리에게 말했다.

"알아. 걱정 안 해. 뭐 그리 어렵겠니? 나로 말할 것 같으면 쟤들보다 나이가 별로 많지도 않은 팝스타들도 관리한 사람이야. 메이지가 내일 파운데이션을 바르고 학교에 가는 것만 네가 문제삼지 않으면 아무 일 없을 거야." 미리엄이 경악한 표정으로 쳐다보자 에밀리가 폭소를 터뜨렸다. "가! 얼른. 우리끼리 재밌게 지낼게."

"소아과, 경찰서, 소방서, 우리 둘 휴대전화, 동네 지인 연락처 적어서 냉장고에 붙여놓을게."

"그냥 911 부르면 안 돼? 아니, 그럴 때 부르라고 911이 있는 거 아니야?"

"에밀리."

"농담이야! 걱정 마. 재들이 무슨 외계인도 아니고 그냥 꼬맹이 잖아. 내가 알아서 잘할게, 오케이? 그리고 약속할게, 이 집에서 이유 없이 불이 나거나 무장 괴한들이 침입해 우리 모두를 살해할 경우에 대비해서 오늘 저녁에는 코가 비뚤어지도록 술을 마시지 않겠다고. 정신 바짝 차릴게."

"그 말을 들으니 마음이 얼마나 놓이는지 설명할 길이 없네."

에밀리가 씩 웃었다. "가서 좋은 시간 보내고 와."

"무슨 일이 생기면 아무때나 전화해. 당장 집으로 달려올 테니까."

"남편이랑 한판 뛰다가 그렇게 쉽게 접고 올 수 있겠어?"

미리엄은 웃음을, 어쩌면 너무 요란하게 터뜨렸다. 스트레스를 느끼고 있다는 뜻이었다. 오늘밤마저 아무 일 없이 지나가면 공식적으로 문제가 있다는 거였고 문제가 뭐가 됐건 전망이 밝지 않았다. 남편이 그녀에게 싫증이 났든지, 달리 사랑하는 사람이 생겼든지, 성인이 된 이후로 내내 그녀를(그리고 자기 자신을) 속여오다가 자기가 사실은 남자를 더 좋아한다는 사실을 이제 막 깨달았든지. 미리엄은 열차를 타고 뉴욕으로 가는 동안 이런 시나리오들을 놓고 걱정했고, 그랜드센트럴역에 도착했을 무렵에는 그들의 결혼생활이 오늘 저녁에 달려 있다는 확신이 좀더 커졌다. 머리를 좀

줘어짜야 하긴 했지만 스케줄러를 참고해 따져보니 그녀와 폴이 마지막으로 잔 게—중간에 곯아떨어지지 않고 처음부터 끝까지 완주한 경우가—두 달 전이었다. 크리스마스이브. 뉴저지에 있는 시가에서 저녁을 먹기 전에 좀 쉬려고 그녀가 2층으로 올라가자 폴이 뒤따라왔었다. 아이들은 지하실에서 사촌들과 노느라 정신없었고, 폴의 부모님은 부엌에서 손님 접대하느라 바빠서 그들이 거의 한 시간 동안 사라졌던 걸 아무도 몰랐다. 기분좋은 섹스였지만 맙소사, 두 달이라니. 그 기간 자체도 끔찍했지만 그보다 더 끔찍한 건 폴이 거기에 대해 한마디도 하지 않는다는 거였다. "당신이 그립다"라든지 "우리 둘만의 시간을 좀 가져야겠어"처럼 입에 발린 소리조차 하지 않았다. 두 달이나 지난 것도 모르는 눈치였다.

그랜드센트럴역 앞에서 몇 사람이 서 있는 택시 승차장 줄에 합류했을 때 미리엄은 애써 그 생각을 떨치려고 했다. "아가씨, 택시 타실 건가요?" 정식 유니폼인 듯한 옷을 입은 포터가 우아하게 택시를 부르며 물었다. 약속한 시간까지 사십 분이 남았다. 완벽했다. 게다가 승무원은 그녀를 "아주머니"가 아니라 "아가씨"라고 불렀다. 조짐이 좋았다.

수많은 블록을 지나며 사십오 분을 달리는 동안 미리엄은 이런저런 생각을 했다. 마지막으로 이런 기분을 느낀 게 언제였더라? 분명 아이들이 태어나기 전, 그리고 임신 전이었다. 신혼여행 때였나? 그때에 비해 몇 킬로그램 살이 찌기는 했다. 하지만 무슨 상관일까? 새 원피스를 입었더니 자신감이 생겼고 어서 빨리 이걸 보여주고 싶었다.

종업원이 카운터석으로 안내하자 폴이 그녀를 보고 휘파람을 불었다.

"당신 끝내준다." 그가 그녀를 끌어안으며 목에 대고 속삭였다. "엄청 섹시해."

그의 가슴에 머리를 기대자 따뜻하고 안심이 됐다. 폴. 그녀의 남편. 가장 친한 친구. 방금 전에 그녀에게 섹시하다고 한 남자. 단둘이서 보낼 수 있는 밤이 그들을 기다리고 있었고, 그녀는 문득 그들 사이에 아무 문제도 없다는 확신이 생겼다. 아무 문제도 없는 정도가 아니라 완벽했다.

"생일 축하해, 내 보물." 그가 카운터석의 의자를 빼주며 말했다. "당신 마실 건 하우스 드링크 주문했어. 수박을 넣은 톡 쏘는 데킬라 어쩌고래. 딱 당신 취향일 것 같아서. 우와, 그 원피스 진짜 예쁘다."

그녀는 함박웃음이 번지는 것을 막을 도리가 없었다. "에밀리가 골라줬어. 걔가 추천하지 않았으면 나는 입어볼 생각도 하지 않았을 텐데. 사진 찍어서 애슐리한테 보냈더니 너무 예쁘다면서 꺅꺅대더라."

그의 얼굴에 순간 먹구름이 드리웠다가 인자한 미소와 감탄하는 눈빛이 다시 돌아왔다. "음. 그러니까 이제 둘이 친구가 된 거야?"

"그 표정은 뭐야?"

"아무것도 아니야."

"내가 애슐리 이름을 말했더니 당신이 이상한 표정을 짓던데."

그는 웃음을 터뜨렸지만 가식적으로 들렸다. "애슐리? 왜? 당신이 좋아하는 사람이면 나도 좋아."

그가 얘기하지 않는 뭔가가 있었다.

"당신이 그 집 남편을 좋아하는 줄 알았는데."

"그게 무슨 뜻이야?" 폴이 자기 몫의 보드카 온더록스를 길게 한 모금 마셨다.

"무슨 뜻이냐고? 아무 뜻 없어. 내가 여자들이랑 놀러 나간 날 당신은 그 집에 갔잖아."

"그래서?"

"그 얘기를 애슐리한테 먼저 들으니까 좀 이상했어. 그뿐이야."

그가 보드카를 다시 크게 한 모금 마셨다. "내 몸에 칩을 심지 그래? 반려견한테 하듯이."

"정말 그래야 하는 거 아닌가 몰라. 밤에 혼자서 애들이랑 있어야 하는 몇 안 되는 날에 애들을 버리고 남의 집에 가서 술 마시고 열아홉 살짜리 오페어한테 추파를 던지는 게 좋은 아이디어라고 생각했다면 몸에 칩을 심어야 한다고 봐."

"그게 무슨 소리야?"

바텐더가 와서 미리엄에게 칵테일을 건넸다. 핑크색 거품이 있었고 오이, 라임, 할라피뇨 조각으로 파릇파릇하게 악센트를 준 근사한 칵테일이었다. "독일 출신이었어? 끝내줬겠지? 그리고 사실상 어린애나 다름없었을 테고."

"미리엄." 그는 지친 목소리였다.

"폴."

"에릭이 친구들 몇 명이서 자기 집에서 포커를 치기로 했는데 같이 치겠느냐고 문자를 보냈어. 나는 원래 포커를 안 쳐. 〈왕좌의 게임〉 새 에피소드를 봐야 했고 태국 음식도 주문해놓은 참이었어. 하지만 이사한 뒤로 당신이 나더러 친구 사귀려는 노력을 좀 해보라길래 가야 되나보다 했던 거야."

"그러니까 내 탓이라는 거야?"

"새로 온 오페어가 있었느냐고? 맞아. 그 아이가 노브라로 집안을 돌아다녔느냐고? 맞아. 내가 남자고 인간이지 않으냐고? 쳐다봤느냐고? 당연하지. 하지만 당신이 상상한 그림은, 우리가 거기 앉아서 빤히 쳐다보고 그 아이를 불편하게 만들어가며 변태 중년 아저씨처럼 행동했을 거라는 상상은 말도 안 돼."

"그게 메이지였다 생각해봐. 그럼 당신 기분이 어떻겠어?"

폴의 입이 떡 벌어졌다. "이러기야?"

미리엄은 미소를 지었다. 긴장감이 당장 해소되는 것을 느낄 수 있었다. "인정. 이건 심했다."

폴이 그녀의 입술에 입을 맞췄다. "너무 심했지."

그들은 잔을 비우고 카운터석에서 테이블로 자리를 옮겼고 폴은 특별한 날에 늘 하던 대로 했다. 메뉴에 있는 모든 애피타이저를 하나씩 주문했다. 그를 처음 만났을 때는 희한하다고 생각했지만, 세 입만 먹어도 질리는 큼지막한 고기나 생선 요리 말고 여러 가지 음식을 맛볼 수 있어서 얼마나 좋은지 금세 깨달았다. 그녀는 매콤한 참치 타르타르와 트러플 플랫브레드, 배와 고르곤졸라를 넣은 샐러드, 그녀가 그때까지 먹어본 것 중에서 가장 훌륭한 칼라마리 구이를 먹으며 다시금 남편에게 고마워했다. 웨이터가 초콜릿 무스 위에 초가 한 개 꽂힌 고풍스러운 샴페인 잔을 들고 오자 폴이 그녀의 귀에 대고 속삭였다. "생일 축하해, 여보. 서른일곱 살이 당신의 가장 빛나는 한 해가 되길 빌게."

그들은 둘이서 무스를 전부 먹어치우고 계산서를 달라고 했다.

미리엄이 화장실에 갔다가 나와보니 폴이 휴대전화 자판을 미친듯이 두드리고 있었다. 그는 그녀가 자리에 앉자마자 전화기를 껐다.

"누구야?"

"그냥 일 때문에."

그의 말투가 어딘지 모르게 이상했다. 보통 그는 그냥 '일' 때문이라고 하는 적이 없었다. 미리엄은 그의 팀원을 전부 알았고 그는 항상 누가 뭘 때문에 연락했는지 알려주었다.

"이렇게 늦게 왜? 별일 없는 거지?"

"아무 일 없어. 자, 이제 호텔로 가자."

"호텔? 어디…… 다른 데 안 들르고?"

미리엄은 외투 보관소에서 그들의 외투와 1박 2일용 짐 가방을 찾는 동안 아무 말도 하지 않았다.

"미리엄? 다른 거 기대했어? 당신, 서프라이즈 파티 같은 거 하면 나랑 이혼할 거라고 지금까지 천 번쯤 얘기했잖아."

그녀는 폴을 따라서 기다리고 있던 우버 택시 뒷좌석에 올라탔다. "나는 그냥…… 당신 얘기를 듣고……"

"듣고 뭐?"

"다른 계획이 있는 줄 알았어."

"다른 계획?" 그는 다시 전화기를 들여다보고 있었다.

"공연이나 뭐 그런 거. 모르겠다, 됐어."

"이미 아홉시야. 공연을 보기에는 너무 늦었지. 어디 다른 데 가서 술 한잔할래? 그러고 싶으면 서리에 있는 그 술집 가도 돼." 그가 그녀의 손을 잡고 입을 맞췄다. "내 생각을 밝히자면 호텔로 직행하고 싶지만."

폴의 몸짓에 그녀는 왠지 모르게 매디슨스퀘어공원에서 프러포즈를 받았던 저녁을 떠올렸다. 프러포즈 후에 그를 따라 그들이 애용하는 토마토 소스 이탈리아 음식점에 가보니 양쪽 가족이 기다리고 있었다. 저녁은 시끌벅적하고 즐거웠고, 손님들은 싸구려 키안티 와인으로 새롭게 탄생한 행복한 커플을 위해 수도 없이 건배했고, 가족들과 헤어지고 비틀비틀 택시에 올라탔을 때 미리엄은 행복해서 죽을 수도 있겠다는 생각을 했었다. 그녀는 택시 뒷자리에서 폴이 지금은 거의 기억도 나지 않는 열정을 담아서 목에 키스를 퍼부으며 그녀의 몸으로 손을 뻗었을 때 화들짝 놀란 척했고, 택시 기사가 점잖게 있지 않으면 식스 애비뉴에서 떨궈버리겠다고 협박하지 않았어도 그가 청바지를 벗기도록 내버려두었을지 몰랐다. 그들은 밤새 사랑을 나누고 미래에 대해 얘기하고 웃었다. 아직 어두컴컴한 꼭두새벽에 배가 고파지자 길모퉁이 식당에 가서 오믈렛과 홈프라이에 커피를 마시고 침대로 돌아가 한번 더 했다. 미리엄은 떠오르는 태양 아래에서 반짝이는 새 약혼반지를 뚫어져라 쳐다보았던 기억을 떠올렸다. 그들은 해가 완전히 뜬 다음에야 잠이 들었고 아침과 점심도 건너뛰고 자다가 일찌감치 배달시킨 저녁을 먹고 다시 침대로 돌아갔다.

그때의 감각을 되찾을 수 있다고 그녀는 장담할 수 있었다. 그런 종류의 사랑과 열정은 영원히 꺼지지 않는 것 아닌가? 챙겨야 할 게 수도 없이 많은 어린아이들과 필요한 게 끝도 없는 일 때문에 뒷전으로 물러났을지 몰라도 어딘가에—어딘가에—점화용 불씨가 아직 남아 있을 것이었다. 그렇지 않은 상황은 생각하고 싶지도 않을 만큼 끔찍했기 때문에 그래야만 했다.

이번에는 미리엄이 폴에게로 다가가 힘껏 입을 맞추었는데 그가 몸을 빼는 것이 느껴졌다. 아랫입술을 살짝 깨물었을 뿐인데. 그의 입속으로 혀를 넣었을 뿐인데.

"워, 워, 호랑이 아가씨. 오늘밤에 무슨 일 있어?" 그가 뒤로 물러나며 재킷 소매로 무심하게 입을 닦는 것을 보고 미리엄은 기분 나빠하지 않으려고 애썼다.

"내가 뭘 잘못 먹었을까?" 그녀는 교태를 부렸다. "당신 말이 맞아. 호텔 바는 무슨 얼어죽을. 객실로 가자. 당신을 위해 준비한 깜짝 선물이 있어."

"나를 위해 준비한 깜짝 선물? 오늘은 내 생일도 아닌데?"

"음, 오늘밤은 우리 둘 모두의 생일이 될 거야." 미리엄은 그가 무슨 뜻인지 알아차리지 못할까봐 그의 바지 앞섶을 손으로 훑었다.

프런트 데스크 직원이 조식과 체크아웃, 스파 예약에 대해 설명하는 동안 그들은 얌전하게 기다렸다. 그렇게 한세월을 기다린 끝에 벨보이의 안내를 받으며 스타일리시한 로비에서 비좁은 엘리베이터를 타고 4층으로 올라갈 수 있었다. 업그레이드받은 객실은 작지만 따로 분리된 거실이 있고 조그만 프렌치 발코니 밖으로 76번가의 나무 꼭대기가 보이는 스위트룸이었다. 조명의 조도는 은은하게 낮춰놓아져 있었고 침대맡 스탠드에 놓인 보스 스피커에서 은은한 음악이 흘러나오고 있었다.

미리엄은 벨보이가 문을 닫자마자 폴을 와락 끌어안았지만 폴은 뒷걸음질쳤다. "나 샤워부터 할게. 하루종일 회의하고 열차랑 지하철 타고 다녔거든. 진짜야, 내가 샤워를 하는 편이 당신 입장에서도 좋을 거야."

그녀는 그가 깨끗하거나 말거나 딱히 상관없었지만 알았다고 했다. 덕분에 거실에서 모든 준비를 완료할 시간을 벌 수 있을 것이었다. "그럼 내가 들어오라고 할 때까지 여기 들어오지 않겠다고 약속해."

"약속할게." 폴은 말했다. 잠시 후에 샤워기 트는 소리가 들렸다.

미리엄은 화장실 딸린 침실과 거실을 분리하는 프렌치도어를 닫고 가구를 움직여 바닥 한가운데에 공간을 만들었다. 넓지는 않았지만 그 정도면 될 것이었다. 그리고 유럽 왕복 비행기 티켓값을 주고 산 '사랑은 예술이다' 상자를 열었다. 돌돌 말아서 노끈으로 묶은 캔버스 천, 밝은 파란색 물감이 든 유리병 두 개, 크기와 굵기가 각기 다른 붓 세 개 세트, 캔버스 천을 액자에 담기 위해 보낼 때 동봉해야 하는 쿠폰을 꺼냈다. 설명서에 적힌 문구는 간단했다. 우리가 무슨 자격으로 사랑을 나누는 법에 대해 이래라저래라 할 수 있을까요? 당신과 연인의 몸에 물감을 칠하고 그냥 모든 것을 잊어버리세요. 캔버스 위에 누워서 여러분의 방식대로 즐기세요!

"흠, 그래, 좋았어." 미리엄은 중얼거리며 붓과 유리병을 커피 테이블에 깔끔하게 한 줄로 늘어놓았다. TV를 켜서 은은한 음악이 나오는 채널을 찾고 방의 조도를 낮췄다. 양초를 두어 개 챙기지 않은 게 아쉬웠지만 그녀 나름으로 만반의 준비를 한 거니 그걸로 충분했다.

샤워 소리가 그쳤다.

호텔측에서 선물해 얼음에 넣어놓은 샴페인을 지금 딸까 아니면 나중에 마실까? 나중에 마셔야겠다. 폴과 둘이서 푹신한 호텔 가운을 입고 정사의 여운을 만끽하며 시원한 샴페인을 마시면 완벽할 것이었다. 그녀는 소파 위에 가운을 꺼내놓고 무대를 점검하고 레이스가 달린 검은색 T팬티만 남기고 옷을 벗었다.

그녀는 캔버스 세트를 공개하기 전에 폴을 유혹하는 댄스를 선보일 준비를 하며 조용히 프렌치도어를 열었다. 그는 침대 위에 누워 있었다. 가운을 풀어헤친 채 깊고 일정하게 코를 골고 있었다. 불을 전부 켜놓고.

"폴? 여보?"

세상에 이렇게 금세 잠이 드는 사람도 있나? 이제 겨우 아홉시 삼십분인데.

"폴?" 그녀는 침대 위로 올라가 다리를 벌리고 그의 위로 걸터앉아 그의 얼굴 위로 젖가슴을 흔들었다.

그가 눈을 뜨고 미소를 지었다. "헉, 이게 누구야." 그는 말하고 웃었다. 그녀에게서 빠져나와 침대 한쪽으로 몸을 돌렸다.

"준비 다 끝났어. 거실이야."

"미리엄, 지금은 몸을 일으킬 수 있을지도 잘 모르겠어. 너무 피곤해."

"농담이지?" 미리엄은 애써 아무렇지 않은 척했지만 그의 말에 화가 났다.

"농담 아닌 거 알잖아."

"폴, 지금 몇 달이 지났어. 몇 달이. 그거 알아?"

그가 일어나 앉았다. "당연하지. 계속 그 생각을 하는데."

"정확히 무슨 생각을 하는데?"

"내 입장에서는 마음에 들지 않을지 몰라도 어린애 셋을 키우고 변화가 많다보면 이렇게 살 수밖에 없나보구나, 이게 일상적인 건

가보다, 하는 생각."

"나는 이게 우리의 일상이 되지 않았으면 좋겠어." 미리엄은 말했다.

폴이 두 팔로 그녀를 감싸안더니 뒤에서 몸을 포갰다. "아침에 만회할게." 그가 속삭였다.

그녀는 그의 숨소리가 일정해질 때까지 잠깐 누워 있다가 결정을 내렸다. 밤새도록 뭐가 어디에서부터 잘못됐는지 고민하거나 근사한 호텔 객실에서 보내는 생일 밤을 아쉽게 흘려보낼 생각은 없었다. 그의 위로 올라타자 그가 잠결에 뭐라고 중얼거렸지만 미리엄은 아랑곳하지 않았다. 그녀는 그의 입술과 목에 입을 맞추고 몸을 대고 눌렀고 폴은 자신의 의지와는 상관없이 반응하는 것 같았지만 어쨌든 움직임이 있었다. 섹스는 짧고 익숙하며 군더더기 없었고, 다 끝나자 그는 몸을 돌려서 곧바로 잠이 들었다. 그녀는 그를 깨우지 않았다.

15

# 재활센터하고 똑같아, 이름만 다를 뿐

카롤리나

"오. 마이. 갓. 걸을 수가 없어요. 나 불구가 됐어요. 평생 다리를 못 쓸 것 같아요. 도대체 이런 걸 취미삼아 하는 사람들은 정체가 뭐예요?" 에밀리는 물으며, 다른 여자들이 줄줄이 지나는 필라테스 스튜디오 로비의 나무 벤치 위로 쓰러졌다.

카롤리나는 미소를 지었다. "나는 베세즈다에서 꾸준히 하고 있어요." 그녀는 말을 잠시 멈추었다. "예전에는요. 죽음의 메가포머* 라고 하죠."

"아니, 당신은 끝내주니까 내 말 오해하지 말아줬으면 하는데, 아무리 그래도 이럴 만한 가치가 있는 일이에요? 나 같으면 이런 고통을 매주 오 일씩 참느니 차라리 그냥 굶고 말겠어요."

"굶기도 해요." 카롤리나는 웃으며 말했다. "자, 이제 우리 나가

* 필라테스와 보디빌딩을 결합한 운동기구.

서 커피나 뭐 다른 거 마셔요. 여기 있으면 사람들이 말을 걸지 모르니까."

에밀리가 어린애처럼 기운차게 벌떡 일어섰다. "듣던 중 반가운 말씀. 앞장서요. 내가 바로 뒤에서 걸어갈게요."

카롤리나는 타고 온 SUV 문을 열었다. "어디로 갈까요?"

"조용히 대화 나누면서 맛있는 커피 마실 수 있는 데요. 작전을 논의해야 하니까요."

"나도 이 도시를 잘 모르지만 어디 숨고 싶으면 나는 도서관에 가요."

"도서관이요?"

"한낮에 거기 가면 퇴직자하고 동화 읽어주는 프로그램에 아이 데려온 베이비시터들밖에 없거든요. 하지만 그 프로그램도 위에서 열리니까 베이비시터들과 만날 일도 별로 없어요. 그리고 에스프레소를 파는 카페도 있고요."

"좋아요! 듣자 하니 도서관이라고 불리는 거기가 완벽하겠어요."

그들은 도서관에 가서 라지 사이즈 커피와 에너지바를 주문했다. 에밀리는 카롤리나가 바를 한입 먹고 옆으로 치워버리는 것을 보았다.

"오늘자 〈스타〉 헤드라인 생각하고 있죠, 그죠?" 에밀리가 물었다.

카롤리나는 한숨을 쉬었다. "쓰레기 잡지인 건 알지만 언론에서 나더러 섭식장애가 있다고 하면 신경쓰여요. 그게 아니라 조심하는 것일 뿐인데."

"알아요. 하지만 다시 얘기할게요. 진실은 상관없어요. 우리 계획의 첫 단계가 당신 외모를 망가뜨리는 거예요. 당신은 지금 너무 말랐어요. 심지어 내가 보기에도 그래요. 살을 좀 찌워야겠어요." 에밀리가 말했다. "심하게는 말고 몇 킬로그램만요. 너무 여주인공처럼 멋져 보이지 않게. 그러니까 좀더 친근해 보이게 말이에요."

"그게 내 이미지를 변신하고, 평판이 나락으로 떨어지는 걸 막고, 아들을 되찾기 위해 당신이 세운 계획이에요? 살을 찌우는 게?"

에밀리가 눈을 부라렸다. "내 말을 귀담아듣질 않으시네. 무슨 젖소처럼 변신하자는 게 아니라 체중을 몇 킬로그램만 늘리자는 거예요. 좀더…… 엄마처럼 보이게요."

"엄마처럼요?"

"코네티컷주 그리니치가 엄마처럼 보이는 여자들의 홈그라운드는 아니죠. 그런데도 당신은 가젤 같은 다리에 가슴은 미치도록 탱탱하고 섹시한 웨이브 머리가 엉덩이까지 내려오니 여기서조차 이질적으로 보여요. 그리니치 엄마들이 당신에게 위압감을 느끼면—내가 장담하건대 느끼고 있어요—토피카에서는 어떻겠어요. 내가 네브래스카주에 가본 적은 없지만 거기 월마트는 카니발 괴물 쇼 같다더라고요."

"토피카는 캔자스주에 있지 않아요?"

에밀리가 짜증 섞인 한숨을 요란하게 내뱉었다.

"미안해요. 그러니까 살을 찌워라. 그리고 또 뭐요?"

"머리 자르기."

"왜 이래요!"

"농담 아니에요, 카롤리나. 싹둑 자를 필요는 없지만 짧게, 덜 섹시해 보이게 자르는 건 필수예요. 그리고 당신은 달갑지 않겠지만 재활센터에 대해서도 의논해야 해요."

카롤리나는 반박하려고 했지만 에밀리가 가로막았다. "알아요, 알아. 당신은 알코올 문제가 없는 거. 수녀나 다름없는 거. 나도 찾아봤는데 이…… 사건 이전에는 술이나 약물과 관련해서 당신 이력에 티끌 하나 없었어요. 슈퍼모델 역사상 전무후무하게 전과가 없는 사례 같더라고요. 심지어 다이어트 약조차 먹은 적 없고! 전적이 워낙 흠잡을 데 없으니 일주일이면 충분할 거라고 봐요."

"재활센터에는 안 갈 거예요!" 각자 한 명씩 아이들을 데려온 세 명의 베이비시터가 옆 테이블에서 그녀를 돌아보았다.

"조용히 해요, 에이미 와인하우스*."

"에밀리." 카롤리나는 자신의 말투가 몹시 화난 것처럼 들린다는 걸 알았다. "나한테 문제가 있다고 인정하면 무슨 수로 해리의 양육권을 쟁취할 수 있겠어요? 나는 아무 죄가 없는데, 저지르지도 않은 짓을 저질렀다고 인정할 수는 없어요!"

"이유는 단순해요, 카롤리나. 여론을 당신 쪽으로 유리하게 만들어야 하거든요. 대중들이 당신의 죄를 사한 다음이라야 훨씬 유리한 입장에서 양육권 소송을 제기할 수 있어요. 트립도 말했다시피 당신한테는 아무것도 없으니까요. 그야말로 0이에요. 그러니까 이 근거 없는 마녀사냥을 감내하는 얌전하고 착한 아내처럼 굴지 말고 우리 쪽에서 상황을 주도하자고요. 해리를 생각해서."

카롤리나는 에밀리를 빤히 쳐다보았다. 그녀도 에밀리의 말이

* 스물일곱 살의 나이로 요절한 팝 가수. 대표곡 〈Rehab〉의 가사가 재활센터에 가지 않겠다는 내용이다.

맞는다는 것을 알았다. "가짜 재활센터 작전은 어떤 식으로 진행할 건데요?"

"공식적으로 발표할 거예요. 당신이 '자신의 행동에 대해 숙려' 하기 위해서 '서부'로 떠날 예정이라고. 자세하게 설명하지 않으면 다들 재활센터에 가나보다 생각할 거예요. 당신이 긍정도 부정도 하지 않는 걸 보고 다들 행선지가 거기일 거라고 확신하겠죠."

"실제로는 어디로 가고요?"

에밀리는 커피를 한 모금 마시고 미간을 찌푸렸다. "아만기리에 일주일 동안 숨어 있기로 해요. 내가 거기 본부장이랑 아는 사이거든요. 그가 완벽한 프라이버시를 보장해줄 거예요."

"어디라고요?"

"지금 장난해요? 아만기리 안 가봤어요?"

"얘기했잖아요, 에밀리. 나는 술 안 마신다고. 그런데 재활센터에 대해 어떻게 알겠어요?"

에밀리가 한 손을 들었다. "오 마이 갓. 좋아요. 아만기리는 열라 먼 허허벌판에 있는 슈퍼 럭셔리 호텔이에요. 어느 정도냐면 전용기를 타고 가야 하는 허허벌판, 가장 가까운 도시까지 차로 다섯 시간 걸리는 허허벌판이에요. 유타주 협곡 안이고요. 산비탈에 전용 풀장과 벽난로가 딸린 객실이 스무 개쯤 있어요. 스파는 미친 수준이에요. 음식은 장난 없고요. 야외 활동을 좋아하는 사람은 온갖 프로그램에 참여할 수 있어요, 나는 그런 타입이 아니지만. 하지만 내 말 믿어요. 거기 가면 좋을 거예요."

카롤리나는 커피를 마시며 고민에 잠겼다. 그녀는 이미 가까이에 친구도 가족도 없는 낯선 땅으로 쫓겨난 느낌이었다. 그레이엄과 결혼한 이래 처음으로 부유하는 느낌이었다. 뿌리째 뽑힌 느낌이었다. 미리엄과 어쩌면 에밀리만 제외하곤 그녀가 어디에 있고 어떻게 지내는지 온 세상에서 아무도 관심이 없는 듯했다. 어머니가 돌아가셨을 때 말고는 평생 이보다 더 무기력하고 외로웠던 때가 없었다. 유타주의 사막 한가운데 있는 셀럽용 피난처는 최선의 선택은 아니었지만 최악의 선택도 아니었다. 파파라치도 없다. 베세즈다 사람들과 마주칠 일도 없다. 타블로이드 신문의 인신공격도 없을 것이었다. 일레인의 감시도 없을 것이었다. 인터넷도 없으면 그레이엄과 리건이 함께 찍힌 사진이 새로 떴는지 알아보려고 구글 뉴스를 '새로고침'할 수 없을 텐데. 그런 호사를 누리고 평판도 개선할 수 있다고?

"좋아요." 그녀는 고개를 끄덕이며 천천히 말했다. "그럴게요."

"잘 생각했어요!" 에밀리가 외치며 테이블을 때리자 테이블이 흔들려 카롤리나의 커피가 쏟아졌다. "미안해요. 하지만 당신이 영리하게 내가 하자는 대로 할 줄 알았다니까요? 우리, 금요일에 떠나기로 해요."

카롤리나는 고개를 번쩍 들었다. "우리라고요?"

에밀리가 미소를 지었다. "아, 그럼요. 좀더 자세히 설명해야겠다. 아홉시에 JFK에서 출발해 라스베이거스로 직행할 거예요. 그런 다음 거기서 사막을 뚫고 끔찍하게 오랜 시간 동안 차를 타고 가는 거예요. 내가 차량과 기사를 예약할 수 있으니까 말만 해요. 전세기나 전용기를 타도 되지만 요즘은 좀 내키지가 않네요. 보안 유지 면에서 너무 위험하거든요. 그러니까 차를 타고 가기로 해요. 아니면 미리엄한테 운전을 맡기든지. 모르몬교도들 구경도 하고.

저질스러운 음악도 좀 듣고. 그러다보면 천국에 도착할 거예요."

"미리엄이요?" 카롤리나는 물었다. 물어볼 게 너무 많았다. "모르몬교도요?"

"유타잖아요!" 에밀리가 깍깍거렸다. "〈빅 러브〉 안 봤어요? 아 참, 미리엄도 같이 갈 거예요. 내가 이미 얘기해놨어요. 예상했던 대로 베이비시터 구하느라 짜증은 냈지만 공짜로 아만기리에 갈 수 있다는데 싫다고 할 수 있겠어요?"

카롤리나는 침을 꿀꺽 삼켰다. 그녀의 일상을 되찾는 데 필요한 조치라기보다 여자들끼리 떠나는 스파 여행처럼 들리는 이유가 뭘까? "비용이 얼마나 들까요?"

에밀리가 대놓고 깔깔대며 웃었다. "내가 장담하는데 알고 싶지 않을 거예요. 내 기준으로도 어처구니없거든요. 하지만 좋게 생각해요. 어딘가에 삼십 일 동안 입원하는 것보다는 싸니까! 그리고 침구도 훠어어어어얼씬 좋고요."

"그래요. 재활센터만 아니면 상관없어요. 해리를 생각할게요."

"떠나기 전에 몇 가지 처리해야 할 일이 있어요. 가장 중요하게는, 내가 몇 마디 적어서 주요 인사들에게 이메일로 보낼 거예요. 재활센터를 암시하되 직접적으로 언급하지는 않고요. 그런 다음 당신한테 부인하지 않으면서 부인하는 연습을 시킬 거예요. 내가 모든 단계마다 인도할게요." 그녀는 말을 잠깐 멈췄다. "그런 다음 법률적으로 바빠질 거예요. 미리엄이 당신 이혼 서류를 검토중이라고 들었어요."

"맞아요."

"혼전 합의서가 아주 명쾌하다고요?"

"네."

"이의를 제기할 수 있어요."

카롤리나는 고개를 저었다. "그이가 아버지에게 물려받은 신탁기금은 받고 싶지 않아요."

"그 점에 대해 대중에게 환기할 방법을 찾아낼 거예요." 에밀리가 말했다. "그럼 다음 당신을 SNS에 좀더 활발하게 노출시킬 거예요. 계정을 다시 굴릴 때가 됐어요. 하지만 모델 활동하던 시절에 찍은 사진은 지워야 해요. 상원의원 부인답게 차려입은 사진도. 서글서글하고 따뜻하고 호감이 가는 이미지를 추구할 거예요."

"그러니까 투실투실한 이미지요?"

"좀더 소박하게 옷을 입어봐요."

"그 방면의 대가니까 당신 말을 믿어라?"

"헐렁한 레깅스와 인조가죽 구두. 지금은 그게 골든 티켓인데."

"미쳤다는 소리 들어본 적 있어요?" 카롤리나는 물었다.

"그럼요. 날마다 시시각각으로 듣죠. 자, 이제 잠깐 그레이엄 얘기를 해야 해요."

전날 저녁에 국립아동의료센터 소아암 병동에서 열린 후원행사를 촬영한 사진이 퍼뜩 카롤리나의 머릿속에 떠올랐다. 당연히 리건 휘트니가 조직 위원이었고 그레이엄이 그녀의 애인으로 참석했다. 그들이 처음으로 동반 참석한 공식적인 자리였다. 둘이서 식당 안으로 들어가는데, 그녀가 그의 팔짱을 끼고 있었다.

그녀의 얼굴에서 핏기가 가셨는지 에밀리가 말했다. "그래요, 나도 그거 봤어요. 몸을 사리면서 크게 눈에 띄지 않게, 하지만 계속 신체적인 접촉은 하고. 분위기를 살피는 거죠. 정식으로 어떤 발표를 하기 전에 몇 번 더 지역 행사에 동반 참석할 수도 있어요. 적어도 나라면 그렇게 하라고 조언할 거예요."

"그이는 그녀와 결혼하겠죠?"

"그럼요. 당신과 이혼 서류가 정리되자마자 하겠죠. 그녀가 백악관으로 가는 열쇠니까요."

카롤리나는 손끝으로 이마를 건드렸다. "너무 끔찍해요."

에밀리가 카롤리나의 팔을 잡았다. "그건 잠깐 잊어요. 지금은 그레이엄의 과거에 대해 논의해야 하니까. 얼룩이 필요해요."

"그이는 짜증날 정도로 깨끗해요."

"무슨 헛소리예요!" 에밀리가 말했다. 여자들이 또다시 고개를 돌리고 빤히 쳐다봤다. "그런 개자식이 아무 비밀도 없을 리 없어요. 사생아. 기록이 삭제된 청소년 범죄. 약물중독. 경호원들과의 마찰. 별로 도발적이지는 않지만 지금으로서는 화이트칼라 범죄라도 감지덕지하겠어요. 내부자거래는 한 적 없어요? 뭐든 대봐요."

카롤리나는 결혼하고 이삼년이 지난 어느 날 저녁을 떠올렸다. 그레이엄은 옷장 정리에서부터 인간관계 관리법에 이르기까지 모든 면에서 꼼꼼했다. 그가 부모님의 다채로웠던 결혼생활을 시시콜콜 털어놓을 만큼 카롤리나를 신뢰하기 시작한 것도 사귄 지 일년이 지난 다음이었다. 그녀는 그가 고등학생 시절에 너도나도 술을 마시는 파티에 절대 발을 들이지 않는 찌질이였을 수도 있겠다고 생각했던 기억이 났다. 하지만 이내 그가 그녀의 세상을 완전히 뒤흔들었다. 믿기지 않는 얘기를 들려준 것이다. 그녀는 그 얘기를 어느 누구에게도 절대 하지 않을 작정이었다.

가뜩이나 에밀리에게는.

에밀리가 카롤리나의 눈빛에서 뭔가를 포착했는지 실눈을 떴다. "지금 무슨 생각 해요?"

"아무 생각도 안 해요!" 카롤리나는 한 옥타브 높은 목소리로 대꾸했다.

"아, 제발! 당신은 그 사람과 십 년 동안 부부로 지냈어요. 세상에 성인은 없어요. 이 남자는 당신을 함정에 빠뜨렸어요. 당신의 이름에 먹칠을 했어요. 당신 아들을 못 만나게 하고 있어요. 그러니까 털어놔봐요."

카롤리나는 그레이엄에게 몹시 화가 났지만 그래도 입을 다물었다. 이 얘기가 새어나가면 그레이엄을 무너뜨릴 수 있을지는 몰라도 해리까지 무너질 것이기 때문이었다. "정말 아무것도 없어요. 생각나면 얘기할게요." 그녀는 거짓말을 했다.

"꼭 그래야 해요. 당신이 지금 털어놓지 않는 그의 비밀이 뭔지 모르겠지만 한참 동안 열심히 생각해봐요. 당신의 이익에 부합하는지." 에밀리가 자기 휴대전화를 흘끗 확인했다. "나는 이제 그만 가볼게요. 한 시간 뒤에 뉴욕에서 하이라이트 염색을 하기로 예약을 해놔서."

카롤리나는 놀란 표정으로 고개를 들었다. "잠깐. 이 유타 작전 정말로 진행하는 거예요?"

"물론이죠. 문자로 모든 정보를 알려줄게요." 에밀리가 소지품을 챙기고 손을 흔들며 말했다. "잊지 말아요. 모르는 번호로 걸려온 전화는 받지 말 것. 〈포스트〉 1면에 실리길 원치 않는 말은 이메일이나 문자에 절대 쓰지 말 것. 그리고 나가서 치즈버거 하나 먹어요! 나중에 연락할게요!"

카롤리나가 무슨 말을 할 겨를도 없이 에밀리는 사라졌다.

전형적인 유니폼을 살짝 비튼(머리에서부터 발끝까지 룰루레몬으로 도배한 게 아니라 룰루레몬 레깅스와 헤드밴드에 애슬레타 재킷을 입었다) 그리니치 엄마가 카롤리나의 테이블로 다가왔다.

"안녕하세요, 쉬시는데 방해해서 죄송하지만—"

"이만 가봐야겠어요." 카롤리나는 불쑥 말하고는 눈을 피한 채 외투를 집어들고 입구 쪽으로 걸음을 옮겼다. 하지만 그전에 여자가 친구에게 중얼거리는 소리를 들었다. "그냥 가방 예쁘다고 말하려던 건데."

맙소사, 너 지금 점점 이상해져가고 있어. 카롤리나는 생각했다. 어쩌면 사막으로의 여행이 그녀에게 딱 필요한 것일지도 몰랐다.

16

# 그냥 친구와 파란색 반짝이 콘돔

에밀리

에밀리는 10센티미터짜리 하이힐로 최대한 조심스럽게 나무 계단을 내려가 부엌을 가로질러 냉장고 문을 열고 아이스크림 케이크가 담긴 터퍼웨어 통을 꺼내서 쓰레기통에 던졌다.

"너 지금 뭐하는 거야?" 미리엄이 소리를 질렀다. 그 즉시 머리 위에서 어린애 발소리가 들렸다. "매슈! 다시 누워! 아무 일 없어. 엄마가 나도 모르게 소리지른 거야." 그녀가 다시 고함을 지르자 신기하게도 발소리가 멎었다.

"설마 내가 여기서 나가자마자 저걸 먹는 건 아니겠지?" 에밀리는 고개를 저었다. LA에서 돌아온 그주에 에밀리는 미리엄이 밤에 볼이 찢어져라 음식을 밀어넣는 현장을 최소 세 번 맞닥뜨렸다. 한 번은 애들이 먹다 남긴 맥앤치즈라 에밀리는 하마터면 토악질을 할 뻔했다.

"이러지 마." 미리엄은 지친 목소리였다. "모든 인간이 너처럼 보일 필요는 없잖아. 너도 삼 년 동안 아이 셋 낳아봐."

에밀리는 콧방귀를 뀌었다. "꿈 깨셔." 에밀리는 그 자리에서 살짝 뱅그르르 돌았다. "나 어때?" 그녀가 입은 검은색의 원피스는 타이트하고 짧았지만 지나칠 정도는 아니었고 허리춤에 보일락 말락 하게 절개가 들어가서 안 그래도 가는 몸통이 더 가늘어 보였다. 그녀가 수영복을 입을 가능성은 낮았지만 술에 취하거나 파티가 생각보다 재밌을 경우에 대비해 조그맣고 우아한 에레스 비키니도 지퍼백에 넣어서 클러치백 안에 챙겼다.

부엌 저편에서 미리엄도 한 발로 턴을 했다. 그녀는 발목에 후줄근하게 고무줄이 달린, 1990년대에 유행했음직한 트레이닝팬츠에 어마어마하게 큰 남자용 언더셔츠를 입고 북슬북슬한 할머니 양말을 신고 있었다. "나 어때?"

에밀리는 억지웃음을 지으며 예전의 미리엄, 맨해튼 시절의 미리엄을 떠올렸다. 날씬하고 똘똘하고 전문적이며 자기 분야에서 최고였던 그녀. 그 여자는 어디로 사라졌을까? 그녀가 우울증에 걸렸다는 증거일까? 에밀리는 조심스럽게—그러니까 능력이 닿는 한 최대한 조심스럽게—물어봐야겠다고 머릿속에 새겨두었다.

"그럼, 난 이만 출발할게. 진짜 같이 안 갈래?"

"뭐, 따끈따끈하게 업로드된 〈디스 이즈 어스〉를 포기하라고?" 미리엄이 웃음을 터뜨렸다. "언제 와?"

에밀리는 클러치백과 토끼털로 안감을 댄 가죽 코트를 집어들고 부엌 뒷문으로 걸어갔다. "그 친구들 도착했대, 나 나간다! 넷플릭스와 폭식이 함께하는 즐거운 밤 보내!" 그리고 냉기의 장막처럼 느껴지는 집밖으로 나서서 그녀를 기다리고 있던 아우디 세단 뒷좌석에 조심스럽게 올라탔다.

"어서 오세요오오오!" 애슐리가 앞에서 비명을 질렀다. "어머, 웬일이에요. 오늘 진. 짜. 예쁘다!"

"고마워요. 애슐리도 예쁘네요." 에밀리는 진심인 것처럼 들리게 하려고 애를 썼다.

"에밀리, 이쪽은 제 남편 에릭이에요." 애슐리가 캐주얼 코트를 입은 남자의 팔을 잡으며 말했다.

에릭은 진입로에서 빠져나가며 필요 이상으로 심하게 엔진을 공회전했다. "만나서 반가워요. 애슐리한테 얘기 많이 들었어요."

"그래요?" 에밀리는 애슐리의 요약 설명에 어떤 내용이 포함됐을지 궁금했다. 미리엄에게 끌려가서 그 끔찍했던 신생아파티에 다녀온 이후로 애슐리는 어쩔 줄 몰라하는 신입생처럼 에밀리에게 들러붙었다. 페이스북에서 에밀리에게 친구 신청을 했고 트위터와 인스타그램 계정을 팔로우했고 스냅챗으로 초대했다. 그것만으로도 짜증이 나는 마당에, 이메일과 문자로 주변에서 일어나는 온갖 어처구니없는 일들까지 시시콜콜 알려주었다. 에밀리는 대부분 읽지도 않고 지워버렸지만 그날 밤의 초대장은 눈길을 끌었다. '수영장파티!'라고 되어 있었던 것이다. 재캔다라는 여자인지 남자인지 모를 친구가 자기 집에서 파티를 여는데, 아주 특별한 깜짝 이벤트를 준비했다고 했다. 그리니치로 돌아온 지 거의 일주일이 지난데다 이틀 있으면 그야말로 금주 상태로 돌입하게 생겼으니 에밀리는 당장 초대를 수락했다. 파티는 지루할 테고, 릴리 퓰리처를 입은 여자들이 한쪽에 모여서 운동과 아이들 얘기를 하고 남자들은 다른 쪽에 모여서 새로 산 차나 배나 비행기를 은근히 자랑하는 속물적인 분위기일 가능성이 컸다. 로스앤젤레스에서는 다들 어느 스튜디오 수장이나 떠오르는 신예 스타와 새로 계약한 에이전트에게 말을 걸지 못해 안달을 냈다. 경멸스러운 인간들이 도처에서 경멸스러운 짓을 벌였다. 하지만 그녀는 사업적인 관점에서 흥미진진한 인물을 만날 가능성도 있다는 것을 부인할 수 없었다. 게다가 미리엄의 집에만 틀어박혀 지낸 지 며칠째였다. 여차하면 우버 택시를 타고 돌아가면 그만일 테지만 적어도 한 시간 동안은 그 집에서 탈출할 수 있었다.

"그래, 재캔다가 누구예요?" 에밀리는 궁금해서라기보다 대화를 이어나가기 위해 이렇게 물었다. "남자예요, 여자예요?"

"아, 재캔다요?" 애슐리가 웃음을 터뜨렸다. "한 사람이 아니라 두 사람이에요. 잭하고 어맨다요."

"잠깐—굳이 그렇게 불러달라는 거예요? 자기들이 브란젤리나*인 줄 알고?"

애슐리가 키득거렸다. 금색 단발머리가 까닥거렸다. "그 둘이 영화배우는 아니지만 A급 백만장자는 맞아요. 어쩌면 억만장자일 수도 있고요."

가끔씩 백미러로 에밀리를 거의 대놓고 훔쳐보기만 할 뿐 내내 잠잠하던 에릭이 비웃었다. "그럴 리가. 펀드 실적이 좋긴 하지. 아주. 하지만 백만장자는 근처에도 못 가."

"좋아, 알았어. 그럼 수백만장자. 백만 달러가 수백 개인."

에밀리는 눈을 부라렸다. 여기 사람들이 이렇게 남들 재산을 따

---

* 브래드 피트와 안젤리나 졸리 커플의 별명.

지는 이유가 뭘까? LA와 뉴욕도 돈이라면 넘쳐났지만 이만큼 돈으로 모든 걸 규정하지는 않았다. 그녀라면 할일 없는 가정주부들이 한자리에 둘러앉아서 서로 자산을 따지는 이런 도시에 사느니 차라리 〈런웨이〉로 다시 들어갈 것이었다.

그들은 차를 타고 으리으리한 대문이 달린 대저택들이 양옆으로 이어지는 어두컴컴한 도로를 영원처럼 느껴지는 시간 동안 달린 끝에 제일 큰 저택에 도착했다. 검은색 슈트를 입고 첩보원 스타일의 이어폰을 낀 경비가 대문에서 그들의 신분증을 확인했고 그러는 동안 또다른 경비가 옆에서 감독했다. 본채의 발레파킹 스탠드 근처에 경비가 두 명 더 있었고 다섯번째 경비가 문 앞에서 마지막으로 그들의 신분증을 확인했다.

“오 마이 갓, 봤어요? 맨 마지막 경비는 총을 들고 있어요!” 애슐리가 속삭였다. 에밀리는 그녀의 입에서 술냄새가 나는 것을 당장 감지했다. 제법인데? 사전에 입술 좀 축이고 오면 안 될 것도 없지. 그녀는 자기도 그렇게 하지 않은 걸 후회했다.

유니폼을 입은 메이드가 3층 높이의 현관과 부엌과 도심의 바쁜 식당 규모인 스태프들을 지나 뒷마당으로 그들을 안내했다. 줄에 달린 각양각색의 꼬마전구와 보석 빛깔의 유리 램프들이 거대한 천막 안을 밝혔고, 적외선등 덕분에 뉴잉글랜드의 겨울이 아니라 마라케시의 여름 같았다. 상상할 수 있는 모든 색상의 거대한 니트 쿠션과 스툴이 바닥의 대부분을 덮고 있었고, 그 위로 실크와 캐시미어로 보이는 담요가 걸쳐져 있었다. 손님들이 털 방울이 달린 튜브와 은으로 도금된 마우스피스를 빨았다가 길고 나른하게 숨을 토해내자 금색 장식이 그려진 정교한 유리 물담뱃대에서 달짝지근한 냄새를 풍기는 짙은 회색의 연기가 사방으로 솔솔 흘러나왔다.

천막 한복판에는 도발적인 붉은색 조명이 비추는 콩팥 모양 풀장이 있었고, 고온으로 유지가 되는지 3월 초의 이 추운 날 저녁에도 김을 모락모락 뿜어내고 있었다. 수영을 하는 사람도, 하다못해 수영복을 입은 사람도 없었지만 에밀리는 조만간 사람들이 물속으로 뛰어들 거라고 예감했다. 그녀는 애슐리의 무의미한 재잘거림을 차단하기 위해 다시 한번 한 바퀴 빙 둘러보았고 인정하는 수밖에 없었다. 이곳은 대박이었다. 시공을 뛰어넘어 모로코의 진짜 지하 목욕탕으로 들어선 듯했다. 릴리 퓰리처는 없었다. 진주목걸이도 없었다. 비즈니스 슈트도 없었다. 수십 명의 근사한 사람들이 즉석에서 만든 민트 모히토를 마시고 사과 향이 나는 담배와 섞은 대마초를 피우며 웃고 쉬고 서로 시시덕거리고 있을 따름이었다.

"이보다 완벽한 파티는 없을 거예요." 애슐리가 천막 안을 살피며 말했다.

"맙소사. 나는…… 이런 파티일 줄 몰랐어요."

"맞아요. 재캔다의 파티는 항상 최고예요. 작년에는 전문 포르노 배우를 불러다가 카바레 쇼를 열고 개인 레슨을 진행했어요."

에밀리의 입이 떡 벌어졌다. "농담이죠?"

"설마요! 천박하게 들리겠지만 사실 엄청 재밌었어요. 남편 없이 참석하기에 이보다 더 알맞은 파티는 없을 거예요. 재캔다가 여는 파티에서는 입장하는 순간 파트너와 바이바이하는 게 기본 원칙이에요."

에릭은 이미 아무 말도 없이 사라진 뒤였다. "잠깐—이거 그룹 섹스 파티예요? 나를 지금 빌어먹을 그룹 섹스 파티에 데려온 거예요?"

"그럴 리가요!" 애슐리는 기분 상한 말투였다. "우리는 그룹 섹스 하고 그러지 않아요. 아무도 바람피우지 않는다고요. 그냥 살짝 시시덕거리고 그만이지."

"포르노 배우들이 개인 레슨을 진행했다면서요?"

"어휴, 커플끼리 앉혀놓고서요! 부부관계에 묘미를 더할 수 있게요. 개인 교습이라고 할까요? 하지만 그룹 섹스는 하지 않아요." 애슐리가 좀더 바짝 몸을 기울였다. "이런저런 소문조차 없다고 하면 거짓말이겠지만요."

"소문이라고요? 바보도 아니고 왜 이래요!" 에밀리는 이렇게 말하고, 애슐리가 상처받은 표정을 짓자 언성을 낮추었다. "이 동네 명성이 자자하던데요." 말은 이렇게 했지만 사실 그녀도 잘은 몰랐다.

애슐리가 손사래를 쳤다. "그런 소문은 모든 근교마다 있죠. 그리고 누가 실제로 그룹 섹스를 하는지는 아무도 모르고요."

에밀리는 한 웨이터가 입은 타이트한 청바지에서 눈을 뗄 수가 없었다. 저게 데님이 아니라 보디 페인트일 가능성도 있을까? 몸이 저렇게 끝내주고 똑바를 수 있다니 인간적으로 가능한 얘긴가?

"부인." 웨이터가 말했다. 꿀처럼 끈적끈적한 남부 억양이었다.

그녀는 이 말을 듣고 몽상에서 번쩍 깨어났다. 부인이라고? "지금 뭐라고 했어요?"

"칵테일 한 잔 가져다드릴까 여쭤보려고요." 그가 이마를 덮은 금발을 쓸어올리고 보조개를 드러내며 씩 웃었다. 그렇지, 보조개가 있어야겠지.

"나더러 '부인'이라고 했어요?"

"네?"

애슐리가 웨이터의 가슴에 자기 손을 똑바로 얹더니, 입을 맞추려는가보다 싶을 정도로 가깝게 몸을 숙였다. "자기야, 칵테일이라니 너어어어어어무 좋지." 그녀는 끝을 길게 늘이는 남부 사투리를 흉측하게 흉내내며 이렇게 말했다.

"알겠습니다, 부인."

"'부인'이라는 소리 그만 좀 해요!" 에밀리는 소리쳤다.

"저분이 하는 말은 신경쓰지 말아요." 애슐리는 말하며 속눈썹을 깜빡거렸다. "제일 맛있는 걸로 가져다줘요. 뭐가 됐든 더블로."

그는 있지도 않은 모자를 기울여가며 인사하는 흉내를 내고 다시 보조개를 반짝이더니 바를 향해 걸어갔다. 천막 뒤편에 용의주도하게 숨겨놓은 바에는 여자 둘, 남자 하나, 이렇게 바텐더가 세 명이었고 모두 퀸카, 킹카였다.

"흐으음." 애슐리가 중얼거리며 현장을 살폈다. "여기 분위기 마음에 드네요."

"오늘이 월요일이라니 믿기지가 않을 따름이네요."

"우리 그리니치 사람들은 인생을 즐기는 법을 알아요." 애슐리가 말하며 장난스럽게 옆구리를 찌르자 에밀리는 그녀를 한 대 때리고 싶어졌다. "가요. 내가 여기저기 인사시켜줄게요."

에밀리는 애슐리가 그녀의 손을 잡고 모든 사람들의 신상 정보를 조잘거리며 여기저기 끌고 다니도록 내버려두었다. 다섯 아이의 엄마, 마라톤 11회 출전, 테니스 강사와 자고 다님. 머리가 벗어졌지만 예전에 코미디 센트럴 채널에서 자기 쇼를 진행한 적이 있을 만큼 재밌는 아빠, 코카인 문제가 있다고 하고 물려받은 재산이 많음. 사연이 점점 길어지고 재미없어졌지만 에밀리가 민트 모히토를 세 잔째 비운 순간부터 분위기가 눈에 띄게 좋아지기 시작했다. 좌우를 둘러보니 파티가 절정이었다. 무슨 일이 벌어진 걸까? 인어 꼬리만 입은 모델 두 명이 완벽한 가슴을 같은 박자로 흔들며 물살을 가르고 있고, 다들 아닌 척하면서 슬쩍슬쩍 훔쳐보고 있었다. 누군가가 천막 입구 바로 앞에 근사한 모닥불을 지펴놓았다. 커플들이 쿠션과 낮은 스툴 위로 널브러져 서로 다리를 휘감고 주물럭거렸다. 유럽 라운지 뮤직과 수백 개의 촛불과 향이 섹시한 내실 같은 분위기를 더했다. 몇 명은 춤을 췄고 또 몇 명은 풀장으로 들어가고 있었다. 애슐리는 자원봉사가 어쩌고저쩌고하는 무의미한 대화에 붙들려 있었기에 에밀리는 슬그머니 빠져나와 민트 모히토를 한 잔 더 마시려고 바를 향해 걸어가다가 뒤에서 귀에 익은 목소리를 들었다.

"아니, 이게 누구예요?"

그녀는 고개를 돌리기 전부터 목소리의 주인공이 누군지 알았지만 심장이 살짝 뛰는 건 어쩔 수 없었다. 그는 전에도 그랬듯이 후줄근했지만 이번에는 소매를 걷은 핑크색 셔츠에 나달나달한 청바지를 입고 있었다. 까무잡잡하게 탄 피부가 인상적이었는데 생각해보니 3월이라는 걸 감안하면 문제가 있었다. 인공 태닝을 하는 남자라면 실망스러울 텐데. 설마 아니겠지?

"설마 비치 범 태닝숍은 아니겠고 생바르텔레미섬에서 태운 거죠?" 에밀리는 그를 만나서 신난 티가 나지 않길 바라며 눈을 동그랗게 뜨고 물었다.

"뭐요, 이거요?" 앨리스터가 자기 팔뚝을 가리키며 되물었다. "이게 인공 태닝이면 왜 안 되는데요?"

"글쎄요, 나도 모르겠지만 지금은 3월이고, 길바닥은 진창으로 덮였고, 지금 현재 기준으로 이보다 더 칙칙하고 우울한 곳은 지구상에 없거든요. 이 파티장에서는 잘 모르겠지만."

"알레그라라는 사랑스러운 아가씨가 매주 집으로 와서 지하실에서 태닝 스프레이를 뿌려주긴 하지만 그걸로 나를 판단하지는 말아줘요."

에밀리는 경악하며 그를 빤히 쳐다보았다. "당신이 약간 매력적이라고 생각하려던 찰나였는데……"

"약간 매력적이요?" 앨리스터가 허리를 숙이고 속삭였다. "당신이 나를 사랑한다는 거 알아요. 내 골든 브론즈 색 태닝 스프레이마저도."

그녀는 비틀거리며 뒷걸음질쳤다. 언제 이렇게 취해버렸을까? "농담이죠?" 그녀는 말했다. 아니, 정확히 하자면 혀 꼬부라진 소리를 냈다.

그는 웃음을 터뜨리고는 자세한 설명을 생략한 채 카리브해로 휴가를 다녀왔다고 했다. 잠시 후에 금발의 그 섹시한 웨이터가 술잔이 담긴 쟁반을 들고 지나갔고, 누가 먹던 잔일지 모르는데도 에밀리는 하나를 집어서 단숨에 비웠다.

"아, 카리브해요? 하버드 졸업한 사람들이 하나같이 보스턴에 있는 학교 나왔다고 하는 거랑 똑같은 건가요? 그중에서 어느 학교냐고 추궁하면 케임브리지라고 하고. 다섯 번은 더 옆구리를 찔러야 하버드라고 고백하죠."

"맞아요. 그러고 나면 학창시절 얘기를 늘어놓는데 막을 방법이 없고요."

에밀리는 남의 시선을 의식하지 않고 외마디 폭소를 터뜨렸다가 이내 히스테리 환자처럼 옆구리가 아플 정도로 배를 잡고 웃었다. 앨리스터는 뿌듯해하는 눈치였다.

"영국령 버진아일랜드에 다녀왔어요, 궁금할까봐 밝히자면."

"아, 영국령 버진아일랜드에서 보트를 탔겠군요. 참 독창적이기도 해라."

그가 고개를 갸웃했다. "보트를 탄 줄은 어떻게 알았어요?"

에밀리는 그를 위아래로 훑어보았다. "당신은 영국 출신이고 어마어마하게 범생이 스타일이고 그리니치에 살잖아요. 거기서 보트 타는 거 아니면 뭘 하겠어요? 요리 수업을 듣겠어요?"

"내가 진부한 인간 그 자체라는 걸 알게 돼서 기쁘네요."

"인간은 누구나 그래요. 개중 일부는 그걸 남들보다 더 잘 숨길 뿐." 에밀리는 술을 한 잔 더 마시려고 좌우를 두리번거렸지만 웨이터들이 서빙을 중단하고 춤을 추기 시작한 모양이었다. 손님들과 함께. 본격적으로.

"내가 보기에 당신은 남들처럼 전형적인 스타일이 아닌 것 같은데요."

"나에 대해서 아는 게 뭐가 있는데요?" 에밀리는 물었다.

"이 파티에 혼자 올 만큼 용감하지만, 집에서 기다리는 남자친구나 파트너가 없을 리 없을 만큼 매력적이라는 걸 알죠. 무슨 이유에서인지 지금까지 그 남자의 존재를 언급조차 하지 않았지만. 여기까지 어때요?"

그렇다. 그녀는 마일스를 언급하지 않았다. 거부할 수 없을 만큼 달콤한 유혹이었다. 누군가 나를 원하는 이 느낌. 매여 있지 않은, 남편이 아닌 다른 사람 눈에 섹시해 보이는 느낌. 게다가 약간 시시덕거려서 안 될 건 없었다. 그와 잘 것도 아니지 않은가.

"계속해봐요." 그녀는 말했다.

"진짜 궁금한 건 당신이 오늘밤에 여긴 어쩐 일이냐는 거예요." 그가 물었다. "아니, 그리니치에는 어쩐 일이냐는 거요."

"여기 사는 고객을 돕고 있거든요. 그래서……"

"그래서 선택의 여지가 없다?"

"맞아요."

"그리고 그 고객이 누구이며 그 또는 그녀를 어떤 식으로 돕고 있는지는 밝히지 않을 거죠?"

"맞아요."

"알았어요, 그럼."

"우리 좀 앉을까요?"

그가 고개를 끄덕였고 그녀는 그를 따라 빈 쿠션이 놓여 있는 곳으로 갔다. 물담뱃대에 불이 붙어 있어 세상 달콤한 연기가 흘러나왔다. "담배 피울래요?"

셔츠 단추를 너무 많이 풀어헤친 또 한 명의 미남이 자기 쿠션 위에서 아주 어려 보이는 여자의 허벅지를 주무르다 말고 말했다. "그거 대마초예요. 혹시나 해서요."

"아, 그래요? 고마워요." 에밀리는 말하고 담뱃대를 내려놓았다. 그녀는 약물에 절대 맛을 들이지 않았지만 어렸을 때 좋아해보려고 무진장 애를 쓴 적이 있었다. 코카인을 하면 살이 찌지 않는

다지 않던가! 하지만 약발이 떨어졌을 때 그 맛이 간 느낌과 잠을 잘 수 없다는 점이 싫었다. 대마초는 피운 적이 한 번도 없어서 그녀는 앨리스터가 담뱃대를 쥐고 숯이 진한 주황색으로 이글거리도록 깊게 숨을 들이마시는 것을 보고 놀랐다.

"흐음, 어쩌면 당신에게 진부하지 않은 면이 있을 수도 있겠네요. 대마초를 피울 줄은 몰랐는데." 그녀는 말했다.

"일 년 휴학하고 이집트에서 지낸 적이 있거든요. 시나이에서 숱한 주말을 보냈는데 물담배가 그 지방 사람들의 소일거리였어요. 하지만 이건 대마초라고 하면 안 돼요." 그가 나른하게 숨을 뱉으며 말했다. "자메이카비치 위드에 가깝거든요. 이걸 피우면 나른해지고 몸에서 긴장이 풀려요. 마티니를 마시는 거랑 다를 게 없어요."

흠. 마티니라니 그 시점에 딱 어울릴 것 같았다. 그에게 물담뱃대를 건네받느라 손과 손이 서로 스쳤을 때 그녀는 짜릿한 전율을 느꼈다. 대마초가 몸속으로 들어가자 연체동물이라도 된 듯 당장 온몸에서 긴장이 풀렸고, 예전에 그렇게 질색했던 몽롱함이나 무기력감은 전혀 느끼지 못했다.

그의 전화기가 울렸다. "미안해요, 받아야 하는 전화라서요. 얼른 통화하고 올게요." 그가 일어나 천막 가장자리의 바 근처로 걸어갔다.

에밀리는 한창 둘만의 시간을 보내는 중에 그가 전화를 받으러 갔다는 데 짜증이 나서 휘청휘청 일어났다가 자신이 이제 술과 약물 둘 다에 취했다는 사실을 깨달았다. 그래서 조금 겁이 났다. 화장실. 그래, 이쯤에서 화장실을 다녀와야겠다. 하지만 대리석 세면대 앞에서 시중드는 사람이 기다리는, 야외 결혼식에 있을 법한 이동식 화장실은 싫었다. 그녀는 혼자 있고 싶었다.

에밀리는 최대한 침착하고 멀쩡해 보이려고 애를 쓰며 집으로 걸어갔다. 여전히 스태프로 북적거리고 환하게 불을 밝힌 부엌으로 들어가려는 찰나 애슐리가 가로막으며 물었다. "괜찮아요?"

"괜찮아요!" 에밀리는 그렇게 붙들려 화가 치밀었다.

"밖에도 화장실 있어요. 으리으리하고요."

"나 좀 혼자 내버려두면 안 돼요? 한, 오 초만이라도? 꼭 그렇게 내 일거수일투족을 감시하고 있어야겠어요?"

애슐리가 뒤로 홱 몸을 돌렸다. "괜찮은지 확인하려고 그랬을 뿐인데."

에밀리는 어디로 가면 되는지 아는 척하려고 다시 애쓰며 몸을 돌려서 계단을 올라갔다. 맨 처음 맞닥뜨린 방문을 열고—우주가 테마인 것을 보니 어린 남자아이의 방이었다—고급스러운 러그를 살금살금 지나 화장실로 들어갔다. 벽에 야광 별이 붙어 있었고 그녀가 다가가자 모션 감지 변기에 파란 불이 들어왔다. 멀쩡해 보이려고 애를 쓰느라 진이 빠져버린 그녀는 변기 뚜껑 위로 그야말로 주저앉아 호흡을 정리하는 데 집중했다. 이제는 아니라고 할 도리가 없었다. 머리가 빙글빙글 돌았다.

문을 두드리는 소리가 들리자 그녀는 허리를 곧추세웠다. 여기 앉아 있은 지 얼마나 됐을까? 일 분? 한 시간? 그녀는 "잠깐만요"라고 외치며 몸을 일으켜 얼굴에 찬물을 좀 끼얹을까 고민했지만 문밖에서 귀에 익은 목소리가 들렸다. "에밀리? 괜찮아요?"

"괜찮아요!" 그녀는 외치며 그가 무슨 수로 그녀를 찾아냈는지 궁금해했다.

문이 살그머니 열렸다. 그가 얼굴을 내밀고 씩 웃었다. "들어가도 돼요?"

"음, 안녕하세요. 스토커 씨." 그녀는 일어나 세면대를 붙잡았다. "아뇨, 안 돼요."

고맙게도 그는 그녀의 말을 듣지 않았고, 그가 등뒤로 문을 닫자 두 사람은 반짝이는 별과 혜성 모양의 야광등 말고는 온통 어두컴컴한 공간 속에 놓였다.

"다시 그 자리로 돌아갔더니 당신이 안 보이지 뭐예요."

"잠깐 숨 좀 돌려야겠더라고요."

"그래 보이네요. 찾느라 얼마나 고생한 줄 알아요? 집에 간 줄 알았어요."

"아, 듣고 보니 그거 좋은 생각이네요. 이제 가야겠어요."

"아니, 1층에서 벌어지는 쇼 안 보고요? 그거 꼭 봐야 해요. 켈러먼 리조트에 있는 스태프 댄스 코티지하고 이스트빌리지에 있는 더 박스 클럽을 묘하게 섞어놓은 것 같더라고요. 거기에 중동 아편굴 느낌도 살짝 추가했고."

문밖에서 무슨 소리가 들리자 그들은 얼어붙었다. 부스럭거리던 그 소리는 거의 시작되자마자 그쳤다.

"누가 화장실에 숨은 손님이 없는지 체크하고 다니나봐요." 앨리스터는 속삭이며 더 가까이 다가와 그녀에게 몸을 대고 세게 눌렀다. 그녀는 달콤한 사과향이 나는 담배와 대마초 냄새와 비싼 향수 냄새가 섞인 그의 체취를 느낄 수 있었다. 그리고 자신의 의사와 상관없이 몸이 반응하는 것도.

그녀는 그가 입을 맞출 거라고 100퍼센트 장담할 수 있었다. 이 야릇하게 어두컴컴한 화장실 안에서 모든 게 느껴질 정도로 하체를 바짝 붙이고 서 있으니 의심의 여지가 없었다. 그는 그녀의 귀에 대고 속삭이고 그녀의 뺨에 자기 뺨을 부비며 필연적인 순간을 늦추는 식으로 그녀를 가지고 놀고 있었다. 그렇다는 걸 알았다. 느낄 수 있었다. 마일스 아닌 다른 남자와 이렇게 몸을 붙이고 있는 게 얼마 만일까? 그녀는 계산을 해보았다. 육 년 만이었다. 그녀가 최고의 아내 상을 받을 일은 없겠지만—그리고 그도 최고의 남편 상을 받을 일은 없겠지만—그녀는 신의의 맹세를 지켰고 한눈을 판 적이 없었다. 영원 같은 시간이 지난 뒤에 앨리스터가 엄지와 검지로 그녀의 턱을 잡고 자기 쪽으로 들자 그녀는 그에게 입을 맞추고 싶은 육체적인 갈급을 느꼈다. 하지만 그의 입술이 그녀의 입술에 닿은 순간, 그 느낌에—불쾌한 게 아니라 다만 그녀에게 익숙한 느낌과 달랐다—나른하고 도발적이던 웅웅거림은 사라지고 정신이 번쩍 들었다.

갑자기 머릿속이 맑아졌다. 빙글빙글 돌던 것이 이제는 좌우로 흔들리는 정도였고 대마초 때문에 끈적거리던 느낌은 사라졌다. 그녀가 아는 게 있다면 모르는 남자—섹시하기는 하지만 남편은 아닌—가 몸으로 그녀를 누르고 있고 이러면 안 된다는 것뿐이었다. 그녀는 손바닥을 그의 가슴에 대고 밀었다.

"안 돼요." 그녀는 속삭였다.

"돼요. 당신도 원하잖아요."

"아니에요. 우리 다시 1층으로 내려가요."

문밖에서 와장창하는 소리가 들렸고 그들은 어둠 속에서 다시 얼어붙었다.

"이제 어떻게 해요?" 에밀리가 물었다.

"저들이 갈 때까지 기다려야 할 것 같은데요." 그는 속삭이더니 그녀를 다시 세면대에 붙잡아놓고 그녀의 목에 입을 맞췄다.

그녀가 들리도록 신음소리를 냈을까? 그녀의 온몸이 그를 향해 소리를 지르고 있었지만 모르는 척할 수 없는 수백만 개의 생각들이 떠올랐다. 우선 남편만 해도 그랬다. 그리고 그들이 별다르게 끔찍한 짓을 저지르지 않았음에도 남들이 보기엔 몹시 낯뜨거운 상황에 놓이게 됐다는 건 또 어떤가. 그녀는 생각할 시간이 필요했다.

그녀의 휴대전화에서 삑 하는 소리와 함께 애슐리가 보낸 문자가 도착했다. 어디 있어요? 린마누엘하고 해밀턴 출연진이 총출동했는데. 조만간 공연 시작한대요. 이거 놓치면 안 돼요!!!

"뭐라고? 내가 헛것이 보이나봐요. 헛것 맞죠? 〈해밀턴〉 출연진이 왔다고요?"

앨리스터가 고개를 끄덕였다. "작년에는 세리나와 비너스가 이 집 테니스코트에서 시범경기를 펼쳤어요. 그 전해에는 포르노 업계의 톱 배우들이 와서 '시연'을 했고요. 아니, '수업'을 했다고 해야 하나? 아무튼. 올해는 월요일에 파티를 연 이유가 브로드웨이가 쉬는 요일에 오리지널 캐스트를 모두 초대해 세 곡의 공연을 부탁하기 위해서예요. 그건 보러 내려가야 해요."

"근교에서…… 이런 공연을 보게 될 줄이야."

"쉬이잇." 그가 그녀의 입술에 자기 손가락을 대고 눌렀다. "우리 둘이 같이 있었던 거 아무도 못 보게 휘청거리면서 계단을 내려가기로 해요, 알았죠?" 그가 화장실 문을 열었고 에밀리는 그를 따라 방으로 나가자마자 어두컴컴한 바닥에 쓰러져 있는 시체인가 싶은 것에 발이 걸려서 하마터면 넘어질 뻔했다.

"괜찮아요?" 앨리스터가 속삭이는 것과 동시에 어떤 여자의 목소리—에밀리는 아니었다—가 들렸다. "거기 누구예요?"

"잠깐, 기다려요." 다른 남자의 목소리가 들렸다.

에밀리는 이미 그 몸에서 멀찌감치 떨어져 휴대전화의 손전등을 켠 참이었다. 어둠에 적응하는 데 시간이 걸렸지만 바닥에는 한 명이 아니라 두 명이 있었고 둘 다 멀쩡하게 살아 있었다. 그중 한 명은 얼굴이 아주, 아주 눈에 익었다.

"에밀리?" 남자의 목소리는 절박하게 애원하는 것처럼 들렸다.

"네?"

"무슨 생각하는지 알겠지만 오해예요."

앨리스터가 전등 스위치를 찾았는지 천장에 걸려 있던 행성에서 갑자기 불빛이 쏟아졌고 누가 봐도 오해가 아니라는 걸 알 수 있었다. 어느 초등학교 남자아이의 방에 깔린 복슬복슬한 카펫 한복판에 데님 스커트를 허리까지 올린 젊은 여자가 누워 있었다. 애슐리 남편의 실오라기 하나 걸치지 않은 새하얀 엉덩이가 여자를 어느 정도 가리고 있었지만 가장 중요한 부분을 감추지는 못했다. 그녀가 맨살을 훤히 드러내고 있을 뿐 아니라 에릭이 콘돔을 끼고 있었던 것이다. 파란색 반짝이가 박힌 콘돔이었다. 그리고 삐죽삐죽한 라텍스 돌기가 이리저리 솟아 있었다.

에밀리는 웃음을 터뜨렸다. 친구의 친구가 아닌 다른 여자와 섹스를 하려던(그것도 콘돔을 끼고!) 친구의 친구의 남편에게 발이 걸려서 넘어질 뻔했을 때 보일 수 있는 가장 훌륭한 반응은 아니겠지만 정말이지—너무 웃겼다.

“에밀리. 부탁이에요. 애슐리가—” 에릭이 여자에게서 몸을 일으켰고 그가 바지를 다시 입을 때까지 다들 시선을 피했다. 여자는 몸을 가리려는 시도조차 하지 않았다. 오히려 극적인 효과를 위해 몸을 길게 늘인 쪽에 가깝다면 모를까.

“에릭, 나는 당신이나 그 친구나 당신들의 결혼생활에 대해 아는 게 없고, 뭐랄까, 알고 싶은 마음도 없어요. 전혀. 조금도. 나한테는 아흔아홉 가지의 고민거리가 있지만 그중에 당신이 벌인 소동은 없다고요, 알겠어요?”

에릭은 미심쩍어하는 표정이었다.

앨리스터가 그녀의 팔을 잡고 당겼다. “우리, 자리를 비켜줍시다.”

그를 따라 방에서 나오기 직전에 에밀리는 뭔가를 깨달은 에릭의 표정을 보았다. 그 표정은 금세 희희낙락하는 표정으로 바뀌었다. 바람이나 피우는 개자식. 에밀리는 생각했다. 에밀리의 꼬투리를 잡았다고 착각하고 있다면 그는 뼈저리게 후회하게 될 것이었다.

에밀리는 점점 정신이 돌아왔지만 파티 분위기는 통제불능이었다. 자제하며 점잖은 척하던 사람들은 온데간데없었다. 여기저기서 서로 몸을 비벼대고 주무르고 춤을 추고 빙글빙글 돌았다. 누군가가 조명을 거의 꺼놓았고 물담뱃대 연기로 천막 안이 자욱했다.

“뭐하는 거예요?” 에밀리가 미친듯이 휴대전화 자판을 두드리는 것을 보고 앨리스터가 물었다.

“우버 택시 부르려고요. 여기 더는 못 있겠어요.”

"더는 못 있겠다고요? 하지만 〈해밀턴〉 출연진 공연이 조만간 시작할 텐데요."

에밀리는 그를 쳐다보며 눈썹을 추어올렸다. "여긴 미쳤어요. 당신들 전부 제정신이 아니에요."

"아니, 나까지 한 묶음으로 엮지는 말아줘요."

"당신도 여기 살잖아요. 당신도 한패예요."

우버 택시는 오 분이면 도착할 거였다. 그녀는 그 순간 둘 중 어느 쪽에 더 마음이 가는지 결정을 내릴 수가 없었다. 마일스에게 전화해 그의 목소리를 들으며 그녀가 올바른 길을 선택했다는 확신을 얻는 게 좋을까, 아니면 미리엄의 부엌에서 야단법석을 일으켜 그녀를 깨우고 오늘밤에 있었던 이 믿기지 않는 사건의 실체를 모조리 까발릴까. 음, 모조리는 안 될 수도 있겠다. 그래도 대부분.

"앞으로 나가서 기다려야겠어요." 에밀리는 말했다.

앨리스터는 묘한 표정으로 그녀를 쳐다보며 어깨를 으쓱했다. "당신이랑 같이 있으면 지루할 틈이 없겠어요, 그죠?" 그가 물었다.

"무슨 뜻에서 하는 얘기예요?"

"아무 뜻 없어요. 잘 가요, 에밀리 찰턴. 나중에 또 만나요." 그는 그러고는 더 아무 말 없이 그녀의 뺨에 건조하게 입을 맞추고 멀어졌다.

헐, 뭐야?

"에밀리? 에밀리! 지금 어디 가요?"

에밀리가 고개를 돌려보니 애슐리가 야한 원피스가 허락하는 한 최대한 빠르게 그녀를 향해 그야말로 질주하고 있었다.

"아, 애슐리. 나 지금 가려고요. 우버 택시 불렀으니까 내 걱정은 할 필요 없어요."

"가면 안 돼요!"

"아니, 안 되는 게 어딨어요?"

"하지만 좀 있으면—"

"〈해밀턴〉 출연진이 공연을 한다고요. 알아요. 린마누엘이 나를 용서해주길 바랄 따름이에요."

애슐리는 장담할 수는 없지만 아마 그럴 거라는 듯 고개를 끄덕였다. "저기, 에릭 못 봤어요? 그이도 이 공연 봤으면 좋겠는데." 애슐리는 이렇게 물으며 어둠으로 덮인 사람들의 얼굴을 살피느라 실눈을 뜨고 천막 주변을 두리번거렸다.

"에릭이요? 아뇨. 나는 못 봤어요." 에밀리는 일말의 주저함도 없이 대답했다. 그건 애슐리와 에릭과 파란색 반짝이 콘돔을 좋아하는, 미성년자일 가능성이 높은 에릭의 여자친구가 알아서 해결해야 할 문제였다.

"흠, 그렇구나. 내가 계속 찾아볼게요."

"그래요. 애슐리. 오늘밤에 고마웠어요."

더할 나위 없이 기뻐하는 표정이 애슐리의 얼굴 전체에 번졌고 그녀는 에밀리의 목을 두 팔로 덥석 끌어안았다. "재밌었어요? 진짜로요? 아, 정말 다행이에요! 당신이 LA나 뉴욕이나 다른 데서 참석하는 그런 엄청 으리으리한 파티는 못 되더라도 너무 지루하지만은 않았으면 했거든요."

"글쎄요. 오늘밤을 여러 말로 설명할 수 있겠지만 지루했다는 말은 해당이 안 돼요."

애슐리는 고민하다가 이걸 칭찬으로 받아들이기로 결정한 눈치였다. “키스!” 그녀는 명랑하게 외치고는 에밀리의 양쪽 뺨에 입을 맞추었다.

우버 팻말이 달린 토요타 캠리가 원형 진입로 안으로 들어오자 에밀리는 그녀를 향해 가짜로 함박웃음을 지었다.

“입력하신 주소지로 모실까요, 아가씨?” 기사가 물었다. 그는 징그럽지 않은 유쾌한 미소를 지었고 에밀리는 ‘부인’이라고 부르지 않은 그를 안아주고 싶었다.

이때다 싶게 그녀의 전화기가 울렸다. 마일스였다.

받아. 그녀는 자신에게 종용했지만 엄지손가락이 초록색 버튼 위에서 맴돌았다. 받아! 그녀도 받고 싶었지만—아니, 받고 싶은 마음이 생기길 바랐지만—모든 게 너무 피곤했다. 그녀는 벨소리를 죽이고 휴대전화를 핸드백에 넣은 뒤 시원한 가죽 시트에 몸을 기댔다.

“기사님? 이 주변을 잠깐 드라이브할 수 있을까요? 감사합니다.” 그런 다음 그녀는 눈을 감고 아무 생각도 하지 않으려고 했다. 하지만 달갑지 않은 차가운 역조처럼 생각이 끊임없이 떠올랐다. 그녀는 올리비아 벨에게 로스앤젤레스를 도둑맞고, 미쳐 돌아가는 어느 근교의 친구 집으로 불시착했다. 뉴욕이 코앞이지만 이보다 더 멀게 느껴질 수가 없었다. 그녀의 커리어는 시궁창으로 처박혔다. 남편은 지구 반대편에 있었다. 미란다에게 연락해야 할 때가 된 걸까? 꼬리를 내리고 〈런웨이〉로 돌아가야 하는 걸까? 이 생각이 들자 그녀는 눈을 번쩍 뜨고 헉 소리를 냈다. 기사가 백미러로 그녀의 안색을 살폈다.

“괜찮으세요, 아가씨?” 기사가 걱정하는 표정으로 물었다.

그녀는 남은 기운을 모두 그러모은 끝에, 겁에 질려서 발광하는 짐승이 아니라 제정신 박힌 인간처럼 침착하게 대답할 수 있었다.
"네." 에밀리는 떨리는 목소리로 말했다. "아주 멀쩡해요."

17

# 핀터레스트가 선정한 올해의 엄마

## 미리엄

미리엄은 양육에도 선택과 집중이 필요하다고 주장하는 학파의 엄청난 신봉자였고, 유치원에 다니는 아이들이 친구의 여섯번째 생일파티에 입고 갈 옷은 집중할 만한 항목은 아니었다. 하지만 주차장으로 진입해 일렬로 길게 늘어서 주차할 차례를 기다리는 럭셔리한 SUV 행렬에 합류한 순간 그것은 엄청난 판단 착오였음을 깨달았다. 또다시.

초대장에 '단정한 복장'이라고 적혀 있더니만, 꼬맹이들은 각양각색의 드레스를 입고 나비넥타이를 맨 채 좌우로 벨벳 로프가 늘어진 밝은 빨간색 카펫을 향해 열심히 달려가고, 데려다준 엄마들은 차 조심하라고 아이들에게 소리를 지르게 된다는 뜻이었던 모양이다. 먼저 안전벨트를 푼 쪽은 매슈였지만 먼저 뛰쳐나간 쪽은 메이지였다.

"너네끼리 들어가면 안 돼!" 미리엄은 소리를 질렀지만 앞선 차량들이 움직이길 기다리는 것 말고는 아무것도 할 수가 없었다. "둘이 손잡아—여기 주차장이야!" 하지만 그녀 인생의 다른 모든 사람들이 그러듯 아이들도 그녀의 말을 무시하고 달려갔다. 다행히 그녀는 어디에선가 등장한 주차대행요원에게 하이랜더를 맡기고(그녀가 열쇠를 건넸을 때 그가 비웃던 게 맞을까?) 아이들에게로 달려갈 수 있었다. 자주색 크러시드 벨벳 블레이저를 입고 거기에 맞춰서 벨벳 슬리퍼를 신은 남자가 클립보드를 들고 그들을 향해 환히 웃었다.

"자, 이번에는 어떤 분들이 오셨을까요?" 그가 물었다.

"얘들아, 너희들 이름 말씀드려야지." 미리엄이 채근했지만 매슈와 메이지는 큼지막한 카메라의 플래시를 터뜨려가며 아이들의 이름을 부르는, 진짜 파파라치처럼 보이는 사람들 앞에서 턴을 하고 포즈를 취해가며 레드 카펫을 걷는 다른 친구들을 구경하느라 바빴다.

미리엄은 솔직히 근사하진 않은 맘핏 청바지에 여기저기 뭉친 오리털 점퍼를 입은 자신이 문득 부끄러워졌다. "죄송해요." 그녀는 도어맨에게 중얼거렸다. "매슈하고 메이지 케이건이에요."

"훌륭해요!" 도어맨은 명단에 적힌 아이들 이름을 체크하며 우렁차게 외쳤다. "스카일러가 같은 반 친구들 왔다고 엄청 좋아할 거예요. 저는 론이고 스카일러의 아빠 중 한 명이에요."

"초대해주셔서 감사합니다." 미리엄은 이렇게 젊고 매력적인 남자가 여섯 살짜리 여자아이의 아버지라는 데 놀란 심정을 감추며 카랑카랑한 목소리로 대꾸했다.

"그쪽은 성함이?"

"죄송해요." 미리엄은 얼굴을 붉혔다. "저는 미리엄 케이건이에요. 저 아이들의, 음, 엄마고요."

"얘들아, 앞으로 나와라. 저쪽으로 돌아가시면 부모님용 출입문이 나와요. 레드 카펫은 유치원 아이들 전용이에요." 그는 통로가 시작되는 곳을 가리켰다. 1미터 높이의 이젤 위에 VIP 출입문이라고 적힌 거대한 도금 액자가 놓여 있었다.

이제 막 글을 읽기 시작한 메이지가 물었다. "엄마, VIP가 무슨 뜻이에요?"

"아, '어린이'를 다르게 말할 때 쓰는 단어야." 그녀는 거짓말을 했다.

아버지 겸 도어맨이 묘한 표정으로 그녀를 쳐다보았지만 아무 말도 하지 않고 매슈의 트레이닝 재킷에 코르사주를 꽂아주고 메이지의 손목에 코르사주 팔찌를 둘러주었다. 두 아이 모두 얼굴을 환히 빛냈다. "이제 가서 카메라를 보면서 포즈 잡아볼래, 멋진 친구들?" 그가 말했다.

아이들에게 그 이상의 부추김은 필요 없었다. 누군가가 아이들 이름을 알려주었는지 이제 '사진기자들'이 일제히 외치기 시작했다. "매슈, 이쪽을 봐주세요! 메이지, 입은 의상 좀 보여주세요!" 어찌나 그럴듯한지 미리엄도 넋을 놓고 쳐다볼 수밖에 없었다. 거기서 빠져나와야 하나 싶었지만—다섯 살짜리들에게 심어주고 싶은 가치관이 아니었다—아무리 머리를 굴려도 적당한 핑계가 생각나지 않았다. 운이 좋으면 둘 중 한 명이 토악질을 할 수도 있었다. 그녀에게는 영원한 아기인 메이지가 환호하는 파파라치와 구경하는 다른 부모들 앞에서 춤을 추기 시작했을 때에는 하마터면 심장이 멎을 뻔했다. "스텝을 보여줘요, 메이지!" 한 여자가 외치자 메이지는 기다렸다는 듯이 엉덩이를 흔들었다. 가족 댄스시간에 폴이 〈Call Me Maybe〉를 크게 틀면 다 같이 잠옷 차림으로 미친듯이 춤을 추었던 그때 같은 동작이었다. 안 돼. 안 돼. 안 돼. 미리엄은 딸아이의 머리에 점퍼를 씌우고 이 정신 나간 현장에서 데리고 나가고 싶었다.

그녀는 다른 부모들이 쳐다보기 전에 딸을 얼른 들여보냈다. 그런 다음 부모용 출입문으로 들어가 '놀이' 코너에서 두 명의 매력적인 이십대와 함께 있는 아이들을 찾아갔다.

"메이지라고? 어머, 이름 귀엽다!" 그중 한 명이 이렇게 말하고 있었다. "내가 머리랑 메이크업 해줄까?"

"네!" 메이지가 카랑카랑하게 외쳤지만 미리엄이 장담하건대 뭔지도 모르면서 그냥 대답한 거였다.

"걔는 이제 겨우 다섯 살이에요." 미리엄은 고데기 코드를 꽂기 시작한 메이크업 아티스트에게 말했다.

"아, 저도 알아요. 걱정 마세요, 속눈썹을 붙이거나 그러지는 않을게요. 그냥 립스틱, 블러셔, 아이섀도에 어쩌면 비비크림까지만 살짝 바르고 끝이에요. 그런 다음 머리를 펴고 반짝이 끈이랑 같이 땋아줄까 해요. 무슨 색이 좋겠니, 공주님?"

"분홍색이랑 자주색이요." 메이지는 너무 신나서 기절할 것 같아 보였다.

"비비크림이요?" 미리엄은 물었다.

여자가 미간을 찌푸리며 그녀를 쳐다보았다. "그냥 재미삼아 예쁘게 꾸며보는 거예요. 싫으시면—"

"엄마! 하고 싶어요! 안 된다고 하지 말아요!"

"당연히 안 된다고 안 하지. 그냥…… 엄마는 네가 지금 그대로 예쁘다고 생각하거든."

"머리에 분홍색이랑 자주색 끈 하고 싶어요!"

미리엄은 한숨을 쉬었다. "알아. 그래, 해."

메이크업 아티스트는 그녀를 보며 오해의 여지가 없는 표정을 지었다. 저리 가주세요, 참견쟁이 어머니.

여자는 버그도프백화점에 있는 것보다 더 많은 샤넬과 아르마니 화장품으로 가득 채워진 구식 메이크업 박스를 꺼냈다.

"엄마 잠깐 어디 다녀올게." 미리엄은 메이지의 뺨에 뽀뽀를 하려고 했지만 스타일리스트가 뜨거운 고데기를 들고 그녀의 앞으로 재빨리 끼어들었다.

음향 시스템과 조명까지 갖춘 거대한 전문 스테이지를 설치하느라 대부분의 테이블을 치운 상태였다. 빨간색 벨벳 커튼이 천장과 벽에 치렁치렁 매달렸고 또다른 레드 카펫이—이번에는 금색 별에 아이들 각각의 이름이 적혀 있었다—방을 가로질러 무대로까지 이어졌다.

"미리엄!" 섹스 토이 파티에서 만난 기억이 있는 심한 곱슬머리 여자가 미리엄 앞에 불쑥 나타났다. "다시 만나서 반가워요."

"저도요!" 미리엄은 여자의 이름을 기억하지 못한다는 걸 감추느라 우렁찬 목소리로 외쳤다.

"여기 끝내주지 않아요? 내가 어렸을 때 이런 파티가 있었다면 무슨 수를 써서라도 오고 싶었을 거예요. 우리 때는 생일파티라고 해봐야 조랑말 타는 거 아니면 척 E. 치즈 레스토랑이 전부였는데 말이죠."

"척 E. 치즈 레스토랑과는 완전히 다르죠." 미리엄은 뒷방에서 남자아이들에게 춤을 가르치고 있는 남자 댄스 선생을 흘끗 쳐다보며 중얼거렸다. 그는 기껏해야 스물한 살쯤 되어 보이는데 복근이 어찌나 선명한지 미리엄이 걸음을 멈추고 쳐다볼 정도였다.

"제법 괜찮죠?" 뒤에서 다른 엄마가 속삭였다.

"오 마이 갓." 그들은 웃통을 벗고 쫄바지만 입은 인간 찰흙 인형이 남자아이들 앞에서 빙글빙글 도는 광경을 넋 놓고 쳐다보았다.

"그러게요. 예전에는 어른용 음료가 준비되어 있으면 훌륭한 생일파티라고 생각했는데. 이제는 저렇게 움직일 수 있는 반라의 청년이 없으면 만족 못하게 생겼네요."

"진짜로 저스틴 팀버레이크의 댄서들이에요?" 미리엄은 그렇게 물으면서도 답을 이미 알고 있다고 확신했다.

"스카일러의 아빠 중 한 명이—문 앞에 지키는 분 말고 저기 저 분이요—저스틴 팀버레이크의 음반사 중역이래요."

"매슈는 절대 춤 안 출 거예요." 미리엄은 엄마의 권위를 담아서 말했다. "춤을 싫어하거든요. 여자애들이나 추는 거라면서. 뭘로 구슬려도 안 될 거예요."

바로 그때 기다렸다는 듯이 매슈가 골반을 움직이기 시작했다. 처음에는 천천히 움직이더니 이내 미친듯이 온 사방으로 움직였다. 선생님이 팔동작을 추가하자 매슈도 따라 했다. 일 분 만에 스무 명의 남자아이들이 온 스테이지를 장악하고 손으로 허공을 찔러댔다.

저 뒤편에 서 있는 금발이 미리엄의 눈에 들어왔다. 모습을 감추려고 애쓰는 것처럼 보이는 그 사람은 애슐리였다.

"실례할게요. 친구한테 인사 좀 하려고요." 미리엄은 말했다. 가까이 다가가보니 애슐리는 울고 있었다. "저기, 괜찮아요?" 미리엄은 물었다.

애슐리는 눈이 충혈됐고 마스카라가 핏기 없는 뺨을 타고 줄줄 흘러내리고 있었다. 얼굴이 어찌나 창백한지 방금 전에 병원에서 끔찍한 진단을 듣고 온 게 아닐까 싶을 정도였다.

"어머, 어떡해, 이리 와요." 미리엄은 그녀의 손을 잡고, 춤을 추는 남자아이들과 그걸 구경하는 부모들 쪽에서는 보이지 않는 테이블로 데려갔다. 의자를 하나 꺼내주자 애슐리는 그 위로 주저앉았다. "왜 그래요?"

"아, 미리엄. 정말…… 너무…… 끔찍해요." 애슐리는 딸꾹질을 했다. "우리 아이들은 절대 이 충격을 극복하지 못할 거예요."

미리엄은 애슐리의 손을 잡았다가 너무 차가워서 깜짝 놀랐다. "무슨 일인데요?" 미리엄이 그녀의 손을 꼭 쥐었다.

"에릭이 바람을 피우고 있는 것 같아요. 아니, 그게 아니에요. 틀림없이 바람을 피우고 있어요."

미리엄은 이 소식에 자신이 조금도 놀라지 않았다는 데 놀랐다. 그녀는 헛기침을 했다. "왜 그렇게 생각해요?"

"요즘 들어 조짐이 꽤 보였거든요. 결정적인 건 없지만 분위기가…… 달라졌어요."

"모든 부부가 기복이 있잖아요."

"알아요. 나도 계속 그렇게 되뇌고 있어요. 하지만 에릭이 침실에서 전혀 영혼이 없어요. 꼭 의무감에 하는 것 같아요." 애슐리가 조그맣게 씁쓸한 웃음을 터뜨렸다. "남들도 아니고 우리가 의무감에 하는 커플이라니!"

"아우. 피곤해서 그럴 수도 있죠. 애슐리가 본인 입으로 그랬잖아요, 남편이 미친듯이 일만 한다고요."

"그리고 그 트레이너도 마음에 걸려요. 에릭은 원래 운동을 좋아해서 그게 그렇게 이상한 일은 아니었어요. 예전부터 팀 스포츠를 좋아했거든요. 아니면 달리기. 헬스클럽에 다닌 적은 없어요. 그런데 요즘은 매일 거기 출근도장을 찍어요."

운동에 재미를 들인 폴이 미리엄의 머릿속에 퍼뜩 떠올랐다. 미리엄이 아무 대꾸가 없는데도 애슐리는 계속 말을 이었다. "그 애슐리 매디슨* 해킹 사건 기억나요?"

미리엄은 고개를 끄덕였다. 뉴욕에서 알던 아이들 유치원 친구 엄마 중에 해킹으로 남편의 계정이 공개되자 그의 전 재산을 빼앗고 당장 이혼한 사람이 있었다.

"좋아, 얘들아! 처음부터 다시 해보자!" 댄스 선생이 헤드셋 마이크에 대고 외쳤다. "원, 투, 쓰리, 포!" 〈Can't Stop the Feeling!〉이 너무 우렁차게 스피커에서 흘러나왔다.

애슐리가 하던 얘기를 계속했다. "그 기사 읽은 기억이 나요. 하지만 에릭의 이메일 주소가 있는지 확인할 생각은 하지도 못했어요. 그게 언제였더라, 한 삼 년 전이었나요? 애가 아직 태어나기도 전이었는데! 여자들이 거기서 남편 계정을 발견하며 벌어졌던 온갖 끔찍한 사연들이 기억나요. 그들이 안됐다는 생각만 했을 뿐,

---

* 기혼자를 대상으로 한 온라인 데이트 사이트.

에릭은 절대 그런 짓을 저지르지 않을 거라고 확신했어요."

"그런데요?" 미리엄은 잠긴 목소리로 물었다. 그녀는 애슐리가 하는 말에 집중하려고 정말이지 무진장 애를 쓰고 있었지만 컴퓨터 앞으로 달려가고 싶은 생각뿐이었다.

"어제 치과에서 무지 오래된 〈위민스 헬스〉를 읽는데 남편의 계정이 애슐리 매디슨에 있으면 어떻게 해야 하는지 다룬 기사가 있더라고요. 어떤 심리치료사를 만나야 하는지부터 어떤 성병 검사를 받아야 하는지까지, 전부요."

"아하……"

"내가 무슨 생각으로 그랬는지 모르겠어요. 내가 왜 그랬는지 이유를 설명할 방법이 없어요." 이 말과 함께 애슐리는 다시 울기 시작했다. "이메일 주소를 체크할 수 있는 사이트에 검색해봤더니 아니나다를까. 있더라고요, 업무용 메일이랑 개인용 메일 두 개 다! 그이 계정이 두 개였다는 뜻일까요? 한 계정으로 바람을 피우는 건 부족하다는 말이에요?"

미리엄은 시끄러운 음악소리에 감사했다. 애슐리의 흐느낌은 통곡으로 바뀌었고 그녀는 누가 듣거나 말거나 전혀 상관하지 않는 눈치였던 것이다.

"그 사태가 벌어졌을 때 기억나는데—"

애슐리가 미리엄의 말허리를 잘랐다. "미국에서 평방킬로미터당 등록된 유저가 제일 많았던 곳이 코네티컷주 페어필드 카운티인 모양이더라고요."

"이게 뭔데 그렇게 난리인가 궁금해서 가입한 남자들도 있을 거예요. 들어가서 구경만 하고 아무하고도 접촉하지 않은 케이스요."

애슐리가 눈물로 얼룩진 얼굴을 미리엄에게 돌렸다. "뭐, 우리 남편은 아니었어요. 내가 검진도 안 받고 치과에서 나와서 집으로 직행했거든요. 원래 우리가 매달 얼마나 많은 돈을 쓰는지 보면 속이 울렁거려서 신용카드 청구서는 쳐다볼 생각조차 안 했는데, 예전 청구서를 끄집어냈더니 거기 떡하니 있더라고요. 그 기사에서 청구서에 숫자와 문자가 임의로 뒤섞인 조합이 있는지 찾아보라고 했거든요. 모르는 사람이 보면 전혀 이상할 것 없는 조합이지만 구글에 입력해보면 애슐리 매디슨 청구 내역을 위장한 거라는 게 나온다면서. 세어보니 삼십팔 개월 치가 청구돼 있었어요. 그런데도 스쳐지나가는 호기심이었을까요?"

미리엄은 자기 손을 내려다보았다.

"미리엄, 어쩌면 좋을까요?"

"음, 나는 당신이 원하는 게 뭔지부터 파악해야 한다고 생각해요. 이런 상황에서 당신을 위해 무엇이 최상의 선택이겠는지."

"이혼일까요?" 애슐리는 이혼이 '암'이라도 되는 듯이 속삭였다. "내가 이혼을 해야 한다고 생각해요?"

"아뇨! 당신이 원한다면 모를까. 나는 어느 쪽이든 권하지 않았어요. 그냥 당신이 원하는 게 뭔지 먼저 생각해본 다음 에릭한테 얘기를 꺼내는 편이 좋지 않겠느냐는 거예요."

"세상에. 그이가 이혼하자고 하면 어떡해요?"

애슐리 매디슨의 목적 자체가 유부남과 유부녀가 양쪽 모두 자신의 결혼생활을 유지하길 원한다는 전제 아래 바람을 피우는 것이었지만, 미리엄은 그 사실을 굳이 짚고 넘어가지는 않았다.

"에릭에게 얘기를 꺼내기 전에는 모를 일이죠. 분명—"

"엄마! 나 쉬야 마려워!" 애슐리의 아들이 무대 위에서 외쳤다.

애슐리가 눈물과 눈 아래에 묻은 화장을 닦았다. "내 얼굴 지금 엉망이에요? 사람들 앞에 나서도 되겠어요?"

"멀쩡해요. 화장실 가서 살짝 고치고 싶을 수는 있겠지만." 미리엄은 말했다.

애슐리는 아들에게 손을 내밀어 무대에서 내려올 수 있게 잡아주었다. 그걸 지켜보며 미리엄은 그녀를 거의 집어삼킬 기세로 밀려드는 욕지기를 애써 참았다. 가능성 있는 얘기일까? 그리니치로 이사오기 전에는 폴이 바람을 피우고 있을지 모른다고 단 한 번도 진지하게 의심해본 적이 없었다. 하지만 폴의 행태가 에릭과 비슷하다는 걸 무슨 수로 부인할 수 있을까? 운동에 집착하는 것, 잠자리를 하지 않는 것, 애슐리의 남편처럼 경멸스러운 남자들과 어울리기 시작한 것……

답은 분명했다. 폴은 바람을 피우고 있었다. 애슐리 매디슨은 아닐지 몰라도—그녀는 그가 그 정도로 어리석지만은 않길 간절히 바랐다—다른 누군가가 있었다. 그럴 수밖에 없었다.

"엄마? 엄마!" 매슈가 무대에서 불렀다.

미리엄은 고개를 번쩍 들었지만 여전히 딴 데 정신이 팔려 있었다.

"엄마!"

그녀는 움찔했다. "왜, 아들? 엄마 여기 있어."

"나 보세요!"

미리엄은 다섯 살 난 아들이 골반을 내미는 아주 부적절한 합동 군무 공연과, 귀엽고 순진했던 딸이 〈토들러스 앤드 티아라스〉* 출연진처럼 변신해 레드 카펫 위에서 '캣워크'를 연습하는 광경을 지켜보며 행복한 좀비처럼 웃었다. 파티가 끝났을 때 미리엄은 아이들이 받은 답례품을 보고 경악하는 대신 고맙다고 인사하고 진심인 것처럼 보이는 데 성공했다. 메이지는 이름이 새겨진 아주 휘황찬란한 토트백에 케이크 반죽과 바닐라 향이 나는 로션, 반짝이가 들어간 화장품을 한가득 받았고 매슈는 등에 저스틴 팀버레이크가 은색 패브릭 마커로 사인한 인조가죽 라이더 재킷을 받았던 것이다. 쌍둥이의 지난번 생일파티 때 미리엄은 셀로판 봉지에 M&M 초콜릿을 가득 담아 답례품으로 돌리며 생일 축하해줘서 고마워! 사랑해. M&M이라고 적힌 특별한 리본으로 묶었다는 데 '핀터레스트가 선정한 올해의 엄마'가 된 듯한 기분을 느꼈건만.

"엄마, 진짜 재밌었어요!" 미리엄이 카시트 벨트를 채워주는 동안 메이지가 말했다. "오늘 받은 화장품 매일 하고 다닐 거예요."

"안 돼, 딸. 그건 공주놀이 할 때나 하는 거지. 집밖에서는 화장하지 않는 거야."

메이지가 울음을 터뜨렸다. "너무해! 이거 내 거잖아요! 내가 결정할 거야!"

"그걸 결정하는 사람은 엄마야, 네가 아니라." 매슈가 자기 자리에서 말했다.

미리엄은 주차대행요원에게 팁을 주고 주차장에서 빠져나왔다.

"엄마! 메이지가 나쁜 말했어요! 저더러 못난이래요!"

"메이지."

"안 그랬어요, 엄마! 얘가 거짓말하는 거예요!" 메이지가 꽥꽥

---

* 어린이 미녀 대회 출연자 가족의 일상을 관찰하는 미국의 리얼리티 TV 프로그램.

거렸다.

이 말에 매슈가 울음을 터뜨렸다. “아니에요!” 그는 흐느꼈다. “엄마는 내 말 안 믿어주고!”

“그래서 둘 다 파티 재밌었어?” 미리엄은 물었다. 쌍둥이들은 뭐가 제일 재밌었는지 조잘조잘 되짚었고 그걸 들으며 미리엄은 딴생각을 했다. 그런 걸 진짜로 했다고? 이 사람들 뭐야?

미리엄은 집으로 차를 몰고 가는 동안 점점 고조되는 서늘한 공포를 느꼈다. 그리니치로 이사를 와서 아이들을 이런 생활에 노출시킨 건 실수였을까? 꼭 일을 그만뒀어야 했을까? 그녀와 폴은 점점 멀어지고 있을까? 그가 바람을 피우고 있을 가능성이 있을까? 그녀가 가장 최근에 찬 우유를 그냥 넣지 않고 데워서, 그가 좋아하는 스타일로 커피를 끓여준 게 언제였을까? 너무 맵다고 애들은 건드리지도 않지만 그는 좋아하는 그녀만의 특별한 칠면조 칠리를 만들어준 건? 오버사이즈 티셔츠가 아니라 란제리를 입었던 건? 이러니 그가 바람을 피울 만도 했다. 피우지 않으면 비정상이었다.

집으로 가는 내내 이런 생각들이 머릿속에서 떠날 줄 몰랐지만, 자신의 짐작이 맞는다고 일말의 의구심도 없이 확신하게 된 건 집 앞 도로로 접어들었을 때였다. 그녀의 남편과 아들이 차가운 보슬비가 내리는 줄도 모르는 것처럼 진입로에 나란히 서 있었다. 벤은 미친 사람처럼 손을 흔들며 폴짝폴짝 뛰고 있었다. 그리고 또 보이는 것은—미끈한 라인과 반짝이는 도장을 뽐내는 빨간색 마세라티 컨버터블이었다. 아직 임시 번호판이 달린 채였다. 미리엄은 그녀의 큼지막하고 못생긴 SUV로 남편과 그의 새 차를 들이받지 않으려고 안간힘을 써야 했다.

18

# 장거리 자동차 여행

카롤리나

“하루에 100달러만 내면 업그레이드할 수 있다잖아. 그럼 선택은 뻔하지.” 에밀리가 빨간색 차에 등을 기대며 말했다.

그들 세 사람은 매캐런공항에 있는 내셔널 렌터카의 이그제큐티브 라인에 서 있었다. 버진아메리카항공 비행기에서 이제 막 내려—에밀리는 당연히 일등석 세 자리를 예약했다—포드 익스플로러(미리엄의 선택이었다)와 근사한 선루프가 달린 아우디 세단(카롤리나의 선택이었다)과 에밀리가 거기에 생사라도 걸린 듯 적극적으로 내세우고 있는 BMW 컨버터블 중에서 뭘 타고 갈지 고민하는 중이었다.

“사막을 다섯 시간 동안 달려야 하잖아. 무슨 일이 벌어질지 몰라. 컨버터블은 위험해.” 미리엄이 엄마 같은 투로 잘라 말했다.

“정확히 어떤 점에서 위험한데?” 에밀리가 물었다.

“누가 봐도 뻔하지 않아? 만약 차가 뒤집히기라도 하면 뚜껑의 보호를 받지 못하잖아. 우리 몸이 그대로 으스러질 거야."

에밀리가 눈을 부라렸다. "가장 최근에 차가 뒤집힌 게 언제였는데?"

미리엄도 즉시 눈을 부라렸다. "말하자면 그렇다고. 사막을 다섯 시간 동안 달려야 하는데 컨버터블을 렌트하는 사람이 어딨니?"

카롤리나는 한 손을 들었다. "두 사람 다 깜빡한 모양인데 우리 행선지가 '재활센터'야! A4가 딱 중간이고 비용을 대는 사람은 나니까 그만 싸워. 자, 이제 출발하자." 그들이 바퀴 달린 트렁크와 기내용 토트백을 챙겨든 그때 젊은 커플이 간발의 차로 그들을 앞지르더니 들고 온 유일한 짐을 트렁크에 던져넣고 앞좌석에 올라타 말 한마디 없이 쌩하니 차고지를 빠져나가버렸다.

"우리가 맡았다는 거 알고 있었으면서!" 미리엄이 그들 꽁무니를 쫓아가며 외쳤다.

"컨버터블을 타라는 신의 계시야." 에밀리가 BMW의 트렁크를 열면서 말했다. "솔직히 공간이 넓지는 않지만 어떻게든 잘 타고 가보자."

"그러다 흑색종이나 걸리겠지." 미리엄이 중얼거렸다.

"선크림이라는 놀라운 발명품이 있다는 얘기 못 들어봤어? 완전 짱이야! 얼굴에 살짝 바르기만 하면 햇볕에 타는 걸 막을 수 있어. 그리고 그거 알아? 마침 내가 그걸 핸드백에 챙겨 왔지 뭐야!"

미리엄은 에밀리를 노려봤지만 그래도 뒷자리로 올라탔다. "이 사이에 벌레가 끼고 머리는 엉켜서 뭉텅이지고 두피는 타서 벗겨지고 바람을 뚫고 소리지르느라 목소리가 더이상 안 나오는 지경에 이르면 그러게 내가 뭐랬느냐고 할 거야."

에밀리가 미리엄을 향해 손가락으로 욕을 했고, 카롤리나는 친구들과 장거리 자동차 여행을 떠나는 건 난생처음이라는 생각을 하며 자기도 모르게 미소를 지었다. 카롤리나는 열네 살 때 모델로 데뷔했다. 여행이라면 그녀와 그레이엄이 둘 다 워낙 좋아해서 숱하게 다녔지만 그레이엄은 외국에서 차를 렌트하는 걸 싫어했다. 비행기로 전 세계를 누비는 것도 또다른 종류의 모험이기는 했지만, 그녀는 어떻게 삼십칠 년을 사는 동안 제대로 된 자동차 여행 한 번 떠나본 적 없었을까?

카롤리나가 운전석에 앉았고 15번 고속도로에 진입하자 시속 135킬로미터 크루즈 주행 모드로 세팅했다. 그들은 3월의 늦은 아침햇살을 맞으며 뻥 뚫린 길을 질주했다. 라스베이거스스트립을 지났을 때는 에밀리가 새롭게 생각난 사업 아이디어를 아주 자세하게 설명해 모두를 배꼽 잡게 만들었다. 남자들끼리 라스베이거스로 와서 단체 할인으로 정관수술을 받고 고급 호텔에서 스트리퍼에게 불알 얼음찜질 서비스를 받으며 쉬었다 가는 여행 상품을 팔자는 것이었다.

"뭐야, 기발하잖아." 미리엄이 뒷자리에서 깍깍대며 외쳤다. "남편들 설득하기도 좋고 나중에 뒤치다꺼리 떠맡을 필요도 없고. 너 진짜 대단하다."

"제일 끝내주는 부분이 아직 남았어. 원 플러스 원으로 판매하면서 상품명을 '라스고자스 패키지'라고 하는 거야. 그럼 완전 대박날 것 같은데."

카롤리나도 같이 깔깔대며 웃고 싶었지만, 날이면 날마다 하루 종일 그녀를 괴롭히는 메스꺼운 불안과 의구심이 가실 줄 몰랐다.

그래도 난생처음 어마어마한 식욕을 발휘하는 데에는 아무 문제가 없었다. 몇 시간 뒤면 죽을 것처럼 배가 고픈데 주유소 간식 말고는 먹을 게 맥도날드에서 드라이브스루로 주문한 큼지막하고 걸쭉한 소프트아이스크림밖에 없었을 때, 카롤리나는 그걸 무서운 기세로 먹어치웠다. "내가 방금 유제품을 먹었다니!" 그녀는 배를 움켜쥐고 앓는 소리를 냈다.

"유제품이라니 무슨 말씀!" 에밀리가 말했다. "그거 다 화학 합성물이에요. 우유가 아니라."

그들은 해가 떨어진 직후 아만기리에 도착했고 에밀리의 '오랜 친구'인 총지배인이 그들을 맞았다. 그는 철저한 보안을 약속했다.

"제일 외진 곳으로 준비했어요." 그가 말하며 앞장서서 밖으로 나가 유리문을 열자 회색 시멘트 한 조각을 깎아서 만든 것처럼 생긴 스위트룸이 나왔다. 정중앙의 널찍한 거실에 올 화이트의 소파와 의자가 사막을 마주보고 놓여 있었고, 테라스에서는 조그만 모닥불이 이글거리고 있었다. 네 면이 모두 능선에 둘러싸인 길고 좁은 전용 풀장은 사막의 오아시스처럼 반짝였다. 흰색 라운지체어와 흰색 파라솔 아래에는 완벽하게 개켜진 흰색 수건이 놓여 있었다. 마스터 룸에는 킹사이즈의 플랫폼 침대가 있었고, 욕실에는 실내외가 연결된 더블 레인 샤워부스가 갖추어져 있는데다 대형 욕조에서 전면 유리창 너머로 밖을 내다볼 수 있었다.

"여기를 써요." 에밀리가 딱 잘라 말했다. "미리엄하고 나는 옆방 더블 침대에서 자면 되니까. 널찍한 공간에서 호젓하게 지내야 금주에 집중할 수 있지 않겠어요?"

미리엄과 에밀리는 저녁 먹으러 나갈 준비를 하러 자기들 방으로 갔지만 카롤리나는 수영복으로 갈아입고 온탕에 가까운 풀장에 몸을 담갔다. 그와 거의 동시에 휴대전화 벨이 울리면서 지역번호 212로 시작하는 번호가 떴다. 그녀는 심호흡을 했다. 이미 만반의 준비를 마친 상태였다. 뭐라고 하면 되는지 에밀리가 알려주었다.

"여보세요. 카롤리나 하트웰입니다."

"카롤리나 씨?" 상대방은 젊은 여자였고 놀란 목소리였다. 그녀가 전화를 받을 줄은 몰랐던 모양이었다.

"네."

"저는 〈뉴욕 포스트〉의 수재너 윌렌스키예요. 카롤리나 씨가 그리니치를 떠났고 아드님 면접교섭권을 포기할 예정이라던데 사실인가요?"

카롤리나는 숨을 삼켰다. 재활센터에 대해 답변할 준비를 하고 있었는데 해리를 버릴 작정이냐는 혐의를 들이밀다니. 이건 대본에 없던 얘기였다.

"부인?" 상대방은 집요했다.

"면접교섭권은 포기한 적 없고 앞으로도 절대 포기하지 않을 거예요. 그건 전혀 사실이 아니에요."

"그럼 재활센터는요? 알코올 문제 때문인가요? 체포된 이후에 치료할 방법을 찾고 있다고 봐도 무방할까요?"

카롤리나는 잠시 멈추고 에밀리가 가르쳐준 대사를 정확하게 기억하고 있는지 확인했다. 거짓말은 아니지만 그렇다고 사실대로 말하는 것도 아니려면 한 치의 오차도 없어야 했다. "생각을 좀 정리하느라 서부로 여행 왔어요. 상쾌한 공기를 마시며 분위기를 바꿀 필요가 있겠다 싶어서요."

"서부요? 어딘지 구체적으로 말씀해주실 수 있나요?"

"아뇨, 그건 어려울 것 같아요." 에밀리는 '어렵다'는 식으로 대답해야 한다고 강조했다. 행선지를 기꺼이 밝히고 싶지만 (재활센터측의) 비밀 유지 규정 때문에 그럴 수가 없다는 뉘앙스를 풍기기 때문이었다. 지능이라는 게 눈곱만큼이라도 있는 기자라면 그 말을 듣고 카롤리나가 최고급 관광용 목장 겸 럭셔리 호텔인 몬태나의 초특급 치료시설에 입소했다는 데 전 재산을 걸 것이었다.

"그렇군요. 추가로 하실 말씀 있으면—"

"고맙지만 지금 당장은 이게 전부예요." 카롤리나는 '종료' 버튼을 누르고 통화가 끝났다는 데 안도했다. 에밀리가 기뻐할 것이었다.

"세 분, 데저트 라운지에서 열리는 행사에 참석하시겠어요?" 웨이터인 팀이 물었다. "이 지역의 천문학자가 별 관찰 시연을 펼칠 예정인데요."

카롤리나는 테이블을 둘러보았다.

"스모어* 공방도 열릴 예정이에요. 다크 초콜릿, 밀크 초콜릿, 리세스 초콜릿, 페퍼민트—"

"이따 잠깐 들를게요." 에밀리가 다정하게 미소를 지으며 말했다. 그리고는 점점 멀어지는 그의 뒷모습을 물끄러미 바라보았다. "여기가 객실 하나당 1박에 5000달러씩 받는 그런 곳이 아니었다

* 크래커 사이에 마시멜로와 초콜릿을 넣어서 먹는 간식. 대개 캠프파이어 때 먹는다.

면 이 안에 호스트바가 있는 줄 알았겠어."

미리엄이 폭소를 터뜨렸다. "쟤는 애야, 에밀리! 한 스무 살쯤 됐을까?"

에밀리가 한 손을 들었다. "그냥…… 잘생긴 애 옆에 더 잘생긴 애가 있다는 뜻에서 한 얘기야. 그리고 아까 그 티미가 내 최애고."

"그래. 뭐, 너는 몰랐는지 몰라도 여기 싱글인 여자들이 많네." 미리엄이 말했다. "투숙객 신상 정보에 따라 매주 직원을 교체하는 걸 수도 있겠다."

근처 테이블에서 열댓 명의 여자들이—사실상 애들이었다—폭소를 터뜨려 그들은 일제히 돌아보았다. 기회가 있을 때마다 '신부'라고 적힌 뭔가를 걸치는 한 명이 있었으니 처녀 파티를 벌이고 있는 모양이었지만 그것 말고는 정체를 알 수 없는 시끄러운 집단이었다.

"쟤네들이 우리가 아니라 자기들한테만 집중하면 상관없는데. 아무라도 카롤리나를 알아보고 우리가 금주 프로그램을 운영하는 센터가 아니라 럭셔리 호텔에 숨어 있다는 걸 언론에 흘리면 최악이거든."

"친구들 열댓 명을 여기로 초대할 만큼 돈이 남아도는 사람도 있나?" 카롤리나는 말했다. "게다가 다들 젊잖아요. 이십대쯤 되어 보이는데."

"아버지나 약혼자가 돈을 댔겠죠." 에밀리가 말했다.

카롤리나는 그녀를 돌아보며 눈썹을 추켜세웠다. "아니, 그런 성차별적인 발언을? 우리 셋도 여기서 이렇게 지내고 있지만 내 아버지나 남편이 돈을 대주진 않았잖아요."

"하지만 에밀리 말이 맞아." 미리엄이 와인 잔을 비우고 한 잔 더 가져달라고 손짓하며 말했다. 그들은 다섯 잔째 마시고 있었지만 아무도 알딸딸한 기운조차 느끼지 못했다. 팀이 이 주에서는 한 번에 와인을 최대 120밀리리터까지만 제공하도록 법으로 정해져 있다고 알려주었다. 그걸 '유타식 서빙'이라고 부른다고 했다.

"그래?" 에밀리가 물었다.

"아버지가 주말 동안 여기서 지내는 비용을 내주었거든. 약혼자도 그럴 만한 능력이 되긴 하지만 그는 친구들을 데리고 이비사섬에서 주말을 보내고 있어."

"그걸 어떻게 알아냈어?" 에밀리가 물었다.

"별로 어렵지도 않던데." 미리엄이 말했다. "쟤네들이 셀카를 미친듯이 찍고 있잖아. '아만기리' 해시태그를 검색하니까 쟤네들이 올린 사진이 몇 장 나오더라. 그중에서 신부가 올린 사진을 타고 계정으로 찾아갔지. 서로 좋아서 죽는 사진에 프러포즈 사진으로 도배가 되어 있어서 약혼자가 누군지는 금세 알아냈고, 약혼자 인스타는 비밀 계정이길래 구글에 검색해보니까 미국에서 제일 큰 헤지펀드 상무더라. 여담이지만 몇 달 전에 테러 감시 명단에 있는 바레인의 어느 교주한테 돈을 받아서 법적으로 문제가 생긴 회사야. 그게 중요한 건 아니지만."

"와우." 카롤리나가 중얼거렸다.

"제일 흥미진진한 부분은 아직이야. 신부 계정을 보니까 나이 많은 남자가, 아마도 아버지겠지만, 페이스북에 올린 사진에서 그녀를 태그했더라고. 스웨덴 왕실의 SNS 계정을 관리하는 담당자가 그랬을 가능성이 높긴 하지만. 요약하자면 저 아가씨는 스톡홀름

왕궁에서 자란 스웨덴 공주고 결혼에 필요한 간판을 따려 이 나라로 건너와서 기숙학교에 다녔어."

에밀리가 휘파람을 불었다. "나 진심으로 감동받았어."

카롤리나의 눈이 휘둥그레졌다. "저 친구들 이름도 모르는데 그 많은 걸 알아냈단 말이야?"

"내가 스판덱스만 입고 섹스 토이 파티에 다니기 이전 생애에서는 뒤를 캐는 게 업무의 상당 부분을 차지했거든."

에밀리가 말했다. "지금 네 능력이 필요해. 우리한테. 그레이엄을 상대할 때 쓸 만한 정보를 찾아낼 수 없을까? 털어서 먼지 안 나는 사람은 없다잖아, 그 인간 같은 개쓰레기는 특히 그럴 테고."

카롤리나는 에밀리가 아무렇지 않게 내뱉은 독설에 움찔했다가 그런 자기 자신에게 화가 났다. 그레이엄이 그녀에게 한 짓을 감안하면 그 어떤 것에 대해서도 너무하다고 생각하면 안 되는 거였다.

미리엄이 테이블 위로 몸을 숙였다. "탈세 없나? 적어도 너희가 불법 체류자를 베이비시터나 가사도우미로 쓴 적은 있지 않을까?"

"장난해?" 카롤리나가 물었다. "그는 한평생 정치에 뜻을 두고 있었어. 그런 사람이 불법 체류 외국인을 쓰겠어?"

"좋아, 그럼 약물은요?" 에밀리가 물었다. "보아하니 코카인을 좋아할 것 같은 타입이던데."

"그렇지도 않아요. 우리 둘이 처음 만났을 때 두어 번 했나? 하지만 무슨 의미 있겠어요? 오바마도 코카인은 해본 적 있다고 실토했는데."

"카롤리나. 뭔가가 있다는 거 알아요. 우리한테 얘기해야 해요." 에밀리의 태도가 명랑에서 분노로 바뀌었다.

예전에 카롤리나의 어머니는 거짓말을 못하는 건 장점이라고 했다. "무슨 소릴 하는 건지 모르겠네."

"그쪽이 쥐고 있는 그의 약점이 있잖아요. 나는 알아요. 얼굴에 쓰여 있다고."

카롤리나는 에밀리의 눈을 똑바로 쳐다보았다. "내가 아는 건 전부 얘기했어요."

결혼하고 이삼년쯤 지난 어느 날 사랑을 나누고 난 뒤에 그레이엄이 그녀의 품에 안겨서 운 적이 있었다. 그녀 앞에서 그가 눈물을 보인 것은 그날 밤이 처음이자 마지막이었다. 그는 아버지가 돌아가셨을 때도, 첫번째 부인의 기일에 해리를 데리고 햄프턴스 바닷가에 가서 유골을 뿌렸을 때도 울지 않았다. 거의 한 시간 동안 달래고 약속한 끝에 그는 말문을 열었고, 이야기를 들었을 때 카롤리나는 숨을 쉴 수가 없었다. 그날은 몰리라는 여자아이의 스물다섯번째 생일이었다. 아니, 그녀가 살아 있었더라면 그랬을 것이었다. 이십 년도 더 전에, 당시 열일곱 살이었던 그레이엄은 어매건셋에 있는 부모님의 여름 별장 근처에서 네 살이었던 몰리 웰스를 차로 쳐서 죽였다.

에밀리가 와인 잔이 흔들릴 정도로 세게 테이블을 내리쳤다. "그쪽 남편이, 당신이 지금 이 순간에도 미련을 못 버리는 그 작자가 당신 아이를 납치하고, 당신 이름에 먹칠을 하고, 당신을 어제 나온 쓰레기처럼 내팽개쳤는데 우리는 여기 이 빌어먹을 허허벌판에 와서 스웨덴 공주 얘기나 하고 있다고요."

"에밀리." 미리엄이 경고했다.

"말도 안 돼." 에밀리가 나지막이 쏘아붙였다. "네 친구는 그의 약점을 틀어쥐고 있어. 나는 알아! 우리는 예전 삶을 되찾아주려고 이렇게 노력하는데, 네 친구는 협조를 거부하잖아."

"피곤하다." 카롤리나는 눈물을 애써 참으며 말했다. 암벽 등반을 하고 뜨거운 돌로 마사지를 받고 풀장을 둥실 떠다니며 근사한 하루를 보냈는데, 그 기분을 망치고 싶지 않았다. "들어가서 자야겠어. 나 대신 스모어 많이 먹어. 내일 조식시간에 만나죠."

"리나, 에밀리랑 나는 네가 걱정돼서 그래. 너무 피곤하고 무기력해 보여서. 지금 상황이 힘든 건 알지만 감정적으로도 잘 견디고 있는 거야?" 미리엄이 카롤리나의 손 위에 자기 손을 얹으며 물었다.

"다리에서 뛰어내릴 생각이냐고 묻는 거예요." 에밀리가 덧붙였다.

카롤리나는 두 친구를 번갈아 쳐다보았다. "정말 피곤해서 그래요." 그녀는 말하며 자리에서 일어섰다. "걱정해줘서 고맙지만 조만간 약을 한 병 통째로 삼키는 일은 없을 거라고 약속할게요."

그녀가 일어나려 하자마자 팀이 다시 마법처럼 등장해 카롤리나가 의자를 뒤로 미는 것을 거들었다. "설마 스모어 안 드시고 그냥 가시려는 건 아니죠?" 그가 물었다.

"다음번에 먹을게요." 그녀가 말하자 그는 귀엽게 토라진 표정을 지었지만 금세 옆 테이블로 건너갔다.

에밀리가 고개를 끄덕였다. 미리엄은 그녀에게 엄지손가락을 들어 보였다. 무슨 신호라도 떨어진 것처럼 바로 그 순간 팀이 몸을 돌리고 그녀를 보며 씩 웃었다.

"나는 방으로 갈게. 너희 둘을 사랑하지만 이젠 그만했으면 좋겠다." 카롤리나는 말했다. 뒤에서 미리엄이 부르는 소리가 들렸지만 못 들은 척하고 식당 밖으로 나갔다. 유리등 몇 개가 방으로 가는 길을 밝히고 있었다. 침대에는 침구가 깔려 있었고 조명은 은은했고 전용 테라스에는 야외용 화덕에 불이 지펴져 있었다. 카롤리나는 미니 바에서 페리에 탄산수를 한 병 꺼내들고 화덕 옆으로 걸어가 쿠션이 깔린 선베드에 앉았다. 완벽한 정적에 휩싸인 사막이 끝없이 펼쳐졌지만 몇 미터 앞에 있는 키 큰 선인장 말고는 보이는 게 거의 없었다. 해리를 데리고 왔으면 좋아했을 텐데. 그녀는 생각했다. 여기 시간으로 저녁을 먹기 전에, 그쪽 시간으로는 얼추 잠자리에 들 때쯤 전화를 걸었지만 아이는 페이스타임을 거절하고 문자를 보냈다. 죄송해요 엄마 오늘 제이슨네서 자느라 통화 못해요 내일 전화할게요. 도대체 시합 전날에 그레이엄이 아이를 친구네 집에서 재우는 이유가 뭐란 말인가. 하지만 당연히 그녀는 이유를 알았다. 리건 때문이었다.

멀리서 뭔가를 두드리는 소리가 들렸다. 딱따구리인가? 잠시 후 다시 그 소리가 들렸고 이번에는 좀더 집요했다. 그녀는 방안으로 다시 들어갔다. 알고 보니 누군가가 그녀의 객실 문을 두드리는 소리였다. "나 자려고 누웠어!" 그녀는 아직 옷도 갈아입지 않았지만 에밀리와 미리엄에게 이렇게 외쳤다.

"쉬시는데 죄송해요." 남자 목소리였다.

그녀는 잠금장치를 풀고 문을 열었다. 웨이터 팀이 수줍은 미소를 지으며 서 있었다. 샤워를 하고 소매를 접은 버튼다운 셔츠와 청바지를 입고 있어서 아까보다 더 번듯해 보였다.

"정말 죄송해요, 하트웰 부인. 쉬시는데 제가 방해한 건 아니었으면 좋겠는데, 친구분들이 객실에 문제가 생겼다고 가봐달라고 하셔서요."

"객실에 무슨—" 그녀는 말을 하다 말고 멈추었다. 에밀리를 죽여버리고 싶었다. 누가 봐도 그녀의 소행이었다.

팀이 좀더 활짝 웃으며 장난꾸러기 같다고밖에 표현할 수 없는 표정으로 그녀를 쳐다보았다. "벌레가 있다고 하신 것 같은데요. 전갈이었나? 아무튼, 음, 그걸 치워드리려고 왔어요."

"벌레요? 네, 맞아요. 벌레가 있어요." 그녀는 그가 들어올 수 있게 뒤로 물러났고 지금 무슨 일이 벌어지려 하는지 정확히 알았다. "엄청 커요."

"네, 친구분들도 그렇게 얘기하시더라고요. 정말 죄송하게 생각합니다. 제가 한번 볼게요." 그는 발로 차서 등뒤로 문을 닫더니 그녀에게 입을 맞추기 시작했다. 너무 순식간에 벌어진 일이고 적응해야 하는 게 너무 많아서—수염을 기른 사람, 그레이엄이 아닌 다른 사람과 키스하는 느낌, 그리고 그야말로 전등처럼 당장 달아오르는 그녀의 몸—마주 입을 맞추는 것 말고는 아무것도 할 수가 없었다. 그는 영화에서처럼 당장 그녀를 안아올려 침대에 눕혔고 그가 자기 위로 몸을 숙이자 그녀는 이러다 기절할지 모르겠다는 생각을 했다.

"왜요?" 그가 그녀의 머리칼을 쓸어올리며 잠긴 목소리로 물었다.

"잠깐만." 그녀는 속삭였다.

그는 당장 멈추었다. "괜찮아요?"

카롤리나는 미소를 지었다. 어떻게 가능한 건지 모르겠지만 가까이서 보는 그는 훨씬 더 귀여웠다. "한 가지 부탁할 게 있어서요."

"뭐든 말만 하세요."

"나를 하트웰 부인이라고 부르지 말아줘요. 앞으로 절대."

팀이 웃으며 그녀의 목에 얼굴을 묻었다. 그리고 천천히 그녀의 옷을 벗겼다. 마침내 둘 다 완전히 알몸이 되자 그는 동작을 멈추고 일어나 앉아서 감탄하는 눈빛으로 그녀를 위아래로 훑었다. "와우." 그는 중얼거렸고 누가 들어도 진심이라는 것을 알 수 있었다. "이 정도로 아름다울 줄은 몰랐어요, 카롤리나."

카롤리나는 손을 뻗어 그의 얼굴을 자기 쪽으로 당겼다. "쉬이잇."

그들은 두 번 사랑을 나누었다. 두번째가 끝난 뒤에는 같이 잠이 들었고 카롤리나가 일어나보니 테라스의 화덕에 아직까지 불이 남아 있었다. 새벽 다섯시였고 막 동이 트고 있었다. 그녀는 알몸으로 침대에서 빠져나와 환상적인 사막의 풍경이 내다보이는 유리문 앞으로 다가갔다. 그녀는 서른일곱 살이었다. 그리고 원나잇스탠드는 이번이 처음이었다. 물론 앞으로 이틀 더 있을 테니 마음만 먹으면 기회는 많을 테지만…… 카롤리나는 제동을 걸었다. 아니다. 이것으로 완벽했고 그녀에게 딱 필요하던 것이었다. 아무 감정이 없는 하룻밤의 근사한 섹스.

한 시간 뒤에 팀은 이런 일에 이골이 난 사람 특유의 노련미를 발휘하며 그녀의 방에서 몰래 빠져나갔다. 공유하고 분석하거나 에밀리의 추궁에 시달리거나 말없이 앉아서 평가하는 미리엄을 보고 있기에는 그날 밤의 기억이 너무 달콤했다. 고맙지만 사양할게. 카롤리나는 생각했다. 그건 그녀의 것, 그녀만의 것이었다.

19

# 이 나라 국민들은 너를 용서하고 싶어해

에밀리

에밀리는 담배를 한 모금 빨고 천천히 연기를 내뱉었다. 봄이 왔나보다는 착각을 불러일으키는 전조처럼 유난히 포근한 날이었고, 에밀리와 카롤리나는 카롤리나의 집 뒤 테라스에서 월동중인 풀장을 내다보고 있었다. 서부 여행은 아주 성공적이었다. 〈엔터테인먼트 위클리〉 투표 결과 카롤리나를 용서할 용의가 있다고 답한 미국인이 52퍼센트였다. '재활센터' 작전이 잘 끝났으니 이제는 계획의 나머지 부분을 진행할 차례였다. 카일이 에밀리를 찾는 새로운 고객 세 명의 전화와 미란다 프리스틀리가 보낸 꽃다발을 잘 처리했으니 더욱 그랬다.

카롤리나가 〈피플〉 최신호를 들어 보였다. "드디어 공식 커플이 됐네." 그녀의 목소리가 갈라졌다.

에밀리는 잡지를 낚아챘다. 함박웃음을 짓고 있는 그레이엄과 리건이 표지 모델이었다. 비정상적으로 또는 불필요하게 완벽하고 하얀 치아를 뽐내며 둘이 서로 뺨을 맞대고 있었다. 하단에는 내가 다시 행복을 찾은 길이라고 선명하게 적혀 있었고 그 아래에 필자의 이름이 조그맣게 첨부됐다. 그레이엄 하트웰. 진작부터 예상하고 있었던 일이지만 그래도 그의 수완을 인정하는 수밖에 없었다. 첫 공개가 완벽했다. 모든 것을 근사하게 포장하고 있었다. 그건 그렇고, 킴 켈리를 레드 카펫의 패션 테러리스트로 만든 처참한 선택이 별첨 기사였다. 에밀리는 솟구치는 희열을 느끼지 않을 도리가 없었다.

"이 둘은 늦가을 전에 약혼하고 그다음 해 봄이 되기 전에 결혼할 거야, 두고 봐." 에밀리는 말했다.

"우리가 아직 정식으로 이혼하지도 않았는데!"

"조만간 하게 되겠지."

"에밀리! 좀 살살해." 미리엄이 직접 만든 라이스 크리스피가 담긴 접시를 들고 카롤리나의 부엌에서 걸어나오며 말했다.

"아니, 사실이잖아, 안 그래?" 에밀리는 카롤리나를 돌아보았다. "미리엄을 변호인으로 고용한 건 나를 고용한 이후에 보여준 가장 영리한 선택이야."

"재가 나를 고용한 건 아니야." 미리엄이 말했다. "내가 법적인 문제를 도와주고 있을 뿐이지. 비공식적으로. 하지만 공식적으로."

카롤리나와 미리엄이 서로 쳐다보며 감사의 미소를 지었다. 카롤리나가 손을 흔들며 말했다. "나한테 한 얘기, 에밀리한테 해도 돼. 혼전 합의서 말이야."

미리엄은 라이스 크리스피를 한입 먹었다. "철통같은 건 너도 알 테고. 따로 설명하고 자시고 할 필요도 없어. 각자 결혼 전에 소유했던 건 그대로 가져가고, 지난 십 년 동안 늘어난 재산은 반분하고. 그리니치의 집은 카롤리나의 소유, 베세즈다의 집은 그 사람 소유, 뉴욕의 아파트는 팔아서 반으로 나눈다."

카롤리나가 고개를 저었다. "전부 깔끔해. 해리만 예외지."

에밀리는 친구를 보며 울지 않기를 바랐다. 아니, 기도했다.

카롤리나가 조용히 눈물을 흘리기 시작했다.

미리엄이 카롤리나를 따스히 감싸안았고 에밀리는 테이블 너머로 손을 뻗어 그녀의 손을 어색하게 토닥였다. "걱정 마."

"걱정을 안 할 수가 없어! 십 년 동안 해리한테 엄마는 나 하나였어. 상심을 달래며 혼자 아이를 키우는 가엾은 아빠 전략이 너무 잘 통했어. 사별한 아내. 홀아비. 엄마 없는 아이. 이 모든 게 그의 작전이었어!"

에밀리가 담배를 한 대 꺼내 불을 붙이고 카롤리나에게 건네자 그녀는 아무 말 없이 받았다.

"저기 있잖아." 에밀리가 말했다. "결국에는 잘 해결될 거야. 약속할게. 나한테 좋은 수가 있거든."

"너의 그 좋은 수로 내가 왕따 신세를 모면하기는 했지. 전부 거짓말이긴 했지만. 내 아이를 되찾는 건 어떻게 돼가고 있어? 엄밀히 따지면 내 아이도 아닌데?" 카롤리나가 울부짖었다. "그리고 진실을 밝히는 건? 내가 누명을 벗어야 하는 거 아니야? 그래야 양육권 소송에 도움이 되지 않겠어?"

에밀리와 미리엄은 서로 흘끗 쳐다보았다.

"나도 카롤리나 말이 맞는다고 생각해. 그러면 도움이 될 거야. 이제 누명을 벗어야 할 때도 됐어." 미리엄이 말했다.

"나를 좀 믿어봐. 응?" 에밀리가 말했다.

"믿어보라고?"

"네가 그랬잖아, 십 년 동안 그는 해리를 데리고 병원 한 번 간 적이 없었다고. 한 시즌에 한 번 이상 야구경기를 보러 간 적도 없었고. 어디든 혼자서 아이를 데리고 간 적도 없었고. 친구들 이름도 전혀 모르고. 학부모 간담회에 참석하지도 않고."

카롤리나가 눈물을 닦으며 고개를 끄덕였다.

"내가 부모 노릇에 관한 한 전문가는 아니지만 그래도 이런 건 상당히 기본적인 부분 같거든. 그러니까 조금이나마 괜찮은 부모라면 90퍼센트가 감당하는 그런 일 같다고."

"맞아, 하지만—"

"그 사람 변호 좀 그만해! 내가 궁금한 건 그가 왜 이제 와서 이런 짓을 벌이느냐는 거야. 네가 없어졌다고 갑자기 '올해의 아빠'로 변신하려는 걸까? 그럴 리는 없지."

"그렇지. 하지만 뭐 이제는 그 여자를 차지했잖아." 카롤리나가 〈피플〉을 흔들며 말했다.

"아, 그런데 열두 살짜리 남자아이가 이제 막 등장한 새엄마를 넙죽 받아들일까?" 에밀리는 담배를 다시 한 모금 빨고 와인을 마셨다. "그녀는 자기 아이를 키우고 싶어할 거야. 네 아이가 아니라."

카롤리나의 눈이 휘둥그레졌다.

"내 말이 틀렸어?"

"아니, 당연히 그렇겠지. 아직 젊으니까." 카롤리나가 자기 잔을 채웠다.

"원인이 그 사람이라면 얘기가 달라지겠지만." 에밀리는 이렇게 말했다가 곧바로 후회했다. 카롤리나의 불임을 주제로 장황한 대화를 나누고 싶지 않았기 때문이다. 그녀는 카롤리나가 침술에서부터 임신촉진제, 크리스털 힐링*, 시험관 시술에 이르기까지 온갖 방법을 동원했지만 아무것도 효과가 없었다는 걸 알았다.

"언감생심." 카롤리나는 신랄한 말투를 둥글리려는 생각조차 하지 않았다. "그이는 검사를 두 번이나 받았어. 문제는 나야."

"네 어디가 문제인데?"

카롤리나가 그녀를 노려보았다.

"왜? 기분 나빴다면 미안. 내가…… 이런 종류의 대화에는 익숙하지가 않아서."

카롤리나는 한숨을 쉬었다. "원인불명이랬어. 검사를 수백 가지 받았지만 난자의 상태도 좋았고, 프로게스테론 수치가 조금 낮기는 하지만 문제가 될 정도는 아니었고, 자궁내막증이나 다낭성난소증후군도 없고—"

에밀리는 한 손을 들었다. 오만상을 짓지 않으려고 했지만 성공했는지는 알 수가 없었다. "그래서 뭔데?"

"그야말로 그냥 임신이 되지 않았어. 유산이 된 것도 아니고. 임신 진단 테스트에서 양성반응이 나온 적이 없어. 시험관 시술을 시도했을 때도 쓸 만한 배아를 만들 수가 없어서 심지어 대리모를 동원할 수도 없었고."

"속상했겠다." 에밀리는 말했다. 그녀는 임신을 하지 않으려고 온갖 노력을 기울이는 사람으로서 임신을 하려고 그렇게 애를 쓰

* 크리스털의 힘으로 마음을 치유하고 건강을 회복할 수 있다는 요법.

는 심정이 잘 이해되지 않았다.

"이제는 상관없어, 해리가 있으니까. 있었으니까."

"그리고 다시 되찾을 수 있을 거야!" 에밀리는 카롤리나의 팔을 살짝 건드렸다. "이 건은 나를 믿어줘, 리나. 관건은 그레이엄의 연극이야. 아직 이삼 개월밖에 안 됐잖아. 약발이 다할 때까지 기다려야 해."

에밀리는 〈포스트〉를 집어서 6면으로 넘겨 카롤리나에게 내밀었다. "봐!"

"이럴 수가." 카롤리나가 말했다. "네가 예상한 그대로네?"

"언론이 그렇다니까. 뭐 그리 신비로운 게 아니야. 너는 음주 운전으로 걸렸잖아. 미국 상원의원의 부인이고 나름 인지도가 있는 네가. 그러니 다들 회개하는 걸 보고 싶을 수밖에. 1단계, 치료를 받는 것처럼 한다. 완료! 2단계는 180도 변신이고 3단계는 인지도가 있는 프로그램에 출연해 국민들에게 사과하고 용서를 구하는 거야."

"인지도라면 얼마나?" 카롤리나가 놀란 표정을 지었다.

"〈엘런〉이나 〈더 뷰〉 〈굿모닝 아메리카〉, 그 정도는 되어야지."

"맙소사."

"빅토리아 시크릿 패션쇼 무대에 여섯 번이나 섰으면서!"

"일곱 번이야."

"그것도 거의 알몸으로! 서구사회의 온갖 명실상부한 변태와 십대 소년과 사는 게 지겨워진 남편들이 전부 지켜보는 앞에서. 그런데 〈굿모닝 아메리카〉에 출연하는 게 불안하다니 말이 돼?"

"이건 다르지, 전국에 중계되는 TV 프로그램에서 있지도 않은 알코올중독을 운운하며 전 세계 사람들한테 거짓말을 해야 하는데."

에밀리는 어깨를 으쓱했다. "이 나라 국민들은 너를 용서하고 싶어해! 우리는 휴 그랜트가 성매매를 했을 때도 용서했잖아. 벤 애플렉이 베이비시터랑 떡을 쳤을 때도. 심지어 브래드 피트가 제니퍼를 두고 바람을 피웠을 때도. 너한테도 또 한번 기회를 줄 수 있을 거야."

카롤리나의 얼굴이 걱정스러울 정도로 시뻘게졌다. "그 인간 정말 싫다."

"대중은 에밀리가 상대하면 될 테지만." 미리엄이 말했다. "저지르지도 않은 전과 기록이 남도록 내가 가만두고 보지 않을 거야."

에밀리는 고개를 끄덕였다. "됐지? 변신한 뒤에 네가 얼마나 건강하고 호감 가는 인물인지 인터뷰를 통해 공개한 다음에는 명분이 있는 단체와 연계 작전을 펼칠 거야. 가장 빤한 선택지는 '음주운전에 반대하는 엄마들MADD'이겠지만 '운전중 한눈팔지 않는 사람들'이나 그 비슷한 단체를 만들자고 건의하는 것도 생각해볼 만해. 뉴욕에 본부가 있는 권위 있는 단체 이사회에 이름을 올리고 그리니치 요트 클럽에서 행사를 주최하는 거야. 그레이엄과 리건이 약혼하면 네가 공개적으로 응원하고 축하하는 것도 정말 센스 있는 선택이 될 테고. 효과 만점일 게 분명하거든. 그런 다음에는? 땅 짚고 헤엄치기지. 그러는 동안 괜찮은 SNS 컨설턴트에게 맡겨서 대중들에게 너의 진면모를 보여줄 거니까."

"내 진면모라니?"

"내가 살 좀 찌우고 이미지를 바꿔야 한다고 했던 거 기억하지? 단발로 머리를 잘라야 할 것 같아."

카롤리나가 몸서리를 쳤다. "그만해."

"진짜야! '술 취한 요부'로 보이면 좋겠어, 아니면 '믿음직한 엄마'로 보이면 좋겠어? 지금 네 헤어스타일로는 1번이라고 소리를 지르는 거나 다름없거든." 에밀리는 카롤리나에게 길고 탐스러운 머리를 잘라야 한다는 얘기를 꺼내는 것만으로도 마음이 안 좋았지만 상황이 상황이다보니 어쩔 수가 없었다.

"이건 정말이지 말도 안 돼."

에밀리는 고개를 끄덕이고 카롤리나의 손목에 자기 손을 얹었다. 그녀의 손목은 스트레스의 여파로 점점 야위어가고 있었다. "있잖아, 내가 네 이미지를 바꿔줄 수 있고 그러면 효과가 있을 거야. 하지만 양육권 전쟁에서 진심으로 유리한 고지를 점령하고 싶거나—" 그녀는 경멸조로 손을 흔들었다. "—오명을 벗고 싶으면 네가 틀어쥐고 있는 그 약점을 나한테 공개해야 해. 아랫입술 샐쭉거리는 걸 보니 추잡스러운 비밀인 것 같은데."

"별거 아니야."

"그 인간은 눈 하나 깜빡 않고 네 인생을 망가뜨리고 있잖아!"

"그게…… 그게 그렇게 간단하지가 않아, 에밀리. 해리도 생각해야 하잖아."

"이해해." 미리엄이 말했다.

에밀리는 말했다. "그레이엄은 이런 짓을 저지르면서 해리는 눈곱만큼도 생각하지 않았을 게 분명한데, 너는 왜 그래야 하는지 모르겠다."

"그래, 너는 이해 못하겠지, 당연히." 카롤리나가 떨리는 목소리로 속삭였다. "에밀리, 너는 엄마가 아니니까. 무슨 배부른 소리냐고 하겠지만, 아이까지 다칠까봐 그레이엄한테 복수할 수가 없는 내 심정을 이해하지 못하겠어?"

에밀리는 그 말을 듣고 잠깐 고민했다. "그러니까 뭔가 있긴 하구나."

"에밀리, 그만 좀 해." 미리엄이 말했다.

카롤리나가 자리에서 일어났다. "내가 하고 싶은 얘기는 끝났어. 아무 방이나 골라서 쓰면 돼. 다 깨끗하니까."

"우리 얘기는 아직 안 끝났어!" 에밀리가 소리를 질렀지만 카롤리나는 이미 사라진 뒤였다. 에밀리는 요란하게 한숨을 내쉬었다.

"너 너무 몰아붙인다." 미리엄이 외투와 핸드백을 챙기며 말했다. "쟤가 지금 어떤 심정일지 생각해봐."

에밀리는 관자놀이를 문질렀다.

"나 간다. 내일 전화할게." 미리엄이 말했다.

현관문 닫히는 소리가 들리자 에밀리는 담배를 하나 더 꺼내 불을 붙였다. 애들이 있으면 상황이 복잡해지기만 했다. 그녀가 마일스를 처음 만났을 때 그들은 무슨 자선 행사 이후에 술이 떡이 돼서 침대로 골인했고, 다음날 새벽 여섯시에 일어났을 때 그는 그녀를 임신시켰을까봐 겁에 질렸었다.

"뭘 했다고요?" 그는 한쪽 팔을 구부려 거기에 고개를 묻고서 물었다.

"루프*요."

"그거 무슨 피임약이에요?"

---

* 자궁 내 피임기구.

"아뇨, 피임약 아니에요. 진짜 몰라요? 들어본 적 없어요? 남자들은 참 쉽게 산다니까."

"아무튼 피임약만큼 확실해요?" 그는 진심으로 걱정하는 눈치였다. "왜냐하면 나는 절대 아이를 낳고 싶지 않거든요. 기분 나쁘게 받아들이지는 말아줘요. 당연히 나중에는 낳고 싶죠. 하지만 지금은 절대 아니에요. 대학 동창 녀석 하나가 시카고를 경유하는 유나이티드항공 비행기를 탔다가 거기 승무원이랑 원나잇스탠드를 한 적이 있어요. 스물두 살 때. 여자 이름도 모르는 채로. 그런데 그 여자가 팔 주 뒤에 탑승자 명단을 보고 찾아내 뜬금없이 연락을 했대요. 바라는 건 아무것도 없지만 그에게 아들이 생겼다는 걸 알리지 않으면 자신을 용서할 수 없을 것 같다면서."

에밀리는 눈썹을 추켜올렸다. "지금 나를 승무원이랑 비교하는 거예요?"

"그 아이가 지금 열네 살이에요! 미친 거죠."

"걱정 말아요. 나는 이번 일로 임신할 리 없으니까. 앞으로도 절대."

"당신은 아이를 안 낳고 싶어요?"

"당연하죠. 당신은 낳고 싶어요?"

마일스가 실눈을 떴고 그러자 여담이지만 엄청 귀여워 보였다. "네, 낳고 싶은데요."

"흠, 그렇군요." 에밀리는 이렇게 말했지만, 오로지 만난 지 얼마 되지도 않는 남자에게 모성본능이라고는 전혀 없는 매정한 여자로 보이고 싶지 않아서였다. 그건 오해였다. 매정한 여자라니! 뭐, 가끔은 매정하게 보일 수도 있지만. 그녀도 갓난아이를 보면 귀엽다고 생각했다. 누군들 그러지 않겠는가. 그리고 좋은 냄새가 나는 경우라면 가끔 남의 집 아이를 안는 것도 좋아했다. 그리고 옷은 또 어떤가. 그거야말로 압권이었다! 얼마 전에 버그도프에서 본 클로에의 그 퍼 베스트만 해도 랄프 로렌의 승마바지 스타일 레깅스 위에 입히면 끝장이었다. 미니 사이즈는 뭐든 사랑스러웠다. 하지만 울고 오줌 싸고 침을 흘리다 결국에는 그녀가 자기 어머니를 증오하는 만큼 그녀를 증오하게 될 아이를 위해 인생의 낙과 커리어를 포기하라고?

그녀는 다 피우지도 않은 담배를 비벼서 끄고 마일스에게 문자를 보냈다. 안 자?

그는 당장 답장을 보냈다. 여기는 오전 11시야. 당근 안 자고 있지!

나는 절대 기억을 못하겠네.

12시간 빨라. 어렵지도 않구만.

알아, 알아. 노력하는 중이야.

미리엄네 집이야?

이제는 카롤리나 집으로 옮겼어. 애 하나가 아파서 탈출했지. 그래도 괜찮아. 환경은 여기가 훨 좋아. 개도 없고 애들도 없고 술은 많고. 거긴 어때?

애들 얘기가 나왔으니 말인데……

잠깐 끊겼다가 마일스가 자판을 두드리고 있다는 점 세 개가 등장했다. 또 시작이로군. 에밀리는 생각했다.

방금 전에 벳시한테서 이메일 받았어. 예정일이 10월이고—쌍둥이래!!!!!!

와. 잘됐네.

우리도 할 수 있어. 말만 해.

에밀리는 팔리아멘트 담뱃갑을 들고 셀카를 찍어서 보냈다.

그러고는 잠깐 동안 화면을 들여다보았다. 응답이 없었다. 그녀는 전화기를 소파 옆자리로 던졌다. 그러다 생각을 바꿔서 티셔츠를 걷어올리고 맨가슴을 찍었다. 그가 회의중이거나 뭐 그럴 경우에 대비해 그녀의 얼굴은 자른 다음 전송했다.

점 세 개에 이어 엄지 척 이모티콘이 떴다.

엄지 척? 빌어먹을 이모티콘을 보낸다고? 미안하다는 뜻에서 야한 사진을 보냈더니 남편이라는 작자가 이렇게 나오신다?

에밀리는 휴대전화 속 앨범으로 들어가 방금 전 그 사진을 선택했다. 이번에는 편집 앱으로 겨드랑이 전면의 군살을 없애고 가슴골을 살짝 더 강조했다. 좀더 풍만한 왼쪽 가슴이 부각되도록 사진을 자르고 갈 곳 잃은 체모나 주근깨가 보이지 않게 전체 사진을 흑백으로 바꿨다. 그런 다음 연락처에서 모로코 섹스 파티인지 뭔지 모를 곳에 갔던 날 앨리스터에게 받은 번호를 찾아서 '전송'을 눌렀다. 그라면 아름다운 여자의 나체 사진을 보고 어떻게 해야 하는지 알겠지. 그녀는 생각하며 소파에 몸을 묻고 답장을 기다렸다.

## 20
# 이제 그만

### 미리엄

그리니치에도 르팽 코티디앵이 있었지만—사실 두 군데나 있었다—불편한 스툴이 정어리처럼 촘촘하게 배치된 웨스트빌리지 지점에서 지방이 들어간 라테를 마시는 쪽이 훨씬 좋았다. 미리엄은 좌석을 빽빽하게 채운 사람들을 흘끗거리며 미소를 지었다. 유아차를 끌고 온 사람들도 있었지만 대다수가 노트북과 메신저백과 자전거용 헬멧과 함께였다. 남자들도 있었다. 그리고 여기저기서 외국어가 들렸다. 머리색과 피부색이 제각각이었다. 다들 만나고 일하고 아이디어를 모으고 논의하느라 사방이 웅웅거렸다. 널찍한 매장이 대부분 비어 있고 손님이 있다 한들 운동복을 입고 있거나 자녀의 학교 수업이 끝날 때까지 시간을 때우는 경우가 많은 그녀가 사는 곳의 중심가와는 다르게 에너지가 피부로 느껴졌다.

그녀는 안과 정기검진을 받으러 열차를 타고 나가는 김에 맨해튼의 커피숍에서 일이나 할까 하고 토트백 가득 카롤리나의 고지서와 명세서를 챙겼다. 솔직히 쇼핑도 살짝 할까 해서 웨스트빌리지로 왔는데, 폴을 구슬려 코너 비스트로에서 후딱 햄버거를 하나 먹고 코네티컷으로 돌아갔으면 좋겠다는 마음도 있었다.

"미리엄? 미리엄 맞아요?" 뒤에서 귀에 익은 목소리가 들렸다.

"스테퍼니! 어머나, 이게 얼마 만이에요?" 미리엄은 스툴을 거의 넘어뜨릴 기세로 펄떡 일어나 예전 직장 동료를 끌어안았다. 그들은 법학대학원을 졸업한 직후 같은 로펌에 어소 변호사로 입사해 이삼년 뒤 스테퍼니가 MTV 사내 법무팀으로 이직할 때까지 함께 근무했다.

"얼굴이…… 좋아 보이네요." 스테파니가 말했다.

"거짓말." 미리엄은 웃음을 터뜨렸다. "살이 한 10킬로그램쯤 쪘어요. 와서 앉아요."

스테퍼니는 예뻤고 전문가다운 분위기를 풍겼다. 완벽한 핏을 자랑하며 반질반질한 구릿빛 피부를 돋보이게 하는 크림색 띠어리 슈트와 실크 블라우스에 엄청나게 높은 하이힐을 신었고, 드라이한 머리가 어찌나 탱글탱글하고 반짝거리는지 케이트 미들턴도 울고 갈 정도였다. 그녀는 시리얼 그릇만한 헤드폰을 쓰고 노려보는 패셔니스타와 미리엄 사이로 비집고 들어와 미리엄을 돌아보았다. "화상회의가 있어서 금방 사무실로 들어가야 하지만, 만나서 정말 반가워요!"

"나도요!" 미리엄은 말했다. "아직 MTV에 있어요?"

"네, 계속 어찌어찌 버티고 있어요. 오늘 저녁에 가고시언 갤러리에서 행사가 있는데 퇴근하고 나서는 시간이 안 돼서 머리 드라이하려고 도망쳐나온 길이에요. 이 바닥 생활이 어떤지 아시잖아요.” 스테파니가 콧잔등을 찡그렸다. “그나저나 여기까지 어쩐 일이에요?” 그녀는 미리엄의 옷차림에 대해 언급하지 않는 배려를 발휘했다. 미리엄은 갑자기 나이에 걸맞지 않게 느껴지는 찢어진 청바지에 카디건을 입고 작년에 산 앵클부츠를 신었는데, 시내를 걸어야 하니 당연히 굽이 없었다.

“나요? 아, 폴 기다리는 동안 서류 검토하고 있었어요. 그이가 오늘 뉴욕에서 회의가 있어서 이따 그이 차를 같이 타고 코네티컷으로 돌아가기로 했거든요. 오후에 학부모 간담회가 있어서요.” 왜 이렇게 실없는 소리를 늘어놓고 있는 걸까? 그냥 ‘서류 검토’에서 끝냈으면 됐을 것을.

“코네티컷이요? 뭐라고요?”

미리엄은 어색하게 웃음을 터뜨렸다. “아, 몰랐어요? 작년 가을에 이사했어요. 그리니치로. 애들한테 뒷마당을 선물하고 뭐 그렇고 그런 등등의 이유로.”

“전혀 몰랐어요! 와우. 멋지다. 저도 더실을 낳은 뒤론 여기서 계속 벗어나고 싶은데 출퇴근이 엄두가 안 나서 용기를 내지 못하고 있어요. 어퍼웨스트사이드에 사는데도 아이를 거의 못 보고 지내니 말이죠. 어떻게 감당하고 있어요?”

미리엄은 가슴에서부터 화끈거리기 시작하는 것을 느낄 수 있었다. “아, 음…… 일을 그만뒀어요.”

스테퍼니가 손으로 입을 가렸다. “미안해요! 스캐든 소문은 들었지만 그게 당신한테 영향을 미칠 줄은 꿈에도 몰랐어요. 파트너고 그래서.”

“떠밀려 퇴사한 거 아니에요.”

스테퍼니의 눈이 동그래졌다. "그럼 그만둔 거예요?"

"네." 미리엄은 스스로 느끼는 것보다 훨씬 확신에 찬 어조로 대답했다. "폴이 회사를 매각했거든요. 그래서 가족을 위해—"

"그렇겠네요." 스테퍼니가 말했다. "이제 완벽하게 이해가 돼요. 때가 되면 다시 복직할 생각일 테고요."

"네, 그럼요." 미리엄은 말했다. 스테퍼니는 전혀 잘난 체하거나 부러워하는 말투가 아니었지만 혹시 그런가 싶어 미리엄 스스로 촉각을 곤두세우는 것이 느껴졌다. 그녀는 집에서 아이들과 함께 더 많은 시간을 보내기 위해 일을 접었다. 잘려나간 팔이나 다리처럼 일이 그리운 날도 있었지만 다시 복직할 생각은 전혀 없었다.

"회사에서 몰래 빠져나왔는데 그때 모든 지옥문이 열리면 어떤 식인지 알죠?" 스테퍼니가 휴대전화를 들어 새로 들어온 이메일이 스무 통 쌓인 걸 보여주었다.

그들은 손을 흔들며 작별인사를 했고 미리엄은 테이블에 머리를 묻지 않으려고 갖은 애를 썼다. 조금 전의 만남은 처음부터 끝까지 그저…… 피곤했다. 그녀는 서류 뭉치로 다시 주의를 돌렸다. 이혼과 관련된 법적, 재정적 서류를 검토해주겠다고 자청했을 때 그녀는 미납 청구서가 산더미인 걸 보고 경악했다. 카롤리나가 알려준 패스워드로 온라인 납부 대행 계정에 접속했을 때는 조회 결과를 보고 믿을 수가 없었다. 케이블 요금, 전기 요금, 보험료, 신용카드 대금, 집수리비, 병원비—이 모든 게 미납됐거나 연체됐거나 이중 납부됐다. 어떤 달은 휴대전화 요금을 세 번 납부한 적도 있었다.

미리엄이 이 부분에 대해서 물었을 때 카롤리나는 어깨를 으쓱하고 그만이었다. “어떨 때는 내가 내고. 또 어떨 때는 그이가 내고. 또 어떨 때는 우리 둘 다 내고. 또 어떨 때는 우리 둘 다 안 내고. 그래도 어찌어찌 알아서 해결됐어.”

“회계사한테 맡기지 않은 이유가 뭐야?”

“이유가 뭐냐고? 세금 문제를 처리하는 게 그 사람 일이잖아. 고지서 납부 같은 건 우리가 알아서 할 수 있어.”

“알아서 하긴 무슨. 미수금 처리 대행업체로 넘어간 경우도 있어. 그러면 네 신용에 어떤 영향을 미치는지 알아?”

“내가 신용이 있어서 뭐하게?”

그런 거였다. 그들만큼 돈이 많으면 상관할 필요가 없었다. 주택담보대출을 대비하거나 같은 고지서를 세 번 납부했는지 신경쓸 필요도 없었다. 미리엄은 친구의 재정 상황을 정리하고, 중요한 고지서를 납부하고, 가장 중요하게는 카롤리나와 그레이엄이 공동으로 또는 각자 소유한 재산을 파악할 것이었다. 그레이엄이 케이맨 제도나 제네바의 해외 계좌에 꿍쳐놓은 게 없는지 확인할 예정이었다. 카롤리나에게 얘기하지 않은 부동산은 없는지도. 그 인간의 능력이 어디까지인지 아무도 모를 일이었다.

지금까지 미리엄은 베세즈다 집과 관련된 지난해 공과금 고지서를 거의 처리했고 조그만 마닐라 봉투만 하나 남았다. 유성펜으로 하트웰 가족 청구서라고 적힌 그 봉투는 베세즈다의 어느 고급 클리닉으로 반송된 것이었다. 카롤리나가 설명하기로는 골드윈 박사가 그들 가족의 막역한 친구이자 그녀와 그레이엄의 건강관리를 도맡고 있는 주치의인데, 지난번에 인사하러 들렀을 때 안내 데스크 직원이 미납 청구서라며 건네준 거라고 했다. 미리엄은 청구서를 분류하고 납부하기 시작했다. 카롤리나가 의료 전문 피부과에서 전신 스캔을 받은 내역. 카롤리나가 미용 전문 피부과에서 보톡스와 프락셀을 받은 내역. 해리가 소아과에서 진찰을 받은 내역. 그레이엄이 이 정도면 체내의 거의 모든 세포와 조직과 막을 검사한 게 아닌가 싶은 수준의 어마어마한 비용을 지불하고 메이요 클리닉에서 '고급 건강검진'이라는 뭔지 모를 것을 받은 내역. 해리의 팔이 부러져 정형외과에서 치료를 받은 내역. 그레이엄이 일주일에 두 번씩 1대1 재활치료센터에서 예전에 다친 무릎을 치료한 내역. 카롤리나가 매년 받은 자궁경부암 검사 내역. 엉망진창이기는 했지만 내용 자체는 분명했다. 그러다 맨해튼의 어느 외과에서 보낸 청구서를 보고 미리엄은 설명을 요청하기 위해 전화를 걸었다. 그레이엄의 철자를 잘못 적은데다 어떤 치료를 받았는지가 없었기 때문이다. 그녀가 보기에는 아무 질병이 없는데 그레이엄이 무슨 일로 맨해튼의 외과를 찾았는지 알 길이 없었다. 심장이 살짝 두근거렸다. 그레이엄이 아무도 모르게 페이스 리프팅 수술을 받았다가 그녀에게 들통나는 순간일까? 그렇다면 오늘 하루가 훨씬 더 흥미진진해질 수 있었다.

그녀는 병원으로 전화를 걸어 총무팀에 연결해달라고 했다. 거짓말을 하거나 위임장을 운운해야만 정보를 입수할 수 있다면 그럴 작정이었지만—어쨌든 카롤리나가 알아봐달라고 하지 않았던가—전화를 받은 젊은 여자는 과로에 시달려 지친 목소리였고 어떻게든 전화를 빨리 끊으려고만 했다.

"안녕하세요, 저는 하트웰 부부의 담당 변호사예요. 카롤리나 하트웰의 요청으로 미납 청구서를 정리하는데 코드 번호는 394고

'상세 불명'이라고 적힌 청구서가 있어서요. 이게 무슨 내역인지 알 수 있을까요?"

"네, 잠시만요." 총무팀 여자 직원은 통화중 대기를 걸어놓았다가 이 분 뒤에 돌아왔다. "청구서 번호가 635380101인가요?"

미리엄은 청구서를 훑었다. "네."

자판 두드리는 소리가 전화기를 타고 들렸다. "엄청 오래된 거네요. 한, 오 년 전이요. 그리고 여기 보니까 납부했다고 되어 있어요. 시술 당시 완납하셨다고. 현금으로요. 그런데 청구서를 가지고 계신 이유가 뭔지 모르겠네요."

희한하네. 미리엄은 말했다. "블루 크로스*에서 보낸 거예요. 그리고 듣고 보니 청구서가 아니라 명세서네요. 그렇게나 오래된 건 줄 몰랐어요. 미안해요."

"괜찮습니다." 직원은 이렇게 말했지만 정말 괜찮다고 생각하는 것 같지는 않았다.

"하나만 더요. 이게 무슨 시술을 받은 명세서인가요? 내가 제대로 처리한 게 맞는지 확인하고 싶어서요." 미리엄은 권위적으로 들리길 바라며 말도 안 되는 단어들을 뭉텅이로 늘어놓았다.

"여기 적힌 코드상으로는 탈장 복강경수술이에요."

"아, 그렇군요." 미리엄은 실망한 티를 숨길 수가 없었다. "고마워요."

그녀가 막 전화를 끊으려던 찰나 직원이 말했다. "잠깐만요. 아, 아니에요. 신경쓰지 마세요."

* 민영 건강 보험사.

"뭔데요?"

"여기 보니까 정관수술도 병행했다고 되어 있어서요. 하지만 따로 코드를 잡지 않아서 명세서에는 적히지 않았을 거예요. 아무튼. 그 당시에는 탈장수술 하면서 정관수술도 같이 하는 경우가 많았거든요. 별일 아니에요."

미리엄은 하마터면 전화기를 떨어뜨릴 뻔했지만 심호흡을 하며 애써 침착하게 직원의 말을 들었다. 그녀는 이 직원이 의료 정보 보호법에 대해 들은 적 없는 것 같다는 행운에 감사했다. "확실해요?"

"네. 여기 그렇게 적혀 있어요. 2013년 10월 19일. 마운트 시나이 병원의 허시버그 선생님이 오전 여덟시 삼십분에 집도하셨네요."

"그렇군요. 알았어요. 정말 고마워요. 도움이 많이 됐어요." 미리엄은 자신의 입에서 허튼소리가 튀어나오기 전에 얼른 전화를 끊었다.

믿을 수가 없었다. 그레이엄이 지금 맞은편에 앉아 있었다면 그녀의 손에 죽었을 수도 있었다.

그녀는 모든 윤리적/직업적 원칙을 무시해가며 카롤리나가 아니라 에밀리에게 전화를 걸었다.

"웬 전화야? 문자로 하면 안 되는 얘기도 있니?"

"그레이엄이 정관수술을 받았대."

"뭐라고?"

"정관수술! 거길 묶었다고! 영구적으로."

"그걸 어떻게 알았어?"

"방금 병원에 문의하고 전화를 끊은 참이야. 오 년 전에 수술을 받았대. 카롤리나는 호르몬 주사를 맞아가며 임신하려고 애를 쓰고 있었던 그때!"

"맙소사. 완전 개쓰레기네!"

미리엄이 테이블을 하도 세게 내리치는 바람에 커피가 옆으로 튀었다. 주변 사람들이 쳐다봤지만 그녀는 아랑곳하지 않았다. "카롤리나는 아직 몰라! 너한테 맨 처음 연락한 거야."

"안 돼, 미리엄. 나는 안 돼. 만약 내가 그녀에게 이 소식을 전해야 한다고 생각했다면 너는 제정신이 아닌 거야."

"네가 지저분한 비밀을 찾고 싶어했잖아!"

"그녀의 변호사는 너야. 그리고 어렸을 때부터 친구고. 나는 빌어먹을 이미지 컨설턴트라고! 내가 왜 그녀에게 남편이 깜짝 정관수술을 받았더라는 얘기를 해야 하는데?"

"에밀리. 우리 둘 다 그 친구가 이번 일을 극복하도록 돕고 있으니까 둘이서 같이 얘기하자는 거야."

에밀리가 폭소를 터뜨렸다. 듣기 좋은 폭소는 아니었다. "아니, 됐어. 내가 애슐리 남편이 어떤 십대 여자애 위에 올라타고 있는 걸 봤다는 얘기 너한테 한 적 있어? 난리블루스는 사절한다는 게 내 좌우명이야. 절대 싫어."

"잠깐—뭐라고?"

"애슐리. 네 친구 말이야."

"그래—알아. 내 말은…… 그 친구 남편이 십대랑 시시덕거리는 걸 봤다고?"

"아니."

"무슨 소린지 모르겠네."

"시시덕거린 게 아니야. 떡을 쳤다고. 무신경한 단어를 써서 미안하다만 달리 표현할 방법이 없네."

미리엄은 손바닥에 고개를 기댔다. 한쪽 머리가 갑자기 날카롭게 욱신거렸다. "진짜야? 어디서? 왜 나한테 얘기 안 했어?"

"그 친구가 끌고 간 그 이상한 〈아이즈 와이드 셧〉* 파티에서. 그리고 너한테 얘기하지 않은 이유는 그 어떤 일에도 말려들고 싶지 않기 때문이야. 하지만 그 친구 남편이었어."

"맙소사. 내가 이제 어쩌면 좋지?" 미리엄은 끙끙거렸다.

"아무것도 하지 마! 절대! 너하고는 아무 상관 없는 일이잖아. 만약 그것 때문에 이혼하면 애슐리는 너를 미워할 거야. 네 탓이라고 말도 안 되는 결론을 내릴 거거든. 그리고 이혼하지 않더라도 너를 미워할 거야. 이 치욕스러운 사실을 너는 알고 있기 때문에. 아무것도 모르는 척하는 게 상책이야."

"애슐리는 이미 자기 남편이 바람을 피운다면서 불안해하고 있어. 애슐리 매디슨을 폭로한 사이트에서 이메일 주소를 봤대."

"놀라워라."

"에밀리!"

"아무것도 하지 마. 하지만 카롤리나한테는 네가 말해야만 해. 그레이엄이 저지른 짓들이 있는데 그에 비해 카롤리나는 그를 별로 증오하지 않는 것 같았어. 이번 일로 달라질 수 있겠다. 게다가 네가 담당 변호사잖아."

미리엄의 심장이 철렁 내려앉았다. 통화중 대기음이 울렸다.

---

* 선정성과 난교 파티 장면으로 유명한 스탠리 큐브릭 감독의 영화.

"엠?" 그녀는 말했다. "폴 전화야. 이제 끊어야겠다."

"알았어. 어떻게 됐는지 알려줘."

미리엄은 대기 전화를 받았다. "폴? 어디야?"

"매장 앞. 주정차 금지 구역에 이중 주차하고 있으니까 지금 나올래?"

"짐 싸고 그러려면 시간 좀 걸리는데."

"내가 여기 없으면 한 바퀴 돌고 다시 오는 거니까 기다려." 그는 이 말을 끝으로 전화를 끊었다.

그렇단 말이지. 그는 삼십 분 일찍 왔고 그녀는 아직 할일이 남았지만 그래도 노트북과 서류를 챙기고 커피를 버렸다. 밖으로 나와보니 그가 없었지만 이내 등장했다. 빨간색 마세라티를 타고서. 이 추운 날 지붕을 열고 음악을 요란하게 틀어가며. 블리커가街 양쪽에서 아무리 못해도 열댓 명은 되는 사람들이 돌아보았다.

"그 소리 좀 줄이면 안 돼?" 그녀는 치밀어오르는 짜증을 달래며 물었다.

"이런 사운드 시스템의 소리를 줄이는 건 범죄행위지." 폴은 그녀의 짜증을 알아차리지 못한 채 대답했다.

"다들 쳐다보잖아." 그녀도 여기가 뉴욕이고 그들 부부가 어떤 차를 타고 있는지 다들 눈곱만큼도 관심이 없다는 걸 알았지만 튀는 느낌이 싫었다.

"누가 신경이나 쓴다고. 얼른 타, 이러다 딱지 끊길라."

미리엄은 노트북이 든 가방을 뒷자리에 던지고—딱 그 가방이나 들어갈 만한 넓이였다—조수석에 올라탔다. 가죽 시트의 느낌이 차갑지만 고급스러웠고 음악소리가 그녀의 가슴을 때렸다.

폴이 몸을 숙이고 그녀의 뺨에 입을 맞췄다. "왔어?"

"응. 코너 비스트로 가는 거 맞지? 제대로 된 햄버거 먹고 싶어서 쓰러지겠어."

"시간이 안 돼." 그가 말했다. "간담회 가기 전에 받아야 하는 전화가 있어서." 그는 깜빡이도 켜지 않고 우선 통행권도 아랑곳하지 않고 자동차와 택시 사이로 차선을 넘나들며 난폭하게 운전하기 시작했다.

"폴—"

"왜? 뉴요커처럼 운전하는 중인데."

그들은 웨스트사이드 고속도로로 진입해 먼저 첼시 피어스 복합몰을, 그다음에는 거대한 뉴욕시 견인차 보관소를 지나 인트레피드 박물관 옆 신호등에서 멈추어 설 때까지 아무 말도 하지 않았다.

"지붕 덮으면 안 될까? 추워 죽겠는데." 미리엄이 말했다.

폴은 언짢은 표정을 지었다. "알았어." 그가 어떤 버튼을 누르자 곧바로 차가 알아서 조치를 취했다.

"뭐 하나 물어봐도 돼?"

그가 흘끗 쳐다봤다. 불안한 표정이었나? 의심스러워하는 표정이었나? 아니면 그녀의 기분 탓인가?

"에릭에 대해서 뭐 아는 거 없어?"

그는 미세하게 눈을 가늘게 떴지만 도로에서 시선을 떼지는 않았다. "어떤 관점에서?"

"폴."

"왜? 진짜 애매한 질문이잖아. 나는 그 사람을 잘 몰라. 그가 친해지려고 제법 애를 쓰긴 했어. 같이 포커 치자고 연락하고 뭐 그런 식으로. 그건 당신도 알잖아."

"응. 하지만…… 에릭이 애슐리와의 관계에 대해서 아무 얘기도 한 적 없어?"

폴이 미소를 지었다. "전에도 말했잖아. 남자들은 그런 얘기 안 한다고. 우리는 모여 앉아서 감정을 공유하고 그러지 않아. 결혼생활에 대해서도 마찬가지고."

"그러니까…… 아무것도 모른다고?"

폴은 계속 앞을 응시했지만, 미리엄은 스치듯 지나간 어떤 눈빛을 보았다고 장담할 수 있었다. "뭐에 대해서? 그들 부부가 행복하게 지내는지? 응, 몰라."

"그가 바람을 피우고 있는지는?"

폴이 고개를 저었다. "그 사람은 그냥 동네 주민이야, 친구라고 부를 수도 없는. 그가 바람을 피우는지 안 피우는지 나는 몰라. 어느 쪽이 됐건 그에게 들은 바가 없거든. 왜 그러는데?"

"그냥."

"무슨 일인지 몰라도 끼어들지 마. 이런 일은 절대 좋게 끝나는 법이 없으니까."

"에밀리도 딱 그렇게 얘기하던데."

"그렇다면 보기보다 영리하다는 뜻이로군."

미리엄은 에밀리의 무개입 원칙에 대해 생각했다. 만약 폴이 바람을 피운다면 나는 알고 싶을 텐데…… 그러지 않을까? 하지만 어떤 경우에는 알고 싶지 않을 것 같기도 했다. 애슐리는 알고 싶어할지 아닐지 그녀가 무슨 수로 판단할 수 있을까? 그녀는 한숨을 쉬었지만 폴은 모르는 눈치였고, 그들은 집에 도착할 때까지 아무 말도 하지 않았다.

그날 저녁에 미리엄이 벤저민을 침대에 눕히자 아이가 이불 속으로 들어와서 끌어안고 있어달라고 했다. 아이가 그걸 허락한 게 얼마 만의 일이던가. 육 개월? 그보다 더 오래됐나? 그녀는 아이의 목에 코를 대고 체취를 들이마셨다. 가끔은 전업주부 생활이 너무 단조로워서 벽에 머리를 찧고 싶을 때도 있었지만 이런 순간에 느끼는 포근함을 거부할 방법이 없었다. 매주 팔십 시간씩 일을 하던 시절에는 거의 누리지 못했던 순간이었다.

나가서 등뒤로 문을 닫고 보니 폴이 복도에서 기다리고 있었다.

"쌍둥이들도 자?" 그녀는 물었다.

그가 고개를 끄덕였다. "두어 시간 컴퓨터 좀 하다 잘게. 처리해야 하는 밀린 일이 있어서."

미리엄은 잠깐 아무 말도 하지 않았다. "저녁은? 야마에서 열 명이 먹고도 남을 만큼 롤을 사 왔는데."

"배 별로 안 고파."

애슐리 매디슨 계정으로 낚시하러 나설 때가 된 모양이지? 그녀는 생각했다. 그래도 평소와 다름없이 행동하려고 애를 쓰며 까치발로 서서 그의 목을 끌어안고 잠깐 애정을 표현할 수 있길 바랐지만, 그는 전화가 어쩌고 중얼거리며 꿈틀꿈틀 빠져나갔다.

"심지어 아들도 뽀뽀를 허락하는데." 그녀는 중얼거렸지만 그는 못 들은 체하고 계단을 내려갔다. 그녀가 이제 뭘 어쩌면 좋을지 몰라 그 자리에 서 있었을 때 전화벨이 울렸다.

"미리엄?" 에밀리가 숨을 헐떡이며 겁에 질린 목소리로 외쳤다. "얼른 와줘. 여기 카롤리나 집이야. 빨리!" 전화가 끊겼다. 미리엄은 곧바로 에밀리와 카롤리나에게 전화를 걸었지만 양쪽 다 음성사서함으로 넘어갔다.

맙소사. 카롤리나가 약을 한 병 통째로 먹었나? 경찰에 신고해야 할까? 아니다, 911에는 에밀리도 연락할 수 있었을 테니 이건 친구가 필요한 응급 상황이 분명했다. 그녀는 폴에게 얼른 문자를 보내고 냉장고에서 롤이 담긴 봉지를 챙겨 차에 올라탔다.

카롤리나의 집까지 어떻게 갔는지 기억도 잘 나지 않았다. 현관문을 박차고 들어가보니 카롤리나가 심란해하는 표정으로 현관 앞에 있었다.

"아, 친구야. 정말, 너무 속상하다." 미리엄은 말하며 그녀를 끌어안았다. 카롤리나는 섬뜩하도록 뻣뻣하게 계속 서 있었다.

"여긴 어쩐 일이야?" 카롤리나가 물었다.

"아, 에밀리가 전화를 했어. 너희 집으로…… 와달라고." 그녀는 봉지를 높이 들었다. "뉴욕에서 산 스시 들고 왔어."

카롤리나가 흠잡을 데 없는 콧잔등을 찡그렸다. "아, 그렇구나. 대타로 온 청소 도우미가 내가 딱해 보였는지 오늘 저녁에 연어 요리 만들어주고 갔는데. 원래 이 집에 살던 관리인 부부가 딸이랑 같이 지내려고 애리조나로 아예 내려간 거 알아? 혼자 있고 싶었는데 막상 그분들이 가고 나니까 아쉽다."

미리엄은 친구를 쳐다보았다. 눈 아래에 아주 희미하게 다크 서클이 생기기는 했지만, 그것 말고는 타이트한 조거에 배꼽과 한쪽 어깨가 드러나도록 짧은 스웨트셔츠를 입고 사랑스럽게 헝클어진 묶음 머리가 평소처럼 근사하고 세련된 분위기를 풍겼다. "글쎄, 내 눈에는 너 괜찮아 보이는데……" 미리엄은 우물거렸다.

"고맙다고 해야겠지?" 카롤리나가 말했다.

카롤리나 뒤편에서 등장한 에밀리가 손가락을 자기 입술에 갖다 댔다.

카롤리나가 두 친구를 번갈아 쳐다보았다. "왜들 그래?"

에밀리는 아무 말도 하지 않았다. 카롤리나가 미리엄을 돌아보았다. "너 여기 왜 왔어? 무슨 끔찍한 일이길래 너희 둘이 이렇게 이상하게 굴어?"

미리엄은 심장이 철렁 내려앉았다. 에밀리를 죽여버리고 싶었다. "나쁜 년!" 그녀는 에밀리를 손가락질하며 말했다.

에밀리는 어깨를 으쓱했다. "이건 만난 지 얼마 되지 않은 여자가 아니라 오래전부터 알고 지낸 친구한테 들어야 하는 얘기라고."

"뭐야, 그러니까 무섭잖아! 해리한테 무슨 문제 생겼어?"

"아냐, 아냐, 해리 문제 아니야. 하지만 와인 좀 따르고 이 스시 펼쳐놓고 다 같이 이성적으로 대화를 좀 나누면 어떨까?" 미리엄은 어린애를 달래듯 둘도 없이 부드러운 목소리로 말했다.

하지만 카롤리나는 꿈쩍하지 않았다. "너희 둘 다 출동할 정도로 끔찍한 일이 뭔지 알려주기 전에는 아무도 이 자리에서 꿈쩍도 못할 줄 알아."

"그레이엄이 오 년 전에 정관수술을 받았대." 미리엄이 불쑥 내뱉었다. 그녀의 의사와 상관없이 말이 입에서 그냥 튀어나온 것만 같았다.

한참 동안 정적이 이어졌다.

"아냐, 그럴 리 없어." 카롤리나가 말했지만 화가 났다기보다 영문을 몰라하는 투였다.

"아냐, 미리엄 말이 맞아." 에밀리가 말했다.

미리엄은 자신을 똑바로 쳐다보는 카롤리나의 눈에 눈물이 고이는 것을 보았다. "사실이야." 그녀는 나지막이 말했다. "나도 정말 속상하다. 묵은 청구서를 정리하느라 병원에 전화를 걸었거든. 그쪽에서 정확한 날짜, 시간, 수술한 의사까지 알려줬어."

"말도 안 돼." 카롤리나가 말했다. "그이는 검사를 두 번인가 세 번 받았어. 병원에서는 매번 그이 정자는 멀쩡하다고, 문제는……"

카롤리나가 이 정보를 처리하느라 짧은 정적이 흘렀고 잠시 후 아무런 사전 경고도 없이 그녀가 바닥에 토악질을 했다. 에밀리는 조짐을 느꼈는지 체조선수처럼 뒤로 폴짝 뛰었지만 미리엄은 그러지 못해서 운동화에 토사물을 뒤집어썼다. 그녀는 운동화에 추가로 양말까지 벗은 다음 카롤리나의 손을 잡고 거실로 데려갔다. "여기 앉아 있어. 저거 치우고 물 좀 가져다줄게."

"나도 도울게." 에밀리는 말하더니 토사물은 미리엄에게 맡기고 당장 생수를 가지러 식품 저장실로 갔다.

그들이 돌아가보니 카롤리나는 어렴풋이 파랗게 질린 얼굴로 소파 모서리에 걸터앉아 있었다. 그녀는 물병을 받아들었지만 뚜껑을 따려는 기미조차 보이지 않았다.

"나는 임신촉진제를 맞고 약초를 마시고 기초체온을 재고 분비물 점도 검사까지 받았어! 인공수정은 일곱 번, 난자 채취는 두 번, 시험관 시술은 세 번 시도했고. 사 년이라는 세월을 병원에 바치며 쑤시고 찔리고 주사를 맞았고, 더는 아무것도 못 느낄 만큼 수많은 사람들이 내 안에 손을 집어넣었는데. 다들 그레이엄의 정자가 아무 쓸모 없다는 걸 알면서 거짓말을 한 거야! 시간당 200달러를 받는 점쟁이도 만났고 정신과 상담까지 받았는데, 그러는 내내 그레이엄은 그게 다 소용없는 짓이라는 걸 알았단 말이야?"

아무도 꼼짝하지 않았다.

미리엄은 카롤리나의 팔을 토닥였다. "차근차근 얘기해보자."

"얘기해보자고?" 카롤리나가 미리엄의 눈을 똑바로 쳐다보며 말했다. "아니. 이제 더는 얘기하고 싶지 않아. 위에 올라가서 감옥 갈 준비를 해야겠어. 칼을 찾아서 그 새끼 불알 자르러 갈 거거든."

21

# 자낙스를 껌사탕처럼 씹는

카롤리나

카롤리나는 침대에서 벌떡 일어났다. 시계를 보니 새벽 두시 이십이분이었다. 소원을 빌어! 이 생각이 머릿속에 자동적으로 떠올랐다. 그가 죽어버렸으면 좋겠어. 문득, 준법정신이 투철한 평범한 사람들이 피도 눈물도 없는 살인범이 되는 이유를 알 것 같았다. 예전에도 그레이엄과 싸운 적이 있었고 그에게 다양한 강도의 분노를 느꼈지만 이번에는 달랐다. 이건 증오였다.

자낙스를 두 알 먹었으면 효과가 두 시간은 넘게 지속되어야 하는 거 아닌가? 아무리 못해도 다섯시까지는 기절의 축복을 누려야 하는 거 아닌가? 신경안정제가 그녀를 기절시키기는커녕 오히려 자극한 느낌이었다. 심장이 불규칙적으로 쿵쾅거렸고 온몸이 얇은 막 같은 땀으로 뒤덮였다. 그 짐승 같은 인간이 말 그대로 그녀의 인생을 망가뜨리고 있는데 도대체 무슨 수로 잠을 잘 수 있을까.

이어진 행동은 의식적인 결단도 심지어 이성적인 판단의 결과도 아니었다. 카롤리나는 샤워를 하고 청바지와 스웨터를 입은 기억도 거의 나지 않았고, 부엌을 뒤져 차에서 먹을 간식과 물을 챙겨 배낭에 쑤셔넣을 때 자신이 멀쩡히 깨어 있는지조차 확실치 않았다. 그래서 온 사방의 전등이 환하게 켜졌을 때 카롤리나는 하마터면 심장마비를 일으킬 뻔했다.

"지금 뭐하는 거야?" 에밀리가 실눈을 뜨고 물었다. 그녀는 반팔 티셔츠에 행키 팽키 T팬티를 입고 공단으로 된 수면 안대를 이마로 올려 쓰고 있었다.

카롤리나는 몸을 홱 돌렸다. "신경쓰지 마."

"나야 그러고 싶지." 에밀리가 말했다.

"이건 네가 참견할 일이 아니야." 카롤리나는 냉장고에서 다이어트 콜라를 꺼냈다.

"네가 그를 죽이려는 걸 알면서도 방조하면 내 인생도 파탄 나거든. 자세하게는 모르지만 종범인가 뭔가로 체포되는 건 분명해. 그러니까 사이코 짓은 이제 그만하고 그냥 평범하게 빡친 수준으로 진정하면 안 될까?"

카롤리나는 동작을 멈추고 에밀리를 빤히 쳐다보았다. "진짜로 T팬티를 입고 자?"

에밀리가 자기 몸을 흘끗 내려다보았다. "아니면 뭘 입고 자야 하는데?"

"리건도 T팬티를 입고 잘 거야. 아니, 아니지, 그건 아니지. 청순한 십대인 양 〈초원의 집〉에 나오는 그런 잠옷을 입고 잘 거야. 소시오패스인 내 남편하고 잔다 뿐이지 아무것도 모르는 여학생인 양." '남편'이라는 말을 입 밖에 내기만 해도 심장이 더 빠르게 뛰었다.

"아니, 새벽 세시에 가방을 싸는 이유가 도대체 뭐야?"

"네가 참견할 일이 아니라니까." 카롤리나는 에밀리의 옆을 지나 문밖으로 나가려고 했지만 에밀리가 팔로 문을 가로막았다.

"그 말은 좀전에도 했고. 그레이엄 죽이러 가는 거라면 안 돼. 그건 형편없는 선택이야. 퀴니피액대학에서 최근에 한 여론조사에 따르면 넌 지금 벨라 하디드보다 인기가 많다니까! 잊지 마— 팩트보다 중요한 게 감정이야! 사람들이 주목하는 건 그거야, 네가 어떤 감정을 불러일으키는가. 그레이엄을 죽이는 건 이 이야기의 만족스러운 결론이 아니야, 적어도 대중들이 보기에는."

카롤리나는 정신병자처럼 들릴 수도 있는 폭소를 터뜨렸다. "그를 죽일 생각은 없어. 그냥…… 대화를 좀 나누려는 거지."

"아하. 대화? 그렇겠지. 그런데 네가 한밤중에 들이닥쳐서 자기 아빠한테 분통을 터뜨리면 해리가 어떤 반응을 보일지 생각해봤어?"

카롤리나는 모든 동작을 멈추었다. 해리 생각은 하지 못했다. 에밀리가 그녀의 팔을 잡고 부엌 식탁으로 데려가 앉힌 뒤 차가운 화이트와인을 한 잔 따라주었다.

"캐모마일차나 뭐 그런 거 끓여줘야 하는 거 아니야?"

"아, 그러게. 차를 마시면 뭐든 해결되는데, 그치?" 에밀리는 자기 와인 잔과 함께 맞은편에 앉았다. "보드카를 주지 않는 이유는 오직 하나, 두어 시간 전에 네가 자낙스를 껌사탕처럼 씹는 걸 봤기 때문이야. 그레이엄이 살해당하는 게 노땡큐이듯 네가 약물을 과다 복용하는 것도 마찬가지거든."

카롤리나는 자기도 모르게 웃음을 터뜨렸다. 에밀리는 누구라도 웃게 만드는 재주가 있었다.

에밀리가 와인을 한 모금 마시며 말했다. "정말로 차를 몰고 베세즈다로 달려가서 무슨 스토커처럼 예전에 살던 집으로 몰래 들어가려고 했어? 그래서 어쩌려고? 총으로 쏘려고? 목을 따려고?"

카롤리나는 한숨을 쉬었다. "그레이엄을 죽일 작정이었으면 적어도 다른 사람의 손을 빌렸겠지. 나를 그렇게 모르다니."

"흠, 그렇다면 다행이네." 에밀리가 미소를 지었다.

그들은 각자 와인을 한 모금 더 마셨다. 카롤리나는 심장이 뛰는 속도가 느려지는 것을 느낄 수 있었다.

"이제 지금까지 꽁꽁 숨겨왔던 그 지저분한 비밀을 공개할 때도 되지 않았을까?" 에밀리가 말했다.

"재밌게 즐기기에는 너무 끔찍한 사건이야. 사실 아주, 아주 슬픈 일이야."

"알았어. 이제 얘기해봐. 내가 끔찍한 건 잘 견디거든."

"그전에 약속해. 절대—"

"그만 좀 해!" 에밀리가 말했다. "앞으로 또 그 인간을 보호하고 싶은 충동이 느껴지면 호르몬 주사를 맞고, 설탕물을 주입해 수정하겠답시고 전신마취하면서 난자를 채취했던 과정을 생생하게 곱씹어봐."

카롤리나는 손톱이 손바닥을 파고들 정도로 주먹을 불끈 쥐었다.

"바로 그거야." 에밀리가 말했다. "이제 말해봐."

"그레이엄은 고등학생 때 교통사고를 낸 적이 있었는데 그때 사망자가 있었어." 그녀는 조용히 말문을 열었다. "내가 아는 건 그에게 들은 내용뿐이야. 어디에도 기록이 남아 있지 않거든. 하지만 그는 열일곱 살이었고 면허를 딴 직후였어. 풋볼 연습을 마치고 집으로 가던 길이었는데 네 살짜리 여자아이가 덤불 뒤에서 튀어나왔대. 그는 브레이크를 밟을 겨를도 없었고 아이는 즉사했어."

"저런!"

"아이 부모가 하트웰 가족과 친구였고, 아이가 차 앞으로 달려나왔을 때는 다 같이 그의 집 테라스에서 칵테일을 마시고 있었대."

"어쩜 좋아."

카롤리나는 고개를 끄덕였다. "내가 아는 건 아이 부모가 고소하지 않기로 했다는 것뿐이야. 그저 끔찍한 사고였다는 결론을 내리고."

"고소하지 않았다고? 딸이 죽었는데도? 내가 뭐 변호사는 아니지만 그건 부모가 선택할 수 있는 문제가 아니지 않아? 수상해. 수상한 냄새가 나. 분명 모종의 거래가 있었을 거야."

카롤리나는 물을 한 모금 마셨다. "나는 잘 모르겠어. 자세하게 듣지는 못했거든. 부모님은 와스프답게 눈 하나 꿈쩍 않고 그에게 꿋꿋하게 이겨내라고 했던 모양이야. 그는 죄가 없다면서. 비극적인 일이기는 하지만 그의 잘못은 아니라면서."

"그러면 인간이 망가질 텐데." 에밀리가 중얼거렸다.

카롤리나는 고개를 끄덕였다. "심리치료가 필요했을 텐데 어땠는지 알아? 다음날 아버지가 모는 차를 타고 풋볼 연습을 하러 가면서 '딴 데 한눈팔면 안 된다'고 일장연설을 들었지."

"아주 훌륭한 인간들이네." 에밀리가 말했다. "돈을 주고 입막음했다고 이제 확신이 선다."

"그레이엄 말로는 어머니가 매년 기일에 아이의 무덤을 찾아간다고 했어. 한 해도 거른 적이 없었다고. 몇 번인가 거기서 그 아이의 엄마를 만난 적도 있는데, 둘이 말은 주고받지 않고 같이 울기만 한다고. 정말이지 너무 끔찍해."

에밀리는 아무 말도 하지 않았지만 카롤리나는 그녀가 무슨 생각을 하는지 정확히 알 수 있었다. "이걸 그 사람 쓰러뜨리는 전략으로 활용하지는 말아줘." 카롤리나가 말했다. "끔찍한 비극, 그 이상도 그 이하도 아니니까."

"미국에 왕실이라는 게 있다면 이 하트웰 집안일 텐데 그들이 어마어마한 규모의 은폐 공작에 연루됐을 가능성이 높아 보인단 말이지. 누구한테 뇌물을 주었을까? 사고가 난 정황은 어땠을까? 사고와 관련해서 아무것도 보도되지 않은 이유는 도대체 뭘까? 대중들이 이런 데 관심을 보이지 않겠어?" 에밀리는 와인을 다시 한 모금 마시고 뭔가를 생각하는 눈치더니 잔을 비웠다. "우리 목표가 뭘까, 카롤리나? 해리. 양육권. 네 오명을 씻는 것. 하지만 압박할 수 있는 장치가 없으면 그 목표에 도달할 수 없어. 그레이엄과 그 주변 사람들은 인맥이 너무 빵빵해. 그리고…… 내가 너한테 얘기해야 하는 게 하나 더 있어."

"아, 안 돼. 이번에는 또 뭔데?"

에밀리가 양쪽 잔을 모두 채웠다. "네가 그랬잖아, 그레이엄은 상원의원용 헬스클럽에서 운동 안 한다고. 맞지?"

카롤리나는 실눈을 떴다. 그녀는 그런 말을 한 기억이 없었다. "응. 너무 파벌을 따진다고. 다들 일 얘기만 한대. 그래서 편하지가 않다고."

"그래서 거기 말고 듀폰 근처의 이퀴녹스에 다니지?"

카롤리나는 고개를 끄덕였다.

"내가 기쁜 소식을 하나 알려줄까? 그레이엄이 헬스클럽에서 새로운 친구를 사귀었어."

"그게 무슨 뜻이야?"

"무슨 뜻이냐면, 그레이엄이 최근 들어 이름은 애나고 몸매가 아주 탄탄한 검은 머리의 절세 미인에게 홀딱 반했다는 거지. 지난주부터 그녀의 스케줄에 맞춰서 헬스클럽에 나오기 시작했어. 어제는 운동 끝나고 같이 주스 한 잔 마시겠느냐고 그녀에게 물었고."

"이런 정보를 다 어떻게 알아?" 카롤리나는 물었다.

"애나가 내 쪽 사람이거든."

카롤리나의 눈이 휘둥그레졌다. "네 쪽 사람이라니 그게 무슨 말이야?"

"네 남편을 유혹해달라고 내가 고용했어."

카롤리나의 웃음은 짖는 소리에 더 가까웠다. "돈을 너무 많이 주지는 않았어야 할 텐데. 세상에 그보다 더 쉬운 일은 없을 테니까."

"사실 돈은 네가 대는 거고 몸값이 제법 비싸. 하지만 그녀가 사진, 야한 문자, 기타 등등 필요한 거라면 뭐든 물어다줄 테니 괜찮은 조건이라고 생각해."

"그레이엄을 유혹하라고 매춘부를 고용한 거야?"

에밀리가 경악한 표정을 지었다. "우선 나는 아무도 고용하지 않았어. 네가 고용한 거지. 그리고 매춘부를 고용한 것도 아니야. 그녀는 현재 사립탐정 일을 하는 전직 경찰이야. 기업과 정계 쪽 일을 많이 해. 평판도 아주 좋고."

카롤리나는 두 손에 얼굴을 묻었다. "이건 말도 안 돼. 꼭 〈위기의 주부들〉 중에서도 한심한 에피소드 같잖아."

"그 드라마는 모든 에피소드가 한심하지. 하지만 내 생각은 달라—이건 기발한 작전이라고! 다른 사람들은 아닐지 몰라도 너는 알잖아. 그레이엄은 전직 대통령의 딸과 민주당 공천 티켓이 있어도 아랫도리 단속을 못하는 사람이라는 걸. 그는 이러나저러나 자멸하게 되어 있어. 우리는 그저 그 시기를 앞당길 뿐."

"이게 합법적인 방법이긴 한 거야?"

"카롤리나, 정신 좀 차려! 그에게는 그녀와의 섹스를 자제할 자유의지가 있다고. 하지만 자제할 가능성이 얼마나 된다고 생각해?"

"0퍼센트." 카롤리나는 한숨을 쉬었다. 그들이 어쩌다 이 지경에 이르렀을까? 상황이 여러모로 역겨웠지만, 그가 죗값을 치를 거라는 데 안도하는 마음도 있었다. 앤서니 위너* 스타일의 섹스 스캔들. 공개적인 망신. 만천하에 드러나는 그의 본모습. 하지만 해리는 어쩐다?

"두 사람은 오늘 주스 데이트를 할 거야. 나는 일주일이면 된다고 봐. 관건은 언제 어디서냐일 뿐."

"여자 쪽 집으로 가겠지." 카롤리나는 말했다. 지친 목소리였다. "그레이엄이 구제불능의 바보는 아니니까."

"그건 그래." 에밀리가 말했다. "그래서 내 친구가 자기 집에 첫애를 베이비시터에게 맡기는 초보 엄마 아빠보다 더 많은 몰래카

* 2011년에 트위터 여성 팔로워들에게 음란한 사진과 메시지를 보낸 사실이 드러나 사임한 미국의 하원의원.

메라를 설치했지. 주드 로가 어쩌다 들통났게? 벤 애플렉은? 그들 집에서 일했던 베이비시터라는 자들이 평범한 일반인이었을 거라고 생각해? 천만의 말씀. 다들 우리 같은 배후세력이 있었다고."

카롤리나는 문득 지금이 새벽 세시인 것을 온몸으로 느꼈다.

그녀는 개수대에 넣으려고 에밀리의 잔을 집었지만 에밀리가 획 다시 낚아채 병에 남은 와인을 마저 따랐다.

"눈 좀 붙여." 에밀리가 말했다. "와인, 자낙스, 우리의 계획. 아무리 못해도 몇 시간은 효과가 있을 거야."

카롤리나는 에밀리가 와인을 다시 길게 한 모금 마시는 것을 지켜보았다. 함께 지내는 동안 에밀리는 단 한 번도 자기 얘기를 한 적이 없었다. 그녀의 사업은 누가 봐도 휘청거리고 있었다. 남편은 홍콩에 있었다. 그녀는 지치고 어쩌면 우울해 보였다.

카롤리나는 그녀에게 물어보려다 생각을 바꾸었다.

"무슨 말을 하려고 그랬는데?" 에밀리가 물었다.

"아무것도 아니야."

"제발 말 삼키고 그러지 좀 마."

"아냐, 그런 거 아니야. 그냥…… 넌 지금 행복해?"

"뭐야, 내가 코네티컷주 그리니치에서 새벽 세시에 냉장고에 넣어둔 화이트와인 마시면서 즐거워하는 걸로 보이지 않는단 말야? 올리비아 벨이 내 일을 빼앗아가고 있고 나는 근교에서 친구조차 사귀지 못하고 있는데?" 에밀리가 카롤리나를 흘끗 쳐다보았다. "기분 나쁘게 듣지는 말아줘."

"에밀리. 나는 네가 〈런웨이〉에서 어땠는지 기억해. 유명했잖아. 싸가지 없고 독한 년으로."

에밀리의 표정이 부드러워졌다. 카롤리나가 보기에는 입가에 미소가 번지는 것도 같았다.

"너는 모두를 얌전한 고양이로 만들었잖아. 모델들끼리 네 얘기하고 그랬어. 다들 너를 무서워했거든."

"그랬지." 에밀리가 동의했다. "그리고 내가 그 여자의 삶을 관리했지. 뉴욕, 파리, 밀라노. 둘이서 세계를 누비면서."

"뭐, 달라진 건 없어! 너는 여전히 그런 사람이야. 내가 기억하는 〈런웨이〉의 수석 어시스턴트 시절처럼 모든 면에서 싸가지 없고 막무가내고 위협적이야."

어떤 표정이 에밀리의 얼굴을 스치고 지나갔다. "심지어 미란다가 나더러 다시 돌아와달라지 뭐야."

"진짜?" 카롤리나가 물었다. "다시 돌아가면 어떤 일을 하게 되는데?"

"특별한 행사를 주관하게 돼. 여기서 특별한 행사란 기본적으로 메트 갈라를 말하고."

카롤리나는 휘파람을 불었고 그레이엄과 함께 메트 갈라에 처음으로 참석했던 때 기억이 떠올랐지만 애써 숨겼다. 그녀는 베르사체를 입었다. 톰 포드를 입은 그는 훤칠하고 멋져 보였다. 그날 저녁은 황홀하지 않았던가? 이제는 좋았던 추억마저 모두 의심해야 하는 걸까? "와우."

"응. 오 년 전에 이런 제안을 받았다면 덥석 물었을 텐데. 이제는 엄두가 나지 않아. 그 근무시간. 일주일에 칠 일, 이십사 시간 동안 계속되는 〈런웨이〉라는 드라마. 그래, 그러면 뉴욕에서 살 수 있겠지만 LA에 살면서 내가 물렁해졌나봐. 뉴욕으로 다시 이사하면서까지 거기로 다시 갈 필요가 있나 싶어."

카롤리나는 찬장 문을 열고 캐모마일차를 한 통 꺼냈다. "나이를 먹는다는 게 바로 그런 거라는 생각 안 해봤어? 우선순위가 바뀌는 거. 사실은 좋은 거지." 그녀는 머그에 뜨거운 물을 부어서 에밀리 앞에 놓았다.

"너, 섬뜩하게 긍정적이다." 에밀리가 말했다. "살인을 저지르려고 했던 사람치고는 말이지."

카롤리나는 웃음을 터뜨렸다. "보면 기분이 좋아지는 인스타그램 계정을 새로 하나 만들어야겠어. '행복을 선택하세요' 아니면 '오늘 누군가에게 미소를 선물할 수 있는 사람이 되세요' 이런 포스팅을 올리는 거지. 해시태그는 축복. 또 겸손. 내가 차세대 글레넌 도일 멜튼*이 될 수도 있겠어. 만인의 여인! 모두가 나를 다시 사랑하게 될 거야. 이런 마스터플랜 어때?"

에밀리는 고개를 끄덕이고 있었다. "좋아. 진심으로. 내일 날이 밝자마자 바로 준비 시작할게."

"내 남편을 함정에 빠뜨리려고 고용한 전문가랑 접선하기 전에 아니면 그다음에?"

"그다음에. 그리고 네가 고용한 거야, 내가 아니라. 또 그 남자 이제는 남편이라고 부르지 마!"

카롤리나는 웃음을 터뜨렸고 그녀 안에 있던 뭔가가 해방된 기분이 들었다. "이제 진짜 다시 침대에 누워야겠다."

"그리고 나는 네가 진정제 대신 끓여준 이 차를 버려야겠어. 하

* 미국의 유명한 자기계발서 저자.

지만 생각해줘서 고마워."

카롤리나는 다시 방으로 들어가 침대 위로 올라갔다. 피부에 닿는 시트가 시원하고 보드라웠다. 그녀는 킨들을 켜고 눈꺼풀이 무거워질 때까지 책을 몇 쪽 읽었다. 막 잠이 들려는 찰나 어떤 생각이 떠오르는 바람에 헉 숨을 토했다. 어제 그 난리법석의 와중에 놓친 게 하나 있었으니, 그녀의 몸에는 아무 문제가 없다는 것이었다. 어쩌면, 정말 어쩌면 그녀는 아이를 가질 수 있을지 몰랐다.

22

# 인터넷 검색은 당신만 할 줄 아는 게 아니에요

에밀리

그녀의 눈앞에 보이는 강사는 눈이 부셨다. 근육질이었고, 좀 길다 싶은 머리칼을 각이 진 턱 너머로 계속 쓸어넘겼고, 윤기가 흐르는 땀이 맨살이 드러난 모든 부분을 덮고 있었다. 삼십 초 정도마다 고개를 들고 에밀리를 똑바로 쳐다보며 그 공간에 그녀밖에 없다는 확신을 심어주는 예의 그 미소를 지었다. 그도 그럴 것이 그녀는 카롤리나의 펠로톤 자전거를 타고 있었고, 그 섹시한 강사는 화면 안에 있었고, 그와의 아이 콘택트는 1294명의 다른 홈 라이더들과 공유하는 것이었다. 그래도 상관없었다. 그와 그의 알트 컨트리 플레이리스트와 함께라면 밤새도록 땀을 흘릴 수 있었다. 그녀가 어쩌다 아무도 없는 이 멋진 집에서 엉덩이를 일으켜 밤 열 시에 자전거를 타게 됐는지 모를 일이었지만 마음에 쏙 들었다. 이게 소울사이클보다 좋았다. 사람들도 없고 서로 친하게 지낼 필요도 없고 스포츠 브라와 찢어진 스판덱스 반바지만 입고도 탈 수 있었다. 게다가 그녀가 마무리 스트레칭 시간에 보드카 소다를 마실 작정이라 한들 왈가왈부할 사람이 없었다.

휴대전화가 울렸다. 다른 사람이었다면 전화를 받지 않았겠지만 발신자 번호를 보니 그 경찰이었다.

"벨린다?" 그녀는 '스피커폰' 버튼을 누르는 동시에 자전거 화면의 볼륨을 낮췄다. "어쩐 일이에요? 새로 뭐 알려줄 거 있어요?"

"아, 에밀리 찰턴. 유명하신 그 이름. 전화를 받아주다니 영광이로군." 스피커를 통해 들리는 목소리는 남자였다. 나이가 많고 교양이 있었다. 아주 자신만만했다.

"누구시죠?" 에밀리는 놀란 마음을 애써 감추며 물었다. 페달을 돌리는 속도가 점점 느려졌다.

"누군지 모르다니 이럴 수가. 드롭캠을 확인해보지 그래."

"드롭—" 에밀리는 하마터면 전화기를 떨어뜨릴 뻔했다. 그녀는 페달 돌리기를 멈추고 자전거에서 내려왔다.

"내가 누군지 궁금할 텐데 괜히 불안을 유도하지는 않겠어. 당신 친구 벨린다는, 그게 본명인지도 모르겠지만, 당신에게 줄 수 있는 게 아무것도 없어."

"그레이엄 하트웰인가요?"

"하트웰 의원이라고 해야지. 어디서 건방지게."

말투가 어찌나 고압적인지 에밀리는 하마터면 사과할 뻔했다. 그러다 상대가 누군지 깨닫고 웃음을 터뜨렸다. "웬 헛소리세요, 그레이엄 씨. 존경받을 만한 행동을 하면 존경해드릴게요."

그는 한 박자 쉬었다가 맞받아쳤다. "도대체 뭐하는 인간이길래 이런 깜찍한 작전을 동원했는지 모르겠지만 간파하는 데 딱 삼 초

걸리더군. 또다시 전직 뉴욕 경찰관을 나한테 붙이면 고발할 테니까 그렇게 알아. 이쯤 했으면 알아들었겠지?"

전화가 끊겼다. 에밀리는 자신이 얼마나 심하게 손을 떨고 있는지 옆에서 보는 사람이 없어서 다행이라고 생각했다.

망할. 꽝이네. 솔직히 말하면 에밀리도 이런 결과를 예상했어야 하는 거였다. 그레이엄은 머리가 빈 십대 신인배우가 아니었다. 그를 어마어마하게 과소평가했다.

그녀는 부엌으로 가서 카롤리나의 냉장고에 든 체리맛 탄산수를 꺼냈다. 몇 모금 마시고는 잔에 붓고 얼음을 몇 조각 넣은 다음 보드카를 가득 따랐다. 위기의 순간에는 극단적인 조치가 필요한 법이었다. 그녀는 음료를 길게 한 모금 마셨다가 감기용 시럽 맛이 난다는 사실을 깨닫고는 개수대에 버렸다. 전기레인지에 달린 시계를 보니 열시 이십팔분이었다. 이 빌어먹을 도시에서 이 시간에 어디를 가야 제대로 된 술을 마실 수 있을까? 심지어 술집다운 술집이 있긴 할까? 해리를 만나러 베세즈다에 간 카롤리나에게 문자를 보내니 당장 답장이 왔다.

모르겠는데. 왜? 그 집에 풋볼팀 하나를 보내버릴 만큼 술이 많은데.

에밀리는 답장을 보냈다. 제발 문자로 그런 글 다시는 남기지 마.

미안. 남들은 내가 재활중인 알코올중독자인 줄 안다는 걸 깜빡했다!!!

이번에는 미리엄에게 문자를 보냈다. 그녀 역시 곧바로 답장을 보냈다. 화요일 밤 11시에 너랑 술 마시러 갈 수는 없어. 날 뭘로 보고 그래?

너 부르는 거 아니야. 그냥 마땅한 데가 있는지 묻는 거지.

아, 고맙다. 그런 거라면 기차역 옆에 있는 이탈리안 레스토랑 가봐.

저녁시간 이후에 가본 적은 없지만 자정까지 영업한다고 들었어.

고마워. 생각 바뀌면 연락해.

됐네요.

수십 년 된 버릇에 따라 에밀리는 샤워를 하고 얌전한 청바지에 깜찍한 실크 티셔츠와 오픈 카디건을 걸치고 립글로스를 살짝 발랐다. 유일하게 양보한 것은 머리였다. 드라이 샴푸를 듬뿍 발라서 유전급 기름기를 없애고 정수리에 틀어올려 얼마나 떡이 졌는지 아무도 눈치채지 못하기만을 바랐다. 그리고 밖으로 나가서 우버 택시를 기다렸고, 나이 많은 수다쟁이 운전사에게 조용히 좀 해달라고 요청한 끝에 십오 분 만에 제법 괜찮은 드라이 마티니를 손에 들고 높은 의자에 만족스럽게 자리를 잡고 앉을 수 있었다.

"또 뭐 필요하신 것 있으신가요?" 바텐더가 물었다. 그는 삼십대였고 나름 귀여웠다. "주방 닫기 전에 애피타이저라도?"

에밀리는 진심을 담아서 미소를 지었다. "고맙지만 이걸로 충분해요. 곧 또 한 잔 부탁할게요."

"기다리고 있겠습니다." 그는 말하고 저쪽 끝으로 가서 다른 손님을 상대했다. 그가 추파를 던진 걸까? 그녀는 아직까지 추파를 던질 만한 상대일까? 앨리스터는 그렇게 생각하는 눈치였지만 그날 이후로 완전히 자취를 감추어버렸다. 그 생각은 하지 마! 마음을 다잡으려고 해도 별 소용이 없었다. 윽. 남편에게 무시당한 직후에 포토샵으로 편집해 그에게 보낸 가슴 사진이 떠올라 그녀는 움찔했다. 그런데 그는 완전히 무시했다. 무참하게! 굴욕적인 일이었다. 그녀는 제대로 보낸 게 맞는지 백 번쯤 확인했지만 그들이 주고받은 문자메시지 내역은 거짓말을 하지 않았다. 그뿐 아니라 그는 빌어먹을 수신 확인 기능을 켜놓았다. 그 사진은 허공으로 사라지지 않았다. 제대로 전달돼 개봉과 평가를 거쳤지만…… 이후로 감감무소식이었다. 우라질 엄지 척 이모티콘조차 없었다.

"저 잠시만 어디 좀 다녀올게요." 에밀리는 눈을 찡긋거리며 바텐더에게 말하고, 한 모금 남았을까 말까 한 마티니 잔을 냅킨으로 덮었다. 그녀는 식당 뒤편으로 건너가 화장실을 찾다가 높은 나무 벽으로 가려진 칸막이 자리에 어떤 커플이 숨어 있는 것을 보았다. 각자의 앞에 정말 먹음직스러워 보이는 파스타와 사발만한 유리잔에 담긴 레드와인이 놓여 있었다. 테이블 바로 위쪽 벽에는 전용 조명이 달려 있었고, 남자가 고개를 들고 에밀리를 똑바로 쳐다본 그 순간 불빛이 그의 얼굴을 비췄다. 앨리스터였다. 맙소사. 이게 도대체 어느 정도 확률로 벌어질 수 있는 일일까?

"에밀리." 그가 무슨 뜻인지 해석이 안 되는 미소를 지으며 웅얼거렸다. "여기서 만날 줄이야."

"그러게요." 그녀는 말하고 그와 함께 있는 여자를 슬쩍 훔쳐보았다. 짙은 밤색 머리고 매력적이었다. 띠어리 제품인가 싶은 슈트를 몸에 잘 맞게 입었고 머리는 하이라이트를 새로 넣어야 하는 상태였지만 피부는 완벽했다. 그런데 낯이 익은 듯한 이유가 뭘까?

"내가 여기서 일주일에 세 번은 저녁을 먹는다고 얘기하지 않았던가요?" 앨리스터가 보조개를 뽐내며 말했다. "오늘은 평소보다 조금 늦긴 했지만. 우리 둘 다 회의가 있었거든요."

에밀리는 둘을 직장 동료라 짐작했다가 잠시 후 퍼뜩 알아차렸다. 이 여자는 직장 동료가 아니라 전처였다. 그녀가 여전히 위협적인 존재인지 파악하느라 잠깐이지만 인터넷으로 검색을 했었는데, 여기서 이렇게 아늑한 칸막이 자리에 앉아 전남편과 느지막이 로맨틱한 저녁식사를 즐기고 있는 것이었다.

"저는 에밀리 찰턴이에요." 그녀는 짐짓 함박웃음을 지으며 말했다. "앨리스터의 전부인이신 모양이네요. 걱정 마세요, 저 사람이 칭찬만 했으니까요!"

여자는 죽은 쥐를 보기라도 한 것처럼 인상을 찡그렸다. "네?"

"아, 우리가 모여 앉아서 당신 얘기를 하고 그런 건 아니에요. 저 사람이 애들 사진을 보여주면서 당신이 얼마나 좋은 엄마인지 말해줬을 뿐이지."

"에밀리." 앨리스터가 사망선고를 하는 사람처럼 진지한 목소리로 그녀를 불렀다. "이쪽은 내 전처가 아니라 루이저예요. 그리고 우리는 지금 데이트하는 중이고요."

에밀리는 손으로 입을 가렸다. "하지만 얼굴이…… 너무…… 맙소사, 남자들은 각자 좋아하는 타입이 있다더니 정말 그러네요."

"그쪽은 누구시라고요?" 루이저가 물었다. 그녀는 평정심을 되찾았고, 이제 시비의 전조를 감지하고 전의를 다지는 사람처럼 보였다.

"저는 에밀리 찰턴이에요." 그녀는 말했다.

앨리스터가 추가적으로 설명했다. "에밀리는 내 친구 부인이에요. 마일스라고 착한 친구인데 못 본 지 제법 됐네요. 마일스한테 연락은 하고 지내자고 전해줘요, 알았죠?"

에밀리는 자기 입이 떡 벌어지는 것을 느낄 수 있었다. 재수없어. 도대체 뭐하는 인간이야? 게다가 그걸 어떻게 알았지?

앨리스터는 루이저에게로 다시 시선을 돌리고 그녀의 와인 잔에 자기 잔을 부딪쳤다. 화장실로 다시 걸음을 재촉하는 에밀리에게 그의 목소리가 들렸다. "방금 그 친구, 정신적으로 좀 불안정해요. 하지만 나쁜 사람은 아니에요." 루이저가 풍경처럼 낭랑하게 웃음을 터뜨렸다.

그녀가 이제 막 손을 씻었을 때 휴대전화 화면이 켜지며 문자메시지가 도착했음을 알렸다.

인터넷 검색은 당신만 할 줄 아는 게 아니에요.

그뒤에 엄지 척 이모티콘이 달려 있었다. 에밀리는 소리를 지르고 싶은 걸 참았다.

카운터석으로 돌아가려면 행복한 커플 옆을 지날 수밖에 없었는데, 짜증스럽게도 그들은 트럼프와 러시아의 공모설을 논의하고 있었다. 루이저가 시사에도 관심이 있단 말이야? 저 인간, 운도 좋지.

"이제 한 잔 더 갖다드릴까요?" 귀여운 바텐더가 물었다.

에밀리는 남은 술을 마저 마시고 그에게 잔을 밀었다. "네, 주세요. 링거도 있으면 하나 주시고요."

"여기 앉아도 되나요?" 등뒤에서 작은 속삭임이 들려왔다. 그녀가 그 소리를 들을 수 있었던 이유는 단 하나, 상대가 귀에 바짝 대고 속삭였기 때문이었다. 그녀는 몸을 홱 돌렸다가 하마터면 의자에서 굴러떨어질 뻔했다.

"마일스? 여긴 어쩐 일이야?" 그녀는 의자에서 벌떡 일어나 남편의 목을 끌어안았다.

"우리 자기가 혼자 술을 마시게 둘 수 있나." 그는 말하며 그녀를 다시 의자에 앉히고 자기도 옆자리에 앉았다. 불룩한 옷가방을 발치에 내려놓고 노트북 가방은 바 위에 얹었다.

"말도 안 돼. 미쳤나봐! 언제 왔어? 얼마나 있다가 갈 거야? 나 여기 있는 건 어떻게 알았어?"

그가 씩 웃자 에밀리는 생각했다. 와 씨, 진짜 잘생겼잖아? 나는 왜 항상 이이가 눈앞에서 사라지는 즉시 나한테 이이가 얼마나 필요한지 잊어버리는 걸까?

"한 시간 전에 JFK공항에 내렸어. 당신 놀라게 하고 싶어서. 2박 3일 동안 있을 거야. 공항에서 커다란 꽃다발을 사서 미리엄 집으로 찾아갔더니 당신이 카롤리나 집에서 지내고 있다고, 지금은 아마 여기 있을 거라고 알려주더라고. 아이 하나가 울면서 내려오길래 꽃다발은 미리엄한테 줬어. 나 때문에 애들이 깼나봐."

"왜 2박 3일밖에 못 있어? 그 회사 너무하는 거 아니야? 시차 적응도 못하겠네." 에밀리는 양손으로 그의 손을 잡았다.

"왜냐하면 일 때문에 온 게 아니거든. 내 여자가 보고 싶어서 온 거지. 12일에 꼭 참석해야 하는 회의가 있어서 금방 가야 해." 그가 허리를 숙여서 입을 맞추자 에밀리는 자신의 몸이 당장 반응하는 것을 느꼈다. "카롤리나가 오늘밤에 나도 그 집에서 신세를 져도 괜찮다고 할까? 아니면 단둘이 있을 수 있게 호텔방을 잡을까?" 마일스가 소곤소곤 물었다.

"카롤리나는 베세즈다에서 자고 와. 그 집에 우리 둘뿐이야."

이번에는 그가 입을 맞추며 그녀의 입안으로 혀를 밀어넣고 그녀가 좋아하는 방식대로 그녀의 아랫입술을 살짝 깨물었다. "그거 아주 기쁜 소식인데?" 그러고는 바텐더에게 말했다. "계산서 주세요."

에밀리는 그의 손을 잡고 그를 따라나섰다. 하지만 마지막으로 식당 안을 한 바퀴 둘러보지 않을 수가 없었다.

"뭐 잊어버린 거 있어?" 마일스가 한 손으로 그녀의 손을 잡고 다른 손으로는 가방을 흔들며 물었다.

"응? 아니, 그럴 리가. 가자, 집에 가서 내가 새로 산 레이스 속옷 보여줄게. 그런데 사실 레이스는 별로 없어. 그리고 가랑이 부분도 실종된 것 같고……"

23

# 맞춤 질 성형의 고향

### 미리엄

이 골드피시는 뭘 넣었길래 한번 먹기 시작하면 멈출 수가 없을까? 미리엄은 과자를 한 움큼 입안에 집어넣으며 천번째로 궁금해했다. 리세스 초콜릿도 아닌데. 심지어 그 옛날 도리토스하고도 경쟁이 안 되는데. 애들이 먹는 크래커 아닌가! 그런데도 너무 맛있었다.

5킬로미터 경보로 칼로리를 소모하면 뭐해. 그녀는 아무도 없는 고요한 부엌에서 신나게 우적거리며 생각했다. 클릭, 클릭, 클릭. 미리엄은 자판을 두드리고 클릭하고, 두드리고 클릭하며 몇 초 동안 검색 결과를 확인한 뒤에 다음으로 넘어갔다. 그녀는 인터넷 검색의 대가이자 리서치의 귀재였고, 그레이엄의 진료 내역을 조사해서 얻은 소득 또한 아주 훌륭했다. 다음 차례는 카롤리나가 체포된 내막이었다. 그레이엄의 변호사인 트립에게 만나자고 연락하기 전에 가능한 모든 정보를 수집해야 했기 때문에 과거 메릴랜드의 음주 운전 판례를 샅샅이 훑어보되 음주 측정을 거부하고도 결백을 증명한 사람을 중점적으로 살피기로 마음먹었다. 그런 다음 카롤리나가 체포되던 날 밤에 근무중이었던 경찰—그녀를 체포한 경찰들뿐만 아니라—모두의 이름을 입수해 미심쩍은 점을 기억하는 사람이 있는지 알아볼 작정이었다. 쉽지는 않겠지만 뭐라도 알아낼 거라고 자신할 수 있었다.

폴이 깨끗하게 샤워를 했는지 청바지와 몸에 딱 붙는 티셔츠를 입고 계단을 내려왔다.

미리엄은 그레이엄이 등장하는 추잡한 헤드라인들을 클릭해서 껐다.

"뭘 그렇게 들여다보고 있어?"

"몬태나의 엄청 진보적인 도시에 대해 소개한 기사를 읽던 참이야. 우리 거기로 이사갈까?" 그녀는 말했다. 그레이엄과 카롤리나 얘기를 그와는 하고 싶지 않은 이유가 뭔지 알 수 없었다. 거짓말은 아니었지만—실제로 방금 전에 그 기사를 읽긴 했다—이게 뭐라고 그에게 숨기는 걸까?

폴이 요거트 뚜껑을 벗겨서 핥아먹고는 쓰레기통에 버렸다. "유타에서는 술 사기가 너무 힘들다고 엄청 투덜거린 게 얼마 전 아니야?"

미리엄은 고개를 끄덕였다. "거기 살면 애들이 대학 지원할 때 엄청난 지역적 혜택을 받을 수 있을 거야. 아무 아이비리그 대학이나 골라서 갈 수 있을지도 몰라."

"벤저민이 이제 겨우 여덟 살이야!"

"맞아, 하지만 이런 작전은 아무리 일찌감치 세워도 모자라. 그리니치의 다른 정신병자들이 과외선생과 코치와 캠프에 앞으로 십 년 동안 수만 달러를 쏟아부을 때 우리는 몬태나로 이사를 가는 거지. 우리 애들은 거기 가도 대학교 진학에 아무 문제 없을 거야. 더 유리하면 모를까."

폴은 남은 요거트를 숟가락으로 긁었다. 어떻게 한 통을 세 숟가락 만에 해치울 수 있을까? "정신 나간 얘기 같아. 당신은 하버드를 졸업했을지 몰라도 나는 애리조나주립대학을 졸업했잖아?"

"그런데?" 그녀는 물었다.

"그런데…… 우리 둘 다 잘 지내고 있지."

"흠."

"이리 와." 그는 말하고 두 팔로 그녀를 감싸안았다. "지금 우리 뭣 때문에 싸우는 거야?"

미리엄은 아무 말도 하지 않았다.

"우리는 훌륭한 도시의 훌륭한 집에서 살고 있어. 애들은 잘 크고 있고. 친구들도 사귀었고. 여기가 뭐가 어때서 그렇게 끔찍해?"

"끔찍하지 않아. 내가 하고 싶은 얘기는 그게 아니야."

"그럼 당신이 하고 싶은 얘기는 뭔데?"

"모르겠어…… 그냥 변화가 필요한 느낌이야."

폴이 그녀의 턱을 들어서 그를 쳐다보게 했다. "우리한테 필요한 건 여유롭게 즐기는 걸지도 몰라. 삼 년 동안 아이 셋을 낳았잖아. 내 회사는 대박이 났고. 당신은 일을 그만뒀고. 우리는 뉴욕에서 이사했고. 더 많은 변화가 과연 정답일까?"

"그건 그래." 미리엄이 말했다.

"그렇지." 그가 그녀의 뺨에 입을 맞췄다. 항상 뺨이었다.

"어디 가?" 그가 부엌 뒷문 앞 고리에 걸려 있던 플리스 점퍼를 집는 것을 보고 그녀가 물었다.

"아, 남자들 몇 명이 헬스클럽에서 만나기로 했어. 출근 전에 스쿼시 한 게임 치자고."

"아침 열시에?"

"응. 젊은 친구 한 명이 팀워크 다지는 데 도움이 된다고 해서."

"그런데…… 운동 가방은 어디 있어?" 미리엄은 최대한 아무것도 모르는 척 물었다.

폴은 잠깐 어리둥절해하는 표정을 지었다. "운동 가방? 아, 차에 이미 실어놨지. 오늘 저녁 먹는 시간까진 늦지 않게 올게. 사랑해."

"나도……"

미리엄은 차고 문이 열리고 폴의 차에 시동이 걸린 뒤 차고 문이 닫히는 소리를 들었다. 마세라티가 멀어지는 것을 부엌 뒷문 너머로 바라보다 그녀는 해킹된 애슐리 매디슨의 회원 정보가 공개되어 있는 웹사이트 주소를 입력하고는 알고 있는 폴의 이메일 주소를 모조리 검색했다. 이번에도 허탕이었다. 왜 계속 이러는 걸까? 그녀는 그가 바람을 피웠더라도 가짜 이메일 주소를 쓰는 정도의 지능은 발휘했다고 생각하고 싶었다. 그가 비밀로 하길 원하는 이상 그녀는 알아낼 길이 없었고 이제는 그걸 인정해야 했다. 하지만 그녀는 진심으로 폴이 그런 짓을 저지를 사람이라고 생각하는 걸까? 누군가가 이삼년 전에 그녀에게 폴이 조만간 준은퇴자로 근교에서 살며 스쿼시와 포커를 치고 마세라티를 몰고 다닐 거라고 했으면 그녀는 배꼽을 잡고 웃었을 것이다. 근교에는 도시와 다른 어떤 전염성이 있었다. 날마다 하루종일 마주치는 사람들이 전부 반짝이는 헤어밴드를 하고 요가 팬츠를 입고 다니면 그게 자연스러운 게 됐다.

미리엄은 시계를 흘끗 확인했다. 이제 옷을 갈아입지 않으면 아침 모임에 늦게 생겼다. 애슐리가 동네 엄마들과 일주일에 한 번 아침에 수다 회동차 만나는데 같이 가겠느냐고 했을 때 미리엄은 처음엔 꽁무니를 뺐었다. 수다 회동이라고? 그게 도대체 뭐야? 하지만 이내 생각해보니 금요일 오전 열시 삼십분에 달리 할일도 없었다. 금요일이 아니라 다른 요일도 마찬가지였다. 애슐리는 재밌고 편안하고 아주 캐주얼한 모임이라고, 다들 운동복을 입고 온다고 했지만 미리엄은 이제 속지 않았다. 거의 한 시간이 걸리긴 했지만 그녀는 샤워를 하고 다리를 면도하고 드라이어로 머리를 펴고 풀 메이크업을 하고 새로 산 찢어진 청바지와 어깨가 뚫린 래그&본 스웨터를 입었다. 서른다섯 살이 아니라 스물다섯 살처럼 보이려고 너무 애를 쓴 거 아닐까? 그녀는 핸드백을 챙기고 하이랜더에 올라타며 생각했다. 그럴지 몰랐다. 하지만 다들 그랬다.

미리엄은 집주인의 식당으로 들어선 순간 자신이 또다시 헛다리를 심하게 짚었다는 것을 알아차렸다. 예외 없이 방수 기능성 스판 소재의 옷을 입은 여덟 명의 여자들이 테이블에 둘러앉아 블루베리를 먹으며 벨리니를 마시고 있었다. 모두 머리를 하나로 높게 묶거나 틀어올리거나 반짝이는 헤어밴드를 했다. 모두 짧은 룰루레몬 레깅스와 브라캡이 내장된 탱크톱 차림이었다. 유일한 변별점이 있다면 나이키 운동화의 네온 색이었다. 모두 노 메이크업에 땀으로 범벅이 된 얼굴이었다. 애슐리가 장담한 그대로였다.

"어머, 애슐리가 얘기 안 했어요?" 집주인 에비가 미리엄에게 벨리니를 건네며 물었다. "모임시간을 열시 삼십분으로 잡는 이유가 아홉시에 소울사이클이나 크로스핏이나 SLT나 바 메소드나 오렌지시어리나 비치 부트캠프 같은 수업을 듣고 만나기 위해서예요."

"맞아요. 그리고 지금 만나야 진탕 마시고도 세시에 맨정신으로 애들을 데리러 갈 수 있고요!" 다른 여자가 외치며 샴페인 잔을 높이 들었다.

"카롤리나 하트웰 같은 짓을 저지르면 되겠어요?" 클레어가 눈을 부라렸다. "아니. 애들을 차에 태우고 음주 운전이라니. 그럼 인생 종치는 거죠."

"이사를 가야겠죠." 에비가 자기 칵테일을 한 모금 마시며 말했다. "집 내놓고 도망쳐야겠죠. 그럼 끝장이니까."

애슐리가 말했다. "사실 카롤리나는 미리엄 친구예요."

온 사방이 어찌나 고요해지던지 누군가가 침을 삼키는 소리가 미리엄의 귀에 들릴 정도였다. 그들 중에 그 섹스 토이 파티에서 본 여자는 거의 없었다. 애슐리 말로는 그 둘이 말하자면 라이벌 집단이라서 겹치는 멤버가 거의 없다고 했다.

"그 친구 원래 아주 번듯해요. 그건…… 엄청난 오해로 벌어진 사건이고요." 미리엄은 상석에 딱 하나 남은 빈자리로 가서 앉고 요거트와 블루베리 미니 머핀을 알아서 챙겨 먹었다.

여자들은 서로 흘끗거리며 다른 얘기로 넘어갔다.

"디, 내년 크리스마스 때 자메이카 가자고 앤드루 설득했어요?" 올 블랙 스판덱스를 입은 키가 크고 마른 여자가 물었다. "이번주 중으로 계약금 입금해야 하거든요."

삼십대 초반으로 보이는 금발의 미녀 디는 무슨 심각한 사태라도 벌어진 듯 고개를 저었다. "계속 시도중이에요! 그이가 회사에 있는 동안에는 계속 연락이 안 되고 저녁에 퇴근하면 모든 상의를 회피하거든요. 정말 짜증나요!"

여기저기서 고개를 끄덕였다.

"스코츠데일에 있는 우리 부모님 집에 가는 것보다야 아이 친구 가족이랑 빌라 빌려서 노는 걸 더 좋아하겠죠. 우리도 가는 걸로 진행해주세요."

아직 전몰장병 기념일*이 되지도 않았는데, 벌써부터 다들 크리스마스 계획을 공개했다. 몬테고베이, 터크스 케이커스 제도, 도미니카공화국에 새로 오픈한 아만. 그러다 화제가 순식간에 대통령 선거일 주간의 계획으로 넘어갔고(갈라파고스, 알래스카, 핀란드의 피오르해안, 파리에서 쇼핑) 서부에서 봄에 스키를 타기에 가장 좋은 곳은 어디인지, 디어 밸리인지 잭슨 홀인지 아니면 아스펜인지를 두고 열띤 논쟁이 벌어졌다.

에비가 테이블을 한 바퀴 돌며 빈 샴페인 잔을 채웠다. "블러디 메리 마실 분 있어요? 미나한테 만들어달라고 하면 되는데."

미리엄을 비롯해 몇 명이 손을 들었다. 사양할 이유가 없었다. 샴페인을 마시면 머리가 아픈데다가 오전 열한시에 블러디 메리가 아니면 뭘 마셔야 할까? 커피? 주스? 그녀는 이제 그리니치 주민이었다. 내숭 떨지 말자고.

미리엄의 왼편에 앉은 여자가 그녀를 돌아보며 조시라고 자기소개를 했다. "아이들이 몇 살이에요?" 조시가 물었다.

"아, 여덟 살짜리 아들이랑 다섯 살짜리 아들딸 쌍둥이 키워요."

---

* 5월의 마지막 월요일.

미리엄은 자신이 당연히 아이 엄마로 여겨진다는 사실을 거의 의식하지 못한 채 대답했다. 여기가 뉴욕이었다면 어느 누구도 그녀가 당연히 아이 엄마일 거라고 생각하지 않았을 것이다. "그 댁 아이들은 몇 살이에요?"

여자가 미소를 지었다. 씁쓸함과 피곤함과 뿌듯함 중에 뭐가 담겼는지 알 수 없는 알쏭달쏭한 미소였다. "사실 다섯이에요."

"잠깐—다섯 명이요? 아니면 다섯 살이요?"

다시 뭔지 모를 미소가 등장했다. "제일 큰 애가 아들이고 네 살이에요. 그 아래로 세 살짜리 딸과 두 살짜리 딸이 있고요. 이참에 아들 하나만 더 낳자고 했다가—당연히 남편의 아이디어였죠—쌍둥이를 낳았어요. 일란성 형제고 지금 십팔 개월이에요. 이제는 아마도 끝이지 않을까 싶어요."

"잠깐—아마도라고요?" 미리엄은 경악하는 자기 말투가 싫었지만 네 살도 안 된 아이 다섯 명을 키우는 사람을 만난 것은 난생처음이었다. 이 여자는 무슨 수로 지금까지 목숨을 부지할 수 있었을까?

"뭐, 앞날은 절대 모르는 거 아니겠어요? 제가 이제 겨우 서른세 살이기도 하고요."

"네, 그렇죠. 앞으로 시간적 여유는 많으니까요. 그럼요." 미리엄은 얼른 맞장구를 쳤지만 조시는 잔을 채우러 자리에서 일어난 뒤였다.

"괜히 마음 쓰지 말아요." 애슐리가 허리를 숙이고서 속삭였다.

"맙소사." 미리엄은 고개를 저으며 말했다. "그 많은 애들을 무슨 수로 키우고 있대요?"

"자기가 안 키워요."

"자기가 안 키운다고요?"

"네." 애슐리가 말했다. "저 여자는 아이를 신분의 상징이라고 생각해요. 아이가 많을수록 돈이 많다는 뜻이라 이거죠. 저 집에는 오페어가 두 명, 매일 출퇴근하는 기사 겸 베이비시터가 한 명, 토요일과 일요일에 하루종일 애들 봐주는 사람이 한 명 있어요. 사실 저 여자는 별로 하는 일도 없어요."

"그래도. 네 살도 안 된 아이가 다섯 명이라니. 그런데도 저런 외모를 유지한단 말이에요? 진짜 역대급으로 너무하네."

"로슨 선생님을 만나면 당신도 저렇게 될 수 있어요." 애슐리가 들릴락 말락 하게 속삭였다. "뉴욕하고 그리니치에 병원을 두 군데 운영하시거든요. 솜씨가 좋고 비밀을 잘 지켜주세요. 심지어 대기실조차 1인실이에요. 말만 해요."

"저런 몸매는 성형수술로 만들 수 있는 게 아니잖아요." 미리엄은 조시의 긴 다리와 거의 없다시피 한 골반과 길게 넘실대는 웨이브 머리를 보았다.

"맞아요, 모두 다는 아니죠. 다리는 좋은 유전자 덕분이에요. 살은 거의 굶어가며 하루에 세 시간씩 유산소운동을 해서 뺐고요. 하지만 탄탄한 복부는? 앙증맞은 코는? 치어리더 같은 가슴은?" 애슐리가 자기 가슴을 손으로 받치고 위로 들어올렸다. "전부 로슨 선생님 작품이에요. 보톡스로 적당히 채운 이마와 도톰한 입술은 어떻고요. 그건 그 병원 간호사 태미의 솜씨죠."

"와우." 미리엄은 감탄사를 토했다. "그러니 다들 나보다 훨씬 근사해 보일 수밖에 없겠네요." 그녀는 성형수술을 받으면 한눈에

티가 나는 줄 알았다. 제니퍼 그레이의 코, 르네 젤위거의 입술, 조앤 리버스의 너무 당겨진 얼굴, 하이디 프랫의 가슴. 하지만 조시는 구석구석 모든 부분이 자연스럽게 잘 어우러졌다.

애슐리가 테이블을 흘끗 둘러보았다. "내가 보기에 여기 앉아 있는 여자들 중에서 아무데도 손을 대지 않은 사람은 한 명뿐이에요."

"누구요? 에비요? 그럴 타입 같긴 해요."

"당신이요."

"에이, 설마. 농담이죠?" 미리엄은 말했다.

"진짜예요. 단 한 명도 예외 없이."

"당신은 어딜 했는데요?" 미리엄은 생기발랄한 금발의 애슐리가 몸에 손을 댄 부분이 있다니 상상이 되지 않았다. 부분 염색한 머리칼이라면 모를까. 하지만 그것도 햇빛에 바랜 듯 자연스러워 보였다.

"저요?" 애슐리는 미모사 칵테일을 한 모금 마셨다. "왜 이래요. 손 안 댄 부분이 없을걸요? 팔 주 뒤에 눈 하기로 예약 잡아놨는데 눈 말고 질 성형수술을 받을까 생각중이에요."

"질…… 성형수술이요?"

애슐리가 고개를 끄덕였다. "클레어가 그 수술을 받았다는 얘기 들은 뒤로 계속 고민중이에요. 거기서 클레어 처음 만났던 거 기억하죠? 섹스 토이 파티에서 말이에요."

미리엄은 눈을 가늘게 떴다. 그날 집주인이 '질 성형'을 받았다고 했지만 아무도 구체적으로 설명하지 않았던 게 어렴풋이 기억이 났다.

애슐리가 얘기를 계속했다. "에릭하고 문제가 아직 결론이 나지 않았어요. 그는 내가 애슐리 매디슨에 대해 안다는 걸 알아차렸고 계속 번드르르한 말로 만회하려고 하고 있어요. 둘이 함께가 됐든 혼자가 됐든 앞으로의 행보를 결정하려면 시간이 좀 필요할 거예요. 그래서 지금 질 성형수술을 받으면 어느 쪽으로 결론이 나건 도움이 되지 않을까 싶어요. 자기 아내의 그곳이 십대 같아지면 유부녀와 바람피우는 걸 재고하게 될지도 모를 에릭을 위해서든, 다음 남자를 위해서든. 내가 만약 다시 데이트의 세계로 돌아가야 한다면—" 그녀는 이 말과 함께 몸을 부르르 떨었다. "—반드시 모든 어드밴티지를 갖춰놓고 시작할 거예요."

"나는……" 미리엄은 기침을 했다. 질 수술을 받는다는 게 무슨 뜻일까? 정확히 어떤 부위를 어떻게 한다는 말이지? "나는 당신 얘기를 잘 이해 못하겠어요."

"어떤 부분을요?"

"그곳을…… 수술한다는 거요. 재채기를 하면 소변이 새서 수술을 하겠다는 거예요? 산부인과 선생님 말로는 아이를 낳으면 다들 그렇다던데요."

애슐리가 웃으며 심각한 장애가 있는 사람을 대하듯 미리엄의 손을 토닥였다. "사람마다 달라요. 누구는 오로지 미용적인 측면에서 바깥쪽을 손보고, 또 누구는 골반 근육을 재건하고, 또 누구는 성관계 때 쾌감을 높일 수 있게 여기저기를 조이고. 아주 일반적인 수술이에요. 사실 흔한 수술이라고 할 수 있죠."

미리엄은 폭소를 터뜨렸다. 어쩔 수가 없었다.

"왜요, 내가 농담하는 것 같아요?" 애슐리가 테이블의 다른 사람들을 돌아보았다. "여러분? 말씀 나누시는데 죄송하지만 내 친구 미리엄에게 확인시켜줄 게 있어서요. 비공식적인 설문조사에 협조해주시겠어요?"

일곱 명이 그들 쪽으로 고개를 돌리자 미리엄은 얼굴이 벌게지는 걸 느낄 수 있었다. "됐어요. 믿을게요." 그녀는 애슐리에게 속삭였다.

"자, 이건 절대 비공개예요. 하지만 우리는 친구잖아요, 그죠?" 몇 명이 불안해하는 기미를 보였다. "성형수술 받아본 분이 얼마나 계세요?"

잠깐 다들 머뭇거리다 세 명이 손을 들었다.

"여러분, 왜 이러세요. 솔직히요." 애슐리가 격려하는 뜻에서 미소를 지으며 말했다.

나머지 네 명도 손을 들었다.

"또 하실 분은요?"

일곱 명은 계속 손을 들고 있었고 애슐리가 여기에 자기 손을 보탰다.

"이번에는, 은밀한 부분에 손을 댄 분은요? 몇 주 뒤에 캠프가 시작되자마자 로슨 선생님한테 수술을 받기로 예약을 잡아놨기 때문에 묻는 거예요. 좀 긴장이 되거든요." 애슐리는 말끝을 흐렸다.

"아, 긴장할 것 없어요." 얼굴이 창백하고 끈 달린 운동용 스웨트셔츠 비슷한 옷을 입은 빨간 머리가 말했다. "수영복을 입었을 때 당신 모습 보면 뿌듯할 거예요. 그리고 에릭은 그 느낌을 좋아할 테고요."

"맞아요." 그 옆자리의 아담한 금발이 눈이 부시도록 하얀 이를 반짝이며 말했다. "맞춤으로 받았더니 로저가 어찌나 시도 때도 없이 요구하는지 귀찮을 지경이에요."

분석해야 할 게 너무 많아서, 전혀 이해가 되지 않는 부분이 너무 많아서 미리엄은 어디서부터 시작하면 좋을지 알 수가 없었다.

"하지만 나는 로슨 선생님 말고 파인스타인버그 선생님을 추천해요. 다른 분들은 어떨지 몰라도 우리 남편은 남자 의사 말고 여자 의사한테 거길 맡기는 쪽을 훨씬 편하게 생각하더라고요." 피부를 아주 까무잡잡하게 태웠고 얼굴이 하트 모양인, 눈에 확 들어오는 미녀가 말했다.

"100퍼센트 동의해요." 그녀의 옆자리에 앉은 여자가 말했다.

애슐리가 모두의 시선을 받으며 미리엄을 돌아보았다. "봤죠? 일반적인 관행이라니까요?"

"잠깐. 아직도 이해가 안 되는 부분이 있어요. 수영복을 입었을 때 당신 모습을 보면 뿌듯할 거라는 게 무슨 뜻이에요? 그 부분을 가리려고 비키니 팬티를 입는 거 아니에요?"

"살짝 잘라내고 꿰매면 음순이 정육점에 매달린 고기처럼 축 늘어지지는 않았는지 신경쓸 필요가 없다는 뜻이죠." 에비가 말하자 다들 이해하고 알 만하다는 듯이 웃음을 터뜨렸다.

"나는 내…… 거기가 필요 이상으로 처지지는 않았다고 생각하는데요." 미리엄은 그들 앞에서 차마 '음순'이라는 단어를 입에 담을 수가 없었다.

빨간 머리 미녀가 말했다. "저기, 내가 그쪽 음순을 안 봐서 모르겠지만, 삼십대 중반이고 아이를 두세 명 낳았다면 필요 이상으로 처졌을 가능성이 커요."

"맞아요. 그리고 도끼 자국보다 보기 싫은 게 또 어디 있겠어요?" 조시가 거들었다.

"도끼 자국이요?" 미리엄이 할 수 있는 말은 그것뿐이었다.

"완전 꽉 끼는 바지를 입었을 때—"

"아니, 그게 무슨 뜻인지는 알아요." 미리엄은 말했다. "그냥 그런 데도 신경써야 한다는 걸 몰랐을 뿐이지."

"신경써야 해요." 애슐리가 말했다. "남자들이 질색하거든요."

"난 그런 줄 몰랐어요." 미리엄은 남은 벨리니를 마저 마셨다. "그러니까 병원에서…… 수술로 그걸 고치는 거예요?" 그녀는 헛기침을 하며 물었다.

"그뿐만이 아니죠." 애슐리가 권위자처럼 고개를 끄덕이며 말했다.

"그리고 남편들이 여자 의사를 더 좋아한다고요? 남편들은 이거랑 무슨 상관인데요?"

한 박자 정적이 흐른 뒤에 금발의 아담한 미녀가 남부 억양이 살짝 느껴지는 달콤한 목소리로 물었다. "원래 살던 데가 어디예요, 미리엄?"

"원래 살던 데요? 아, 딱 정해진 곳은 없어요. 부모님이 외교관이라 전 세계를 돌아다녔거든요. 하지만 작년 가을에 여기로 이사 오기 전까지는 뉴욕에서 살았어요."

"뉴욕 친구들 중에는 은밀한 부위를 맞춤 성형한 친구 없었어요?" 금발이 물었다.

"회음부를 절개해서 출산 후에 꿰맨 친구들은 있지만 맞춤 성형이 뭘 말하는 건지 잘……"

여자들은 누구에게 이 건을 맡길지 말없이 의논이라도 하는 듯

서로 흘끗거렸다. 마침내 에비가 말했다. "병원에서 이왕 마취를 하고 겉을 완벽하게 뜯어고칠 거면 하는 김에 속까지 여기저기 조이는 게 좋잖아요."

"그렇죠." 그녀는 이해한 척 쿨하게 고개를 끄덕였다.

"그래서 남편이 발기하면 의사가 길이와 둘레를 재서 남편에게 딱 맞게 질을 맞춤 성형해요. 너무 헐렁하지도 않고 너무 조이지도 않고 딱 알맞게요."

"아니—이게 합법적인 수술이에요?"

여자들이 웃음을 터뜨렸다. 애슐리가 물었다. "손 들어주실래요?"

네 명이 손을 들었다. 그리고 애슐리도 할 생각이니 딱 50퍼센트였다.

애슐리가 미리엄을 바라보았다. "봤죠? 그리니치 여자들만 이럴 리 없어요. 다들 한다고요. 우리처럼 솔직한 여자들이 없을 뿐이지."

얼굴이 새하얀 빨간 머리가 웃음을 터뜨렸다. "그 부분은 동의하지 못하겠는데요. 우리도 완벽하게 솔직하지는 않다고 봐요, 적어도 이 집 밖에서는요. 이 도시에 사는 여자들 중에서 '복직근이개'를 경험한 수가—" 그녀는 손가락으로 따옴표를 만들었다. "—의학적인 관점에서 타당하다고 볼 수 없을 만큼 많거든요."

"복직근이개가 뭐예요?" 미리엄은 애슐리에게 소근소근 물었다.

"임신중에 복부 근육이 분리되는 증상이요. 진짜일 수도 있고 그런 경우엔 심각한 상황이지만, 내가 아는 사람들은 전부 복부 지방 제거 수술을 받고 그거라고 둘러대요."

"그리고 탈장." 에비가 외쳤다. "서른다섯 살에서 마흔다섯 살 사이 여자들이 얼마나 절박하게 탈장 수술을 받고 싶어하는지 알아요? 그게 복부 지방 제거 수술을 그럴듯하게 포장한 게 아니면 뭐겠어요?"

다들 웃음을 터뜨렸다. "나도 주변에 그렇게 얘기했어요." 아담한 금발이 말했다.

"나도요." 조시가 거들었다.

"개인적으로 제일 재밌는 변명은 애를 낳고 살짝 처져서 리프팅을 받는다고 하는 거예요. 미안하지만 가슴에 실리콘을 넣으면 그건 리프팅이 아니지 않나요?"

다들 또다시 웃음을 터뜨렸다. 갑자기 화제가 여름캠프로 바뀌었고 미리엄은 이 자리에서 새롭게 알게 된 사실을 누군가에게 알리고 싶어서 입이 근질거렸다. 폴이 좋을까? 에밀리? 아니면 카롤리나? 다들 이 얘기를 들어야 했다. 이야말로 미친 짓 아닌가.

"너 무슨 원시인이야?" 그녀가 집으로 가는 길에 전화하자 에밀리는 이렇게 반문했다. "맞아, 그거 요즘 엄청 유행이야. 그래서 뭐. 내가 뉴스 속보 하나 알려줘? 요즘은 레즈비언이 아니라도 여자들끼리 키스할 수 있어. 이 얘기 듣고 놀라지 마. 요즘은 사람들이 틴더에서 만나서 아무하고나 섹스를 해. 말 그대로 아무하고나. 다음날 서로 전화 통화조차 안 한다고! 믿어져?"

"에밀리, 내 상태가 그 정도는 아니야!"

"뭐, 속궁합이 잘 맞으면……"

"진심이야?"

"미안. 하지만 미리엄, 정말이지 네가 한 얘기 중에서 손톱만큼이라도 충격적인 부분은 하나도 없네요."

"남편한테 딱 맞게 맞춤 성형을 한다는데?"

"맞춤형 질이 요즘 시대의 버킨백이지."

"끝내준다, 에밀리. 너도 수영복 입고 앉았을 때 도끼 자국 때문에 걱정해?"

"당연히 안 하지. 내 질은 낡지 않았거든. 아침에 내린 눈처럼 순수하다고 할까?"

미리엄은 좁은 2차선 도로에서 마주 오는 차와 부딪치지 않게 핸들을 살짝 틀었다. "네 눈밭을 더럽힌 남자들이 당장 떠오르는 것만 해도 스무 명은 되는데."

"그래도 나는 거기로 3킬로그램이 넘는 애를 세 명이나 낳지는 않았잖아!"

"내 몸 여기저기 걱정이 안 되는 부분이 없지만—비키니를 입었을 때 거기가 어떻게 보일지는 아니야."

잠깐 전화기 너머에서 정적이 흘러 미리엄은 전화가 끊긴 줄 알았다. 하지만 잠시 후에 에밀리가 아주 천천히, 누가 들어도 즐거워하는 목소리로 이렇게 말했다. "어쩌면 걱정해야 할지도 몰라."

"하하. 저기, 카롤리나 문제로 잠깐 얘기 좀 할 수 있을까? 카롤리나한테 전직 경찰을 동원한 작전에 대해서 들었어. 에밀리, 그러다 고소당하거나 경찰에 체포될 수도 있어. 제발 그만해. 압박할 수 있는 장치가 필요한 건 맞지만 법을 건드리는 건 아무한테도 도움이 되지 않아."

“꼭 변호사처럼 얘기하네.”

“생각이라는 걸 할 줄 아는 사람이면 다 이렇게 얘기할 거야! 농담 아니야, 엠. 하마터면 큰일날 뻔했어. 내가 조만간 뭘 발견해서 해리를 되찾을 수 있을 거야.”

“그래. 너는 계속 의욕적인 변호사처럼 일해, 미리엄. 나는 계속 내 방식대로 할 테니까. 왜냐하면 이 자리에서 밝히는데, 나는 그레이엄을 끝장내기 전에는 그만둘 생각이 없거든.”

24

# 분위기는 바뀌고 눈물 작전은 대박이고

카롤리나

"사랑해요, 엄마. 학부모 방문의 날 때 볼 수 있는 거죠?" 해리가 불안할 때마다 늘 그러듯 미간을 잔뜩 찌푸리고서 물었다.

"당연하지. 그때까지 잘 지내고 있어. 몇 주 뒤에 보자." 카롤리나는 휴대전화의 카메라에 입술을 대고 입을 맞췄다. 해리는 얼굴을 붉혔지만 그래도 웃었다.

"엄마? 그때 오는 거 맞죠? 아빠가 오더라도요."

"응, 아들. 무슨 일이 있어도 꼭 갈 거야. 클라리틴* 하나 더 잘 챙겼지? 양호 선생님한테 제출하는 상자에, 발포정으로."

"네. 챙겼어요. 엄마가 보내준 리스트 체크하면서 다 잘 넣었어요."

"우리 아들 대단한데? 여름 동안 필요한 짐 싸는 거 쉽지 않은

* 어린이용 알레르기 약.

데." 카롤리나의 목소리가 살짝 갈라졌다. "내년 여름에는 엄마가 옆에서 도와줄게."

그들은 작별인사를 했고 페이스타임 접속이 끊기자 카롤리나는 숨을 토했다. 그녀는 해리가 미치도록 보고 싶었지만 이제 아이가 그레이엄의 수하에서 벗어나게 됐으니 한결 견디기가 쉬웠다. 게다가 아이를 캠프에 안전하게 맡겨놓으면 에밀리가 세운 작전을 펼치기에도 타이밍이 완벽했다.

피부도 꽝이고 메이크업도 꽝이며 놀라우리만치 매력이 없는 과체중의 여자 메이크업 아티스트가 요란하게 한숨을 쉬었다. "제발 가만히 계세요. 몇 분만 더요."

카롤리나는 여자가 컨실러로 그녀의 눈 아래에 구슬만한 점을 찍고 퍼티 나이프 같은 도구로 넓게 펴 바르는 것을 지켜보았다. 머리칼은 너무 짧게 잘렸지만 지나치게 스트레스 받지 않기로 했다. "그거, 음, 너무 두껍지 않아요? 내가 요즘 피곤해 보여야 한다는 건 알지만 그래도…… 그건 좀…… 심하지 않나 싶은데요."

여자는 아무 말도 하지 않았다.

에밀리가 담배 냄새를 풍기며 들이닥쳤다. "잘돼가고 있는 것 같네, 아가씨들." 그녀는 쳐다보지도 않고서 말했다.

"진짜? 나는 지금까지 이런 메이크업은 한 번도 한 적이 없거든." 카롤리나는 나지막이 쏘아붙였다.

"그게 바로 포인트야." 에밀리는 말하고 바퀴 달린 행거에 대여섯 벌의 옷을 걸었다. 스커트 슈트를 하나씩 들어 보였는데 모두 쨍한 원색에 치마는 무릎 길이였고 맵시라고는 전혀 없었다.

"하나같이 폴란드에 사는 우리 할머니가 크리스마스 예배 보러 갈 때 입을 만한 옷이네." 카롤리나는 호락호락하게 물러나지 않았다.

"응. 그래서 오늘 이 방에 모이는 여자들이 아무도 너한테 위협을 느끼지 않을 거야. 중요한 건 그거야."

"위협을 느낀다고? 나를 보고 여자들이 질겁할 수도 있어!" 카롤리나는 말하며, 여자가 그녀의 뺨에 동그랗게 바르고 있는 밝은 색 볼터치를 빤히 쳐다보았다.

"그것도 괜찮네."

"정말이지 에밀리, 이건 너무 심하다. 네가 시키는 대로 머리도 자르고 할머니처럼 메이크업을 덕지덕지 했잖아. 적어도 옷만이라도 제대로 된 걸 입으면 안 돼? 깔끔한 원피스라도?"

에밀리가 한숨을 쉬었다. "릴리 퓰리처까지는 양보할게. 미안하지만 그 이상은 안 돼."

"릴리 퓰리처는 싫어!" 카롤리나는 얼마 전에 리건이 머리끝에서부터 발끝까지 릴리 퓰리처로 도배하고 그레이엄과 함께 골프장에서 찍은 사진을 떠올렸다.

"네가 결정해." 에밀리가 어깨를 으쓱했다.

"가만히 계세요." 메이크업 담당자가 누가 들어도 짜증난 투로 말했다.

카롤리나가 에밀리를 향해 눈썹을 추켜세웠지만 에밀리는 그저 웃기만 했다. "농담 아니야, 에밀리. 이러는 게 정말 맞아? 너무 극단적인 거 아니야? 그리고 그레이엄이 전직 경찰관에 얽힌 모든 걸 알아냈을까봐 불안해. 만약—"

"내 말 잘 들어!" 에밀리가 한 손을 들어 보였다. "진실보다 중요한 게 감정이야! 실제로 어떤 일이 벌어졌는지는 아무 상관 없어. 네가 유죄건 무죄건 아무 상관 없어. 법적인 문제나 시시콜콜한 사항들은 아무 상관 없어. 중요한 건 단 하나, 사람들이 너에 대해 어떤 감정을 느끼는가야. 너를 보고 듣고 만나면 본능적으로 어떤 반응을 보이는가. 그 나머지는 좋은 것이건 나쁜 것이건 잡음이야. 네가 그 사실을 더 빠르게 받아들일수록 우리가 성공을 거둘 확률이 커져."

카롤리나는 고개를 끄덕였다. 에밀리는 무슨 말을 하든 정말 자신만만했다. 그녀는 에밀리가 최선의 선택이라는 것을, 어쩌면 유일한 선택일 수도 있다는 것을 상기했다.

"좋아, 이제 복습하자." 에밀리가 말했다. "도나가 점심이 나오기 직전에 너를 소개할 텐데 그러면—"

"서글서글하지만 섹시하지는 않게 미소를 짓는다. 내게 가장 중요한 일은 좋은 엄마가 되는 것이며 내가 앞으로 집중하려는 일도 그것이라고 말하고, 형편이 어려운 엄마들이 나와 같은 목표를 추구할 수 있도록 어떤 식으로 돕고 싶은지 설명한다. 어때?"

에밀리는 휴대전화 자판을 두드리고 있었다. "응? 아, 좋아. 훌륭해." 그녀가 고개를 들었다. "잊지 마, 오늘 만나는 여자들은 과음에는 공감할 거야. 여기는 코네티컷주 페어필드 카운티고, 평방미터당 비교적 멀쩡한 알코올중독자 수가 여기보다 많은 곳은 모스크바밖에 없을 테니까. 그걸 시인하는 걸로 부끄러워하지 마. 하지만 어떤 상황에서도 그레이엄의 이름을 들먹이면 안 돼! 그와 너를 분리해야 하는데다 이 사람들 앞에서 그러면 너무 위험하거든. 진보적인 척하면서 몰래 공화당에 투표하는 여자들이 많긴 하지만 그걸 믿으면 안 돼. 사실 경제적인 면에서 자기들의 이익과 충돌해도 동정심에 움직이는 사람들이 많긴 하니까. 하지만 남편들이 알면 죽이려고 들걸. 기본적으로 인간은 누구나 거짓말을 해. 거짓말인지 아닌지 알아차릴 방법은 없어. 그러니까 그 이름 근처에는 가지도 마, 알았지?"

"알았어."

"그것 말고는 준비가 다 끝났다고 봐. 내가 지역 언론사에 연락을 돌렸어. 이 행사를 통해 엄청난 기금이 마련될 테고 그들은 딱히 다른 기삿거리도 없으니까. 지역 방송국 몇 군데랑 국영 방송국 두 군데에서 취재하러 오겠다는 확답을 받았어. 원래는 이런 데 시간 낭비하지 않을 텐데, 네가 체포된 이후에 처음으로 공개 석상에 나서는 거라고 정보를 미리 흘렸거든. 그러니까 이번을 연습하는 기회로 삼아. 알겠지?"

"응." 카롤리나는 이렇게 대답했지만 긴장감으로 속이 울렁거렸다. 유명인사들 앞에서 또는 반라의 몸으로 런웨이를 걷는 건 아무렇지도 않은데 몇백 명의 가정주부 앞에 서는 걸로 이렇게 엄청나게 불안한 이유가 뭘까?

"좋아. 그리고 잊지 마. 미리엄이 네가 음주 측정을 거부했다는 주장은 거짓말이었다는 걸 밝히려고 애쓰고 있지만 성공할 때까지는 청중들에게 친절하게 대해야 해. 그랬다고 인정하지는 않되 증거를 입수할 때까지는 정면으로 부딪치거나 비난조로 나가면 안 돼. 좋아, 화장은 그만하고 옷 입어. 나는 나가서 몇 군데 확인하고 금방 다시 올게."

카롤리나는 걸려 있는 옷 중에 가장 덜 끔찍한 밝은 파란색 슈트로 갈아입고 에밀리를 따라 '그리니치 골프 앤드 요트' 연회장으로 복도를 걸어갔다. 이러는 게 과연 맞는지 자신이 없었다.

"어서 오세요!" 오찬을 주관하는 금발의 여자가 카롤리나를 보고 외쳤다. "예전에 비해…… 달라지셨네요! 어머나, 머리 그렇게 자르니까 예뻐요."

"그래요?" 카롤리나는 멋쩍어하며 손으로 머리를 건드렸다.

"네."

카롤리나가 흘끗 쳐다보자 에밀리는 안다는 듯이 미소를 지었다. 당연히 예뻐 보이시겠지. 에밀리의 미소는 이런 뜻이었다.

"오늘 초대해주셔서 정말 감사해요." 카롤리나는 최대한 우아하게 말했다. "예전에도 베세즈다의 형편이 어려운 아이들을 위해 기금 마련에 동참한 적이 있는데, 오늘 이런 자리에 초대해주시다니 영광이에요."

"아유, 별말씀을요. 감사드려야 하는 쪽은 저희죠." 금발의 여자는 말하고, 동그란 오찬 테이블에서 모두 이쪽을 쳐다보고 있는 듯한 청중들을 향해 손을 저었다. "부인께서 와주시니 이 안이 꽉 차는 느낌이에요."

카롤리나는 아닌 척하면서 은근히 비꼬는 말을 몇 마디 더 참고 들은 다음에야 여자의 안내에 따라 연단이 있는 무대로 나설 수 있었다.

"여러분, 주목해주시겠어요?" 여자가 마이크를 두드리며 말했다. "제 말 잘 들리시나요?"

여기저기서 웅성대고 고개를 끄덕였다.

"좋습니다. 바쁘신 와중에도 오늘 이렇게 중요한 오찬 행사에 참석해주셔서 감사합니다. 여러분의 지속적인 후원이 없으면 저희가 무슨 수로 아동 관련 프로그램을 넉넉히 지원할 수 있을까요? 여러분 덕분에 우리 지역사회와 이웃사회의 형편이 어려운 어린이들이 양질의 방과후 수업과 여름캠프의 혜택을 누리며, 학교에서 무료 급식이 제공되지 않는 주말과 여름방학 동안 영양가 만점의 식사를 하고 있습니다."

청중들이 점잖게 박수를 쳤다.

"이제 기쁜 마음으로 오늘의 내빈을 소개해드리려고 합니다. 카롤리나 하트웰 부인은 여러분도 모두 아시다시피 유명한 패션모델 출신으로 현재는 불우한 아동들을 위해 끊임없이 활동을 펼치고 계십니다. 열두 살이 된 의붓아들을 키우고 있고 또 부군이신—" 이 대목에서 그녀는 하던 말을 멈추고 묻는 듯한 표정으로 카롤리나를 쳐다보았지만 카롤리나는 모르는 척했다. "—그레이엄 하트웰은 뉴욕주의 유명한 신진 상원의원이시죠. 따뜻하게 맞이해주시기 바랍니다."

그레이엄의 이름이 등장하자 카롤리나는 숨을 들이마셨다. 에밀리가 좋아하지 않게 생겼다. 박수 소리가 아주 요란하지는 않았지만 카롤리나는 너무 긴장이 돼서 그런 데까지 신경쓸 겨를이 없었다.

그녀는 헛기침을 하고 마이크 앞으로 몸을 숙였다. 사람들 앞에서 얘기를 할 때면 외국 억양이 더 도드라지고 목소리가 떨렸다. 그녀를 올려다보는 여자들은 아마 전부 만취 상태로 자기들의 아이를 집에 데려다주는 카롤리나를 상상하고 있을 것이었다.

"안녕하세요, 여러분. 좋은 아침이에요." 그녀는 떨리는 목소리로 인사를 건네자마자 지금이 오후라는 것을 깨달았다. "오늘 이 자리에 초대를 받게 돼서 영광입니다. 아이들을 돕고 계시는 훌륭한 단체라고 들었습니다. 다들 아시겠지만 제가 음……" 목소리가 갈라졌고 그녀는 당황스러워서 얼굴이 벌게지는 걸 느꼈다. "제가 요즘 힘든 일을 겪고 있는데요. 다시 바로잡을 수 있도록 제 능력이 닿는 한 최선을 다하겠다고 약속드릴게요."

카롤리나는 여자들의 표정이 의심에서 연민으로 당장 바뀌는 것을 보았다. 그녀는 거짓 고백이 싫었지만 에밀리의 전략을 믿었고, 미리엄이 그녀의 누명을 벗길 수 있는 증거를 찾아주길 간절히 바랐다. 정확한 이유가 뭔지는 알 수 없었지만—그들이 전부 그녀를 미워하지는 않는다는 데서 오는 안도감 때문이었을까, 이 많은 사람들 앞에서 그렇게 수치스러운 고백을 해야 한다는 당황스러움 때문이었을까, 아니면 그냥 긴장감 때문이었을까—삽시간에 고인 눈물 때문에 그녀 자신조차 너무 놀라서 말문을 열 수가 없었다. 흐느낌으로 온몸이 흔들렸고 굵은 눈물방울이 마이크 위로 곧바로 떨어졌다. 눈물을 닦으려고 하자 손에 시커먼 마스카라가 줄무늬처럼 묻어나왔다.

"죄송합니다." 그녀가 간신히 이 말을 뱉었을 때 금발의 여자가 꽃무늬 옷을 입은 풋볼 수비수처럼 무대 위로 달려나왔다.

"하트웰 부인, 이렇게 솔직한 모습을 보여주셔서 정말 감사해요." 여자가 마이크에 대고 말하고는 카롤리나를 돌아보더니 귀에 대고 속삭였다. "여기는 제가 맡을 테니까 화장실에 가 계세요. 제가 최대한 빨리 갈게요."

카롤리나는 고개를 끄덕인 뒤 얼굴을 당당히 들고 단상에서 내려오려고 했지만 맨 마지막 계단에 구둣굽이 걸리는 바람에 앞으로 휘청거렸다. 넘어지기 전에 몸을 다시 가누었지만, 촌스러운 치마의 뒷부분 솔기가 뜯어지는 것을 온 청중이 보았다.

"죄송합니다." 그녀는 마이크가 없었기에 방금 전보다 큰 소리로 말하고 뒷문으로 황급히 빠져나왔다. 이백 명의 시선이 레이저처럼 꽂히는 것을 느낄 수 있었다. 다행히 화장실은 연회장 바로 앞이었고 그녀가 달려들어갔을 때 안에 아무도 없었다. 속이 메슥거렸다. 평생 이보다 더 바보 같은 짓을 한 적이 있었을까? 실전에 앞서 연습을 하기로 한 날인데 말로 표현할 수도 없을 만큼 망쳐버렸다.

카롤리나는 얼굴에 찬물을 끼얹으며 거울에 비친 자신의 모습을 억지로 확인했다. 끔찍하다는 말로는 턱없이 부족했다. 눈은 시뻘겠다. 시커먼 마스카라가 두 뺨을 타고 흘러내렸다. 눈물과 긴장해서 흘린 땀 때문에 짧게 자른 머리가 얼굴에 들러붙었다. 우스꽝스럽도록 동그랗게 칠한 볼터치는 슬픈 광대의 분장처럼 아래로 뭉개졌다.

에밀리가 달려들어오자 카롤리나는 마음의 준비를 했다.

"나는, 나는—" 카롤리나는 그 이상 아무 말도 하지 못하고 다시 울음을 터뜨렸다.

"이 여우." 에밀리가 서서히 미소를 지으며 말했다.

카롤리나는 고개를 들었다. "뭐라고?"

"아까 끝내줬어, 리나! 끝내줬다고."

에밀리는 세면대 앞에서 말 그대로 춤을 췄다. "너무 연기를 잘해서 나까지 할말을 잃었다니까?" 그녀는 까르르거렸다. "아니,

눈물 한두 방울만 흘려도 훌륭했을 텐데 히스테리 환자처럼 흐느껴 울다니! 명배우였어. 제 경의를 받으시죠." 이 말과 함께 그녀는 실제로 머리를 조아렸다.

"의도적으로 그런 건 아니었어." 카롤리나는 설명하려고 했지만 속삭임에 가까운 목소리가 나왔다. "그냥…… 감정이 북받쳤어."

"그래, 그랬겠지! 가장 완벽한 순간에 가장 완벽한 방식으로. 너는 최고야." 에밀리는 카롤리나가 씻으려는 걸 알아차리고 달려들었다. "안 돼, 안 돼. 고치지 마. 너 지금 비 맞은 생쥐 꼴이거든. 그 상태를 유지해야 해."

"내가 저 안으로 다시 들어갈 거라고 생각하는 건 아니겠지?" 카롤리나는 말하며 에밀리가 광견병에 걸린 라쿤이라도 되는 듯 뒷걸음질쳤다.

"당연히 다시 들어가야지. 가자, 내가 같이 가줄게." 에밀리는 말하고, 카롤리나의 팔뚝을 단단히 잡고 입구 쪽으로 끌고 갔다.

"절대 안 돼. 내가 완전 바보가 됐잖아! 그리고 뉴욕 언론사며 공영 방송국들도 와 있다고 하지 않았어?" 카롤리나는 복도로 끌려나오며 남은 손으로 자기 얼굴을 가렸다. "죽고 싶어."

"아, 왜 이래. 신파극은 집어치우시지. 내가 대본을 써줬대도 그보다 잘 쓰지는 못했을 거야. 눈물 작전을 생각하지 못했다니 내가 부끄러워해야지. 이제 너는 저기 다시 들어가 자리에 앉아서 깨작깨작 점심을 먹고 공감을 표현하려고 오는 사람들 질문에 모두 대답해줘. 여기까지 진도를 뺄 생각은 아니었는데 오늘 분위기를 보아하니 그레이엄이 해리를 못 만나게 한다고, 그래서 가슴이 찢어진다고 슬쩍 흘리기에 완벽한 타이밍이겠어."

카롤리나는 에밀리와 보조를 맞추느라 하이힐을 신고 달려야 했다. "하지만 그건 사실이 아니잖아." 그녀가 말했다. "그 사람이 해리를 못 만나게 하진 않는걸. 내가 수영 시합도 참관하러 갔고, 아이와 단둘이서 저녁도 여러 번 먹었어. 아이가 캠프에서 돌아오면 주말에 나랑 같이 지낼 예정이고."

"디테일이 무슨 상관이야." 에밀리는 말하며 손을 흔들었다. "한마디만 할게, 카롤리나. 정관수술. 내가 시키는 대로 해."

그녀가 테이블 자리로 돌아가자 에밀리가 예상했던 것처럼 사람들이 벌떼처럼 몰려들었다. 여자들이 그녀를 에워싸고 자리다툼을 벌였다.

"아우, 딱해라. 우리 엄마도 술을 많이 마셨어요. 지금은 남편이 그러고요. 100퍼센트 공감해요."

"나도 지금 이혼 절차를 밟는 중이에요. 너무 끔찍하죠?"

"나는 대학생 때 음주 운전을 하다가 걸렸어요. 애가 없었기 망정이지, 애들 친구 엄마들한테 들키면 죽고 싶을 거예요."

카롤리나는 고개를 끄덕이며 동정받는 것을 만끽하려고 했다. 이러니저러니해도 그녀는 그럴 자격이 있었다.

충격받은 듯한 표정을 짓고 있는 어떤 수척한 여자가 카롤리나의 팔을 잡고 속삭였다. "무슨 일이 있더라도 양육권 합의할 때 조금도 양보하지 말아요. 당신이 신경쓰는 건 그것밖에 없다는 걸 남편들은 전부 알거든요."

카롤리나가 뭐라고 대답할 겨를도 없이 에밀리가 끼어들었다. "그거 정말 피가 되고 살이 되는 충고네요." 그녀가 밑도 끝도 없이 말했다. "제가 이 친구를 좀 데려가도 될까요? 전남편이 아들을 못 만나게 하려고 해서 중요한 일전을 앞두고 에너지를 비축해야 하거든요."

"세상에! 그 인간 뭐예요, 짐승이에요?"

"하트웰 상원의원은 양심도 없대요? 애를 볼모로 삼다니."

"얼른 가요. 그 인간한테 누가 우위에 있는지 보여줘요."

또다시 카롤리나의 눈에 눈물이 고였다. 이 여자들은 상황을 이해하고 관심을 보였다. 아버지가 어머니와 아이 사이를 갈라놓는다는 발상 자체를 받아들이지 못했다. 그들은 그녀의 편이었고 아주 오랜만에 카롤리나는 감사함을 느꼈다.

"다들 응원해주셔서 감사해요." 그녀는 진심을 담아서 간신히 이렇게 말했다.

"역시 천재야." 에밀리는 카롤리나를 주차장으로 데려가며 그녀의 귀에 대고 나지막이 쏘아붙였다.

"진심이었어." 카롤리나는 짜증난 기미를 감추려고 하지도 않았다. "다들 너무 잘해줬잖아."

"당연히 진심이었겠지." 에밀리는 중얼거리며 카롤리나의 벤츠 SUV를 향해 성큼성큼 걸어갔다. "우리 편으로 만들어야 하는 유일한 그룹이 있다면 바로 저들이었어. 너는 이제 저 조직의 일원이야. 그리고 내가 장담하는데, 저들은 엘리트 특수부대보다 더 빠르고 효과적인 조직력을 발휘해 자기 조직원을 지킬 거야. 돈 많고 발 넓은 저 사람들이 돈 많고 발 넓은 다른 친구들한테 소문을 퍼뜨릴 거야. 너는 피해자고 그레이엄은…… 아까 그 여자가 뭐라 그랬더라? 짐승이라고. 정말이지 이건 엄청난 성공이야."

카롤리나는 차에 올라타며 에밀리의 말을 믿고 싶다는 생각을 했다. 해리를 끌어안고, 같이 영화를 보고, 아침을 차려주고, 오늘 하루 있었던 일을 듣고 싶다는 생각을 했다.

"전화가 쏟아질 테니까 마음의 준비를 해. 온 사방에서 질문을 던질 거야. 여기서 했던 거랑 똑같이 해. 호감이 가고 인간적인 모습을 보이면서 단점을 인정해. 잘하면 그레이엄을 공격할 필요도 없겠어. 그냥 애매하게 말하고 다들 알아서 해석하게 두자고. 분위기가 바뀌고 있어, 리나, 딱 알맞은 타이밍에. 이제 사람들이 그의 본모습을 알아차릴 때가 됐어."

카롤리나는 차에 시동을 걸었다. 그녀의 전화기가 울리면서 917로 시작되는 낯선 번호가 떴다.

"받아." 에밀리가 다그쳤다. "전부 받아." 그녀의 얼굴이 흥분으로 환히 빛났다.

카롤리나는 블루투스를 켜고 '수신'을 눌렀다. 차를 후진하며 통화를 시작했다. 전국 모든 도시는 아닐까 싶도록 온갖 지역의 기자들이 전화해 같은 질문을 했다. 재활센터에 다녀온 게 사실이냐. 후회하고 뉘우치고 있느냐. '음주 운전에 반대하는 엄마들' 회원으로 활동중이냐. 하트웰 의원이 아들을 못 만나게 하느냐. 또 한번의 기회가 있다고 믿느냐. 앞으로 어쩔 계획이냐. 그날 저녁 그녀의 차에 타고 있었던 다른 아이들의 어머니와 연락하느냐. 카롤리나는 집으로 가는 내내, 그리고 집에 도착해서도 이후 네 시간 동안 소파에 앉아서 얼그레이를 마시고 또 마시며 최대한 솔직하게 대답했다. 아니, 거짓말을 하는 선에서 최대한 솔직하게 대답했다. 마음이 흔들릴 때마다 정관수술을 떠올렸다. 그래도 그녀는 기자들의 말투가 적의에서 비난을 거쳐 이해로 달라지는 것을 듣고 깜짝 놀랐다. 아니, 그야말로 충격을 받았다. 상류층의 그 고귀한 여자들 앞에서 흘린 공포와 슬픔의 눈물이 공개적인 면죄부가 되었다. 카롤리나는 '술에 취한 모델'에서 '고통스러워하는 인간'이 되었다.

해리 쪽 상황이 불확실하고 그레이엄이 무엇으로 기습공격할지 알 수 없었기에 마음을 놓을 수는 없었다. 하지만 이제는 온 세상 사람들에게 미움을 받는 느낌에서 해방될 수 있었다.

그녀는 최선을 다하고 있었다. 완벽하지 않았고 아직 남은 게 있었지만 지금 당장은 이걸로 충분했다.

25

# 유치원생의 마약 세트

에밀리

마일스가 홍콩에서 말도 없이 날아와 그녀를 놀라게 하는 즉흥적인 짓을 벌이다니 이게 얼마 만인가. 에밀리는 얼굴과 목과 가슴 윗부분에 열심히 바른 머드 마스크 팩을 건드리지 않으려고 조심하며 혼자 생각했다. 놀랐기 때문인지 익숙함 때문인지 뭐였는지 몰라도 지난 사십팔 시간은 꿈같았다. 이번에는 섹스뿐 아니라 모든 면에서 그랬다. 그들은 출장이 잦은 자기 직업에 대한 마일스의 불만, 에밀리가 느끼는 실패감, 두 사람이 단순히 거리상의 이유를 넘어 서로에게서 멀어지고 서먹해진 기분을 느꼈던 것에 대해 밤늦도록 대화를 나누었다. 그가 열다섯 시간 동안 내리 자는 무지막지한 짓을 저지르기는 했지만, 합치면 둘이서 함께 보낸 시간보다 더 긴 시간 동안 그녀를 만나기 위해 날아왔으니 용서할 수 있을 것 같았다.

"너 며칠째 계속 웃고 있는 거 알아?" 카롤리나가 거실로 들어와 소파에 핸드백을 던지며 말했다. 카롤리나는 에밀리의 충고에 따라 8000달러짜리 에르메스 켈리백 대신 훨씬 대중적인 마이클 코어스 토트백을 들고 다녔다. 이 슈퍼모델은 좀더 평범에 가까운 존재로 자기 자신을 다운그레이드하는 데 성공했다. 여전히 아름답지만 전보다 따뜻하고 여유로웠다.

"오버하기는. 그래도 그이가 와주니까 좋았어."

"잘됐지 뭐야. 너한테 필요한 조치였는데."

"그게 무슨 소리야?"

"사람들이 수군대기 시작했거든."

에밀리의 눈이 동그래졌다. "지금 장난해? 이 한심한 마을에 나랑 내 사생활에 대해 수군대는 사람들이 있다고?"

카롤리나가 웃음을 터뜨렸다. "당연하지. 내가 그 사람들이랑 있다가 왔거든. 새로 사귄 절친들인데, 네가 남편이랑 다시 만나서 아주 기뻐하고 있어."

"엄마들끼리 밤마실 한 번 다녀오더니 이제 그리니치의 원로가 된 거야?"

"네가 원한 게 그런 거 아니었어?" 카롤리나가 로레알의 전직 간판 모델답게 속눈썹을 깜빡였다.

에밀리는 코웃음쳤다. "그래. 아마도." 잠깐 정적이 흘렀다. "내가 애걸복걸해야 알려줄 거야?"

"응."

"그럼 시골 사람들끼리 쑥덕대는 그 한심한 소문 안 들을래."

"아, 에밀리, 왜 그래. 너랑 앨리스터 말이야."

"앨리스터?" 에밀리는 말라붙은 마스크 팩이 이마에서 갈라지는 것을 느낄 수 있었다. "사람들이 앨리스터에 대해서 뭘 안다고 그래?"

"다들 그가 훈남이라고, 한동안 너한테 관심이 있었다고 하던데. 나한테 아무 말도 하지 않았다니 조금 상처받았어."

에밀리는 씁쓸하게 웃음을 터뜨렸다. "반쯤 벗은 셀카 사진을 보냈다가 완전히 씹혔지."

카롤리나가 그 새파란 눈으로 빤히 쳐다봤다.

"왜?" 에밀리는 물었다.

"사람들 말이 맞았구나."

"맞았다니?"

"너랑 그 사람 사이에 뭔가가 있다 그랬거든. 너희 둘을 파티에서 봤다는 사람도 있고." 카롤리나는 비난조로 말하지 않으려고 애를 썼지만 처참하게 실패하는 중이었다.

"그 여자들은 너를 아들이 있는 예전 생활로, 네가 있어야 하는 곳으로 돌려보내기 위한 작전에 쓰는 도구야. 나머지는 잊어. 그냥 잡음에 불과하니까."

카롤리나는 그 말을 곱씹는 눈치였다. "트레이닝복으로 갈아입어야겠다. 같이 뭐 볼래? 〈시녀 이야기〉라도?"

에밀리는 어깨를 으쓱했다. 어차피 마스크 팩이 마를 때까지 최소 삼십 분 동안 꼼짝 못하는 신세였다. "그래."

카롤리나는 2층으로 사라졌고 에밀리는 허리에 고무줄이 달린 옷으로 갈아입을까 고민했다. 그녀는 평생 0.5킬로그램이라도 살이 쪘다고 느낀 적이 없었다. 고지식하게 담배와 다이어트 콜라와 라임을 넣은 보드카 소다로 체중을 유지했고 입이 터지지 않는 한 운동할 필요도 별로 없었다. 하지만 지금은 어떤가. 여기는 그리니치였다. 근교생활로 인해서 평범한 가정주부처럼 허리에 살이 2킬로그램 정도 붙으려는 기미를 보였다. 용납할 수 없는 일이었다.

남의 휴대전화 벨소리가 소파 깊숙한 곳에서 들리자 에밀리는 그걸 끄집어냈다. 카롤리나의 휴대전화 화면에 미소를 짓고 있는 그레이엄의 잘생긴 얼굴이 떴다. 당연히 에밀리는 그냥 무시해야 한다는 걸 알았지만 그러면 재미가 없을 것 같았다.

"여보세요? 그레이엄?" 에밀리는 최대한 다정하게 물었다. 무슨 말을 하려고 전화를 받았는지 자기 스스로도 전혀 알 수 없었다.

"카롤리나, 내 말 잘 들어." 그레이엄이 진지한 저음의 목소리로 말했다. "언론에서 나를 깎아내리다니 용납하지 않겠어. 절대! 그 자선 행사인가 어딘가에서 내가 해리를 못 만나게 한다는 식으로 말했다고? 어디서 감히! 그 정도로 절박하게 관심과 동정을 받고 싶나? 좋아, 그렇다면 정식으로 선을 그어주지. 당신이나 나나 해리를 생각하면 이러고 싶지 않지만 당신이 선택의 여지를 없애버렸어. 다음달 학부모 방문의 날 때 오지 않아도 좋아. 내가 그랬다고 언론에 한마디라도 흘리면 앞으로 영영 아이를 못 만나게 해주겠어."

"그레이엄, 이건—" 에밀리가 말문을 열었지만 그는 벌써 전화를 끊어버렸다. 그녀는 할말을 잃고 멍하니 앉아 있다가 치밀어오르는 분노를 느꼈다. 그녀는 카롤리나의 전화기를 내려놓고 자신의 전화기를 집었다. 그리고 그레이엄에게 문자메시지를 두 개 보냈다. 첫번째는 간단했다. 정관수술. 그레이엄이 그 뜻을 이해할 수 있게 꼬박 일 분 동안 기다린 다음 두번째 문자를 보냈다. 카롤리나는 예정대로 해리를 만날 거야. 그거면 돼.

카롤리나의 발소리가 들리자 에밀리는 전화기 두 개를 소파에 내려놓았다. 머리를 잘랐어도 하늘하늘한 잠옷 바지에 거기 어울리는 캐미솔을 입은 모습이 여전히 눈부시게 아름다웠다.

“그거, 빅토리아에서 새로 나온 ‘내 젖꼭지 여기 있소’ 시리즈야?” 에밀리는 눈을 부라리며 물었다.

카롤리나가 눈을 가늘게 떴다. “너 왜 그래?”

“아무것도 아니야, 신경쓰지 마. 자, 보고 싶은 거 아무거나 봐. 나는 생각이 바뀌었어. 사실 피곤해서 죽겠거든. 자러 들어갈래.”

“알았어.” 카롤리나가 조금 상처받은 표정으로 말했다.

“내일 일 문제로 일찌감치 만나 아침 같이 먹을 사람이 있어서 뉴욕에 갈 거야.” 에밀리는 그 상대가 누군지 말해주길 카롤리나가 기다리고 있다는 걸 알았지만 최대한 빨리 그 자리에서 벗어나고 싶었다.

“잘 자.” 2층으로 올라가는 그녀의 뒤에 대고 카롤리나가 인사했다.

그녀의 도피처인 손님방은 자주색과 회색과 감색으로 이루어진 아늑한 오아시스였다. 침대 시트는 마툭, 수건은 프레떼 제품이었고, 실크와 양털로 짠 러그는 이보다 더 보드라울 수 없었다. 욕실 거울 뒤에 숨겨진 텔레비전까지 모든 게 편안하고 완벽했다. 에밀리는 욕조 안에 느긋하게 몸을 담그는 성격이 아니었지만 지금 그녀는 불안하고 찌뿌드드하며 피곤한 동시에 스트레스를 느꼈다. 이런 때 몰튼 브라운의 목욕거품을 잔뜩 쌓아놓고 무중력상태를 느끼며 〈디스 이즈 어스〉를 보는 것보다 더 좋은 방법이 뭐가 있을까? 하지만 마일로 벤티밀리어*로 신경을 분산시키려고 해도 집중할 수가 없었다. 만일 내일 모든 게 계획대로 된다면 그녀는 악마와 계약을 하게 될 것이었다. 그녀는 미리엄의 번호를 눌렀다.

"엠? 안녕. 잠깐만—벤저민 케이건! 동생 목에 묶은 허리띠 당장 풀어. 엄마 말 안 들리니? 지금 당장! 2층 올라가서 다시 침대로 들어가, 얼른!" 옥신각신하는 소리에 이어 누군가가 우는 소리가 들렸다.

"내가 엄마는 고함지르고 아이는 반항하는 소리 듣는 걸 좋아하긴 한다만 이따 전화해줄래?" 에밀리는 말했다. 무음 모드로 해놓은 욕실 거울 속 텔레비전에서 맨디 무어가 자기 밴드와 함께 노래를 부르고 있었다. 수화기 너머에서 문이 쾅 닫히는 소리가 들렸다.

"안녕, 미안, 이제 끝났어." 미리엄이 숨을 몰아쉬며 말했다. "내가 왜 회사를 그만두는 게 좋겠다고 생각했는지 좀 얘기해줄래?"

"애들은 빛의 속도로 자라는데 너는 일분일초가 모래시계 속 모래처럼 손가락 사이로 빠져나가는 느낌이었기 때문에? 아니면 그만큼 형편없는 다른 비유를 들어줄까? 이 주 전에 내가 똑같은 질문을 했을 때 네가 그렇게 대답했던 걸로 기억하는데."

미리엄이 한숨을 쉬었다. "가끔은 지옥 같아. 내일 메이지 만나는 거 취소하려고 전화한 건 아니지? 그럼 엄청 실망할 텐데. 오늘 밤에 옷을 입고 자겠다고 할 정도였거든."

"당연히 아니지! 여덟시에 기차역에서 만나는 거 맞지?" 에밀리는 메이지를 데려가야 했다. 사무실에 어린애를 데리고 등장하는

* 미국의 가족드라마 〈디스 이즈 어스〉의 주인공 배우.

것보다 더 강하게 미란다를 흔들 방법은 없었다. 그렇게 협상을 좀 더 유리한 쪽으로 끌고 갔으면 하는 것이 그녀의 바람이었다.

"뭐할 건지 정했어?"

"인기 명소를 전부 들를 거야. 앨리스 티 컵, 세렌디피티, 딜런스. 쇼핑도 하고. 구경도 하고. 어쩌면 매니큐어도 받고. 뭐 그런 여자들끼리 하는 거 있잖아."

"알았어." 미리엄이 말했다. "아메리칸 걸 매장은 가지 말아줘, 알았지?"

"왜? 너무 상업적이라서? 페미니즘에 반대돼서? 프탈레이트로 만들어져서? 인형을 질색하는 이유가 뭐야?"

"이제 겨우 다섯 살인데 벌써부터 거기 빠져서 지내는 거 싫어서 그래."

"그래, 유치원생의 마약 세트라고 하더라. 나도 들었어. 약물 금지, 섹스 금지, 아메리칸 걸 금지. 오케이. 저기, 이제 다른 얘기해도 될까?"

"시간 얼마 없어. 폴이—"

"그래, 알았어." 에밀리는 카롤리나에게 들리지 않도록 목소리를 거의 속삭이는 수준으로 낮췄다. "내가 어쩌다 카롤리나의 전화를 받게 됐는데 그레이엄이었어. 그런데 내가 카롤리나인 줄 알고 그레이엄이—"

"어쩌다 카롤리나의 전화를 받게 됐다고? 말이 돼?"

"중요한 건 그게 아니야! 내가 카롤리나인 줄 알고 자선 행사장에서 자길 헐뜯었다며 난리를 치지 뭐야. 카롤리나더러 다음달에 해리네 캠프에서 열리는 학부모 방문의 날 때 오지 말라고, 말 안 들으면 해리를 아예 못 만나게 하겠대."

"뭐야, 그 사람 정신적으로 문제가 있는 거 아니야? 그게 아니고서는 설명할 방법이 없네."

"개쓰레기라서 그런 걸 수도 있지 않을까?" 에밀리가 의견을 냈다.

"그것만 문제가 아니라, 조정 협의 날짜를 잡아야 하는데 트립이 피하고 있어. 그레이엄이 너무 바쁘다면서. 서면으로 거부해준 덕분에 그를 법정에 세웠을 때 불리한 증거로 제출할 수 있으니 다행이긴 하지만. 그런데 이제는 자기 아들조차 못 만나게 막는다고? 짐승이네."

"그게 오늘의 키워드인가보네. 그리고 내가 내 전화기로 그 인간에게 문자를 보냈을 수도 있어." 에밀리가 말했다.

"그게 무슨 소리야?"

"그레이엄한테 '정관수술'이라고 문자를 보냈고 그게 무슨 뜻인지 알아들었을 거라고."

"현역 상원의원을 협박하는 게 과연 좋은 생각일까? 그가 어떤 식으로 나오겠어? 사임할까? 정계에서 은퇴할까? 너더러 폭로하지 말아달라고 애걸복걸할까? 정신 차려, 에밀리. 기분 나쁘게 안 들었으면 좋겠는데 이건 패션 잡지가 아니야. 네 행동에 법적인 책임을 물을 수도 있어. 거기에 대해서는 생각 안 해봤어?"

그 말에 대해 곰곰이 생각하고 있으니 잠깐 공포가 밀려들었다.

"생각해봤지."

"그 사람이 전화했다는 거 카롤리나는 알아?"

"아니."

“그럼 네가 그 사람을 함정에 빠뜨린댔나 올가미를 씌운댔나 하려고 고용한 그 경찰은? 비밀 유지 계약서에 사인 받았어? 그 여자가 배신해서 네가 어떤 식으로 그녀를 고용했는지 떠벌리면 어쩌려고?”

에밀리는 손톱이 손바닥을 파고들 만큼 주먹을 쥐었다. 미리엄은 의도는 아니겠지만 잘난 척을 하는 버릇이 있었다. 하지만 에밀리에게 카롤리나의 힘든 상황을 가볍게 간주한다는 비난을 하다니. 그녀를 도우려고 로스앤젤레스에서 이 근교로 이사한 거나 다름없건만. 이건 너무했다. “끊을게. 내가 법적인 측면에서 고려해야 하는 문제가 또 있으면 언제든 끼어들어줘.” 에밀리는 전화를 끊는, 스스로 생각하기에도 놀라운 짓을 저질렀다.

그녀는 손을 살짝 떨고 씩씩대며 기다렸다. 이 문제를 해결할 것이다. 그것이 그녀가 하는 일이었다. 그것이 그녀의 본질이었다.

이 분이 걸렸지만 화면에 문자메시지가 떴다. 미안. 오늘밤엔 내가 지쳤나봐. 같이 이 문제를 해결하자. 나만 믿어. 사랑해.

그리고 곧바로. 그래도 내일 메이지 데려가줄 거지????

에밀리는 미소를 지었다. 답장을 보냈다. 나는 엄마가 죄를 지었다고 딸한테 벌주고 그러는 사람 아니야. 내일 아침에 보자, 엄마가 싸가지가 없긴 하지만. xo

“택시 타면 잊지 말고 안전벨트 채워줘. 사실은 카시트에 앉혀야 하지만 네가 하루종일 그걸 들고 다닐 리는 없을 테니.”

“당연하지.” 에밀리는 말하고 초여름 더위에도 불구하고 벤티 사이즈 스키니 라테를 두 손으로 감싸쥐었다. 아침에 눈을 떴을 때 오늘 하루가 끔찍하게 느껴졌지만 메이지가 그녀를 얼마나 좋아하는지, 얼마나 신나했는지를 떠올렸다. "카시트는 반대야. 그리고 내가 다섯 살짜리 안전벨트도 안 챙길 만큼 개쓰레기는 아니야."

이 말에 메이지가 고개를 휙 돌려 에밀리를 빤히 쳐다봤다.

"왜?" 에밀리는 그녀에게 물었다.

"다섯 살짜리도 그 말이 욕이라는 건 안다." 미리엄이 특유의 눈빛으로 에밀리를 보며 말했다.

멀리서 경적소리가 들렸다.

"둘 다 재밌게 놀다와! 엄마는 하루종일 집에서 베세즈다 경찰서랑 통화할 거야." 미리엄이 손을 흔들며 외쳤다.

"가자, 공주님." 에밀리가 메이지의 손을 잡으며 말했다. "엄마한테 사랑한다고, 앞으로 여섯 시간 동안 엄마의 끊임없는 잔소리 없이 버틸 수 있도록 최선을 다해보겠다고 해."

"사랑해요, 엄마! 앞으로 여섯 시간 동안—"

에밀리는 손으로 메이지의 입을 막았다. "다친 데 없이 잘 데려올게. 아메리칸 걸 인형은 한 개만 사고."

"아메리칸 걸이요?" 메이지는 거의 광분한 목소리였다. "우리 아메리칸 걸 가요? 그리고 저 인형 사요? 제 아메리칸 걸 인형이요? 아, 에밀리 이모, 못 기다리겠어요!"

이렇게 되니 에밀리는 미리엄을 보기가 겁이 났지만 얼른 훔쳐보고는 친구가 포기했다는 결론을 내렸다. 패잔병 같은 표정으로 그 자리에 서서 고개를 젓고 있었던 것이다. 잠시 후에 그녀는 두 사람에게 손 키스를 날리고 차를 세워둔 곳으로 돌아갔다.

메이지는 뉴욕으로 가는 내내 조잘거리며 캠프에서 같은 조에 있었던 친구들 얘기를 했다. 누가 우정 팔찌를 제일 많이 받았는지, 누가 친구들을 괴롭히는지, 누가 선생님들을 제일 웃기게 흉내 낼 수 있는지. 〈와일드 크랫츠〉를 왜 좋아하는지, 1학년 때 어떤 선생님이 담임이 됐으면 좋겠는지, 다음번에 이가 빠지면 이의 요정에게 뭘 달라고 할 생각인지(그나저나 흔들리는 이가 네 개였다, 무려 네 개!). 애가 이 정도로 청산유수일 줄 누가 짐작이나 했을까? 집에서 만났을 때는 남자형제들과 싸우고 간식 달라고 하는 것 말고는 들은 적이 없는데 말이다. 미리엄은 자기가 어떤 보물을 낳았는지 알고 있을까? 어쩌면 이렇게 사랑스러울 수 있을까? 그랜드센트럴역의 에스컬레이터에서 메이지가 손을 내밀어 에밀리의 손을 잡자 그녀는 울컥하는 감정을 느꼈다. 그녀는 아이의 손을 꼭 잡고 정수리에 입을 맞추었다.

"우리 제일 먼저 어디 가요, 에밀리 이모?" 메이지가 신난 목소리로 물었다.

"어디겠니? 아메리칸 걸이지!"

"그런데 엄마는 일곱 살까지는 안 된다고 했어요. 걔네들 옷이 엄마 옷보다 더 비싸서 특별한 날에만 살 수 있다고 했고요."

"뭐, 오늘 우리 둘이서만 뉴욕까지 놀러왔잖아. 그럼 특별한 날 아니야? 그리고 인형 옷이 너희 엄마 옷보다 비쌀 수밖에. 너희 엄마가 뭐 입는지 봤지?" 그들은 피프스 애비뉴를 향해 빠르게 걸었다. "인생은 짧아, 공주님. 우리 이제 재밌게 놀아보자."

구십 분 뒤에 그들은 재미를 볼 만큼 보고 나왔다. 정확히 522달러어치였다. 가브리엘라 인형만 산 게 아니라 에밀리의 코치 아래

옷장까지 완성했다. 출근할 때 입을 깜찍한 랩스커트, 칵테일파티 때 입을 올 블랙의 점프 슈트, 시상식 때 입을 분홍색의 하늘하늘한 드레스, 테니스 클럽에 갈 때 입을 테니스 옷 두 벌, 주말에 브런치 먹으러 나갈 때 입을 발목 길이의 스키니진과 블라우스 느낌의 톱. 메이지는 운동복 비슷한 걸—레깅스나 조깅용 반바지 혹은 트레이닝복—사야 하지 않느냐고 계속 물었지만 에밀리가 참을성 있고 고집스럽게 설득했다. 메이지의 잘못은 아니었다. 집에서 보는 게 허리가 고무줄밴드로 된 흉측한 옷뿐이니 무슨 수로 다른 대안이 있다는 걸 알 수 있을까? 그들은 마지막으로 가브리엘라가 승마를 연습할 수 있게 말과 마구간을 살 건지 여름에 친구들과 재밌게 놀 수 있게 풀사이드 바가 딸린 풀장을 살 건지 옥신각신하다가 결론이 나지 않아 둘 다 샀다.

"전부 집으로 오는 거예요? 약속해요? 전부 다요?" 메이지는 인형만 끌어안고 에밀리를 따라 밖으로 나오며 불안한 목소리로 물었다.

"약속할게, 공주님. 내가 추가 요금을 지불하고 익일 배송 신청해서 오늘 보내준다고 했어. 자." 그녀는 말하고, 매장을 나와 잡화점에서 산 플라스틱병과 얼음이 든 컵을 메이지에게 건넸다.

"엄마가 탄산음료 못 마시게 하는데." 메이지가 병을 빤히 쳐다보며 말했다.

"걱정 마, 공주님. 이건 다이어트 음료야. 사실상 몸에 좋은 거야."

그들은 잠깐 동안 말없이 각자의 음료수를 마시며 만족스러워했고 에밀리는 주변 모든 사람을 구경하는 메이지를 지켜보았다. 이 어린아이를 사랑하고 보호하고 싶은 마음이 어찌나 큰지 에밀리 스스로도 놀랄 정도였다. 고백하기 민망한 일이지만 가장 최근에 여자들끼리 시내로 놀러 나와서 이 정도로 재밌는 시간을 보낸 게 언제였는지 가물가물했다. 메이지에게 그 얘기를 하자 아이의 얼굴이 환해졌다. "저도 그래요." 메이지는 말하며 새로 산 인형을 끌어안고 에밀리의 손을 꼭 잡았다.

"이런 젠장." 에밀리가 시계를 보며 말했다.

메이지의 입이 완벽한 동그라미 모양이 됐다.

"걱정 마. 약속에 늦게 생겨서 그런 거야. 약속에 절대 늦지 않는 사람이 누구게? 미란다 프리스틀리지."

"미란다 프리스틀리가 누군데요?" 메이지가 물었다.

"이모가 오늘 그 여자한테 영혼을 팔 거야." 에밀리는 설명했다.

"'영혼을 판다'는 게 무슨 뜻이에요?"

에밀리는 메이지와 인형을 안아올렸다. "가자, 아가. 서둘러야겠어."

마침내 일라이어스 클라크 건물에 도착한 에밀리가 유리문을 열고 들어가 어안이 벙벙한 표정을 짓고 있는 안내 데스크 직원을 그대로 건너뛰고 미란다의 사무실로 직행하자 미란다의 보조 어시스턴트가 죽일 듯이 그녀를 노려보았다.

"어떻게 오셨죠?" 펜슬 스커트에 흰색 실크 오버블라우스를 입고 굽이 어마어마하게 높은 오픈토 샌들을 신은 예쁘장한 가젤이 물었다. 에밀리가 지친 메이지를 허리춤에 안고 한 손에는 아메리칸 걸 인형을 들고 있건만 도우려는 기미가 전혀 없었다.

"미란다하고 미팅이 있어서 왔어요." 그녀는 가장 짜증이 난 말투로 이렇게 말하고 어시스턴트가 반응하는 것을 보며 재밌어했다. “에밀리 찰턴이에요.”

“아, 에밀리! 그렇죠!” 여자는 벌떡 일어서다가 하마터면 넘어질 뻔했다. “얘기 많이 들었어요. 선배님은, 그러니까, 여기서는 일종의 전설이에요.”

“내가 늙었다는 얘기예요?”

여자는 어쩔 줄 몰라했다. “네? 그건 당연히 아니죠. 그런 뜻에서 드린 말씀 아니에요. 저는 그냥—”

에밀리는 억지로 미소를 지어 보였다. 아, 그 옛날의 기억이 어찌나 새록새록 떠오르는지. “저기, 이 녀석은 잠깐 어디 맡기면 될까요?”

“이 녀석이라면…… 그게, 음, 뭘 말씀하시는 건지……”

“이 아이 말이에요. 어린아이를 생전 처음 보는 건 아니죠?”

어시스턴트가 얼굴을 붉혔다. “네, 그럼요. 딸이 있으신 줄 몰랐어요. 귀여워라.”

두 대의 전화가 동시에 울렸다. 보조 어시스턴트는 본능적으로 한쪽 수화기를 집어들고 말했다. “미란다 프리스틀리 사무실입니다. 아뇨, 지금은 통화가 어려우세요. 네, 번호 알려주시면 나중에 시간 나실 때 편집장님께서 연락드릴 거예요.” 그녀는 실제로 뭔가를 받아 적는 것처럼 고개를 끄덕였다. “아, 네. 알겠습니다.” 그녀가 에밀리를 돌아보았다. “절대 그럴 일은 없죠.” 그녀는 다른 전화를 받아서 똑같은 대사를 반복했다.

“줄리아나!” 에밀리는 팔의 털이 일어서는 것을 느낄 수 있었다. “에밀리 왔어? 나 지금 만날 수 있어.”

에밀리가 줄리아나의 의자에 메이지를 앉히려 하고 있을 때 미란다가 벌컥 문을 열었다. 더스티 로즈 색상의 원피스는 알렉산더 매퀸의 제품이었고 슬링백 스틸레토는 늘 그렇듯 마놀로였다. 에어컨 때문에 어깨에 걸친, 깃털처럼 가벼운 캐시미어 카디건은 프라다인 듯했고 헤어스타일은 언제나처럼 완벽했다.

"내 말 아무도 못 들었어? 아무도?" 그녀는 먼저 에밀리를 보며 보일락 말락 고개를 끄덕이는 것으로 알은체하고는 줄리아나를 돌아보았다. "지금 만날 수 있다고 얘기했잖아."

"네, 편집장님." 어시스턴트의 목과 얼굴이 비정상적으로 시뻘겋게 얼룩덜룩해졌다.

미란다는 노련한 솜씨를 뽐내며 휙 돌아서 뚜벅뚜벅 자기 사무실로 들어갔다.

"고마워요, 줄리아나. 메이지가 짜증 부리기 시작하면 휴대전화를 손에 쥐여줘요." 에밀리는 속삭였다.

"제 이름은 엘이에요." 그녀가 마주 속삭였다. "줄리아나는 수석 어시스턴트고요."

아무것도 바뀌지 않았다는 데 묘한 안도감이 느껴졌다.

"에밀리! 애 데리고 들어와. 줄리아나는 지금 안 그래도 할일 많아. 애 보는 것까지 보탤 필요 없잖아."

"그렇죠." 에밀리는 말하고 메이지를 향해 손을 내밀었다. 하지만 아이는 사무실로 쌩하니 들어가 미란다의 책상에 놓인 크리스털 서진을 집었다.

에밀리는 식은땀이 나는 것을 느꼈다. 미란다 프리스틀리의 사무실에 다섯 살짜리를 데려오다니 도대체 무슨 생각이었을까?

미란다는 그들을 무표정하게 바라보았다. "애가 보는 눈이 있네." 그녀가 중얼거렸다. "너 이름이 뭐니?"

메이지가 그녀를 올려다보았다. 그렇게 겁없이 미란다와 눈을 맞출 수 있는 사람이 지구상에 몇 명이나 될까? "메이지 케이건이요."

"그래, 메이지 케이건, 에밀리랑 나랑 얘기하는 동안 내 컴퓨터 가지고 놀고 있을래?"

메이지가 눈을 휘둥그레 뜨며 고개를 끄덕였다.

"이리 와."

에밀리가 놀란 표정을 감추려고 애를 쓰는 동안 미란다는 철제 의자에서 일어나 메이지가 거기 앉을 수 있게 거들었다. 자판을 잽싸게 몇 번 두드리고 화면을 향해 손을 흔들었다. "재밌게 놀아 봐." 그러고는 에밀리를 돌아보며 창가의 소파에 앉자고 손짓했다.

에밀리는 미란다의 소파에 앉아서 마음을 가다듬으려고 했지만 모든 게 불편하다는 것을 인정하지 않을 도리가 없었다. 〈런웨이〉로 다시 돌아오니 주눅이 들었다. 입고 온 헬무트 랭 원피스는 너무 위로 올라가서 조금 투실투실해진 다리가 훤히 드러났고 꼬박꼬박 챙겨 먹은 점심 때문에 허리띠는 족쇄처럼 느껴졌다. 에밀리는 최대한 허리를 세우고 앉으며 비만을 유도하는 근교로 돌아가자마자 해독 주스 다이어트를 시작해야겠다고 다짐했다.

미란다가 에밀리의 눈을 똑바로 쳐다보며 말했다. "저 멍청한 것들을 여기저기서 자르고 있는데 더는 그러고 있을 시간이 없어. 이제 에밀리, 네가 〈런웨이〉로 돌아와야 해. 지난달에 열린 메트 갈라는 끔찍 그 자체였어."

"다들 격찬하던데요! #미투에 경의를 표하는 '강한 여성'이라는 테마가 홈런을 날렸잖아요. 심지어 그 행사를 혐오하는 사람들마

저 성공적이었다고 인정했어요. 제가 기억하기로 〈E!〉에서는 '5월의 가장 찬란했던 밤'이라고 했고요."

미란다는 그녀가 한 말에 대해 곰곰이 생각하는 눈치였다. "성공적이었던 건 맞아. 하지만 스트레스가 너무 심했어. 뒤죽박죽이었고. 내가 그 행사를 얼마나 사랑하는지 알잖아. 네가 맡아주어야 해. 벌써 6월이야. 이 무렵이면 이미 내년 메트 갈라의 테마가 정해지고 뉴욕과 파리의 패션 위크에서 〈런웨이〉가 주관하는 파티의 계획이 세워져 있어야 하는데 지금 진도가 어디까지 나갔는지 알아? 바닥이야."

"말씀은 감사해요, 편집장님. 하지만 저는—"

"됐어." 미란다가 짜증을 고스란히 드러내며 말했다. "너를 불러다가 월급을 잔뜩 주고 뼈가 부서지도록 일을 시키고 싶다니까."

"저도 솔깃해요." 에밀리는 고개를 끄덕였다. "하지만 지금은 다른 고객에게 매인 몸이라서요."

"카롤리나 주라프?"

에밀리는 고개를 끄덕였다. 미란다는 카롤리나를 그레이엄 하트웰의 아내가 아니라 독립적인 주체로 여기는 몇 안 되는 사람 중 한 명이었다.

"그래서 잘돼가고 있고?" 미란다가 목에 두른 에르메스 스카프로 손을 가져가며 희미하게 미소를 지었다.

에밀리는 헛기침을 했다. 이제 딱 한 번뿐인 기회가 찾아왔다. "카롤리나가 어떤 사람인지 아시잖아요. 너무 착한 거. 타블로이드 신문들도 도움이 안 되고요. 하지만 고비를 넘겼다고 생각하고—"

미란다가 프라다 돋보기를 벗고 콧잔등을 손가락으로 세게 집었다. "에밀리. 개소리는 생략해줘. 우리가 하루이틀 알고 지낸 사이도 아니고."

에밀리는 놀라서 하마터면 소파에서 굴러떨어질 뻔했다. 미란다는 한 번도 욕을 한 적이 없었다. 절대. 멍청한 인간들이나 내뱉는 교양 없고 무식한 말이라고 생각했다.

"네, 그러게요." 에밀리는 천천히 말했다. "그레이엄은 카롤리나를 제물로 삼고 온 세상 사람들 앞에서 그녀를 모욕하고 그녀가 살아오던 삶을 빼앗아갔어요. 저는 그걸 돌려주고 싶어요. 그레이엄을 무너뜨리고 싶고요. 그는 짐승이에요."

"내가 도와줄게. 그런 다음 네가 날 도와줘." 미란다가 끼어들었다.

성공이다. 에밀리는 눈을 가늘게 떴다. "그녀가 원하는 건 아들 양육권이에요. 그리고 전 국민이 음주 운전에 대해 잊어주는 것."

"네 수중에 있는 건 뭐야?" 미란다가 물었다.

에밀리는 좀더 똑바로 앉았다. "두어 개요. 하지만 카롤리나가 그걸 공개하지 않으려고 해요."

미란다가 혀를 찼다. "어쩌면 이렇게 뻔할 수가." 그녀는 신문을 덮고 에밀리에게 온전히 집중했다. "이메일 보내줘. 요점만 간단히 적어서."

"편집장님?"

"내가 처리할게."

"말씀은 감사하지만 문제가 그렇게 간단하지가 않아요. 제가—"

미란다가 손을 들었다. "이상 끝."

"편집장님, 제가 어떤 식으로 도우면 되겠는지 의논하자고 저를 여기로 부르신 거—"

"그럼 그러기로 한 거야." 그녀는 말하며 일어섰다. "일어나자, 아가. 에밀리랑 같이 가."

"메이지, 편집장님께 안녕히 계시라고, 감사하다고 인사해." 에밀리가 들으라는 듯이 속삭였지만 미란다는 그들을 못 본 체하며 수화기를 집어들었다.

에밀리는 메이지와 함께 나가서 등뒤로 쌍여닫이문을 닫았다.

"우리 착한 아가씨, 고마워." 무사히 엘리베이터에 올라탔을 때 그녀는 메이지에게 말했다. "저 안에서 정말 얌전히 있더라? 이모가 부탁 하나만 할게. 우리 오늘 여기 왔다는 거 엄마한테는 얘기하지 말아주라. 우리 둘만의 비밀로 하면 어때?"

메이지가 미리엄과 똑같이 아랫입술에 집게손가락을 갖다댔다.

"고마워, 귀염둥이. 정말 안심이다."

"에밀리 이모?" 메이지의 목소리는 어린애 같았지만 자세는—한 손은 허리춤에 얹고 다른 손은 손바닥이 앞으로 보이도록 내밀었다—전혀 그렇지가 않았다.

"응?"

메이지가 그녀의 눈을 똑바로 쳐다보며 말했다. "이상 끝."

26

# 1000달러짜리 담요

## 미리엄

미리엄은 눈을 떴을 때 두 가지를 단박에 알아차렸다. 하나는 남편이 알몸으로 그녀의 위에 있다는 것이었다. 또하나는 방안이 아직 칠흑같이 어두운 걸 보니 한밤중이라는 것이었다. 그녀가 꿈을 꾸고 있나? 아니면 그가 꿈을 꾸고 있나? 아니었다. 그녀의 목에 입을 맞추고 잠옷을 머리 위로 벗기려고 애를 쓰는 것을 보니 멀쩡하게 깨어 있는 듯했다.

"뭐하는 거야?" 그녀는 바보처럼 물었다. 누가 봐도 뭘 하는 건진 분명했지만 너무 낯설었던 것이다! 한밤중에 격정적이고 즉흥적인 섹스라니.

"뭐하는 것 같은데?" 폴이 그녀의 복부에서 점점 아래로 내려가며 웅얼거렸다.

"음. 그건 별로 하고 싶지 않을 텐데." 그녀는 말하며 폴의 머리를 두 손으로 잡아당겼다.

그가 그녀의 손을 흔들어 떼어냈다. “내가 뭘 하고 싶은지는 내가 알아.”

그래서 그녀는 내버려두었다. 기꺼이. 그가 원하는 다른 모든 것까지 하게 내버려두었다. 방안을 덮은 어둠과 늦은 시간에 펼쳐진 드라마 같은 상황 덕분에 마음이 너그러워졌다. 마침내 둘 다 숨을 헐떡이며 땀범벅이 된 몸으로 서로 끌어안았을 때 그녀는 미소가 번지는 것을 어쩔 수가 없었다.

“정말 좋았어.” 그녀는 말했다.

폴이 웃음을 터뜨렸다. “‘좋았어’라고? 나는 ‘짜릿했다’거나 ‘획기적이었다’거나 뭐 그런 말이 나오길 바랐는데.”

미리엄은 몸을 돌려서 그에게 입을 맞추었다. “‘좋았다’는 건 ‘온 세상이 뒤흔들렸다’는 뜻이었어.”

“좀 낫네.”

“폴?” 그녀는 그가 꿈나라로 떠나려는 찰나라는 것을 알 수 있었지만 지난 몇 달 동안 그와 이렇게 가까워진 기분을 느낀 것이 처음이었다.

“으음?”

“왜 그걸 하게 됐어?”

“뭐를 하게 됐느냐는 거야?”

“아까 그. 행위. 우리가 방금 전에 한 거 말이야.”

“그게 무슨 소리야?” 그의 눈이 감겼고 숨소리가 점점 느려졌다.

“왜 지금이냐고. 워낙…… 많은 시간이 지났잖아. 분위기 깨려는 게 아니라 다만…… 모르겠다. 좀 뜬금없게 느껴지는데, 요즘 들어 우리 사이가…… 예전이랑 다르잖아. 아니다, 다르다고 하면 안 되지. 멀어진 거면 모를까. 서로 같은 방향을 보지 않는 느낌이 었어. 예를 들어 일만 해도—" 코고는 소리가 그녀의 말허리를 잘랐다. 어찌나 우렁찬지 폴이 그만 좀 하라는 뜻에서 코를 고는 척 장난치는 줄 알았지만 좀더 귀를 기울여보니 소리가 일정하게 계속됐다.

한 시간 뒤에도 미리엄은 계속 깨어 있었다. 킨들로 『모비 딕』 무료 버전을 읽고 스포츠 웹사이트만 검색하고 심지어 휴대전화로 공영 라디오 방송을 듣는 등 평소에 쓰던 수법을 총동원해도 소용이 없었다. 그녀는 결국 침대에서 일어나 야식이나 먹으려고 부엌으로 향했다. 어쩌다 폴의 작업실에 가게 됐는지는 잘 모르겠지만, 식품 저장실에서 감자칩을 두 주먹 흡입한 뒤에 자석에 끌리기라도 한 듯 폴의 바퀴 달린 날렵한 에어론 의자에 앉게 됐다.

미리엄은 그가 컴퓨터 패스워드를 바꿨을 거라고 생각했기 때문에 둘이서 같이 쓰던 패스워드로 접속이 되자 깜짝 놀랐다. 수상한 게 없나 싶어서 그의 이메일 수신함과 발신함, 휴지통을 뒤졌지만 아무것도 없었다. 이번에는 아이포토로 들어가보았다. 아무것도 없었다. 드롭박스에 개인 정보라는 불길한 이름이 달린 폴더가 있었지만 안에 있는 것은 가족들의 여권, 사회보장카드, 신용카드, 운전면허증 사본뿐이었다. 수색을 시작한 지 이십 분이 지났고 그의 프라이버시를 침범하고 있다는 데 시시각각으로 죄책감이 가중됐지만 그녀가 느낀 안도감을 감안하면 보람이 있었다. 컴퓨터에서 띵똥 소리와 함께 새로운 이메일이 도착했음을 알리자 그녀는 펄쩍 뛰었다. 아메리칸 익스프레스에서 보낸 것이었고 그의 6월 카드 명세서와 함께 그가 명세서를 이메일로 받아보길 신청했다는 사실이 명시돼 있었다.

이메일로? 그녀는 의아해하며 명세서를 클릭했다. 그녀와 폴은 둘 다 지나치게 꼼꼼한 편이었다. 둘은 매달 여러 색 형광펜으로 명세서에 줄을 그어가며 부당 청구가 없는지 확인한 다음 납부하고, 스캔해 클라우드와 하드 드라이브에 저장했다. 매달 검토하려면 결국에는 출력해야 할 텐데 왜 이메일 명세서를 신청했는지 알 길이 없었다. 다시 한번 클릭하자 폴의 개인 신용카드 사용 내역이 떴다. 그들은 경제적인 자유와 프라이버시를 존중했기에 신용카드와 은행 계정을 따로 쓰고 있었지만—게다가 모든 걸 공유하면 상대방에게 무슨 수로 선물을 하거나 깜짝 이벤트를 벌일 수 있겠는가—거의 대부분을 공용 카드로 결제하고 공동 계좌에서 납부했다. 미리엄은 자기가 둘이서 합의한 모든 사안을 위반하고 있다는 생각을 하며 폴의 명세서를 클릭했다.

처음 열두 개는 이상할 게 없었다. 그들이 같이 갔던 식당 두 군데. 그주 주말에 아이들을 데리고 가까운 농장에 가서 딸기 따기 체험한 것. 서노코 주유소, 풋 로커 매장, 잠바 주스와 시내 해산물 음식점. 라켓 줄 교체 비용. 아이 친구 생일 선물을 사다달라고 그녀가 파티 직전에 부탁해 반스 앤드 노블에서 결제한 30달러. 그 으리으리한 헬스클럽 월 이용료. 거의 3000달러에 달하는 가장 큰 금액은 델타항공이었고 그녀도 기억하다시피 다가오는 크리스마스에 대비해 사놓은 플로리다행 비행기 티켓값이었다. 그녀의 눈길을 끈 것은 로프티드에서 쓴 13번이었다. 로프티드는 메인 스트리트에 있는 황당하게 비싼 디자인 숍으로 미리엄은 겁이 나서 들어가지도 못하는 곳이었다. 그녀는 밖에서 멋들어진 러그와 드라마틱한 조명을 훔쳐보다가 콧대 높은 가게 주인이 그녀와 눈이 마주쳐도 미소를 짓지 않으면 허둥지둥 자리를 뜨곤 했다. 청구액은 1100달러였고 내역은 담요로 끝이었다. 폴이 무슨 생각으로 로프티드에서 1100달러짜리 담요를 산 걸까? 그녀가 아는 한 그는 그런 가게가 있다는 것조차 알지 못했다. 충동구매였을까? 마세라티처럼 돈이 있으니까 그냥 지른 거였나? 예전 같으면 그렇게 생각하지 않았겠지만 정답은 누가 봐도 예스였다. 으리으리한 헬스클럽도 마찬가지였다. 하지만 폴이 인테리어에 조금이나마 관심이 있는 것도 아니고 추위를 많이 타는 것도 아닌데 담요에 1000달러가 넘는 돈을 쓰다니 있을 수 없는 일처럼 느껴졌다. 그러니까 선물이었을지도 몰랐다.

누구 선물이지?

그녀의 생일은 아직 멀었다. 폴은 그 정도로 미리 선물을 준비하는 성격이 아니었고, 그녀가 선물로 눈이 돌아가도록 비싼 담요를 요구한 것도 아니었다. 아니, 아무것도 요구한 적이 없었다. 그는 결혼한 이후로 자기 어머니 생일 선물도 사지 않아서 모든 선물을 준비하고 감사 카드를 보내는 것은 곧바로 미리엄의 몫이 되었다. 아무리 머리를 쥐어짜도 폴이 그런 담요를 선물할 사람이 생각나지 않았다. 정답은 하나일 수밖에 없었다. 바보가 아닌 이상 모를 수가 없었다. 그걸 인정하지 않을 수가 없었다.

그녀는 다시 명세서로 돌아갔다. 평범한 내역이 몇 개 더 있고 의문스러운 내역이 두어 개(벤저민 무어에서 상당한 액수의 프라이머와 페인트를 산 것, 이보다 더 큰 금액으로 온라인 액자 회사에서 청구한 것) 있었다. 숨이 막혀버린 건 맨 마지막 항목을 보았을 때였다. 바로 거기에, 그달의 마지막 항목으로 6월 30일에 코스탈 부동산에서 청구한 내역이 있었고 딱 두 개의 무시무시한 단어로 설명은 끝이었다. 7월 월세. 3300달러. 기재된 주소지는 시내에 위치한 관리업체였다.

여러 이미지가 그녀의 머릿속을 스치고 지나갔다. 벤저민 무어의 번트 엠버와 스모크 트러플 색으로 꼼꼼히 칠하고, 그 안에서 끊임없이 격정적인 섹스를 벌일 수 있도록 모든 표면을 다양한 쿠션과 담요와 방석으로 꾸민 밀회의 공간. 미리엄은 평소 속을 게우지 않는 체질인데도—두 번의 임신기간중에도, 해외에서 미심쩍은 길거리 음식을 숱하게 먹었을 때도 한 번도 구토를 한 적이 없었다—사전 조짐도 없이 허리를 숙여서 폴의 깨끗한 월넛 쓰레기통에 대고 토악질을 하고 말았다. 그러고는 의자에서 그대로 기절했는지 눈을 떠보니 폴이 걱정하는 표정으로 컴퓨터와 토사물로 가득한 쓰레기통과 미리엄을 번갈아 내려다보고 있었다.

"미리엄, 무슨 일이야? 왜 여기서 자고 있어? 어디 아파?"

그녀는 입안이 너무 텁텁하고 혀가 바짝 말라서 그를 노려보는 것 말고는 아무것도 할 수가 없었다.

폴은 나이 많은 환자처럼 그녀를 부축해 가죽의자로 데려갔다. 그의 따뜻하고 수완 좋은 손이 그녀의 팔을 감싸자 그 느낌에 속이 다시 뒤틀렸다.

"자, 여기서 쉬어." 그가 말했다. "내가 애들 시리얼 주고 버스 태울게. 그러고 나서 다시 올 테니까 잠깐만 기다려, 알았지?"

미리엄은 지금껏 알던 세상이 무너졌다는 걸 깨달은 사람이 아니라 일반적인 숙취로 고생하는 사람처럼 팔로 눈을 덮어 햇빛을 가렸다. 이 정도의 유난도 낯설었다. 미리엄은 유난을 떨지 않는 성격이었다. 그녀는 유능하고 믿음직한 사람이었다. 자기는 도넛을 먹을지언정 아이들에게는 매일 아침마다 과일과 요거트와 단백질이 풍부한 달걀로 균형잡힌 식사를 챙겨주었다. 지치거나 심란하더라도 아이들이 어른의 짐을 짊어질 필요도 이유도 없다는 확고한 신념 아래 씩씩한 척했고, 닳고 닳은 루틴을 고수해 요즘처럼 미쳐 돌아가는 세상에서 꼭 필요한 예측 가능성과 안정감을 자기 자신과 가족에게 부여했다. 하지만 근사한 섹스를 마친 뒤에 남편이 바람을 피우고 있을지 모른다는 의심이 사실로 굳어지자 남편의 의자에서 무너지고 말았다. 단순히 바람을 피우는 정도가 아니라 자기 이름으로 아파트를 빌리고 인테리어를 하며 그녀의 곁을 떠날 준비를 하고 있다니. 아니다. 이건 그녀에게 익숙한 상황이 아니었다. 폴이 세 아이에게 옷을 입히고 가방을 챙기고 아침을 먹여서 학교에 갈 준비를 시키는, 집안의 익숙한 소음을 들으며 누워 있는 동안 점점 더 화가 났다. 그가 그녀에게 이런 짓을 저지르다니.

삼십 분 뒤에 그가 마침내 아이들을 버스에 태우고 돌아오자 그녀는 쏘아붙였다. "당신 어떻게 이럴 수가 있어?" 메슥거림이 가라앉았다. 말을 하거나 서 있기도 힘들게 하던 무기력함과 두근거림도 사라졌다. 서늘하고 냉정한 분노가 그 자리를 채웠다. "우리한테 어떻게 이럴 수가 있어? 왜냐하면 말이지, 그거 알아, 폴? 이게 진정한 비극이거든. 당신이 불륜을 저질러서 생기는 충격을 나만 감당하면 되는 게 아니라는 거. 장담하지만 나는 극복할 거야. 나는 희생양이 되지 않을 거야. 하지만 우리 애들은? 그건 전혀 다른 얘기라고."

폴은 벙찐 얼굴로 그녀를 빤히 쳐다보았다. 뭐지? 그녀가 흥분한 걸 보고 놀란 걸까? 그녀를 점심이나 먹으러 돌아다니는 근교의 여느 엄마들과 다를 게 없다고 여기고 있었던 걸까? 그가 운좋게 대박을 터뜨리기 전까지는 그녀가 수입도 더 많고 실적도 학벌도 더 좋았다는 사실을 잊어버린 걸까?

"그렇게 보기만 하지 말고 뭐라고 말 좀 해봐." 그녀는 표독스럽게 쏘아붙였다. "아니다, 다시 생각해보니까 그럴 필요 없겠어. 앞으로 우리가 뭘 하지 않을 건지 알아? 두 시간 동안 여기 앉아서 나는 당신에게 사소한 것 하나까지—그 여자는 누구고 어떻게 만났으며 침대에서는 어떤 식이고 나보다 더 예쁘냐고—다 얘기해달라고 애원하지 않을 거고 당신은 나에게 용서해달라고 애원하지 않을 거야. 우리가 그 정도로 수준이 떨어지지는 않잖아, 폴. 아니, 적어도 나는 그래. 머리 아프지 않게 그런 절차는 생략하자. 짐 싸서 이 집에서 나가줘. 천천히 문제를 고민하고 나면 이성적으로 대화를 나눌 수 있겠지."

"얘기 다 끝났어?" 그가 떨리는 목소리로 물었다.

"응." 그녀는 우는 모습을 보이지 않게 그가 자리를 떴으면 하는 마음이 간절했지만 또 한편으로는 하지 말라고 한 행동을 그가 해줬으면 좋겠다는 마음도 있었다. 그녀의 발치에 몸을 던지고 용서를 비는 것. 그들의 결혼생활을 유지하고 가족을 다시 한데 모을 수만 있다면 뭐든 마다하지 않겠다고 선포하는 것. 그녀는 오스카상 수상감의 연기력을 발휘해 겉으로는 씩씩해 보였을지 몰라도 속으로는 떨고 있었다.

"당신이 그런 말을 하다니 믿기지가 않네." 그가 머리칼을 쓸어

넘기며 말했다.

"아, 지금 당신이 믿기지 않는다고—"

폴이 딱 잘라 말했다. "이게 다 무슨 일인지—아니, 당신이 무슨 생각으로 이러는지 알아내느라 시간이 좀 걸리긴 했지만 이제 알겠어." 그가 자신의 아멕스 카드 명세서가 아직까지 띄워져 있는 컴퓨터 화면을 가리켰다. "이게 뭔가 싶은 사용 내역을 본 거지? 설명이 안 되는 임대료도 있고. 그래서 궁금해졌겠지."

"궁금해졌다고? 나라면 선택하지 않을 표현이네."

그가 어찌나 혐오스럽다는 눈빛으로 노려보는지 미리엄은 하마터면 숨이 멎을 뻔했다. "차에 타. 지금 당장." 폴은 뚜벅뚜벅 소파로 다가와 그녀의 손목을 잡았다. 그러고는 그녀의 입에서 비명소리가 날 정도로 거칠게 일으켜세웠다. "얼른, 이 정신 나간 인간아. 차에 타라고. 당장."

미리엄은 토사물이 묻은 자기 잠옷을 내려다보았다. "나 심지어 지금 속옷도 안 입었어." 그녀는 자기 몸을 가리키며 말했다.

"이 분 줄게. 뭐든 상관없으니까 아무거나 입고 차고로 와."

바닥에 벗어놓은 찢어진 청반바지와 깨끗한 티셔츠로 갈아입는 동안 그녀의 머릿속은 신기하리만치 비워졌다. 부엌은 허리케인이 휩쓸고 지나간 형국이었지만 폴이 차고와 연결된 부엌 뒤편 문을 붙잡고 서서 난장판에 대해서는 짚고 넘어가지도 못할 만큼 험상궂은 표정을 짓고 있었다.

방금 전의 상황을 감안하면 그럴 수 없을 것 같았지만 두 사람은 완벽한 침묵을 지켰고 그렇게 십 분이 지났을 때 폴이 어느 주차장으로 들어갔다. 외벽은 빛바랜 회색이고 문틀은 흰색 목재로 되어 있으며 지붕에 너와를 덮은 편자 모양의 2층짜리 건물이 주차장을 감싸고 있었다. 뉴욕 근교보다는 낸터킷섬에 더 어울림직한 건물이었다. 미리엄은 그 앞을 수백 번 지나다니면서도 이렇게나 매력적인 건물인 줄 미처 몰랐었다.

"여기는 왜 온 거야?" 그녀는 두리번거리며 물었다. 1층에는 요가 스튜디오, 조경 설계 회사 그리고 뒤편의 주스 바를 홍보하는 유기농 슈퍼가 있었다.

폴이 '공유 사무실'이라고 적힌 문을 열었고 그녀는 그를 따라 계단을 올라가 쾌적한 조명이 비추는 대기실로 들어갔다. 그곳에는 문이 세 개 있었는데 두 개는 아동심리센터, 한 개는 언어치료센터였다. 폴이 거길 지나 복도로 들어서자 사람 이름이 적힌 문들이 이어졌고 그 끝에 아무 이름도 없는 문이 있었다. 폴이 키패드에 네 자리 숫자를 입력하고—그들 공동 계좌의 ATM 비밀번호였다—문을 열었다. 그러자 조그맣지만 엄청나게 근사한 오픈플랜식 사무실이 그들을 맞았다. 빛바랜 오크나무 바닥에 모던하지만 포근한 분위기를 풍기는 가구들이 놓여 있었다. 책상, 가죽으로 된 회전의자, 가족사진이 담긴 액자와 미리엄이 좋아하는 하드커버 책들과 그녀가 지금까지 여행하며 모은 장식품으로 가득한 책꽂이. 무엇보다 두 개의 거대한 천창에서 어마어마한 햇빛이 쏟아졌고 뒷벽의 유리창 너머로 바이럼강의 조그만 지류가 내려다보였다. 쇠창살이 달린 조그만 발코니 아래는 목가적인 분위기를 풍기는 강가의 잔디밭이었고 거기 놓인 피크닉 테이블에 이십대 여자가 커피 컵을 손에 들고 앉아서 책을 읽고 있었다.

"이게 뭐야?" 미리엄은 물었지만 책꽂이에 있는 것들을 보면 답은 나와 있었다.

폴은 말없이 그녀를 바라보기만 했다.

"뭐하러 이랬어? 내가 사무실이 필요한 만큼 일을 하는 것도 아닌데. 특히 이렇게 예쁜 사무실은 가당치도 않은데." 미리엄은 모던하고 깔끔하지만 동시에 아늑하고 푸근한 이 공간에 감탄하며 말했다. 그녀라면 아무리 머리를 굴려도 이런 분위기를 연출하지 못했을 것이었다.

"내 말 오해하지는 말아줘. 당신은 훌륭한 엄마고 엄마가 집에 있어서 아이들 입장에서는 행운이지만 그게 당신에게도 행복한 삶이 아니라는 건 우리 둘 다 알잖아."

"무슨 소리야. 그냥—"

폴이 손을 뻗어 손가락으로 그녀의 입술을 건드렸다. "내가 당신 이야기에 귀를 기울이고 있었다는 걸 알아주었으면 했어. 우리가 뉴욕을 떠난 이후로 많은 게 달라졌지. 여기는 여러모로 특이해. 좋은 곳이기는 하지만 특이하지. 당신이 뉴욕의 빡센 회사로 출퇴근하며 일주일에 팔십 시간씩 근무하던 예전으로 돌아가고 싶어하진 않지만, 하루종일 헬스클럽에 다니고 학부모 간담회나 참석하는 건 당신에게 좋을 게 없다는 건 알겠더라고. 당신은 바쁠 때 가장 행복한 사람이라 우리한테서 도망칠 수 있는 제대로 된 공간이 있으면 여기서 법조계 쪽 일을 좀더 맡아서 할 수 있지 않을까 싶었어. 당연히 당신이 원하는 경우에 한해서. 강요할 생각은 없어. 사무실을 따로 얻는 게 어떻겠느냐고 하면 당신은 항상 됐다고 하지만 집에 있는 작업실은 내가 독차지하고 있잖아. 그래서 몰래 비밀로 진행했던 건 미안하지만—그리고 인테리어가 마음에 들지 않으면 그것도 미안하지만 애슐리가 소개해준 업자야—당신한테 이 공간을 꼭 선물하고 싶었어. 왜냐하면 당신을 사랑하니까. 그리고 당신 곁에는 내가 있으니까."

"그러니까 바람피우고 있었던 게 아니야?" 미리엄은 언제 고였는지도 모를 눈물을 펑펑 흘리고 있었다.

"바람피우고 있었던 거 아니야." 폴이 두 팔을 벌리자 그녀는 그 안으로 기꺼이 몸을 던졌다.

"나보다 더 잘 조이는 여자를 찾은 게 아니었어?"

폴이 그녀의 어깨를 살짝 뒤로 밀고 그녀를 응시했다. "뭐라고?"

"나는 당신이 그래서 섹스에 더이상 관심이 없나 했어. 적어도 그런 이유도 있나보다고. 아니, 당신도 여기 여자들이 뭐라고 떠들어대는지 들었어야 해."

"맙소사, 미리엄. 그렇게 생각하고 있었어? 요즘 들어 우리 횟수가 준 게 당신한테 무슨 문제가 있기 때문이라고?"

그녀는 고개를 끄덕이는 것 말고는 아무것도 할 수가 없었다.

"이리 와, 여보. 정말 미안해. 어쩌다 그렇게 됐는지 잘은 모르겠지만 결혼한 지 이 정도 된 부부는 그게 정상인 줄 알았어. 원래 기복이 있는 건 줄 알았다고 할까? 그래서 좋은 건 아니지만 극복할 수 있는 문제라고. 근교생활에 적응하는 게 우리 둘 다 쉽지 않았잖아."

미리엄은 까치발을 하고 폴의 입술에 입을 맞췄다. 폴의 손을 잡고 번트 엠버와 스모크 트러플 색으로 칠해진 그녀의 근사한 사무실을 돌아보는데, 다른 뭔가가 그녀의 눈에 들어왔다. 진한 가지색 벨벳이 씌워진 조그만 2인용 소파 위에 담요가 걸쳐져 있었다. 회색 바탕에 황백색 이카트 무늬였고 캐시미어가 어찌나 풍성하고 고급스러운지 그걸 몸에 두르면 딱딱한 나무 바닥 위에서도 편하게 잘 수 있겠다 싶을 정도였다. 태그에 '캐시미어&실크, 네팔의 장인이 수작업으로 만든 작품을 로프티드에서 오로지 당신께 선물합니다'라고 적혀 있었지만 미리엄은 읽어보지 않아도 한눈에 그런 제품이라는 걸 알 수 있었다.

"미안해." 그녀는 목멘 소리로 이렇게 말하고는 눈물과 함께 흐느낌을 쏟아냈다.

"나는 당신을 사랑해, 미리엄. 우리 가족을 사랑해. 함께하는 우리의 삶을 사랑해." 폴이 말하고 그녀를 온몸으로 감싸안자 그녀는 세상 모든 것이 제자리를 정확히 찾은 듯한 기분을 느꼈다.

"나도 사랑해."

27

# 협박의 지존

## 카롤리나

카롤리나는 니고리 사케를 한 모금 마시고 휴대전화를 확인했다. 늦는다니 트립답지 않았다. 게다가 그쪽에서 먼저 만나달라고 통사정하지 않았던가. 그녀가 알기로 미리엄이 약속을 잡으려고 할 때는 그가 계속 거부했다. 카롤리나는 예전 '친구'에게 무슨 할 말이 있는 건지 궁금했기에 만나러 나올 수밖에 없었다. 변호사도 없이. 미리엄이 알면 그녀를 죽이려 들지 몰랐다. 에밀리는 두말할 필요도 없었다. 웨이터가 와서 얕은 사케 잔을 다시 채워주었고 카롤리나는 그 잔도 곧바로 비웠다. 마침내 도착한 트립은 알 수 없는 표정을 짓고 있었다.

"나와줘서 고마워요. 늦어서 미안하고요." 그가 옆자리에 앉으며 말했다. 두 사람이 서로 마주보고 앉도록 4인석이 세팅되어 있었지만 트립은 테이블 매트를 자기 앞으로 옮겼다. 그가 뺨에 입을 맞추려고 허리를 숙이자 그녀는 피해버렸다.

"나 먼저 술 주문해서 마셨어요. 그래서 기분 나빠요? 아니면 예상했던 바예요?" 카롤리나는 물었다.

"아, 왜 그래요. 나도 당신한테 알코올 문제 없다는 거 알아요."

"애초에 나더러 음주 운전을 했다고 한 사람이 당신 아니었어요? 덕분에 나는 재활센터에 입소하는 흉내까지 내야 했어요. 베세즈다에서 사귄 '친구들'은 그날 밤 이후로 연락을 끊었고요. 바람이나 피우는 쓰레기 같은 당신 절친이 자기 본모습을 감추고 피해자인 척하려고, 정계와 사적인 인맥을 동원해 나한테 말도 안 되는 누명을 씌운 그날 밤 이후로 말이에요."

트립이 얼굴을 잔뜩 찌푸렸고, 그걸 보자 카롤리나는 그를 한 대 때려주고 싶어졌다.

"그래서, 엄청난 오해가 있었다고 얘기하려고 만나자고 한 거예요? 그레이엄이 미안해하고 있으니 이제 우리 교양을 갖추고 만나자고? 그런 거라면 지금 바로 일어나서 여기서 나가도 좋아요. 나는 관심 없거든요."

웨이터가 다시 오자 트립은 다급한 목소리로 올리브를 추가한 보드카 온더록스를 주문했다. "문제가 생겼어요. 그래서 거기에 대해 의논을 해야 해요."

"뭔데요?" 카롤리나는 물었다.

트립은 헛기침을 했다. 그는 정말로 불안해하고 있었다. 감히 무슨 자격으로. 카롤리나는 생각했다. 에밀리가 몇 달 전부터 그녀에게 주입한 말이 떠올랐다. 국물도 없을 줄 알아.

웨이터가 왔고 그들은 주문을 했다. 그러고 나자 어색한 침묵의 순간이 찾아왔다. 할말이 많다는 건 누가 봐도 분명한데, 그들은 무거운 얘기를 꺼내지 못한 채 머뭇거리고 있었다.

트립이 자기 손을 카롤리나의 손 위에 얹었다. 왜 그랬는지 모르겠지만 그녀는 손을 치우지 않았다. "먼저 사과부터 할게요."

"뭐에 대해서요? 그걸 알고 싶은데요."

"그 친구가 당신에게 이런 끔찍한 짓을 저질렀을 때 가만히 보고 있었던 거요. 왜 그랬는지 모르겠어요. 의리를 지킨답시고 그랬나? 그 친구는 학부 시절에 처음 만났을 때부터 내 옆에 있어줬거든요. 우리 부모님이 육 개월 간격으로 돌아가셨을 때. 쌍둥이가 조산아로 태어나 몇 주 동안 신생아집중치료실 신세를 져야 했을 때. 엘런이 떠났을 때. 그 친구가 항상 옆에 있어줬기 때문에 나도 그래야 한다고 생각했던 것 같아요."

웨이터가 국이 담긴 조그만 그릇 두 개와 생강 드레싱을 곁들인 샐러드 두 접시를 들고 오자 그들은 그걸 내려놓을 수 있게 테이블을 정리했다.

"뭐 하나 물어볼 게 있어요." 카롤리나는 목이 메어오는 익숙한 기분을 느끼며 말했다. "솔직하게 대답해줬으면 해요."

"맹세할게요." 그가 그녀를 응시했다.

"정관수술에 대해서 당신도 알았어요?"

트립이 콧잔등을 찡그렸다. "뭐요? 누구 정관수술이요?"

카롤리나는 그의 표정을 살폈다. 거짓말이 아니었다.

"그레이엄이 오 년 전에 정관수술을 받아놓고 나한테 얘기하지 않았어요."

"맙소사, 리나. 그게 무슨 말도 안 되는 소리예요."

"나도 믿기지가 않았어요. 그런데 진짜예요."

트립이 손끝을 이마에 갖다댔다. "이럴 수가. 뭐라고 해야 좋을지도 모르겠네. 맹세해요, 나는 전혀 몰랐어요."

"그러니 임신이 그렇게 안 될 수밖에 없었겠죠?" 그녀는 억지웃음을 터뜨렸다.

트립은 카롤리나가 아이를 가지려고 필사적으로 노력하는 동안 하루하루를 같이하지는 않았지만 대강의 내용은 알고 있었다. 전 세계에서 성공률이 제일 높다는 스위스의 불임 전문가가 미국을 방문했을 때 그가 상담을 주선하기도 했다.

트립이 조용히 물었다. "그 친구한테 고등학생 때 있었던 그, 음, 사고 얘기는 들었어요?"

카롤리나는 고개를 끄덕이고 큼지막한 나무 숟가락으로 미소된장국을 떠서 먹었다. "네. 결혼한 직후에요. 그가 당신한테도 얘기한 줄은 몰랐는데."

트립이 숨을 토했다. "작정하고 얘기한 건 아니었을 거예요. 하버드 4학년 때 어느 날 밤에 그 친구가 취한 적이 있었거든요. 평소보다 많이. 그 아이의 기일이었던 것 같은데 술집에서 코가 비뚤어지도록 마시고는 집에 와서 무너졌어요. 펑펑 울었어요. 내 평생 그렇게 슬픈 광경은 거의 본 적이 없어요. 하지만 다음날 아침이 되니까 그 친구는 기억을 못했든지 아니면 기억이 나지 않는 척했고, 우리는 두 번 다시 그 얘기를 꺼내지 않았어요. 내가 생각하기에는 그가 기억을 차단한 것 같아요, 어쩌면 영원히."

"세상에. 어쩌다 사고가 났는지도 들었어요?" 그녀는 속삭이는 수준으로 목소리를 낮췄다. "그이 잘못이었나요? 과속을 했어요? 음주 운전? 나는 묻지 않았고 그도 말을 하지 않았어요."

"나도 몰라요. 그 친구 말로는 아이가 자기 차 앞으로 튀어나왔다고, 치는 순간까지 보지도 못했다고 했어요. 나는 어느 누구한테도 이 얘기를 하지 않았고요."

"나도요." 카롤리나는 얼마 전에 에밀리에게 얘기한 게 생각나서 멈칫했다. "음, 한 명한테 하긴 했지만 누설하지 않겠다는 약속을 받았어요."

"그의 정치인생을 그보다 빨리 망가뜨릴 수 있는 사건은 없을 거예요. 애초에 실토하고 설명하고 회개했더라면—지금 생각하는 대로 했더라면—극복할 기회가 있었을지 몰라도 지금은 너무 늦었죠. 이렇게 끔찍한 비밀로 만들어버렸으니 그걸로 망할 거예요."

"맞아요. 그리고 그걸 공개하고 싶은 유혹이 크긴 하지만 절대 그러지는 않을 거예요. 해리한테 그런 걸 이해해야 하는 고통을 안기고 싶지 않거든요. 그리고 그 여자아이 부모의 기억을 다시 파헤친다니? 너무 잔인하잖아요." 그녀는 잠깐 얘기를 멈추었다. "하지만 정관수술은 혹하네요."

그들은 말없이 국을 다 먹었다. 카롤리나가 샐러드를 한입 먹었을 때 트립이 그녀를 쳐다보았다. "리나?"

그녀는 그의 말투를 듣고 자기도 모르게 젓가락을 내려놓았다.

"그레이엄이 심사숙고한 끝에 해리가 기숙학교에 가는 것이 가장 현명한 선택이겠다는 결론을 내렸다고 전해달래요. 그 친구와 그 친구 형제들이 그랬던 것처럼요."

카롤리나는 분노하며 자리에서 일어나려고 의자를 뒤로 밀었다. "그 짐승! 어떻게 우리 아들을 기숙학교에 보낼 생각을—"

"리나, 끝까지 들어봐요." 트립의 목소리는 단호했다. "그 친구는 해리를 올가을부터 초트에 보내려고 준비하는 중이에요."

카롤리나는 자신의 눈이 휘둥그레지는 것을 느꼈다. 초트? 초트라면 바로 여기 이 코네티컷에 있는 학교였다. 이제 어떤 새로운 지옥으로 그녀를 고문하려고 작정한 걸까? "그렇군요……"

"그리고 해리가 주말과 명절 때 찾아갈 수 있게 당신이 계속 그리니치에서 살면 좋지 않겠느냐고 해요. 주중에 가끔 아이를 만나러 갈 수도 있겠고요. 아이와 아이 친구들을 데리고 나와서 저녁도 먹이고 그러면서."

"그이가 자진해서 해리를 내 집 근처에 있는 학교로 보내겠다고 하는 이유가 뭐예요?"

"자진한 건 아닌 것 같아요." 트립이 조용히 말했다.

카롤리나는 허리를 숙였다. "그럼 뭔데요?"

"내가 지금까지 한 얘기 말고 그 이상은 나도 몰라요. 그러니까 이번 승리를 마음껏 즐겨요. 왜냐하면 이건 분명 승리거든요."

카롤리나는 전에도 트립 앞에서 눈물을 흘린 적이 있었지만 이번만은 왠지 모르게 전보다 그의 시선에 신경이 쓰였다. "그이가 정말 그렇게 할까요?" 그녀는 눈 아래에 묻은 마스카라를 닦아내려고 했지만 더 시커멓게 번졌을 거라는 생각이 들었다.

트립이 고개를 끄덕였다. "이미 전학에 필요한 서류 준비를 마쳤어요. 시드웰에서는 취소 시한이 지났다며 일 년 치 학비의 전액 지불을 요구하는데도 그 친구가 강행하고 있어요."

"나는…… 나는 뭐라고 말도 못하겠어요." 카롤리나는 샐러드 접시를 치우며 말했다.

"그 친구가 당신에게 이 소식을 직접 전해달라고 했어요. 지난번에 전화했더니 당신이 그냥 끊어버리더라며."

카롤리나는 온몸을 훑고 지나가는 희열을 말로 표현할 방법이 없었다. 분노는 여전히 남아 있었다. 그의 거짓말 때문에 허비한 세월이 최소 오 년이었다. 하지만 계속 해리의 엄마로 지내며 아이의 삶을 함께하고 꾸준히 만날 수 있다니…… 다른 걱정들은 저편으로 사라져버렸다.

이번에는 카롤리나가 트립의 손을 잡았다. "집에 가야겠어요. 식사는 나중에 해요."

트립은 기다려야 할 것이었다. 모든 걸 뒤로 미뤄야 할 것이었다. 지금 당장은 집에 가서 에밀리에게 이 소식을 전하는 것만큼 중요한 일이 없었다. 평생 지금처럼 누군가에게 고마워한 기억이 없었다. 그녀는 차를 세워둔 곳으로 달려가며 실제로 아들을 품에 안은 기분을 느꼈다. 그녀는 최대한 빠르게 차를 몰았다.

미리엄에게 건 전화는 곧장 음성사서함으로 넘어갔지만 그 무렵에는 이미 허니서클 레인으로 들어선 참이었다.

"에밀리! 에밀리! 에! 밀! 리!" 카롤리나는 에스파드리유 웨지힐이 허락하는 한에서 최대한 빠르게 부엌을 질주하며 소리를 질렀다. "에밀리!"

카롤리나는 좌우를 두리번거렸다. 커피 테이블 위에 반쯤 마신 위스퍼링 에인절 병이 말보로 라이트 담뱃갑과 함께 놓여 있었다. 텔레비전에서는 요트를 무대로 펼쳐지는 브라보의 그 정신 나간 리얼리티 프로그램이 요란하게 방송되고 있었다. 모든 전등이 켜져 있었다. 그리고 에밀리가 전몰장병 기념일 이후로 신었던 베이지색 클로에 샌들이 카펫 위에 놓여 있었다. 에밀리는 분명 집안에 있었다. 그런데 왜 대답을 하지 않는 걸까?

"에밀리! 2층에 있어? 할 얘기 있어." 카롤리나는 외치며 카펫이 깔린 계단을 달려올라갔다. 그녀는 에밀리가 카롤리나로서는 이해할 수 없는 어떤 요인들과 기분에 따라 왔다갔다하며 쓰고 있는 두 개의 손님방을 체크했다. "도대체 어디 있는 거야?"

"나 화장실에 있어!" 에밀리가 외치는 소리가 둔탁하게 들렸다.

"너한테 들려줄 엄청난 소식이 있어!" 카롤리나는 마주 외쳤다. 너무 기뻐서 하늘을 나는 기분이었다. 세상 모든 사람들에게 큰 소리로 이 소식을 전하고 싶었다. 모르는 사람들과 살사춤을 추고 삼 일 밤을 꼬박 새고 싶었다.

"잠깐만 기다려줄래?" 카롤리나가 흥분했다면 에밀리는 그만큼 짜증난 목소리였다.

"응. 무슨 일 있어?" 카롤리나는 화장실 문 바로 앞에서 기다렸다.

"장난해?" 에밀리가 외쳤다. "진짜, 한 오 초만 프라이버시를 보장해주면 안 될까?"

카롤리나는 씩 웃었다. 누구에게랄 것도 없이. 딱히 이유도 없이. "알았어. 지금부터 시간 잰다."

일 분이 채 안 됐을 때 세면대 수도를 틀었다가 잠그는 소리가 들렸다. 문이 홱 열리고 마치 지붕이 없는 유람선을 타고 토네이도를 관통한 것 같은 몰골로 에밀리가 나왔다.

"화장실 앞에서 그야말로 잠복근무를 할 만큼 중요한 일이 도대체 뭐야?" 에밀리가 물으며 카롤리나를 지나쳐 걸어가자 그녀는 쪼르르 따라갔다.

"에밀리, 네가 뭘 어쨌는지 모르겠지만, 무슨 수를 썼는지 모르겠지만 고마워! 그레이엄이 해리를 기숙학교에 보내기로 했대—코네티컷에 있는 학교로!"

에밀리는 걸음을 멈추고 몸을 돌렸지만 별다른 표정이 없었다. "그래서?"

"그래서라니? 내가 그리니치에서 살 거고 해리가 주말마다 여기로 올 거야. 게다가 그 아이를 만나러 가도 돼. 내가 말 그대로 주양육자가 되는 거야!"

에밀리가 요란하게 한숨을 쉬었다.

"왜?" 카롤리나는 물었다.

"이래서 내가 내 손으로 직접 처리하는 걸 좋아한다니까. 하지만 돕겠다는데 내 쪽에서 이래라저래라 할 수도 없고."

에밀리는 거실 소파로 돌아가 털썩 주저앉아서 리모컨을 집었고 카롤리나는 그녀를 따라갔다. "잠깐—그거 소리 좀 줄여. 지금 누구 얘기하는 거야?"

"그녀가 너한테 해리를 되찾아준 거야. 필요한 시점에 나서줬네. 완벽하지는 않지만 그래도 처리는 됐으니까."

"그게 누구냐니까?" 카롤리나는 에밀리의 목을 조르고 싶었지만 꾹 참았다. "에밀리. 어떻게 된 건지 말해. 지금 당장."

에밀리는 머리가 지끈거리는 것처럼 이마를 손바닥으로 눌렀다. "미란다가 다시 들어와서 행사 준비를 맡아달라고 계속 들볶더라고. 내 말 오해하지는 말아줘. 그래서 기분이 좋긴 하지만 암만 봐도 그녀가—"

"에밀리. 내 아들 일에 대해 설명해줄래?"

에밀리가 손을 흔들었다. "내가 너 때문에 너무 바빠서 지금 당장은 도울 수가 없다고 했거든. 그랬더니 뭐가 문제냐고 묻더라고. 그러니까, 진작 해결 못한 이유가 뭐냐고. 내가 그랬지, 현직 상원의원하고 정면 승부하기가 쉽지 않다고. 그랬더니 내 면전에 대고 웃음을 터뜨리더라, 그럴 줄은 알았지만. 자기가 처리해주겠대, 한 육십 초면 될 거라고. 그래서 어디 한번 해보라고 했지."

"어디 한번 해보라고? 그게 정확히 무슨 뜻이야?"

"네가 원하는 게 뭐냐고 묻길래 해리라고 했어. 나더러 그레이엄에게 들이밀 지저분한 비밀이 있으면 알려달라길래 리스트를 만들어서 이메일로 보냈지. 그랬더니 그녀가 알아서 처리했어."

"알아서 처리했다고?"

"너 계속 내가 한 말을 따라 한다?"

"내가 비밀 지켜달라고 그렇게 신신당부했는데 그녀한테 고등학생 때 치어서 죽인 그 여자아이 얘기를 했단 말이야?" 카롤리나는 완벽한 행복으로 따뜻했던 느낌이 금세 분노로 바뀌었다.

"응."

"정관수술도?"

"아, 그건 내가 이미 그레이엄한테 말했어. 그러니까 그게 이런 결정을 내리게 된 원투펀치였을 수 있겠다."

"에밀리! 그건 공개할 내용이 아니었어. 우리끼리만 아는 거라고."

"해리 때문이잖아. 나도 알아. 바보 아니야. 미란다는 그걸 언론에 터뜨리지 않았어. 그레이엄한테 터뜨렸지. 분명 뜬금없이 그에게 전화해 자기가 휘트니 대통령의 사회 활동 담당 비서관으로 몇 개월 동안 근무했던 이력을 상기시켰을 거야. 리건의 아버지 휘트니 대통령 말이야. 그 사람 기억하지? 미란다와 대통령이 공적으로 얼마나 긴밀한 관계인지도. 아마 미란다가 단도직입적으로 얘기했겠지. 딸과 조만간 약혼할 남자가 연루된 몇 가지 사건에 대해 들으면 휘트니 대통령이 아주 불쾌해할 거라고. 그에게 고민거리를 잔뜩 안겼을 거야."

"오 마이 갓." 카롤리나가 할 수 있는 말은 그게 전부였다.

"언론의 개입도 없고 공개 성명이나 불미스러운 사찰도 없어. 대가의 반열에 오른 여자의 고전적인 흔들기. 그녀는 협박의 지존이야. 강요의 1인자야. 또—"

"알아들었어." 카롤리나는 로제와인 병을 집어서 에밀리의 잔을 가득 채우고 남은 건 자기가 다 마셨다.

"그래, 다 마셔라. 나는 어차피 컨디션이 엿같으니까." 에밀리가 말했다. "그래도 주말에 만나는 걸로는 부족하지 않아?"

카롤리나는 에밀리를 노려보았다. "올해 들어서 딱 다섯 번 만났어."

"카롤리나." 에밀리는 그 이름을 입에 담는 것 자체가 지친다는 투로 그녀를 불렀다. "언제쯤이면 세상의 하인이 아니라 주인처럼 굴래? 너 여기서 무슨 잘못 저지른 적 있어? 누구한테 해코지한 적 있어? 누구 속일 기회라도 노리고 있어? 아니잖아. 그냥 평범하게 살면서 아들을 만나고 싶을 뿐이잖아. 내 기준으로는 뭐 그리 신나는 일도 아닌 것 같다만 그거야 각자 결정할 일이고."

"지금 그게 무슨 소리야?"

"미란다 프리스틀리가 주말에 만나는 정도면 되겠거니 생각했고 그레이엄이 거기에 동의했다고 해서 너까지 그래야 하는 건 아니라고! 빌어먹을 전화기 들어서 그 인간한테 전해, 해리를 초트에 통학생으로 전학시키고 너랑 같이 살게 하지 않으면 협상 결렬이라고. 아니면 다른 학교도 좋다고 해. 여기가 빌어먹을 그리니치인데 일 년에 5만 달러 줄 테니 7학년짜리 좀 가르쳐달라고 하면 쌍수 들고 환영하는 학교가 열댓 군데는 될 거다. 할 수 있어!"

가슴에 얹혀 있던 묵직한 돌을 누가 치워준 기분이었다. 카롤리나는 원하는 걸 손에 넣는 법을 본능적으로 아는 이 여자에게 경외심을 느끼며 에밀리를 그저 빤히 쳐다보았다. 에밀리 말이 맞았다. 그레이엄이 해리를 코네티컷에 있는 기숙학교로 보낼 만큼 리건과의 관계에 목을 맨다면 조금 더 밀어붙여 해리와 일주일 내내 같이 지내겠다고 해볼 여지가 있었다. 그녀는 전화기를 꺼내 문자메시지를 입력하기 시작했다가 짧고 강한 메시지가 낫겠다는 결론을 내리고 곧바로 전부 지웠다. 그녀는 트립과 미리엄도 수신자 명단에 추가했다.

오해가 있었던 모양이야. 나는 해리가 그리니치에서 나랑 계속 같이 지내길 원해. 학교는 당신 마음대로 선택해. 남들한테는 해리가 기숙학교 다닌다고 해도 돼. 그래야 면이 서겠다면. 하지만 아니야—그 아이는 졸업할 때까지 한 해도 빠짐없이 매일 밤 내 집에서 잘 거야. 해리가 당신과 정한 날짜에 베세즈다로 얼마든지 당신을 만나러 가도 좋지만 그때가 아닌 이상 나랑 같이 지낼 거야. 그리고 이걸 서면으로 작성해 정식으로 명문화하고 싶어.

그녀는 자신의 모든 발언에 좀더 정당성을 부여하고 싶었지만 참았다. '전송'을 누르고 나니 숨쉬기가 어려웠다.

삼십 초 만에 점 세 개가 떴고 거의 이 분 동안 깜빡거림이 계속됐다. 그러다 사라졌다. 잠시 후에 점이 다시 등장했다가 다시 사라지자 카롤리나는 이러다 심장마비로 죽을 수도 있겠다는 생각이 들었다. 그쪽에서 제안을 아예 철회할까? 리건과의 결혼을 포기하고 해리를 계속 베세즈다에서 키우겠다고 할까? 해볼 테면 해보라며 그녀에게 엿이나 먹으라고 할까? 카롤리나는 전화기를 손에 쥐고 왔다갔다하다가 손바닥에 땀이 차서 두 번이나 떨어뜨렸다.

마침내 답장이 도착한 다음에야 카롤리나는 그때까지 자기가 숨을 참고 있었다는 것을 알았다. 그녀는 분명 파도처럼 밀려들 실망감에 대비해 마음의 준비를 하며 숨을 토하고, 눈물 사이로 그가 보낸 단 두 글자에 시선을 고정했다. OK. 두 글자 모두 대문자였다. 단서도 협박도 협상도 언쟁도 없었다. 잠자코 동의, 그뿐이었다. 아들이 다시 그녀에게로 돌아왔다.

## 28
# 손톱만한 앰비언 한 알

### 에밀리

에밀리는 카롤리나가 거실을 박차고 나가 그녀의 방으로 달려가는 것을 지켜보았다. 미리엄이나 이모나 다른 누군가에게 전화해 이 희소식을 알리려는 것이었다. 에밀리도 당연히 기뻤지만 패잔병이 된 듯한 기분이 들기도 했다. 어쩌면 내가 정말 패잔병이라 그런 걸지도 모르지. 그녀는 멍하니 채널을 돌리며 생각했다. 에밀리는 모든 계획을 철저하게 준비했다. 카롤리나를 엄마로 변신시키고 새로운 메시지를 전달하는 작전을 훌륭하게 진두지휘했다. 그녀를 설득해 유타의 재활센터에 입소시킨데다 거기서 황홀한 밤을 선물했고, 입소문의 진원지가 될 그리니치의 여성 오찬 회동에서 그녀의 재기를 도모했다. 하지만 카롤리나가 가장 원했던 선물을 안겨주지는 못했다. 솔직히 역부족이었다. 상황이 긴박해지자 미란다가 개입해 마무리를 지었다. 덕분에 에밀리의 사업에 힘이 실릴지 몰라도—일주일 안에 킴 켈리 쪽에서 연락을 하지 않으면 그녀는 무슨 짓이든 할 용의가 있었다—그건 그녀가 거둔 성과가 아니었다. 그리고 절대적으로 확실한 사실이 한 가지 있었다. 미란다가 선의에서, 에밀리를 아끼기 때문에 아니면 얼굴도 모르는 아이의 안위가 걱정돼서 그녀를 도운 게 아니라는 것이었다. 어느 정도 기간 동안 미란다에게 빚을 갚아야 할까? 그녀는 그야말로 악마와 거래를 한 셈이었다.

에밀리는 테이블 너머로 손을 뻗어 잔을 집을 기운도 없어서 카롤리나가 새로 딴 와인 병을 입에 대고 길게 한 모금 마셨다. 그래도 밤새도록 그녀를 괴롭힌 메슥거림은 여전했고 기분좋게 알딸딸한 느낌 비슷한 것조차 느낄 수 없었다. 그녀는 짜증과 피곤과 이미 반쯤 시작된 숙취를 달래며 소파에서 몸을 일으켜 침대로 향했다. 칫솔에 치약을 짜서 이러다 잇몸이 다 주저앉겠다 싶을 정도로 있는 힘껏 이를 닦기 시작했을 때 무언가가 그녀의 눈에 들어왔다. 그 키트가 세면대 옆에서 누군가가 알아봐주길 기다리고 있었다. 에밀리는 치약을 뱉고 막대를 형식적으로 확인했다. 두 줄의 밝은 빨간색 선이 이보다 더 선명할 수 없었다. 그녀는 부아를 내며 막대를 쓰레기통에 버리고, 아무 고민 없이 치실을 하고 소변을 보고 세수를 했다. 빌어먹을 임신 테스트기는 계속 틀리는데 뭐하러 쓰는 거야?

넷플릭스로 〈나르코스〉를 보다 잠이 들었을 때—아이패드가 얼굴을 때렸는데도 깨지 않았다—누군가가 그녀를 흔들어 깨웠다.

"에밀리. 에밀리! 일어나." 카롤리나가 미친듯이 외쳤다.

"으음. 왜?" 왠지 정신을 잃은 지 삼 초밖에 지나지 않은 것도 같았고 사흘이 지난 것도 같았다.

"일어나! 당장. 눈 좀 떠봐!"

에밀리는 순순히 시키는 대로 하다가 공포에 질린 카롤리나를 보고 벌떡 일어났다. "왜? 미란다한테 무슨 연락 왔어? 너 어디 아파? 무슨 일이야?" 이렇게 물으며 쓰고 있던 헤드폰을 홱 벗어버리자 아이패드가 와장창 바닥으로 떨어졌다.

"너 임신했다는 걸 어떻게 나한테 얘기도 안 할 수 있어?" 카롤리나가 어찌나 얼굴을 바짝 들이밀고 묻는지, 그녀의 입에서 나는 민트 냄새를 맡을 수 있을 정도였다.

그 말을 듣고 에밀리는 웃음을 터뜨렸다. "임신 아니니까! 그런 일로 나를 깨웠단 말이야?"

"에밀리. 두 줄 뜬 임신 테스트기 화장실에서 봤어!" 카롤리나는 이제 감정을 주체하지 못하고 히스테리 환자처럼 굴었다. 왜 저렇게 소리를 지를까? 시끄러워서 돌아버리겠네.

"제발 진정 좀 해. 응?" 에밀리는 말하며 이불을 겨드랑이 아래까지 끌어올렸다. "나 임신 아니야."

"임신 아니라고? 그럼 화장실에 있는 그 테스트기는 누가 한 거야?"

에밀리는 카롤리나를 쳐다보았다. "너 전용 화장실 있지 않아? 아니, 한두 개도 아니면서!"

카롤리나는 저러다 튀어나오겠다 싶을 정도로 눈을 동그랗게 떴다. "휴지가 떨어져서 바로 옆 화장실에 하나 가지러 갔더니 세상에! 두에인 리드 약국 임신 테스트기 코너가 그 안에서 폭발한 줄 알았어. 게다가 다 양성이라니! 그걸 사방팔방에 늘어놓고는 이제 와서 프라이버시 어쩌고 하면서 헛소리할 생각은 하지 마. 어쩜 좋아, 에밀리, 내가 다 기쁘다." 마지막 말은 비명처럼 터져나왔고 에밀리는 카롤리나가 울기 직전이라는 것을 알 수 있었다.

"눈물샘 터뜨리기 전에 내 말 좀 들어봐. 나 임신 아니야. 뱃속에 루프가 있다고! 아니, 있었다고 해야 하나. 불과 얼마 전까지. 그리고 생리 주기가 정상으로 돌아오지 않은 건 호르몬 때문이야. 마지막으로 한 게 언젠지 기억이 안 나서 테스트 좀 해봤어. 네가 그걸 휴지처럼 쟁여놓았을 줄이야. 심각하게 생각한 건 아니었는데—내가 임신했을 리는 없으니까—아니나다를까, 거짓 양성이 나오더라."

"거짓 양성?"

에밀리는 고개를 끄덕였다.

카롤리나가 침대에서 벌떡 일어나 미친듯이 두 팔을 흔들었다. 에밀리의 눈에 이 멋진 친구가 바보 같아 보인 건 아마도 이때가 처음이자 마지막이었을 것이다. "에밀리! 세상에 거짓 양성이라는 건 없어!"

카롤리나가 단호하게 딱 잘라 말하는 것을 보고 에밀리는 멈칫했다. 그녀의 말이 맞을 수도 있을까? 아니다, 그럴 리 없었다. "없을 리가 있나."

"아니 정말 말이 안 나오네!" 카롤리나는 숨을 헐떡였다. "에밀리. 임신하면 소변에서 어떤 호르몬이 감지돼. 그러면 테스트기의 두번째 줄이 활성화되는 거야. 테스트기가 호르몬을 감지하지 못해서 거짓 음성 반응이 나올 수는 있어도 거짓 양성은 나올 수가 없어. 있지도 않은 걸 감지할 리는 없으니까."

에밀리는 한 대 얻어맞은 심정이었다. "확실해?"

"나는 지난 오 년 동안 임신을 시도하는 데 거의 모든 시간을 바쳤잖아. 그런 내가 약국에서 파는 임신 테스트기가 어떤 식으로 작동하는지도 모를 것 같아?"

에밀리는 떨떠름하게 시선을 들어 카롤리나와 눈을 맞추었다.

"너는 임신이야. 확실해."

"하지만—"

"내일 너를 병원에 데려가서 정식으로 확인을 받겠지만 내 평생 이보다 더 확실하게 장담할 수 있었던 일이 또 있었을까 싶은데."

에밀리는 다시 배를 한 대 얻어맞은 듯한 기분이었다. 그녀는 숨을 들이마셨다. "그럴 리 없어."

"왜? 여기에 무슨 엄청난 미스터리가 숨어 있는 것도 아니고."

"그렇지. 하지만 뱃속에 루프가 있었단 말이야!"

카롤리나는 어이없어하는 표정을 지었다. "루프가 있었다고? 그러니까 예전에는 루프가 있었는데 지금은 없다는 거 아니야?"

"십 년 동안 있었어!" 에밀리는 쏘아붙였다. "참고로 중간에 한 번 갈았고, 그러다 지난번 걸 제거했을 때 다시 넣을 생각이었는데 내가 고른 게 주문이 밀렸고, 병원에서 입고됐다고 연락을 받았을 때 예약을 잡으려고 했는데……"

"안 잡았구나?"

"바빴단 말이야! 다른 건 둘째 치고 너를 돕느라. 게다가 마일스는 항상 끝에 빼. 거의 항상. 그리고 나는 남은 난자가 기껏해야 세 개밖에 안 될 거야."

카롤리나가 이마에 손을 대고 잠깐 회한에 찬 표정을 지었다. 그리고 에밀리 옆으로 와서 침대에 앉았다. "네가 바라던 결과가 아니라는 걸 이제 알겠다. 하지만 이게…… 나쁜 일이 아닐 수도 있어."

"부탁할게. 그만해줘. 나 이제 다시 침대에 눕고 싶어." 에밀리는 흥미진진한 양피지 문서라도 되는 듯 자기 손을 들여다보았다.

"내일 날이 밝자마자 병원 예약할게."

"시간 낭비야."

"됐어."

카롤리나가 밖으로 나가려다 말고 걸음을 멈추었다. 하지만 에밀리가 잠시 후에 슬쩍 보니 카롤리나는 나가서 등뒤로 문을 닫은 뒤였다.

에밀리는 숨을 토했다. 솔직히 고백하자면 눈치를 챈 지 좀 됐다. 문제는 얼마나 됐느냐는 거였다. 거의 끊길 줄 몰랐던 울렁거림이 전면적인 메스꺼움으로 바뀐 게 언제였을까? 예전에는 좋았던 담배 냄새에 속이 뒤틀리기 시작한 게 언제였을까? 가슴이 전과는 전혀 다른 방식으로 욱신거리기 시작한 게 언제였을까? 바지가 너무 껴서 교외의 로봇 같은 엄마들처럼 룰루레몬을 입게 된 게 정확히 언제였을까? 향신료가 듬뿍 들어간 참치 롤에 구역질이 나기 시작한 게 언제였을까? 그녀는 벌써 몇 주 전부터 자신을 속여오고 있었다. 그보다 더 전부터였을까? 맙소사, 기억이 잘 나지 않았다. 하지만 오늘 저녁에 손세정제를 찾으려고 세면대 아래를 뒤지다 임신 테스트기의 노다지를 맞닥뜨렸을 때 한번 테스트를 해보자는 생각이 들었다. 심각한 월경 전 증후군이거나 바이러스 감염 때문이거나 기타 등등이라는 걸 확인하는 차원에서. 식중독일 수도 있지 않을까? 최악의 경우에는 선열. 하지만 첫번째가 양성으로 나왔고 그다음도 마찬가지였다. 이후로 여섯 개가 더 그랬다. 이 테스트기가 전부 한 묶음에서 나온 거라면 그 묶음이 몽땅 맛이 간 게 아닐까?

그녀는 지금과 같은 비상사태에 대비해 침대 옆 테이블에 놓아두는 약병을 집어 손바닥 위로 수면제를 한 줌 쏟았다. 5밀리그램짜리 앰비언, 5밀리그램짜리 벨솜라, 2.5밀리그램짜리 루네스타가 있었다. LA에 사는 정신과의사를 친구로 둔 덕분에 아티반이 열두어 알 있었고, 가장 최근에 비행기를 탔을 때 옆자리 노파에게 입수한 자낙스도 대여섯 알 있었다. 심지어 완전히 구닥다리로 전락하기는 했지만 그래도 그녀의 기준에서는 훌륭하기로 금메달감인 발륨도 몇 알 있었다. 사는 게 너무 힘들어서 칵테일로는 해결이 안 될 때 이 마법의 약이 유일한 구원이었다. 그녀는 열심히 분류하고 숫자를 세며 각각의 장점과 단점을 놓고 고민했다. 신나게 취했다가 다음날 아침 숙취에 시달릴 것인가 아니면 재미없긴 해도 입 마름을 걱정할 필요 없이 침대로 직행할 것인가. 믿음직한 오랜 친구 앰비언으로 결정하고 물병 뚜껑을 땄을 때 섬뜩한 이미지가 그녀의 머릿속에 떠올랐다. 팔이나 다리가 없는 귀여운 갓난아이가 당신 때문에 이렇게 됐어, 라고 말하는 듯한 표정으로 미친듯이 악을 쓰는 장면이었다. 에밀리는 말도 안 된다고, 헤로인 중독자들도 날이면 날마다 팔다리 멀쩡한 아이를 낳는데 손톱만한 앰비언 한 알은 아무 상관 없다고 속으로 되뇌며 그 이미지를 떨쳐버리려고 했지만 아무리 애를 써도 떨쳐지지 않았다.

"썅." 그녀는 중얼거리며 손바닥 위로 쏟아놓았던 알약을 조심스럽게 다시 병에 넣고, 아이들은 열 수 없게 만든 뚜껑을 닫은 다음 벽에 대고 던졌다. 불을 끄고 얼굴 위로 베개를 덮었다. 아주 긴

밤이 될 것 같았다.

워너 선생은 한 손을 에밀리의 몸속에 넣고 별로 부드럽지 않게 누르며, 캄캄한 동굴 속을 지나가는 용감무쌍한 탐험가처럼 고도로 집중하는 표정으로 위를 올려다보았다.

"조심스럽게 추측하건대 얼추 십육 주 정도 됐네요. 하지만 이제 초음파를 보면 훨씬 정확하게 알 수 있을 거예요."

의사는 에밀리의 몸속에서 손을 빼고 장갑을 벗고 차트에 뭐라고 적었다.

미리엄이 비명을 질렀다. "십육 주요? 이럴 수가, 그럼, 뭐, 진짜 잖아요. 거의 사 개월이잖아요! 거의 반이나 지난 거잖아요!"

"제발 그만 좀 해줄래?" 에밀리는 그녀에게 쏘아붙였다. 방금 전에 심장이 펄떡거린 이유가 불안해서인지 신이 나서인지 입덧 때문인지 알 수가 없었다.

"미안. 쏘리. 너무 흥분이 돼서 그랬어."

에밀리는 그녀를 노려보았다. "카롤리나는 산부인과에 오면 감정이 주체가 안 돼서 네가 같이 온 거잖아. 지금 나는 조용히 응원해주는 사람이 필요해."

"알았어."

"말없이 응원해주는 사람이 좋겠다."

미리엄이 고개를 끄덕였다.

워너 선생은 그들의 대화를 못 들은 체하고 있었지만, 에밀리는 그녀가 애써 웃음을 참고 있다는 것을 알 수 있었다.

"좋아요, 에밀리, 이제 일 분이면 돼요." 의사는 말하며 하얀 막대에 콘돔을 씌우고 꼭대기에 투명한 젤을 뿌렸다. 조명을 어두침침하게 만들고, 바퀴 달린 받침대에 놓인 화면을 에밀리가 누워 있는 진찰대 가까이 끌고 와 막대를 그녀의 몸속으로 넣었다.

에밀리는 숨을 참았다. 아프지는 않았다. 사실 거의 아무 느낌도 없었다. 하지만 이로써 모든 게 현실이 될 것이었다. 지금까지는 모두 설명의 여지가 있었다. 집에서 한 열몇 번의 테스트. 오늘 아침 병원에서 한 소변검사의 양성반응. 내진. 모두 오류의 가능성이 있었고 최소한 해석의 여지가 있었다. 하지만 전에 없던 태아가 화면에 뜨면—그 태아의 심장소리를 들으면—부인하기가 좀더 어려워질 것이었다.

"에밀리, 여길 보세요." 워너 선생이 화면에 뜬 검은색 부분을 가리켰다. 거친 수면 위에 떠 있는 해파리처럼 무언가 축 늘어져 있었다.

말발굽소리가 진찰실을 가득 채웠다.

"무슨 소리예요?" 에밀리는 놀라서 물었다.

"미안해요, 볼륨을 너무 높여놓았네요." 워너 선생이 스위치를 돌리자 말발굽소리가 아주 빠르게 뛰는 심장소리와 흡사해졌다. "아이가 건강하네요, 에밀리." 그녀는 막대를 좀더 돌리고 키보드로 화면상의 이미지에 표시를 하며 치수를 쟀다. "내가 거의 알아맞혔네요. 십오 주 이틀이에요. 성별 알고 싶어요?"

"아뇨!" 미리엄이 외치고 나서 손으로 자기 입을 틀어막았다. "미안. 나중에 아는 것도 좋지 않을까 싶어서. 살면서 진짜 놀랄 일도 별로 없잖아. 나는 세 아이 모두 성별을—"

"워너 선생님?" 에밀리는 미리엄을 이길 수 있을 만큼 큰 목소리로 상냥하게 물었다. "제 몸이고 제 아이고 제가 결정할 부분이잖아요. 성별 알고 싶어요."

의사는 에밀리가 살짝 움찔할 정도로 막대를 왼쪽 끝으로 옮기고 다시 화면을 가리켰다. "보이죠? 저기요. 딸이에요. 딸이 태어날 거예요."

"오 마이 갓. 딸이요? 진짜예요?" 에밀리는 자제하고 말고 할 겨를도 없이 쏟아냈다. '제 아이'라는 말을 한 것부터 이미 머리가 띵한데, 이건 거의 감당하기 버거운 소식이었다. 그녀의 뱃속에 정말 여자 아기가 들어 있단 말인가? 심장이 뛰고 있고, 그녀가 받아들이면 점점 자라 진짜 살아 있는 인간이 될 아기가?

"혈액검사 결과가 나오기 전까지 100퍼센트 장담은 못하지만 맞아요, 내가 보기에는 분명 딸이에요."

"오 마이 갓. 오 마이 갓. 오 마이 갓." 에밀리는 다른 말은 하고 싶지도 않고 할 수도 없었기에 이 말만 계속 반복했다. 마침내 미리엄도 같이 있다는 사실을 기억해내고 고개를 돌려 어깨 너머로 친구를 찾았을 때 에밀리는 미리엄이 울고 있는 것을 보고 놀랄 이유가 없었다.

"미안." 미리엄이 얼굴을 닦으며 통곡했다. "정말 미안. 지금은 네가 주인공인데. 나도 침착해야 한다는 거 알아. 하지만 너무 기뻐서 어쩔 줄을 모르겠어. 딸이라니! 이보다 더 좋은 소식이 어디 있겠어?"

의사가 에밀리의 파일을 덮고 문을 열었다. "축하드려요. 이제 옷 입으시고 상담실에서 전반적인 절차를 의논하기로 해요. 괜찮죠?"

"좋아요." 에밀리는 대답했지만 꺽꺽거리는 소리에 가까웠다.

문이 닫히자마자 미리엄은 진찰대 위로 몸을 던지다시피 했다. 그리고 휴대전화를 꺼내 미친듯이 자판을 누르기 시작했다.

"너 지금 뭐하는 거야? 설마 동네방네 소문내려는 건 아니겠지?" 에밀리는 물었다. 아직 마일스에게도 이 소식을 전하지 않았다.

"당연히 아니지. 잠깐 기다려봐. 오. 여기 있다. 예정일 계산기. 오늘이 8월 28일이고 지금 십오 주 이틀이 맞는다면 네 출산 예정일은…… 2월 20일이야!"

"2월? 한겨울? 일 년 중에 제일 칙칙한 달? 그때는 심지어 LA조차 우울한데! 아이 생일이 2월인 건 싫어!"

이 말을 듣고 미리엄은 깔깔대며 웃었다. "넌 진짜 말도 안 되게 황당하다니까? 그래도 정말 잘됐다."

에밀리는 새롭게 기운이 샘솟는 것을 느끼며 벌떡 일어나 속옷과 청바지를 입었다.

미리엄이 그녀를 지켜보았다. "T팬티는 전부 버릴 준비해. 섹시한 브라도. 란제리를 거의 대부분 처분해야 할 거야. 앞으로는 면이랑 스판만 생각해. 고무줄 바지도. 이제는 아이스크림을 와구와구 목구멍으로 쑤셔넣어도 죄책감을 눈곱만큼도 느낄 필요가 없어. 아오, 말하고 나니까 막 질투가 나려고 한다."

에밀리는 구역질하는 소리를 냈다. "내가 그럴 가능성은 정확히 0퍼센트야." 이제 겨우 십오 주밖에 안 됐는데도 그녀는 그날 아침에 제일 잘 늘어나는 룰루레몬 레깅스를 입고 싶은 마음을 꾹 누르며 청바지 속으로 몸을 욱여넣어야 했다.

"마일스한테 연락해야겠다. 어휴, 내가 지금 이 소식으로 그의 인생을 뒤집어놓게 생겼네."

"마일스가 너보다 더 좋아할까?"

"나 좋지 않아!" 에밀리는 반사적으로 외쳤다. 그녀는 필사적으로 사나운 표정을 지으려고 했지만—원래는 노력하지 않아도 저절로 지어지는 표정이었다—자꾸만 미소가 나오는 것을 어쩔 수가 없었다.

"이것 봐. 이럴 줄 알았다니까? 정식으로 확인하면 흥분할 줄 알았다고! 카롤리나는 네가 망상에 빠져서 정신을 못 차린다고, 임신으로 밝혀지면 건물에서 뛰어내릴 거라고 했지만, 나는 그러지 않을 거라는 걸 알았지."

에밀리는 손목시계를 흘끗 확인하고는 미리엄에게 물었다. "앞으로 한 시간 동안 뭐해?"

"나? 아무 스케줄 없어. 뭐, 사실, 새로 입주한 사무실에 갈 생각이었지만—"

"으응. 재밌겠다. 하지만 오늘은 내가 주인공이야. 의사 선생님한테 주의사항 듣고 나면 나랑 같이 어디 좀 가줄래?"

"당연하지. 어디든 좋아. 카벨? 데어리 퀸? 맥도날드? 파티를 시작하자!"

에밀리는 질색하는 표정으로 한 손을 들었다. "그만."

"임신중에는 먹는 게 유일한 낙이잖아. 술도 안 되고 담배도 안 되고 약도 안 되니까. 격한 운동도 안 돼, 나하고는 상관없는 제약이었지만. 격렬한 섹스도 안 돼. 그 또한 나한테는 별문제가 되지 않았지만. 아무튼 남는 게 거의 없어." 미리엄이 말했다.

"쇼핑은 할 수 있잖아." 에밀리는 말하고 고야드 토트백을 어깨에 걸쳤다. "버그도프백화점에 가자. 아주 앙증맞고 아주 비싸고 어마어마하게 비실용적인 클로에 퍼 베스트 사러. 신생아 사이즈로. 어때?"

미리엄이 얼굴을 환히 빛냈다. "좋아."

29

# 뭐가 됐든 할 마음이 있어

미리엄

미리엄은 새로 입주한 사무실의 책상에서 강을 내다보며 혼자 미소를 지었다. 11월 중순이라 낙엽이 마침내 떨어지고 밤에는 서리가 내렸지만 오늘은 기분좋게 화창하고 따뜻했다. 1층 샐러드 가게에서 애슐리와 점심을 먹으러 나서려는 찰나, 사무실 전화벨이 울렸다.

"미리엄 케이건입니다." 그녀는 전화를 받으며 전문직 같은 자기 말투에 만족했다. 사무실로 출근하고 새로운 업무를 시작한 지 몇 달밖에 되지 않았지만 일이 얼마나 재미있는지 놀라울 정도였다.

"음. 안녕하세요. 저기……" 잠깐 정적이 흐른 뒤 남자가 뭔가를 보고 읽는 듯한 목소리로 물었다. "미리엄 케이건 씨 계신가요?" 다만 그의 발음은 '캐-간'에 가까웠다.

"전데요. 실례지만 누구시죠?"

"안녕하세요. 저는 BPD 소속 루이스 경관입니다. 베세즈다 경찰서요."

"루이스 경관님, 답신 전화 주셔서 감사해요." 미리엄은 이렇게 말했지만, 지금까지 한 열댓 번의 통화와 다를지 모른다는 기대는 하지 않았다. 미리엄은 정보공개법과 적재적소에 자리잡고 있는 변호사 친구들을 활용해—그리고 실토하자면 그녀가 갖춘 고도의 페이스북 스토킹 기술을 활용해—카롤리나가 체포됐던 날 밤에 당직이었던 경관의 명단을 거의 완벽하게 입수하고 지난 두 달 동안 수십 건의 메시지를 남겼다. 그리고 답신 전화를 한 그들 거의 대부분과 통화했지만 쓸 만한 정보는 하나도 건지지 못했다. 그들은 카롤리나가 유치장에서 하룻밤을 보낸 건 기억한다고 했다. 누군들 기억하지 못하겠는가. 전직 빅토리아 시크릿 모델—관심 분야가 다른 경우라면 현직 상원의원의 아내—이 유치장 신세를 지다니 날이면 날마다 있는 일이 아니었다. 그들은 당시 그녀가 음주운전으로 체포된 걸 알고 있었다. 개중 몇 명은 해리와 그 친구들을, 나중에 그들을 태우러 온 일레인도 본 걸 기억했지만 나머지는 아니었다. 상관없었다. 카롤리나가 끌려왔을 때 술에 취한 상태로 히스테리를 부렸고 음주 검사와 채혈을 차례대로 거부했다는 신문 기사와 다른 얘기를 하는 경관은 한 명도 없었다. 다들 영장이 발부되자 일반적인 절차에 따라 음주 검사가 실시됐을 거라고 추정했지만 그랬다고 장담하는 사람은 아무도 없었다.

"별말씀을요. 그리고 방금 전에는 BPD 소속이라고 했지만 사실 지난달에 퇴직했어요. 아버지가 편찮으셔서 아버지 사업을 같이 하려고요. 그래도 법적으로는 제가 경찰이 아니라는 걸 밝혀야 하지 않을까 싶어서요."

"네." 미리엄은 말했다. "잘 생각하셨어요."

루이스 경관은 헛기침을 했다. "네, 감사합니다. 아무튼 이 얘기를 진작 공개하지 않은 게 후회스럽지만 그랬더라면…… 일이 복잡해졌을 거예요. 상관이며 이것저것 때문에."

미리엄은 숨을 훅 들이마셨다가 전직 경찰관에게 흥분한 기미를 들키지 않았길 바랐다. "그러셨군요." 그녀는 최대한 달래는 투로 말끝을 길게 늘였다.

"이 대화 비공개죠?"

"그럼요."

"저기, 하트웰 부인이 여러 음주 검사를 거부했다는 기사를 여기저기서 읽었지만 제가 기억하기로는 그렇지 않았어요. 사실 정반대였죠."

"확실한가요?"

"네. 음주 검사를 받게 해달라고 계속 말했어요. 사실상 애원했다고 봐야죠."

"그래요?" 카롤리나도 애초부터 그렇게 주장했지만 미리엄은 이렇게 물었다.

"네. 여러 번이요."

"확실한가요?"

"명확하게요. 제가 그날 밤에 부인의 조서를 작성한 당직 경관이었어요. 교대시간이 돼서 담당이 모두 자리를 비웠기 때문에 제가 서류를 마무리지어야 했어요."

"그렇군요." 미리엄은 중얼거렸다. "그리고 그녀가 음주 검사를 받게 해달라고 애원했던 걸 분명히 기억하신단 말씀이죠?"

"네."

"그런데 음주 검사를 실시하지 않은 이유를 여쭤봐도 될까요? 음주 운전 혐의가 있는 경우 그게 원칙 아닌가요?"

"네, 대개는요. 하지만 이 경우에는 커닝햄 서장님이 음주 검사를 생략하라고 했어요. 하트웰 부인은 VIP라면서요."

"그러니까……?"

"자기 부인이 음주 운전으로 체포되면 하트웰 상원의원이 좋아하지 않을 거란 말이죠. 원칙을 어기려니까 꺼림칙하긴 했지만 민감한 상황이라는 건 이해했어요."

"그러게요, 저도 이해해요." 미리엄은 애써 동조하는 투로 말했다.

"진작 전화를 드렸어야 하는데……"

미리엄은 그가 자신을 보지 못하는데도 고개를 끄덕였다. "별말씀을요, 루이스 경관님. 누구라도 경관님이 망설일 수밖에 없었던 이유를 이해할 거예요. 하지만 이제 자리에서 일어나 오해를 바로잡아주시겠어요? 경찰 조직에서 나오셨으니 일신상의 불이익은 없을 거예요. 그리고 하트웰 부인은, 어쩌다보니 엄청난 고통을 겪게 된 그 훌륭한 사람은, 죽을 때까지 그 신세를 잊지 않을 테고요."

잠깐 정적이 흘렀다. "제 이름을 쓰실 건가요?"

"네." 미리엄은 딱 잘라서 말했다. "그 방법밖에 없어요."

또다시 정적이 흐르자 미리엄은 숨을 참고 기다렸다. 잠시 후 그가 말했다. "좋아요. 할게요."

그들은 돌아오는 금요일에 만날 시간과 장소를 정했고 전화를 끊었을 때 미리엄은 허공으로 주먹을 날렸다. 그리고 핸드백과 외투를 집어들고 문을 잠그지도 않은 채 계단을 달려내려갔다. 그녀와 한 공간을 쓰는 사람들은 느슨한 관계의 가족이나 비슷했다. 매일 아침마다 커피를 마시며 날씨 욕을 했고 가끔 퇴근 후에 같이 술 한잔씩을 했다. 서로 택배에 대신 사인하고 남의 손님을 맞이하고 최신 뉴스와 다이어트 팁을 공유했다. 미리엄은 대라라는 이름의 심리치료사와 친해졌고 그녀에게 끌려가 필라테스와 킥복싱이 결합된 수업을 일주일에 세 번씩 들으면서 벌써 사이즈를 두 단계 줄였다.

그녀가 숨을 헐떡이며 샐러드 가게 안으로 달려들어가자 휴대전화를 보고 있던 애슐리가 묘한 표정으로 고개를 들었다.

"늦어서 미안해요. 나오려는데—"

"미리엄?" 애슐리가 테이블 위로 몸을 내밀며 말허리를 잘랐다. "할 얘기가 있어요."

"에릭하고 다시 합치기로 했어요?" 미리엄은 물었다. 그녀는 시기가 문제일 뿐 그렇게 될 거라고 거의 확신하고 있었다.

애슐리가 입술을 비틀며 질색하는 표정을 지었다. "에릭이요? 어우, 그럴 리가요!" 어찌나 우렁차게 대답하던지 카운터를 지키는 점원들이 고개를 돌리고 쳐다볼 정도였다. "그 인간이 애슐리 매디슨에 등록된 여자들을 일일이 찾아다니며 떡을 치거나 말거나 관심없어요."

"그렇구나." 미리엄은 웃음을 터뜨렸다. "알겠어요."

"내가 남자를 만났거든요. 그냥 만났다고만 하면 안 되겠다. 사랑에 빠졌으니까. 그런데 사실 여기 사는 싱글 대디예요." 가게 안에 손님이라고는 그들 둘뿐인데도 애슐리는 목소리를 낮췄다. "지금까지 그의 존재를 모르고 있었다는 게 안 믿기지만 그리니치가 생각보다 넓은가봐요. 그리고 애들 나이도 다르고요."

"잘됐네요." 미리엄은 진심을 담아서 이렇게 말했다. 같은 도시에 살고 아이도 있는 이혼남이라니 이 끔찍한 시련에서 벗어날 가장 좋은 방법이 아닐까 싶었다.

"제일 끝내주는 부분은 따로 있어요." 애슐리가 몸을 내밀고 속삭였다. "영국 남자라는 거."

"와우!"

"끝내주게 잘생겼어요. 엄청, 엄청 섹시하고요."

"잘됐어요." 미리엄은 말했다. "나도 정말 기뻐요."

애슐리가 고개를 끄덕였다. "고마워요. 당신이 에밀리와 친구이고 하다보니 좀 어색하긴 하지만 그래도 다 같이 어른스럽게 대처할 수 있을 거라고 봐요. 그죠?"

"에밀리? 내 친구 에밀리요?"

애슐리가 미리엄을 빤히 쳐다봤다. "에밀리가 얘기 안 했어요?"

"뭐를요?"

"원래 나는 뒤에서 수군대지 않는 성격이지만—그리고 앨리스터도 둘 사이에 아무 일 없었다고 했고요—에밀리가 자기 번호로 그이한테 보낸 누드 셀카 사진을 봤어요."

"잠깐—에밀리 찰턴이요? 앨리스터라는 남자한테? 말도 안 돼. 걔가 그런 짓을 했을 리 없어요." 미리엄은 큰소리를 떵떵 쳤지만 속으로는 그렇게까지 자신 있지 않았다.

애슐리가 핸드백에서 자기 전화기를 꺼내 화면을 내리더니 미리엄에게 보여주었다.

미리엄은 실눈을 떴다. "그냥 맨가슴이잖아요. 이게 에밀리 가

습인지 어떻게 알아요!"

"왜 이래요, 미리엄. 내 전화기에 에밀리 번호가 저장돼 있다고요. 그녀가 나한테 자기 남자를 빼앗겼다고 생각하지만 않으면 돼요. 그 둘이 어떤 관계였는지는 내 알 바 아니지만—내가 에밀리 왕팬인 거 알잖아요—그녀가 둘 사이에 아직 뭔가가 남아 있다고는 생각하지 않았으면 해서요. 왜냐하면 그런 건 없거든요."

미리엄은 애슐리의 눈빛을 보고 왠지 모르게 웃고 싶어졌다. 그녀는 꾹 참으며 말했다. "에밀리한테 그 말을 전해줬으면 하는 거예요?"

애슐리는 곰곰이 생각하는 눈치였다. "당신의 판단에 맡길게요. 에밀리가 기분 나빠하지 않을 것 같으면요."

미리엄은 미소를 지었다. "에밀리가 어떤 반응을 보일지는 아무도 모를 일이지만 최선을 다해볼게요." 그녀의 휴대전화가 웅웅거려 흘끗 확인해보았다. 폴이 보낸 문자였다.

점심 먹었어?

지금 애슐리랑 먹으려고 나왔어. 애슐리한테 새 남자가 생겼대.

잘됐네. 왜냐하면 에릭은 새 여자가 세 명 생겼거든.

폴!

미안. 아무튼 오늘 저녁에 데이트할 곳 예약했어.

어디 갈 건데?

미리엄은 문자를 주고받는 데 너무 열중하느라 애슐리가 자리에서 일어난 줄도 몰랐다. "미안해요, 나 그만 가봐야겠어요." 애슐리가 말했다. "헤어숍에서 중간에 넣어줄 수 있다고 방금 전에 연락이 왔어요. 데이트하러 가기 전에 머리 드라이하고 싶어서요. 얘기 들어줘서 고마워요, 미리엄. 진짜 최고예요."

"아무때고 말만 해요. 그리고 나도 기뻐요. 당신은 그럴 자격이 있어요." 미리엄은 애슐리가 발바닥에 스프링이라도 달린 듯 청회색 레인지로버를 향해 걸어가는 모습을 지켜보았다. 잘됐지 뭐야. 그녀는 생각했다.

이번에는 휴대전화의 벨이 울렸다. "응, 자기야." 그녀는 전화를 받았다. "문자 답장하려던 참이었는데."

"얼른 한판 할 시간 돼?" 폴이 걸걸하고 섹시한 목소리로 물었다.

"아니!" 미리엄은 웃음을 터뜨렸지만 그가 물어봐줘서 고마웠다. 그들은 좀더 즉흥적으로 살아보려고 노력하는 중이었다. "방금 전에 애슐리가 가서 이제 사무실로 다시 들어갈 거야."

그녀가 카롤리나 사건이 새롭게 접어든 국면을 설명하는데, 누군가가 뒤에서 어깨를 꽉 붙잡았다. 미리엄은 펄쩍 뛰었다. 폴이 바로 뒤에 서서 씩 웃고 있었다.

"여긴 어쩐 일이야?" 그녀는 까치발을 하고 서서 그에게 입을 맞추며 물었다.

그는 아무 말도 하지 않았다. 그녀의 빈 커피 컵을 버리고 의자 등받이에 걸린 핸드백을 챙기고 그녀의 손을 잡았다.

"어디 가려고?" 미리엄은 어린애처럼 키득거리며 물었다. "나 아직 주문도 안 했는데."

"쉬이잇. 여인이여, 어찌 그리 잠시도 조용히 있지 못하는가? 당신 사무실에 있는 그 어마어마하게 비싼 담요 한번 써보자. 정말 그렇게 좋은지."

## 30
# 그 아가씨 배짱이 있네

### 카롤리나

밖에는 야트막하고 살짝 오래된 돌담과 화덕이 놓인 예쁜 판석 테라스가 있었고, 벽돌로 된 전면은 담쟁이덩굴로 덮였다. 안으로 들어오면 농가에 있음직한 큼지막한 개수대와 장작을 때는 벽난로 세 개가 있었고—안방의 하나를 포함하여—이보다 더 근사할 수 없는 노출 천장 들보가 모든 공용 공간을 장식했다. 작지만 그럴듯한 바닥물 수영장도 있었고, 무엇보다 지하에 실내스포츠 코트와 영화 상영실을 갖춘 화려한 마감의 오락실이 있어서 해리가 새로 사귄 학교 친구들과 재밌게 놀 수 있었다.

카롤리나는 새로 산 안락의자에 앉아 기지개를 켰다. 레스토레이션 하드웨어에서 산 빵빵한 특대 사이즈의 흉물이었지만 앉아 있으면 이래도 되나 싶을 정도로 행복해졌다. 플러시 벨벳 커버에서부터 리클라인 기능까지 모든 면에서 미소가 절로 나왔다. 그녀에게 필요한 크기의 세 배였지만 상관없었다. 완벽했다. 사실은 새

집 자체가 전체적으로 완벽했다. 아직 가구는 거의 없었다. 예전 집을 내놓았을 때 그레이엄이 선택했던 모든 것을 적극적으로 처분했다. 하지만 이 집은 많이 비었어도 그녀가 바라던 것 이상으로 따뜻하고 편안한 분위기를 풍겼다. 카롤리나는 예전 집을 사겠다는 사람이 나왔을 때 온라인 매물 리스트에 이 집이 새로 뜬 걸 보고 바로 덥석 물었다. 그리니치에서도 이른바 '오지'라고 불리는 동네라 훨씬 목가적이고 오붓했고 매력적인 프랑스 시골 같은 분위기를 간직하고 있었다.

카롤리나는 지하에서 해리와 다른 두 아이가 농구 골대를 향해 탁탁 슛을 날리는 소리를 들으며 미소를 지었다. 그날 아침 들어 어림잡아 열번째로 〈뉴욕 타임스〉를 펼치며 이보다 더 좋기는 어려울 거라는 생각을 했다. 그날 신문 1면, 반으로 접는 부분 바로 아래에 간단하게 한 문장이 실린 것으로 '카롤리나 작전'은 아름답게 막을 내렸다. **하트웰 상원의원의 아내 사건에 새로운 정보 등장.** 기사에 따르면 베세즈다 경찰서에서 퇴직한 루이스 경관이 경찰에 음주 검사를 받게 해달라고 "요청했을 뿐 아니라 사실상 애원했다"는 카롤리나 하트웰의 주장이 사실이라고 밝혔다. 관례에 따라 음주 검사를 실시하지 않은 이유를 두고 내무부와 베세즈다 지방 검사실에서 수사에 착수했다. 루이스 경관은 "카롤리나가 아이 앞에서 체포된 것 때문에 어쩔 줄 몰라했지만 전혀 술에 취하거나 다른 문제가 있는 것처럼 보이지는 않았고, 확실한 증거도 없는데 하룻밤 유치장 신세를 지다니 아주 이상하다는 생각이 들었으며, 말은 안 했지만 아마 다들 그렇게 생각했을 것"이라고 덧붙였다.

카롤리나는 미리엄에게 다시 한번 고맙다는 문자를 보내려고 전화기를 집었지만 연락처를 불러내기도 전에 벨이 울리며 지역번호가 202인 모르는 번호가 떴다. 그녀는 언론이겠거니 짐작하고 오늘은 즐거운 마음으로 입장을 발표할 수 있는 날이라고 생각하며 전화를 받았다.

"카롤리나 주라프입니다." 그녀는 결혼 전 성을 정식으로 되찾았다는 데 기뻐하며 당당하게 말했다.

"카롤리나? 저 리건이에요. 리건 휘트니요." 전화기 저편의 목소리는 카롤리나가 상상했던 것보다 더 높고 날카로웠다. 그리고 불안해하는 것처럼 들렸다.

"안녕하세요, 리건." 카롤리나는 충격을 잘 감추었다는 데 뿌듯해하며 우아하게 인사를 건넸다.

"그레이엄이 당신한테 연락해서 크리스마스 일정 의논할 수 있겠느냐고 해서요. 그이는 우리 둘이 서로 알고 지내면 좋지 않겠느냐고 해요. 원활한 협조관계를 유지하면 해리를 위해 최상의 판단을 내릴 수 있을 거라고요."

"내 변호사 미리엄 케이건이 만남 스케줄을 이미 보냈고 트립이 동의했어요. 그레이엄이 왜 당신한테 얘기를 하지 않았는지 모르겠네요." 카롤리나는 웃음을 참으며 말했다. 그녀는 가슴을 후벼파는 빤한 질투나 최소한 어색함이라도 느껴지길 기다렸지만 잠잠했다. 대신 그레이엄과 리건이 어떤 식으로 도발하건 상대할 수 있다는 차분한 자신감과 전에 없던 확신이 느껴졌다.

"네, 음, 전통에 따라 어머님 댁에서 크리스마스이브 저녁식사를 할 때 해리도 같이 있었으면 해서요. 그리고 당신이 괜찮다면 해리가 하룻밤 자고 크리스마스 아침에 같이 선물을 열었으면 하고요. 당신하고는 저녁 같이 먹을 수 있게 기사 편에 태워 보낼까 하는데 괜찮을까요?"

"아마 스케줄상 그래도 괜찮을 거예요, 리건. 그레이엄한테 복사해서 한 장 달라고 그래요." 카롤리나는 말했다.

잠깐 정적이 흘렀다. "잠깐 혼선이 있었나봐요." 리건이 말했다. "아무튼 고마워요." 그녀가 안도의 한숨을 내쉬고 있다는 것을 전화상으로도 느낄 수 있었다.

"별말씀을요."

"음, 그럼 이만 끊을게요." 리건이 말했다.

"당신이 알아야 하는 게 하나 더 있어요." 카롤리나는 말했다. 그 말이 혀끝에서 맴돌고 있었다. 그녀도 이 일에 끼어들면 안 된다는 걸 알았지만—다들 보복성 조치라고 생각할 것이었다—어쩔 수가 없었다. 한때는 그녀가 리건이었다. 그리고 그 상심의 세월에서 그녀를 건져줄 수 있는 사람이 있었다면 그녀는 누군지 알고 싶어했을 것이었다. "리건?"

"네?"

"내가 지금부터 하는 얘기, 듣기 아주 거북할 거예요. 그레이엄은 오 년도 더 전에 정관수술을 받았어요. 나한테는 비밀로 하고, 난임 문제가 생겼을 때 나 때문에 아이가 생기지 않는다고 믿게 했어요. 그래봐야 소용없다는 걸 알면서도 시술을 받게 했고요. 내가 상관할 일은 아니지만 나중에 당신 아이를 낳고 싶어지면 내가 한 얘기를 고민해보고 싶어질지 모르니까요."

충격적일 정도로 완벽한 정적이 흘렀다. 뭐가 부스럭거리거나 부딪히거나 숨을 쉬는 소리조차 들리지 않았다. "리건? 내 얘기 들었어요?" 카롤리나는 물었다.

"들었어요." 리건이 조용히 말했다. "미안해요, 전화 그만 끊을게요."

그러고는 뚝 전화가 끊겼다.

"엄마! 엄마!" 해리가 흥분해서 그야말로 숨을 헐떡이며 거실로 달려들어왔다.

"왔어, 아들?" 카롤리나는 말했다. 아직도 아이를 볼 때면 심장이 살짝 내려앉았다. 그녀는 신문을 접어서 소파 쿠션 아래로 넣었다.

"엄마, 저랑 앤디랑 이선이랑 프로스펙트 가에 있는 영화관까지 태워다주실 수 있어요? 학교 애들한테 문자가 왔는데 만나서 〈록키 호러 픽처 쇼〉 보기로 했대요."

"그거 무서운 영화 아니야? 그리고 점심은 어쩌려고?"

"엄마!" 해리가 씩씩댔다. "저 열세 살이에요. 왜 그러세요." 아이의 뒤로 등장한 앤디와 이선이 열심히 고개를 끄덕였다.

"너희 엄마들도 괜찮다고 하시니?" 카롤리나는 물으며 해리가 열세 살이 된 지 고작 이틀이라는 데 웃지 않으려고 애썼다.

아이들은 다시 고개를 끄덕였다.

그녀는 한숨을 쉬었다. 집에서 조용한 시간을 보내기는 물건너갔다. 하지만 아이들이 영화를 보는 동안 그 참에 볼일을 볼 수도 있겠다 싶었다. "몇시에 출발하면 돼?" 그녀는 물었다.

오후에 다시 집으로 돌아왔을 무렵에는 거의 해가 져서 캄캄했다. 이선의 집에서 저녁을 먹을 수 있게 해리를 데려다주고 이선의 어머니와 커피를 한잔했다. 그녀는 놀라우리만치 정상적인 여자였고 부엌을 분주하게 오가며 파스타를 젓고 카롤리나에게도 저녁을 먹고 가라고 했다. 하지만 집으로 와서 긴장을 풀고 인조 모피로 된 쿠션과 침구와 손님용 수건 두 세트가 담긴 쇼핑백을 천천히 정리할 수 있어서 좋았다. 침실 벽난로 선반에 놓을 정말 예쁜 도자기 부처상도 사왔고 질감이 좋은 라탄 그릇은 부엌 아일랜드 식탁에 놓고 과일을 가득 담을 생각이었다. 보금자리는 이런 느낌이라야지. 그녀는 생각했다. 나중에는 에밀리가 계속 권하는 것처럼 일하는 사람을 쓸 수도 있었다. 하지만 지금은 모두 직접 하는 쪽이 맞는 것 같았다. 카롤리나는 가격표를 떼고 사온 물건을 살피고 원하는 자리에 가져다놓느라 무음 모드로 해놓은 전화기로 부재중 전화가 여섯 통이나 온 줄도 몰랐다. 초인종소리가 들리자 친구 부모님이 해리를 데려다주셨나보다 했다.

"왔어?" 그녀는 현관문을 활짝 열며 말했다. 하지만 문 앞에 서 있는 사람은 신경이 곤두섰고 몸이 뭐랄까, 거대해진 에밀리였다. 미란다 밑에서 일을 하는 그녀는 가을 비수기라 '여유로운' 시간이 좀 생겼지만 출산 예정일이 얼마 남지 않았다.

"엠! 무슨 일이야? 아기도 괜찮은 거지? 들어와."

"내가 혼자 걷지도 못할 만큼 몸이 분 건 아니거든?" 에밀리는 나지막이 쏘아붙이며 카롤리나가 내민 손을 무시하고 그녀의 옆을 지나갔다. 그러고는 좌우를 두리번거렸다. "아이 여기 있어?"

"아니, 지금—"

"도대체 전화를 왜 안 받는 거야? 아니, 이 집은 중세시대야? 전화를 안 받으면 내가 무슨 방법으로 연락을 해야겠어? 비둘기를 보내면 될까? 천만에, 이 뒤룩뒤룩한 엉덩이를 차에 싣고 이 몸이 친히 뉴욕에서 차를 몰고 오는 수밖에."

"왜 그래? 해리한테 무슨 문제 생겼어?" 카롤리나는 물었다. 공포가 슬금슬금 밀려들기 시작했다.

"해리의 근황에 대해서는 아는 거 하나도 없어. 온 세상이 네 전 남편 얘기를 하고 있다는 것만 알 뿐이지."

카롤리나는 에밀리를 물끄러미 쳐다보았다. 그녀도 여자들이 임신하면 가끔 정신이 없어진다는 얘기를 들었다. 깜빡깜빡하고 얼이 빠지고. 그녀는 너그럽게 반응할 것이다. "응, 그렇지. 오늘 아침에 〈뉴욕 타임스〉에 실린 그 기사 끝내줬지?" 그녀는 기사의 존재를 알고 있고 백 번쯤 읽었다는 걸 우회적으로 알렸다.

"바보야, 그건 지나간 뉴스야. 자, 이거 틀어봐." 에밀리는 카롤리나에게 리모컨을 내밀고 빵빵한 안락의자에 털썩 주저앉았다. "뭐야, 이 의자 진짜 크다."

"무슨 채널?" 카롤리나가 물었지만 대답을 기다릴 필요도 없었다. 모든 채널이 같은 내용이었다.

"이제 막 TV를 켜신 분들께 속보 전해드립니다. 뉴욕주의 초선 의원인 그레이엄 하트웰 상원의원이 약 삼십 년 전에 당시 네 살이었던 아동을 죽음으로 몰고 갔다는 정보가 여러 출처를 통해 입수됐습니다. 사인은 교통사고였다고 하는데요, 정보에 따르면 당시 고등학생이었던 하트웰 의원은 알코올이나 약물을 복용하지는 않았다고 합니다. CNN에서는 이 사건이 은폐된 이유를 두고 단독 조사를 실시중입니다. 이제 최신 뉴스와 함께 베세즈다로 나가 있는 포피 할로 기자를 연결해보겠습니다. 포피?"

"맙소사. 말도 안 돼." 카롤리나는 말하고 텔레비전 앞으로 좀더 가까이 다가갔다. "맙소사. 저거 우리집이잖아. 에밀리! 아무한테도 얘기하지 않겠다고 약속해놓고!"

"워, 워. 잠깐. 첫째, 나는 아무것도 약속하지 않았어. 나는 전부터 이 지저분한 사건이 공개되길 바랐고 그런 마음을 먹었다고 미안하게 생각한 적 없어. 하지만 네가 해리를 생각해서 공개하고 싶지 않다고 딱 잘라서 말했기 때문에 네 의견을 존중했다고."

"그러니까 뭐야? 네가 터뜨린 게 아니란 말이야?"

"응. 인정하기 괴롭지만 내가 터뜨린 거 아니야."

"나는 도무지……" 카롤리나는 퍼뜩 떠오르는 생각에 말끝을 흐렸다. 당연하지. 피해자 아이 집안에서 삼십 년 동안 입도 벙긋하지 않았고 일레인이나 트립도 마찬가지라면 남은 사람은 한 명밖에 없었다.

"너는 도무지 뭐?" 에밀리가 새롭게 관심을 보이며 물었다.

"그녀와 친하게 지내야 하려나?" 카롤리나는 중얼거렸다. 만면에 웃음이 번졌다.

"그녀라니? 도대체 무슨 소리를 하는지 모르겠네."

"내가 오늘 아침에 그레이엄이 정관수술을 받았다고 얘기했거든. 왜 그랬는지는 묻지 마. 작정하고 한 게 아니라 어쩌다보니 그렇게 된 거니까. 그랬더니 이런 사태가 벌어졌어. 우연의 일치일 리는 없겠지?"

"리건이로구나!" 에밀리가 웃음을 터뜨렸다. "응, 그럴 리는 없다고 봐. 와우. 감동받았다. 그 아가씨 배짱이 있네."

"그치? 저걸 좀 봐." 카롤리나는 말하며 북새통을 이룬 기자들을 향해 손짓했다. "백 명은 되겠어. 내가 체포됐던 날보다 더 많아. 해리가 저기 없어서 얼마나 다행인지."

"그레이엄과 리건의 동화 같은 결혼식은 보류될 가능성이 크겠네. 영원히. 대통령을 향한 그의 염원도." 에밀리가 다섯 손가락을 모아서 붙이고 손끝에 입을 맞추었다. "바이 바이."

이 신호를 기다리기라도 한 듯 카롤리나가 살았던 베세즈다 집의 현관문이 열렸고, 정적이 TV 화면 속 군중을 덮었다. 밖으로 걸어나온 트립과 그레이엄은 거의 똑같이 생긴 감색 슈트를 입고 파란색과 하얀색의 줄무늬 넥타이를 매고 있었다. 둘이 서로 맞춰 입었나? 카롤리나는 화면에서 눈을 뗄 수가 없었다. 트립이 이제 무슨 말로 그레이엄을 변호할 수 있을까? 자기는 전혀 몰랐다고 할까? 모든 게 엄청난 오해라고 하려나?

트립과 그레이엄은 연단으로 다가갔고 그레이엄이 주머니에서 메모지를 꺼냈다. 그가 거기 적힌 글을 낭독하기 시작했다. "신사 숙녀 여러분. 이 예민한 시기에 저와 저희 가족의 프라이버시를 존중해주시길 간곡히 부탁드립니다. 차후에 모든 질문에 답변하도록 하겠습니다. 이해해주셔서 감사합니다."

당장 온 사방에서 그야말로 고함을 질러댔다. "의원님, 몰리 웰스라는 여자아이의 죽음을 초래하셨다는 것이 사실입니까?"

"웰스 가족에게 협조하는 조건으로 거금을 지불했다는데 맞습니까?"

"하버드대학교에서 입학 허가를 내렸을 때 이 범행 사실을 알고 있었나요? 상원에서는 여기에 대해 아는 의원이 있습니까?"

"미래의 장인 휘트니 대통령께서는 지원사격을 약속하셨나요?"

"상원에서 새롭게 공개된 이 정보를 감안해 탄핵 절차를 밟을 거라고 생각하십니까?"

"선거구 주민들에게 하실 말씀 없으신가요? 미국 국민에게는 요?"

질문은 계속 이어졌고 시간이 지날수록 그레이엄은 불편한 기색이 역력해졌다. 트립이 끼어들어 "성명은 이것으로 마치겠습니다" 하고는 그레이엄을 데려갔다.

카롤리나의 집 초인종이 울렸다. 그녀와 에밀리는 한말씀해달라고 찾아온 기자일 게 분명하다고 생각하며 서로 흘끗 쳐다봤지만 그들의 전화기가 동시에 울리며 문자가 수신됐음을 알렸다. 문 열어, 나야. 미리엄이었다.

카롤리나는 문을 열었고 카메라 없이 미리엄만 있는 것을 보고 안도했다. "들어와." 그녀는 친구를 안으로 들이며 말했다. "무슨 일로 그렇게 차려입었어?"

"누가 차려입었는데?" 에밀리가 거실에서 외쳤다. "둘 다 여기로 들어와서 얘기하면 안 될까? 나 지금 해변으로 쓸려온 고래야. 그냥 여기 앉아 있게 해주라!"

카롤리나는 미리엄을 보며 눈짓을 했고 두 사람은 같이 미소를 지었다. "'해변으로 쓸려온 고래'가 됐다니 15킬로그램은 쪘다는 뜻이네." 미리엄이 카롤리나를 따라오며 말했다.

"뭐라는지 다 들었어!" 에밀리가 비명을 질렀다. "15킬로그램 근처에도 안 갔으니까 헛소리 집어치워!"

미리엄이 에밀리를 향해 명랑하게 손을 흔들었다. "나 금방 가야 해." 그녀는 텔레비전을 가리키며 말했다. "하지만 저걸 놓칠 수가 있나. 이 모든 악몽이 이제는 끝났다고 해도 될 것 같아."

미리엄의 말이 맞았다. 악몽은 이제 끝났다. 마침내, 영원히. 수

많은 기자들이 수많은 질문을 던지고 수많은 카메라가 그녀를 겨냥할 테지만 이번에는 불안하지 않았다. 해리가 다시 안전하게 그녀의 품속으로 들어왔다. 〈뉴욕 타임스〉에서는 그녀가 음주 운전을 하지 않았다고 명백히 밝혔다. 그리고 카롤리나가 직접 나설 필요도 없이 그레이엄이 신임을 잃었다. 그의 정치인생이 끝났다. 그래서 만족스럽고 기뻤지만 무엇보다 크게 느낀 감정은 마음이 평온해지는 깊은 안도감이었다.

"너희들이 없었으면 불가능했을 거야." 카롤리나는 먼저 에밀리를, 그다음에는 미리엄을 바라보며 자기가 무슨 자격으로 이렇게 믿음직한 진짜 친구를 둘이나 만날 수 있었을까 생각했다. "정말이지 너희 둘은 최고야."

"전부 해결돼서 정말 기쁘다." 미리엄이 말하고 카롤리나를 온몸으로 끌어안았다. "사랑해, 친구야."

"어쩌고저쩌고." 에밀리가 양손을 흔들며 말했다. "듣기 좋은 헛소리는 이제 그만하자. 너는 우리를 사랑해. 우리는 최고야. 다 아는 사실이잖아? 자, 미리엄, 뭔가 좀더 재밌는 얘기 없어? 예를 들면 그 옷을 고른 사람은 도대체 누구인가, 이런 거. 왜냐하면—말하기 진짜 조심스럽지만—너 지금 거의 멋져 보일 지경이거든. 제이크루 말고 다른 데서 산 하이웨이스트 청바지라니. 거기다 5센티미터가 넘는 하이힐이라니. 심지어 파운데이션까지? 박수 쳐주고 싶다."

미리엄이 에밀리에게 손가락으로 욕을 했고 그들은 모두 웃음을 터뜨렸다.

카롤리나는 부엌으로 달려가 레드와인을 한 병 들고 왔다. "그레이엄과 내가 결혼하던 날 어머님이 사주신 와인이야. 결혼 십 주년 기념일에 마시라면서 사주신 거지만 당연히 그날 못 마셨지. 그레이엄이 그날 저녁에 할일이 남았다고 했기 때문인데, 아마 리건을 만나고 있었을 거야. 뭐, 이제 와서 그게 무슨 상관이겠냐만. 아무튼 인터넷으로 검색해봤더니 이게 3000달러짜리 와인이더라고. 마실 사람?"

유리잔이 아직 이삿짐에 들어 있어서 카롤리나는 플라스틱 잔에 와인을 따랐다. 임산부에게 술을 권하려니 양심의 가책이 느껴졌지만 에밀리가 잔을 낚아채가며 말했다. "3기면 완숙 단계야. 왜 이러셔." 그들은 천장을 향해 플라스틱 잔을 높이 들고 마녀처럼 깔깔거린 다음 서로 잔을 부딪쳤다.

그날 밤에 카롤리나는 친구들을 보내고 해리가 너무 늦지 않게 불을 껐는지 확인한 다음 잠자리에 들었다. 이렇게 근사하고 마음에 쏙 드는 집에서 다시금 아들과 같이 지내게 됐고 가까운 친구들과 즉석에서 와인을 마시며 재밌는 시간을 보냈다니 꿈을 꾸는 기분이었고, 지금까지 살면서 진심으로 행복하다는 생각이 든 게 이번이 처음이 아닌가 싶었다. 여러 순간들이 있기는 했다. 일요일에 어머니와 함께 공원을 걷거나 요리를 도와드리거나 같이 목욕을 했던 기억은 평생 잊지 못할 테지만, 그 기억들에는 어머니가 금방 다시 떠날 거라는 슬픔이 항상 묻어 있었다. 처음으로 잡지 표지 모델이 되고, 처음 빅토리아 시크릿의 런웨이 모델로 선택을 받고, 로레알의 간판 모델로 선발된 순간들—이런 직업적인 성공을 거둘 때면 매번 자부심으로 벅차올랐지만 왠지 모르게 공허하기도 했다. 심지어 그레이엄과 만난 초기에도 자주 사랑을 나누고 여행을 했지만 의문과 의심을 지울 수가 없었다. 그녀는 솔직히 그를 사랑했을까? 그는 그녀를 사랑했을까? 그들은 당시에 사랑이 뭔지 알았을까? 혹시 너무 어리고 순진했고 어머니와 남편을 만족시키고 싶은 마음이 컸던 그녀가 사실은 다른 감정을 사랑이라고 스스로 속인 건 아닐까?

옆에서 전화벨이 울리자 카롤리나는 움찔했다. 침대 옆 스탠드가 켜져 있었고 테이블에 놓인 시계를 보니 열한시 사십팔분이었다. 발신자를 흘끗 확인해보니 그레이엄이었다.

"여보세요?" 그녀는 전화를 받았다. "그레이엄?"

"드디어 통화가 됐네." 그가 숨을 몰아쉬며 말했다. "나 때문에 깼으면 미안해. 아침까지 기다리고 싶었지만 그럴 수가 없었어. 잠도 못 자겠고 먹지도 못하겠고 당신 생각하는 것 말고는 아무것도 할 수가 없어."

카롤리나는 숨을 들이마시고 그대로 참았다. 그를 이렇게 증오하는데도 그 말을 들으니 여전히 기분이 좋은 이유가 뭘까? "그레이엄……"

"제발 그냥 듣고만 있어줘. 내가 다 망쳐버렸어, 리나. 나도 그걸 알아. 리건하고의 그 모든 일은 끔찍한 실수였어. 나는 당신을 사랑한 것처럼 그녀를 사랑한 적 없었어. 당신과 내가 함께한 시간은 달라, 리나. 당신도 그렇게 생각한다는 거 알아. 우리는 함께 가족을 일구었지. 보금자리를. 삶을. 그리고 나부터 시인하자면 내가 야심 때문에 그 모든 걸 위험에 빠뜨렸어. 그녀를 사랑했기 때문이 아니라는 건 당신도 알지? 나는 정치적인 야망을 우선했고 그러느라 우리를 위기로 몰고 갔어. 이제야 그걸 알겠고 아무리 사과해도 부족하겠지. 하지만 도움을 받을 거야. 고위층 남자들의 불륜을 전문적으로 다루는, 세계적으로 유명한 심리학자와 접촉중이거든. 그녀라면 이걸 해결할 수 있을 거야. 상원의회에는 휴가를 낼 거야. 나는 지금보다 괜찮은 남자가 되고 싶어. 해리에게는 더 괜찮은 아빠가, 그리고 바라건대 당신에게는 더 괜찮은 남편이 되고 싶어."

"나에게 더 괜찮은 남편이 되고 싶다고?" 이 말이 비명처럼 흘러나왔다. 수많은 생각들이 그녀의 머릿속을 스쳐지나갔지만—음주 운전이라는 함정, 유치장에서 보낸 밤, 그리고 무엇보다 임신을 시도하느라 헛되이 흘려보낸 여러 날, 여러 달, 여러 해—카롤리나가 할 수 있는 말은 그것뿐이었다.

"응. 당신은 그걸 누릴 자격이 있어, 해리도 마찬가지고. 두 사람 모두에게 그걸 증명할 수 있도록 열심히 노력할게. 내게 중요한 건 온 세상을 통틀어 당신과 해리뿐이니까."

그녀는 목이 메어왔다. 얼마나 수도 없이 이 순간을 꿈꾸었던가? 그가 돌아와 굽실거리며 빌고, 해야 할 말을 하고, 마침내 예전의 삶을 다시 되찾는 순간을. 그가 자신의 부족한 부분을 인정하고, 잘못을 고백하고, 달라질 용의가 있음을 선포하는 순간을. 그리고 그녀에게 용서를 비는 순간을. 지난 몇 달 동안 수십 번, 어쩌면 수백 번 상상했던 순간이 고스란히 펼쳐지는 지금 그녀는 울고 싶어졌다. 그녀는 간절히 원했던 아이와, 해리를 잃을지도 모른다는 생각이 들었을 때 느꼈던 두려움과, 그레이엄이 이렇게 끔찍한 짓을 저지를 수 있는 사람이라는 것을 예측하기는커녕 상상조차 하지 못했던 과거의 순수하고 순진했던 카롤리나를 떠올리며 눈물을 흘리곤 했었다. 그런데 막상 이 순간이 오니 만족감이나 승리의 기쁨은 느껴지지 않고 그녀의 인생에서 이 장은 영원히 끝났다는 강한 확신뿐이었다.

"그레이엄, 내 말 잘 들어." 카롤리나는 울음소리를 감추려는 시도조차 하지 않았다. "당신이랑 나는 이제 공동 양육자일 뿐이고 앞으로도 영원히 그럴 거야. 해리와 그 아이의 행복이 우리가 나누는 대화의 유일한 주제가 될 테고. 당신은 우리 아들의 아버지라는 것 말고는 내게는 죽은 사람이야. 앞으로 영원히."

그녀는 '종료' 버튼을 누르고 베개 위로 쓰러졌다. 눈물을 흘렸더니 속이 후련해지면서 머릿속이 맑아졌다. 카롤리나는 어머니가 항상 권했던 것처럼 참지 않고 펑펑 쏟아냈다.

"엄마? 무슨 일 있어요?" 요즘 들어 어린아이의 짹짹거림과 남자다운 바리톤 음색 사이를 넘나드는 해리의 목소리가 들렸다. 아이가 문 앞에 서 있었다.

"아, 아들, 이리 들어와. 엄마 괜찮아." 카롤리나는 말하며 들어오라고 손짓했다. 멀끔하고 껑충한—이제 키가 거의 그녀만했다—아이가 침대 위로 올라오자 그녀는 파도처럼 밀려오는 사랑을 느꼈다. 아이는 체크무늬 잠옷 바지에 예전 캠프 티셔츠를 입고 있었고, 어렸을 때부터 자다 일어나면 늘 그랬듯 왼쪽 뺨이 빨갛고 따끈따끈했다.

"왜 그러세요? 왜 울고 있어요?"

카롤리나는 팔을 벌렸고 아이가 따뜻한 몸을 그녀에게 맡기자 두 팔로 감싸안으며 이보다 더 큰 행복은 없을 거라고 생각했다. "행복해서 우는 거야." 그녀는 아이의 머리칼에 얼굴을 묻은 채 익숙하고 달콤한 냄새를 맡았다. "지금 모든 게 딱 제자리에 있어서."

31

# 밀싹이여 안녕, 유머야 반갑다

에밀리

"내가 이러고 있다니 아직도 믿기지가 않아." 미리엄이 분홍색 젤리빈이 가득 든 젖병을 일렬로 정리하며 말했다. "재가 이걸 허락하다니."

카롤리나가 웃음을 터뜨렸다. 그녀는 답례품 봉투에 분홍색 리본을 다 묶고 샴페인 잔에 스파클링 로제를 따르려던 참이었다. "우리 잘못은 아니야. 우리가 낸 아이디어는 너무 냉랭하고 얌전하고 아이 친화적이지 않다며 재가 이걸 선택했으니까."

"너희들 얘기 다 들리는 거 알아?" 싸우기 좋아하는 항공교통관제사처럼 베이비 샤워 세팅을 지휘하던 에밀리가 소파에서 드라이바 직원에게 머리 드라이를 맡긴 채 외쳤다. "배고파 죽겠네. 아무라도 먹을 것 좀 갖다줄래?"

미리엄이 짠 하고 등장했다. 그녀가 입은 꽃무늬 원피스는 허리를 동여매는 스타일이었고 무릎을 덮는 부츠를 신어서 다리가 길고 멋져 보였다. “너 그렇게 입으니까 말라 보인다?” 에밀리는 비난조로 말했다.

“예쁘지?” 미리엄이 한 바퀴 돌고 살짝 몸을 굽혀 인사하는 것으로 마무리를 지었다. “애들 낳기 전 몸무게로 돌아갔어. 혹시 모르지. 내년 여름에 비키니를 입을 수 있을지도.”

“제발 그러지 마.” 에밀리는 질린다는 표정을 지으며 말했다. “너는 애를 셋이나 낳았잖아. 아무한테도 네 배를 까서 보일 필요 없어. 나도 마찬가지고.” 그녀는 거대한 자기 몸통을 가리켰다. 셔츠 안에 귀여운 농구공을 넣고 있는 것 같겠거니 상상했던 것과 다르게 염소 한 마리를 통째로 삼킨 것처럼 보였다. 염소가 아니라 버팔로일 수도 있었다. 엉덩이는 바람이 반쯤 꺼진 비치볼처럼 퍼졌고, 가슴은 FF 사이즈의 엄청나게 큰 수유 브라 밖으로 튀어나오려 했고, 발목은 전공서적보다 더 굵었다. 심지어 얼굴마저 예전의 거의 두 배로 부어서 턱을 아래로 내릴 때마다 목이 저절로 여러 겹으로 접혔다. 발을 보지 못한 지는 육 주가 됐다. 지난주에는 칼리 클로스가 쌍둥이냐고 물었다. 가슴과 배, 오른쪽과 왼쪽 가슴 사이에 확실한 경계가 없었다. 그녀는 그야말로 누가 봐도 거대했다. 그런데 가장 끔찍한 건 뭔가 하면, 그래도 에밀리에겐 상관없다는 사실이었다.

“뭐 갖다줄까?” 미리엄이 물었다. “출장뷔페업체에서 엄청 근사한 루콜라 통보리 샐러드 준비했던데. 그리고 큼지막한 과일 접시도 세팅하는 거 봤어. 시금치에 얹은 구운 연어, 크랜베리와 페타치즈를 곁들인 퀴노아에—”

“햄버거 먹고 싶어!” 에밀리는 짖듯이 외쳤다. 일어나서 직접 들고 올 수 없다는 사실에 말로 표현할 수 없을 만큼 짜증이 났다. 담당의가 오로지 베이비 샤워를 위해서만 침대에서 일어나도 좋다는 특별 허가를 내렸지만 처음부터 끝까지 앉아 있어야 한다는 조건을 달았던 것이다. 그야말로 사서 걱정하는 스타일이었다. 그녀의 자궁경관이 너무 열려 있어서 아이가 태어나기 직전이라고 했다. 에밀리는 자세한 내용을 잘 몰랐지만 마일스가 받아 적으며 질문했고, 그는 그녀의 뱃속에 영국의 차세대 여왕이라도 들어 있는 듯 그녀의 일거수일투족을 단속했다.

"메뉴에 미니 버거는 넣지 않기로 했잖아. 기억 안 나?" 미리엄이 달래는 투로 말했다. "채식 하는 사람이 많아서. 아, 하지만 토마토를 얹은 미니 브루스케타는—"

"나는. 햄버거. 먹고. 싶다고!" 에밀리는 으르렁거렸다. "미니 버거 말고. 연어도 말고. 육즙이 좔좔 흐르는 진짜 햄버거. 치즈 넣어서. 그리고 프렌치프라이도. 그리고 지금 당장."

"알았어." 미리엄이 말했다. 에밀리는 그녀가 웃음이 나려는 걸 간신히 참고 있다는 것을 알 수 있었다. "배달 주문 넣을게. 금방 올 거야."

"우리 공주님, 잘하고 있어." 마일스가 청바지와 캐시미어 후드 점퍼 차림으로 두 사람의 새로운 침실에서 나오며 말했다. 그는 에밀리 곁에 서서 그녀의 배를 쓰다듬었다. "이 공주님도 잘하고 있고."

"당신 공주님들이 배고파 죽기 일보 직전이야." 에밀리는 말하고 키스를 받기 위해 얼굴을 내밀었다. "소녀들이나 먹을 이 베이비 샤워 음식으로는 진정이 되지 않을 테고."

"풍선 픽업하러 나가니까 들어오는 길에 내가 햄버거 사올게. 미리엄한테 그렇게 전해, 알았지?" 그는 그녀에게 다시 입을 맞추고 외투를 집고 아파트 문을 열고 나갔다. 이제는 아이와 관련된 거라면 마일스가 사오거나 찾거나 조립하지 못할 게 없었다. 어찌나 황홀해하고 어찌나 세심하게 챙기는지, 그의 관심을 계속 받기 위해 둘째를 임신해야 하는 거 아닌지 불안할 지경이었다. 에밀리는 소파에 편안하게 기대앉아 준비하는 사람들을 지켜보았다. 다들 어찌나 잽싸게 움직이는지 가젤들 같았다. 그녀는 별 어려움 없이 방에서 화장실로 이동했던 시절이 거의 기억나지 않는데 말이다.

에밀리는 12월 1일까지 새 아파트로 이사하고 1월 1일에 베이비 샤워를 할 수 있게 정리를 모두 끝낼 수 있을지 확신할 수 없었지만 지금 이곳은 제법 근사해 보인다고 인정할 수밖에 없었다. 마일스의 회사에서 뉴욕으로의 전근 신청을 받아주었을 때 에밀리는 좋아서 비명을 지를 뻔했다. LA여, 잘 있거라! 밀싹과 이른아침 산악 하이킹과 끔찍하게 차가 막히는 고속도로와 서핑 문화와 무엇보다, 유머를 이해하지도 좋아하지도 않는 사람들이여, 안녕. 먼지와 베이글과 택시와 자기 비하와 신랄함이여, 반갑다. 고향에 오니 좋았다.

그녀는 예전처럼 뒷마당이 있는 웨스트빌리지의 브라운스톤 아파트 1층으로 돌아가고 싶었지만, 그 얘기를 듣더니 미리엄과 카롤리나가 발작을 일으켰다. 계단과 유아차, 안전과 보안 어쩌고 하며 기저귀가 배달됐을 때 받아주고 택시를 불러줄 도어맨이 없는 아파트로 이사하는 것은 기본적으로 아동 학대나 다름없다고 했다. 그래서 어쩔 수 없이 웨스트첼시의 신축 고층 건물에 자리잡은 방 세 개짜리 아파트를 임대했다. 하이 라인 공원이 4층으로 이어져 건물을 관통하고, 로비는 만다린 오리엔탈 호텔을 닮았으며, 헬스클럽은 설치 미술로 착각을 불러일으킬 소지가 있고, 버튼만 누르면 루프덱 풀장이 실내에서 실외로 바뀌는 곳이었다. 심지어 아동 발달 전문가들이 설계하고 콜롬비아대학교 학생들이 이십사 시간 근무하는 커뮤니티 놀이방까지 갖추어져 있었다. 에밀리라면 이런 곳을 선택하지 않았겠지만 지내고 보니 제법 살기 좋다고 인정하는 수밖에 없었다.

"나는 아직도 네가 코네티컷으로 이사했어야 한다고 생각해." 카롤리나가 방으로 들어오며 말했다. "이제 아이도 낳을 테고 하니까."

에밀리는 그녀를 노려보았다. "대꾸할 가치조차 없는 말이라고 본다." 그녀는 고개를 돌리더니, 드라이를 마치고 드라이어와 빗을 챙기는 여자를 향해 미소를 지었다.

"솔직히 나는 거기 생활을 정말 좋아하게 됐거든." 카롤리나가 말했다. "억울한 누명을 쓰고 있지만—물론 비정상적인 인간들이 있긴 하지—그래도 전체적으로……"

에밀리는 손을 들었다. "그만해. 제발. 너나 미리엄이 근교가 얼마나 아름답고 좋고 고상한지 한 마디만 더 하면 토가 나올 것 같으니까. 내 말 잘 들어. 내가 근교에서 사는 일은 절대 없을 거야."

카롤리나는 분홍색 천으로 덮인 뷔페 테이블에 마지막 분홍색 장미가 담긴 크리스털 꽃병을 놓으며 미소를 지었다. "그래, 다들 처음에는 그렇게 얘기하지."

에밀리의 전화기가 울렸고 발신자는 리조 벤츠의 매니저 헬렌이었다. "여보세요, 헬렌?" 에밀리는 다정함이 뚝뚝 묻어나는 목소리로 전화를 받았다. "오랜만이에요. 이게 얼마 만이더라? 리조가 나치 장난을 치고 일 년 만인가요?"

"안녕하세요, 에밀리. 또다시 새해부터 전화해서 정말 미안해요. 하지만 복잡한 일이 아니라 좋은 소식을 전하려고 연락했어요. 리조가 당신에게 일을 맡기고 싶대요, 사실상 지금 당장이요. 딱히 무슨 문제가 있다기보다 만일의 경우에 대비해 당신의 관리 명단에 이름을 올려두려고요."

"그…… 끔찍한 사건 때문에 올리비아 벨이 못마땅해진 모양이네요?"

"그렇다고 보면 돼요. 리조가 그 소식을 듣자마자 당장 그녀를 잘랐는데, 맨 처음 생각난 사람이 당신이었어요."

"어머나, 좋아라." 에밀리는 다정하게 말했다. "리조하고 같이 일하면 나야 영광이죠. 그가 직접 전화해서―오늘은 말고 내일이요―지난번에 그렇게 재수없게 굴어서 미안했다고 사과하고, 앞으로는 내가 시키는 대로 군소리 없이 따르겠다고 약속하기만 하면 돼요. 그렇게 전해줄래요?"

"음, 얘기를 전할 수는 있지만―"

"뭐, 그게 내 계약 조건이에요. 새해 복 많이 받아요, 헬렌. 그리고 전화해줘서 고마워요." 에밀리는 전화를 끊고 미소를 지었다. 내일 날이 밝자마자 그의 전화를 받게 될 것이었다. 올리비아 벨의 계정이 해킹을 당했다는 소식이 전해지고―그 결과 고객들의 수많은 사진, 이메일, 문자, 집주소, 심지어 일부 의료 정보(즉 성형수술 계획)까지 인터넷에 유포됐다―에밀리를 버리고 올리비아에게 갔던 고객들이 사십팔 시간 동안 한 명도 빠짐없이 그녀에게 연락을 해왔다. 그리고 그녀는 모두에게서 뒤늦은 사과와 충성하겠다는 다짐을 들은 다음에야 그들을 다시 고객 명단에 넣어주었다. 용서하거나 잊지는 않을 것이었다. 그럴 일은 없었다. 하지만 명단을 다시 채우고 나니 기분이 째지게 좋았고 그러면 출산휴가 이후에 미란다와 〈런웨이〉를 영영 떠나기가 훨씬 수월해질 것이었다. 지난 몇 달 동안 미란다 옆에서 메트 갈라와 패션 위크를 준비했던 게 생각보다 끔찍하지는 않았지만—미란다가 약속한 대로 특전이 많고 보수가 상당했다—길게 할 수 있는 일은 절대 아니었다. 미란다는 에밀리에게 〈런웨이〉에서 도망치려고 임신한 거 아니냐는 혐의를 제기했고 에밀리는 부인하지 않았다. 그것이 미란다와 좋은 관계를 유지하며 짧은 근무를 가장 평화롭게 끝낼 수 있는 방법이었다. 미란다가 진심이 담기지 않은 에밀리의 초대에 응한 것을 보면 그 방법이 효과가 있었던 모양인데, 에밀리는 오늘 미란다를 만나고 싶지 않은 마음이 살 10킬로그램을 찌우기 싫은 마음만큼 크다는 생각이 들었다.

이 생각에 좀더 빠져 있을 겨를도 없이 전화벨이 울렸다. 첫번째 손님이 도착했음을 알리는 도어맨의 전화였다. "손님 오셨대." 에밀리는 소파에서 우렁차게 고함을 질렀다. "누가 가서 문 좀 열어줘!" 그녀는 마일스에게 문자를 보냈다. 어디야? 햄버거 시급해!

여자들이 한 명씩 모던한 이탈리아 디자인 스타일의 거실로 들어왔다. 하나같이 아주 시크하고 전체적인 조합이 완벽했다. 아주 스타일리시했다. 아주 말랐다. 그리고 한 명도 빠짐없이 에밀리에게 근사해 보인다고, 얼굴에서 빛이 난다고, 살은 1킬로그램도 안 찐 것 같다고 새빨간 거짓말을 했다. 에밀리는 허리에 밴드가 달렸고 배를 지나 브라끈 바로 아래까지 덮는 검은색 임부용 레깅스와 폴리에스테르 혼방의 후줄근한 검은색 튜닉을 흘끗 내려다보며 억지로 미소를 지었다. 지금 자기가 어떻게 보이든 그녀는 개미똥만큼도 상관이 없다는 걸 이중 한 명이라도 알고 있을까? 그녀의 몸속에서는 살아 숨쉬는 진짜 인간이 자라고 있었다. 그것도 자그마치 딸이! 그러니 지금 살이 찐들 대수일까? 조물주가 개인 트레이너와 전문 영양사를 창조한 이유가 뭐겠는가? 적당히 굶고 죽어라 운동하면 금방 예전의 몸매를 되찾을 수 있을 것이었다. 그리고 예전으로 돌아가지 않은 부분은 파크 애비뉴의 파인버그 선생을 찾아가면 그의 오붓한 클리닉에서 쉽고도 조용히 해결할 수 있었다. 여자들이 이런 것으로 왜 그렇게 스트레스를 받는지 모를 일이었다.

초대한 손님들이 얼추 다 모이자 미리엄이 아이들 이십여 명의 컬러사진이 출력된 종이를 나누어주었다. 가장 짧은 시간에 각 사진 아래에 연예인 부모의 이름을 적는 게임이었다. 아이 이름까지 알아맞힌 사람은 추가 점수를 얻을 수 있었다.

"나랑 연예인 아이 알아맞히기 게임을 하겠다고? 진심이야?" 에밀리가 묻자 다들 웃음을 터뜨렸다. 그녀는 미리엄이 "시작!"이라고 외친 순간 펜을 들었고 일 분 삼십 초 만에 문제를 다 풀었다.

"완성!" 에밀리는 머리 위로 종이를 들며 외쳤다. 좌우를 둘러보았다. 절반을 넘긴 사람조차 없었다.

"좋아, 그럼 추가 점수에 도전하겠어." 그녀는 중얼거리며 자기 이름을 써넣듯 '루나' '부머' '루미'라고 적었다. 삼십 초 뒤에 그녀가 말했다. "완성! 상품이 뭐야?"

에밀리는 아파트 문이 열리면서 마일스가 쉐이크쉑 봉지를 들고 들어오는 것을 곁눈으로 보았다. 그가 그녀를 얼마나 사랑하는지 알 수 있는 순간이었다. 1월에 도시 반대편까지 달려가 줄을 서가며 저 햄버거를 사가지고 오다니! 그녀는 행운의 여신에게 이토록 고마웠던 적이 언제였는지 기억이 나지 않았다. 하지만 그를 뒤따라 들어와 누가 봐도 진저리를 내는 표정으로 아파트를 두리번거리는 사람을 본 순간 감사의 마음이 싹 사라졌다. 에밀리는 밀려드는 굴욕감을 느꼈다. 미란다의 눈에 뭐가 저렇게 혐오스럽게 보였을까? 에밀리는 궁금해졌다. 소파일 수 있었다. 인테리어 업자가 고집한 그 싼티 나는 벨벳이 아니라 회색 리넨을 선택했어야 했다. 아니면 미란다가 질색한 건 추상적인 패턴과 보색으로 이루어진 현관 앞 러그였을까? 아니면 힐을 신고 미모사 칵테일을 든 채 불안하게 서서 재미없는 베이비 샤워용 게임을 두고 조금 요란하게 웃어대는 여자들이었을까? 아니야. 에밀리는 생각했다. 미란다에게 저 정도 혐오감을 유발할 수 있는 것은 딱 하나, 에밀리의 임신뿐이었다. 아이를 낳는 건 다른 문제였다. 그것은 미란다도 불쾌하지만 어쩔 수 없는 일로 받아들이는 눈치였다. 하지만 바로 그 출산을 수행하느라 몸이 거의 두 배가 되도록 방치한다? 그건 가당찮은 일이었다. 에밀리는 두 손으로 소파를 짚고 몸을 일으켜세웠다. 미란다를 제대로 맞이해야 했다. 그리고 저 햄버거도 먹어야 했다.

"편집장님, 시간이 되셨나보네요. 감사해요." 에밀리는 속이 빤히 보이는 거짓말로 들리지 않길 바라며 이렇게 말했다. 집에서 열리는 모임에 미란다가 참석한다는 건 불편하기는 해도 의미가 있는 일이었다. 그것도 좋은 쪽으로.

"에밀리." 미란다가 고개를 끄덕였다. "예정일이 얼마 남지 않은 모양이네."

"사실 아직 육 주—"

미란다가 허공에 대고 오른손을 흔들었다. "혹시 네 친구 카롤리나 좀 불러줄 수 있을까?"

"카롤리나 주라프요?" 미란다가 웬일로 카롤리나를 보자는 걸까? 그 골치 아픈 그레이엄 얘기를 꺼내려는 건 아니겠지? 그 일로 생색을 내려는 건 아니겠지? 에밀리는 거기에 얽힌 모든 상황을 정리했고 이날의 주제를 흐트러뜨리고 싶지 않았다.

"그 친구 말고 다른 카롤리나도 있나?"

"불러올게요. 오면서 뭐 마실 거 갖다드릴까요? 페리에? 미모사?" 에밀리는 미란다가 옆에 있으면 항상 느껴지는 당혹감이 익숙한 파도처럼 밀려오는 것을 느낄 수 있었다.

"금방 갈 거야." 미란다는 여우털로 된 롱코트를 벗지도 않은 채 이렇게 말했다.

"아, 네. 얼른 데려올게요."

에밀리는 최대한 빨리 현관 앞을 지나 거실로 건너갔다. 5킬로그램짜리 케틀벨이 골반을 짓누르는 느낌이었지만 카롤리나는 보이지 않았다. 화장실에도 부엌에도 없었다. 차분한 크림색과 베이지색으로 꾸며놓은 아이 방을 들여다보니 카롤리나가 캐시미어 담요를 멍하니 쓰다듬으며 미드센추리 모던 분위기의 흔들의자를 뚫어져라 쳐다보고 있었다. 어찌나 골똘한지 그 의자에 앉아서 아이에게 젖을 먹이면 어떤 기분일지 상상하고 있다는 것을 알 수 있을 정도였다.

"젖을 먹이는 내 모습을 상상하고 있는 거라면 당장 집어치워도 좋아." 에밀리는 이렇게 말했지만 카롤리나가 젖을 먹이는 스스로의 모습을 상상하고 있을 뿐, 에밀리가 그녀의 딸을 어떻게 키울지는 관심이 눈곱만큼도 없다는 것을 알고 있었다.

"아이 방 예쁘다." 카롤리나가 속삭였다.

"너도 나중에 이런 방을 꾸미게 될 거야." 에밀리는 말하며 카롤리나의 팔을 잡았다. "나는 알아."

카롤리나는 고개를 저었다. "네 말이 맞았으면 좋겠다. 나는 한순간도 그 소망을 멈춘 적이 없어."

"내 말은 틀린 적이 없어. 나가자. 미란다 프리스틀리가 널 만나고 싶대."

"미란다가 나를 만나고 싶어한다고?"

"나도 이유는 몰라, 너는 그게 궁금할지도 모르겠지만. 그래도 얼른 가자, 미란다는 기다려주지 않거든."

에밀리가 미란다를 현관 앞에 세워놓은 지 이제 겨우 구십 초쯤 지났을 텐데도—미란다가 마일스를 따라 들어온 지는 이제 겨우 삼 분이었다—미란다는 어디서 감히 자기를 기다리게 만드느냐는 특유의 눈빛으로 에밀리를 노려보았다.

"카롤리나." 미란다가 알은체하며 카롤리나의 몸매와 옷차림을 대놓고 쓱 훑어보았다. 그러고는 임신한 사람이 한 명뿐이라는 데 안심이라도 한 듯한 말투로 이렇게 얘기했다. "에밀리가 출산휴가가 있는 동안 당신이 그 일을 대신해도 돼요."

에밀리와 카롤리나는 동시에 "네?"라고 반문했다.

"뭐 그리 이해하기 어려운 제안도 아니잖아." 미란다가 말했다. "에밀리, 그런…… 꼴로 계속 내 사무실에서 근무할 수 있겠어?

네가 자리를 비우는 동안 카롤리나에게 일을 맡기자는 거지. 메트갈라가 또다시 오 개월밖에 안 남았는데, 그 준비가 저절로 될 리 없잖아?"

"당연히 그렇긴 하죠." 에밀리는 이렇게 말했다. 생각나는 말이 그것뿐이기 때문이었다. 만약 누가 물었다면 그녀는 카롤리나가 미란다의 제안에 깜짝 놀라리라고 대답했을 것이다. 이러니저러니 해도 카롤리나는 일을 할 필요가 없었다. 그리고 하고많은 사람들 중에 왜 하필 미란다 밑에서 일을 하고 싶겠는가? 하지만 그녀는 누가 봐도 뛸듯이 기뻐하는 표정을 짓고 있었다.

"저야 영광이죠." 카롤리나가 우아하게 손깍지를 끼며 말했다.

"잘됐네." 미란다는 딱 잘라 말했다. "그럼 이상적인 후임이 되겠군."

"네? 편집장님, 그건—"

이번에는 미란다가 왼손을 들었다. "그만해. 너는 복직할 생각이 없잖아. 아니라는 말로 나를 모욕할 생각은 하지 마."

에밀리는 입을 다물고 고개를 끄덕였다.

미란다가 여우털 코트를 좀더 단단히 여미고 문을 향해 몸을 돌렸다. "줄리아나 통해서 아기 선물 보낼 테니까 그 아이한테 원하는 걸 구체적으로 얘기해. 카롤리나, 월요일 오전 아홉시까지 내 사무실로 출근해요. 당장 그날부터 근무할 준비하고. 알았죠?"

"네." 카롤리나가 좋아서 두 뺨을 붉히며 얼굴을 환히 빛내자 못해도 열 살은 어려 보였다.

미란다는 그 말을 끝으로 들어온 지 오 분도 안 돼서 나갔다.

"그분 어디 있어?" 미리엄이 에밀리와 카롤리나가 있는 현관으로 나오며 물었다. "꼭 만나고 싶은데."

"나 취직했어!" 카롤리나는 그야말로 비명을 질렀다. "〈런웨이〉에서 일하게 됐어. 편집실에서."

"흥분하지 마." 에밀리는 말했다. "커버스토리를 작성하거나 그러는 건 아니니까. 내 말 오해하지는 마, 메트 갈라도 중요한 행사이긴 하지. 그렇지만 네가—"

"아, 시끄러워, 에밀리." 미리엄과 카롤리나가 동시에 이렇게 외치고는 깔깔대며 웃었다.

마일스가 고개를 들이밀었다. "저 좀 도와주실 분? 하이힐 신은 여자분들이 우리 아파트 구석구석을 쿵쿵거리며 다니는데 다들 배가 아주 고파 보여서요."

"금방 갈게." 에밀리는 말했다. "미리엄은 4사이즈짜리 허리랑 남편과 다시 잠자리를 하게 됐다는 고백으로 모두를 감탄하게 만들 테고, 여기 이 카롤리나는 근교에서 최고로 잘사는 법을 들려줄 거야. 나 필요하다는 사람 있으면 소파 무너뜨리지 않으려고 조심하면서 전용석에 앉아 있을 테니까 그런 줄 알아."

미리엄은 폭소를 터뜨렸고 카롤리나는 에밀리를 돌아보았다. "우리 다시 들어가기 전에 먹을 것 좀 갖다줄까? 햄버거 한 개 더 먹을래?"

에밀리는 잠깐 고민하다가 미리엄과 카롤리나의 손을 잡고 복도를 지나 파티장으로 두 사람을 다시 데려갔다. "그거 좋겠다." 그녀가 두 사람의 손을 꼭 잡으며 말했다. "안 물어봤으면 섭섭할 뻔했는데."

## 감사의 말

나는 지난 십 년 동안 이 업계에서 최고로 꼽히는 슬론 해리스의 보살핌을 받은 행운아다. 언제나 나의 영웅, 나의 고문, 나의 친구가 되어준 고마움은 말로 다 표현할 길이 없어요. 가끔은 정신 상담까지 맡아준 당신이 없었다면 나는 이 원고를 완성하지 못했을 거예요. 그리고 배후의 독자이자 응원군인 제니 해리스에게도 감사의 뜻을 전하고 싶다. 사랑해요, 두 사람 모두. 그리고 작가와 아티스트에게 날마다 후원을 아끼지 않는 ICM의 모든 직원, 그중에서도 특히 알렉사 브라미, 다이애나 글레이저, 조시 프리드먼, 패트릭 헤럴드, 젠 조엘, 헤더 카패스, 크리스틴 킨 그리고 마틴 쿠이지에게도 감사의 인사를 전한다.

뒤에서 나를 받쳐주는 환상적인 편집팀에 감사한다. 미국에서는 사이먼 앤드 슈스터의 켈리 벅, 엘리자베스 브리던, 캐리 골드스타인, 존 카프, 잭 놀, 캐럴린 라이디, 세라 라이디, 케이티 리조, 리처드 로어러, 재키 서 그리고 베스 토머스. 이들이 천부적인 재능을 발휘해준 덕분에 이 원고가 결실을 맺을 수 있었다. 하지만 그 무엇보다도 교열과 플롯 점검과 그 사이의 모든 것이 가능한 탁월한 편집자 메리소 루치의 도움이 컸다. 영국의 하퍼콜린스로 넘어가면 제목이 바뀔 수도 있겠지만 그곳에서도 능숙하고 애정어린 손길로 이 책을 독자들에게 소개할 최고의 팀이 기다리고 있다. 그중에서도 내 원고의 모든 낱말을 좀더 나은 방향으로 인도하는 편집자 린 드루에게 무한한 감사의 뜻을 전하고 싶다. 런던으로 떠나는 북 투어가 출간 일정의 하이라이트인 이유는 그곳에서 이들 모두와 다시 만날 수 있기 때문이다. 샬럿 브레빈, 이사벨 코번, 엘리자베스 도슨, 애나 데어카츠, 케이트 엘턴, 제임 프로스트, 데이먼 그리니, 해나 오브라이언, 엠마 피커드, 찰리 레드메인 그리고 클레어 워드. 커티스 브라운의 소피 베이커와 펄리시티 블런트에게는 포옹과 감사의 인사를 전한다.

오데트 스테이플, 루드밀라 수바로바, 카일 화이트. 내가 중심을 잡을 수 있게, 그리고 웃으며 일을 할 수 있게 해줘서 고마워요.

내게는 가까이 있건 멀리 있건, 실생활에서건 페이스북에서건 지속적인 응원과("이번 작품이 최고의 작품이 될 거예요!") 변함없는 끈기와(내가 몇 주 혹은 몇 달 동안 원고 속으로 사라지더라도) 칵테일과 유머와 웃음이라는 완벽한 조합(이 셋이 함께라면 언제나 완벽하다)을 제공하는 막강하고 아주 똑똑한 여자들이 있다. 헤더 바워, 제이미 버나드, 앨리신 캐머로타, 헬렌 코스터, 리사 커밍스, 앤 엡스타인, 젠 펄릭, 비키 펠트먼, 제인 그린, 앤 그린버그, 줄리 후트킨, 오드리 켄트, 미키 롤러, 맨디 루이턴, 리 마천트, 필라 퀸, 에이리언 로스먼, 제나 와이더 그리고 로런 테일러 울프.

그리고 그 누구보다 고맙다는 말을 전하고 싶은 우리 가족. 그들이 없었다면 그 어떤 것이 가능했을까. 내가 태어난 그날부터 나의 가장 큰 응원군이었고 읽기와 쓰기를 사랑한다는 게 어떤 건지 모범이 되어 보여주셨던 엄마 셰릴과 아빠 스티브. 그리고 항상 응원을 아끼지 않는 새아버지 버니와 새어머니 주디. 친부모님과도 같은, 가족에 대한 헌신과 모험을 사랑하는 마음으로 날마다 감동을 선물하시는 시부모님 재키와 멜. 타고난 유머감각과 의리와 말하지 않아도 서로 마음을 알아주는 자매 특유의 텔레파시로 다른 거의 모든 사람을 불필요하게 만드는 데이나. 세스, 데이브, 앨리슨. 내가 함께 가정을 일구고 우리 가족의 삶을 공유하고 싶은 지구상의 단 세 사람.

사랑스럽고 눈부신 R과 S. 너희는 내 전부야. 하루하루 자라는 너희를 지켜보는 것이 내 삶의 가장 큰 기쁨이야.

그리고 마지막으로 마이크. 다른 사람은 몰라도 당신이라면 내가 동네방네 러브레터를 공개하지 않는 성격이라는 걸 알지. 하지만 이번만은 자제하지 못하겠어. 고마워. 변함없는 사랑과 지칠 줄 모르는 응원을 보내줘서, 끝내주는 편집 능력('그냥'이라는 단어를 그냥 한 번만 더 쓰면 안 되는 거 확실해?)을 발휘해줘서. 모든 아이들이 꿈꾸는 그런 아빠가 되어주어서. 내가 항상 상상했던 완벽한 남자보다 더 사랑스러운 남편이 되어주어서. 내가 있고 싶은 자리는 당신 곁뿐이야.

옮긴이 **이은선**
연세대학교 중어중문학과와 같은 학교 국제대학원 동아시아학과를 졸업했다. 출판사 편집자, 저작권 담당자를 거쳐 전문 번역가로 활동중이다. 옮긴 책으로 『풀하우스』 『올해는 다른 크리스마스』 『더 체스트넛맨』 『세상의 한 조각』 『고아 열차』 『주황은 고통, 파랑은 광기』 『다이어트랜드』 『딸에게 보내는 편지』 『엄마, 나 그리고 엄마』 『사라의 열쇠』 『키르케』 『먹을 수 있는 여자』 『그레이스』 『초크맨』 『미스터 메르세데스』 『맥파이 살인 사건』 『할머니가 미안하다고 전해달랬어요』 『베어타운』 등이 있다.

문학동네 세계문학
삶이 당신에게 룰루레몬을 주거든

초판 인쇄 2022년 11월 28일 | 초판 발행 2022년 12월 12일

지은이 로런 와이스버거 | 옮긴이 이은선
기획 이현자 | 책임편집 박효정 | 편집 김경미 박아름 이희연
디자인 최윤미 이원경 | 저작권 박지영 형소진 이영은 김하림
마케팅 정민호 이숙재 박치우 한민아 이민경 안남영 왕지경 김수현 정경주
브랜딩 함유지 함근아 김희숙 고보미 박민재 박진희 정승민
제작 강신은 김동욱 임현식 | 제작처 상지사

펴낸곳 (주)문학동네 | 펴낸이 김소영
출판등록 1993년 10월 22일 제2003-000045호
주소 10881 경기도 파주시 회동길 210
전자우편 editor@munhak.com | 대표전화 031) 955-8888 | 팩스 031) 955-8855
문의전화 031) 955-3578(마케팅) 031) 955-2685(편집)
문학동네카페 http://cafe.naver.com/mhdn
인스타그램 @munhakdongne | 트위터 @munhakdongne
북클럽문학동네 http://bookclubmunhak.com

ISBN 978-89-546-8996-0 03840

잘못된 책은 구입하신 서점에서 교환해드립니다.
기타 교환 문의 031) 955-2661, 3580

www.munhak.com